国家出版基金项目
NATIONAL PUBLICATION FOUNDATION

国家出版基金项目
“十二五”国家重点图书出版规划项目

中國京劇流派劇目集成

啓功題籤

《中国京剧流派剧目集成》编委会　编

第捌集

學苑出版社

图书在版编目（CIP）数据

中国京剧流派剧目集成．第8集 /《中国京剧流派剧目集成》编委会编．—北京 ：学苑出版社，2013.1
ISBN 978-7-5077-4209-1

Ⅰ．①中… Ⅱ．①中… Ⅲ．①京剧－剧本－作品集－中国 Ⅳ．① I232

中国版本图书馆 CIP 数据核字（2013）第 002499 号

出 版 人：孟　白
责任编辑：潘占伟
装帧设计：徐道会
出版发行：学苑出版社
社　　址：北京市丰台区南方庄2号院1号楼
邮政编码：100079
网　　址：www.book001.com
电子信箱：xueyuan@public.bta.net.cn
销售电话：010-67675512　67678944　67601101（邮购）
经　　销：新华书店
印 刷 厂：北京信彩瑞禾印刷有限公司
开本尺寸：889×1194　1/16
印　　张：19
字　　数：438千字
版　　次：2013年1月第1版
印　　次：2013年1月第1次印刷
定　　价：240.00元（精装）

序言

◎黄克

京剧向称国粹艺术，内容博大精深，剧目十分丰富，人们常以“汉唐三千宋明八百”形容其浩瀚。其中流派剧目又以演员表演的鲜明个性使剧目显得更为多彩多姿，充满魅力，既被专业人员钻研承继，也为广大戏迷喜闻乐见，遂成为京剧舞台上一大亮点。

流派

举凡表演艺术，原本就无不带有表演者的个人色彩。京剧表演艺术因其唱念做打诸多方面功夫的综合性和繁难性，表演的个性化尤为突出；加以行当的粗分、剧目的雷同，于大致相同的条件下尽显各自的千姿百态、千变万化；一招一式、一腔一韵之中可以体现不同的特色，同样一出戏，甚至同样一个戏中人物也完全可以演出不同的风采，这种充满个性化的表演，遂成为京剧竞技场上最是为人乐道而又情趣无穷的审美内涵。倘若这种富于个性化的表演为受众所认可，且代有传人，形为规范，即可自成一家，成为迥异于他人的艺术流派。以“四大名旦”（梅兰芳、程砚秋、荀慧生、尚小云）为例，虽皆工旦行，却又各有千秋。京剧大师王瑶卿就曾这样分析这四位后起之秀的独到之处：“梅兰芳的样儿，程砚秋的唱儿，尚小云的棒儿，荀慧生的浪儿。”所谓“样儿”，指梅的艺术造诣全面，要什么有什么；所谓“唱儿”，指程以行腔之新颖动听为能；所谓“棒儿”，指尚的刀马功底深厚；所谓“浪儿”，指荀的柔媚多姿、风情万种。寸长尺短，一语道破各有专擅的各家流派特点。如此成就固然来自自己的勤学苦练、苦心孤诣，更少不了观众的知音捧场、鼓励有加。因此，一个艺术流派的形成，对于创始人来说，无疑是开拓了审美追求的新境界；对于受众戏迷来讲，则更是得到了多样化审美需求的新满足。梨园行有云：唱戏的是疯子——指其追求的执着，听戏的是傻子——指其享受的痴迷。二者相得益彰、相映成趣，或许正道出京剧流派形成之三昧。

流派剧目

在京剧传承的一二百年间，随着历史的变迁、社会的发展，以及新人辈出、师承转换，荡涤旧物、崇尚新声，传统剧目中的绝大部分早已绝迹于舞台，然而，其精华部分（包括剧目中表现出来的唱念做打等程式体系）还是被完好地保存了下来，并得到长足的发展。其间，流派创始人于剧目的推陈出新做出了不可磨灭的贡献。基于对剧目乃至剧中人物的理解和认识，以及更便于发挥自己技艺特长的需要，流派创始人对浩如烟海的传统剧目进行了严格的筛选，经过了整理加工再创作，使之又焕发出崭新的韵味和光彩;随着这样剧目的增多，最终形成了自己流派所特有的剧目系列。而另外的流派又在另外的剧目系列中发挥着自己的优势，即或剧目相同，不同流派依然可以于演出中表现出自己的独特风格。总之，在其演出的剧目中，无不打上自己表演风格的鲜明烙印。京剧舞台上一度出现的这种百花齐放、争芳斗艳的盛况，实由自丰富多彩的流派剧目，这在京剧发展史上已是不争的事实。

但也应看到，如今京剧流派剧目相对于京剧的鼎盛时期，已是光景不再。个中原因很复杂，就客观因素而言，新兴的艺术形式的多种多样，人们的欣赏习惯和娱乐方式已经有了更广泛的选择余地,因而完全可以去旁骛；此外，就京剧本身而言，演出剧目之贫乏不能不说是观众锐减的重要原因之一。本来演出场所和演出场次就不多，翻来覆去又只是那几出骨子老戏，怎么能吸引观众，特别是年轻观众呢？——连那些老戏迷们也都听腻歪了。

回过头来看，今日演出剧目的贫乏和流派创始人晚年艺术景况也不无关系。他们在艺术的巅峰期——集中在上个世纪二三十年代，创作或改编了一出出新戏，直令观众赏心悦目，目不暇接。当其时，除了富连成科班或游动的散班演出些大路戏外，北京的京剧舞台几乎就是流派剧目的天下。据1932年商务印书馆出版的《五十年来北平戏剧史材》的记载,自民国十二年（1923）至十八年（1929）这六七年间，以梅派剧目为例，只“初演”的剧目——也就是自家独创的新戏或整理改编的传统戏，就有前后本《西施》、《洛神》、《廉锦风》、头二三四本《太真外传》、《俊袭人》、全本《宇宙锋》、《凤还巢》、《春灯谜》等12出戏（其中前后四本《太真外传》这四出戏是在一年多时间里陆续完成的）；同一时间段，马派“初演”的剧目也有《化外奇缘》、全本《玉镯记》、《秋灯泪》、《战宛城》、全本《火牛阵》、《鸿门宴》、全部《临江馆（“馆”应作“关”）》、全部《浣纱溪》、《范仲禹》、全本《清风亭》、头二三四本《大红袍》、全本《天启传》、《许田射鹿》、全本《十道本》等15出戏（其中《大红袍》分头二和三四本两次演出），当然，其中还不包括“初演”以外的经常性的大量的传统戏演出。试问，这些曾经轰动一时的流派创始人编创的新剧目于今又有多少出传承下来了呢？个中主要原因就在于流派创始人到了晚年一些唱做吃重的剧目已难胜任，只有将其已臻于炉火纯青的技艺凝炼到少数剧目之中，或演出或教习也只拘囿于这少数几个剧目了。而其传人也就将这几出戏奉为圭臬，全不知其鼎盛时期的所谓“文武双全”、所谓“昆乱不挡”为何事，致使一些当年的热门戏几近失传，这不能不说是梨园一件憾事。记得梅兰芳先生曾撰文论述学艺过程中的“少、多、少”，大意是初学时会的戏（包括技艺）自然是少的。随着所学剧目的增多，技艺的增长，激发起拓宽其艺术驰骋领域的热情，兼收并蓄，从而极大地丰富了自己。进而又随着审美取向的定型，艺术见识的提高，势必要对自己所学所用下一番去芜存精的工夫，扬长避短，使自己的独特技艺集中在少数几个代表剧目之中。表面看来演出的剧目是少了，但炉火纯青，在艺术创新上却达到了新境界。从少到多，从多而少，贯穿着的是继承与发展的艺术成熟的过程，也闯出了一条攀升艺术高峰的必由之路。后学者以为，学会了几出流派代表剧目便可以薪尽火传，得到了真经，孰不料缺少广博的根基，既影响个人的发展，也造成了剧目越传越少的现实。这难道不是应该汲取的教训吗？

有道是“礼失求诸野”。由于流派剧目的独特韵味及其所富有的艺术魅力，由于京剧作为自娱自乐的审美取向已深入人心，更由于迷恋传统演唱艺术者的大有人在，京剧传统剧目——包括一些已经消失于舞台的流派剧目，至今仍在京剧爱好者中间传唱不息。我们不妨到公园里看一看那一圈圈围着的戏迷，他们来自四面八方，或许彼此并不相识，只凭一把胡琴就将大家凝聚在一起，有滋有味地互相欣赏着一段段流派唱腔。更不用说那遍布全国各地乃至国外华人聚居区的票房，他们还时不时地粉墨登场，过一把戏瘾呢！这种自拉自唱、自娱自乐的红火场面，充分显示了京剧流派剧目的深厚群众基础和顽强的生命力，对于相对落寞的京剧舞台不啻一种发人深省的挑战。然而，这又何尝不是对京剧振兴的潜在的呼唤和有力的支持呢！

流派剧目集成

正鉴于其强大的生命力和深厚的群众基础，“振兴京剧”作为文化建设的国策的提出可谓正得其时。而振兴之务，首要的是挖掘和继承优秀传统剧目，以之作为发展和创新的基础和借鉴。我们编纂《中国京剧流派剧目集成》的初衷正在于此：将流派剧目演出的精彩瞬间记录于永恒，将构成流派剧目的诸多元素一一记录在案。诸如每剧的剧情本事、创始人表演特点的提要，剧中人物行当归属、服装扮相，剧本曲文、唱腔谱、伴奏谱、锣鼓经，以及身段谱等得以再现流派表演风格的内容，都力图完整地记录整理出来，为流派艺术的教学和研究提供文字的基础资料。持此，内行自可作为表演的参考，京剧爱好者也可以作为演习的蓝本。

这一工作，对于京剧剧目的基本建设虽然可谓之善举，但具体做起来却困难多多。首当其冲的就是剧目的选定。京剧剧目虽称汗牛充栋，但保存下来的资料却十分有限。京剧形成初期，以“老生三杰”又称“前三鼎甲”的程长庚、余三胜、张二奎为代表的一代固然没有留下什么音像文字资料；即或以“老生新三杰”又称“后三鼎甲”的谭鑫培、孙菊仙、汪桂芬为代表的一代除了少量的唱片外也没有完整的剧目传下来，所以我们的剧目整理工作只能从民国初年以降的“四大须生”、“四大名旦”开始。他们受熏陶于前辈艺术家，可谓传统的集大成而又能创新的一代，整理剧目以他们为重点自然最合适不过。遗憾的是这些艺术大师大都已经作古，得到他们指点和首肯已不可能，为此，我们只能通过其亲传或再传弟子来进行流派剧目的整理工作。从中我们更深地体会到抢救要及时，当初未能抢救下来现在也不要嫌晚而不为，抢救一点是一点，否则能够保存下来的精华越来越少，越加难向历史向后人交代了。

更难的则是遴选整理者。剧目的全面整理需要全面的人才。我们在组织稿件的过程中却发现这样的人手颇不易得。如果流派创始人或其传人曾在戏校任教，且有较为完整的教案保存下来，今日稍加整理即可选用，自然不是难事。不过这样的情况并不多，大量的剧目尚需要对当年的演出本进行追忆记录，加工整理。曾经受业于流派创始人或其传人的京剧工作者虽然是整理演出本的合适人选，但是他们大都是单位的骨干，忙于演出，忙于剧务，或居于领导职位，很难分出身来。即或肯于应承下一两出戏，也常有如下的情况：能演不能说，能说不能写，能写又不能打谱。因此，完成一个剧目经常需由记录者、整理者和打谱人联袂而行，倘再加上剧目的传授者和提要的撰写人，则非四五人鼎力不可。《中国京剧流派剧目集成》收入二百多出戏，每出戏即使平均两三人参加，也要组织四五百人次。其繁难可以想见，其壮观亦可以想见。当然，这还仅就整理者的数量而言，更为难能可贵的还在于参与者的无私奉献。试想，跟演一出戏或教一出戏相比，以文字整理出一出戏，不仅费时而且费力，无疑是一桩一般人不肯为也不屑为的苦差事，而我们的整理者却能甘之如饴，乐此不疲，没有为京剧事业的传承而不计个人得失的宝贵情操，是难有这种积极性的。不仅如此，随着岁月流逝，整理流派剧日益困难，更需要求助一些老专家，他们或是资深艺员、教师，或是资深票友、戏迷，而今已是硕果仅存的京剧艺术的专家、流派历史的见证人。在他们身上洋溢着一种传承京剧流派的使命感，和对振兴京剧的期待。他们热情地参加到这项工作中来，或亲自动手，为我们整理剧目；或答惑解疑，给我们工作以指导。使我们在受教于他们的同时，油然而生一种深深的敬意。

克服了上述困难，《中国京剧流派剧目集成》终于呈现在读者面前。书中，除了囊括主要流派的主要代表剧目，试图反映京剧鼎盛时期的大致面貌而外，尚有可说道者。

首先是挖掘整理出一批流派剧目，其中不乏已近失传的流派艺术精品。其中共收流派五十余家、剧目二百多出，不仅是从装扮到曲谱俱全，而且半数以上不曾整理出版过，可算是京剧剧目建设的一个不小的工程。下列剧目可为佐证。如王（瑶卿）派名剧《南天门》（今能见到的只剩下王和老谭合拍的剧照）、余（叔岩）派名剧《太平桥》（据说是老谭给余说的开蒙戏）、马派名剧《白蟒台》（写王莽被俘后向旧臣一一乞命事，老生扮演反面人物堪称奇特）、麒派名剧《斩经堂》（其中吴汉的悲剧性格曾引起过热烈争论）、荀派名剧《鱼藻宫》（写吕后残害戚姬事，乃荀派悲剧剧目之一），以及汪（笑侬）派名剧《哭祖庙》、龚（云甫）派名剧《徐母骂曹》、徐（碧云）派名剧《绿珠坠楼》、裘（盛戎）派名剧《打銮驾》等，都是难得一见的流派剧目之珍品。而以“关外唐”名世的唐（韵笙）派名剧经其家人和传人的努力竟整理出其代表作《驱车战将》、《闹朝击犬》、《好鹤失政》、《绝龙岭》、《未央宫斩韩信》、《刀劈三关》等七出之多，堪称流派剧目建设的新收获。除此之外，《中国京剧流派剧目集成》还特别着力于武戏的挖掘整理。较之文戏，武戏更难整理，需要将演员在台上的动作招式一一准确地反映出来，没有深入的钻研领会、亲身体验，很难下笔。众所周知，杨小楼作为一代武生宗师，其“武戏文唱”乃武生的不二法门，也是令人神往的一种表演境界，在武戏剧目整理中理应得到体现。资深票友朱家溍先生得其真传，整理了杨派名剧《麒麟阁》，并详细记述了前后六次观剧的心得，惜乎不及将其用工尺谱记下的昆曲吹腔翻为简谱便溘然而逝了。另一出杨派名剧《镇潭州》则是根据京剧耆儒刘曾复先生的讲授整理出来的，其中杨再兴上场的“蝴蝶霸”、和岳飞对打的“枪架子”，皆独得杨派之秘，给人以再闻《广陵散》般的惊喜。此外，高盛麟的《长坂坡》、《走麦城》，王金璐的《落马湖》、《蚆蜡庙》也都走的杨派的路子，有的就是直接跟杨宗师学的。南派大武生盖叫天武功盖世，他的剧目身后却乏人整理，多亏移居上海的原中国戏校武功教师赵雅枫先生以耄耋之年勉力整出《一箭仇》，也算保存了盖派一脉。还值得一提的是收获了一批武丑戏。叶盛章当年是以武丑戏挂头牌演大轴的第一人，勇于创新，能戏甚伙，现将其创作的名剧《酒丐》、《祥梅寺》、《打瓜园》、《徐良出世》、《三盗九龙杯》、《铜网阵》等七出代表作一并推出，既再现了叶氏当年神勇，也为乏人承继的武丑行当提供一些演习之本。尤为可喜的是我们也挖掘整理出富连成科班总教习、文丑“萧派”创始人萧长华老先生的《选元戎》、《荡湖船》、《变羊记》等已近绝迹舞台的拿手剧目。凡此，整理者挖掘流派剧目的辛勤劳作成果，均为我们编纂“集成”增添了光彩。

为了方便读者翻检使用，本书采取四五出戏合编一册的形式，这样全书约有五十册之多，并拟分三批推出。第一批为老生行的余派，以及号称“南麒、北马、关外唐”的三派，和武丑行的叶（盛章）派，计五家八册。第二批则以旦行“梅、尚、程、荀”为代表，包括老旦、刀马旦等流派。第三批是老生、小生、武生、净、丑等其他流派。

预期一两年内出齐。倘若其中有重要疏漏，又得人整理，亦可考虑编辑出版“集外集”，以满足读者的需求，也使这部“集成”更为名副其实。

当然，《中国京剧流派剧目集成》的编纂，其目的只在提供流派剧目作为研究家和后学者的参考借鉴。而流派、流派，意重在“流”。所谓流，指流行和流变。流派艺术正是在流行、流变中最终形成的，即或在最终形成之后，也还是靠流行、流变而发展的，倘若泥古不化，抱残守缺，就会失掉其鲜活的生命力，艺苑奇葩也会枯萎，这已为京剧发展史所证明。不过，流派艺术发展也需要有个前提，那就是首先要掌握渗透在表演程式唱念做打、手眼身发步中的艺术个性，而流派剧目就是其艺术个性展现的载体。继承流派艺术，不能只满足于模拟外在的“体”，更要在剧目演练中去体味其艺术个性的“魂”，这样才能促使京剧流派艺术从剧目建设到表演个性都得到发扬光大。此乃传承流派剧目的题内之义，自毋庸赘言。

目录

叶盛章

赵纪鑫 **整理** 王 威 **记谱**

祥梅寺

叶盛章演出本

京剧《祥梅寺》取材于《残唐五代史演义》第四回。唐僖宗年间，祥梅寺住持和尚了空每日佛殿烧香，发现佛前灯油日日添得满满却被偷窃，于是藏在佛案之下，暗中观察，发现二鬼前来偷油。了空紧紧抓住二鬼询问情由。二鬼言道，黄巢起义，打算从祥梅寺起首，首斩寺中住持了空。了空大惊。等候黄巢前来寺院烧香之时，苦苦哀求。黄巢遂免去了空一死。不想黄巢兴兵至此，了空早已藏在寺前枯柳窟中。黄巢不见了空，误以为他远走逃生，便在众将面前持刀斩树开刀，以示军威。结果一刀将枯柳砍倒，误将藏在枯柳窟中的了空杀死，黄巢甚为惋惜。

这是一出以丑、净为主的戏。由于剧中吹腔、数板、表演动作、云帚、素珠、跑楼技巧等功夫繁多，也作为丑行开蒙的基础戏之一。不仅京剧有此戏，过去汉剧、湘剧也经常上演此剧。

别看《祥梅寺》是一出丑角启蒙开场戏，经前辈武丑名宿王长林先生多年的精心琢磨，大胆创造，成功塑造了剧中的了空，表演动作细致入微，再加上他那精彩出色的武功技巧，备受观众称赞。

我出生晚，没有赶上王长林先生演出，但十分幸运地观看过他的公子王福山先生和王福山先生的高徒、著名京剧武丑表演艺术家叶盛章先生的演出。这两位武丑名家演出的《祥梅寺》，可真是让人大饱眼福。使我这晚辈丑角演员受益匪浅。

著名戏剧评论家、剧作家翁偶虹先生在他撰写的《叶盛章和叶盛兰的艺术成就》一文中介绍，叶盛章自入王门，首先向师爷王长林学了三出文丑戏，当时叫“三过门”。一出《问樵》、一出《小放牛》，另一出就是王门代表作《祥梅寺》。据梨园界同业艺术家评介，叶盛章先生演出的《祥梅寺》，从唱、念、做、表演武功技巧等方面，既尊重继承王门丑角表演艺术风格特色，同时又根据剧中了空这个人物性格和剧情特殊要求，在原剧本表演基础上，结合自己的武功技巧有所突破和发挥，使这出仅演45分钟的开场戏，成为一出极为精彩出色的大轴丑角戏。

这出《祥梅寺》过去有南北两派演法。虽说戏路内容相同，由于扮演剧中了空的演员各异，表 演技巧便有所差别。南派以名丑周五宝、刘斌昆二位艺术家为代表，他们演《祥梅寺》从了空的扮相、服装、表演动作俱有独特之处，他二位以耍素珠和给黄巢打茶显示了绝活。北派以王长林先生塑造的了空为典范，以念白、烧香添油、耍云帚、跑钟鼓楼表演动作取胜。而叶盛章既不失王门艺术风格，又博采众长兼容南北艺术之特色，巧妙地运用云帚、素珠和武功技巧，通过唱、念、做、舞和眼神，活灵活现地把一个矛盾复杂而又惊恐万状的了空，展现在观众面前。

起初，了空和尚刚刚当了祥梅寺住持，心中无限喜悦。当了空手舞云帚伴着【小锣抽头】喜悦上场，那段“我做和尚多快乐”的数板，叶盛章充分运用文丑风趣幽默的表演，再加上他那清脆响堂、吐字清晰、爽利流畅的念白，灵巧敏捷、干净利落的身段动作，立即博得满堂喝彩。随着戏剧情节的推进，当从偷油的二鬼言谈中得知，黄巢兴兵反唐，打算从祥梅寺起首，首斩住持和尚了空时，了空顿时惊慌失措，从喜悦欢快转入惊恐不安。了空为躲避黄巢兵马，焦急地跑上钟楼、鼓楼。过去一般丑角演法，只在舞台左右台口摆两把椅子，表示钟楼、鼓楼；想到黄巢人马直奔祥梅寺而来，简单地从椅子上翻个“高毛”或“小毛”筋斗，表示了空下楼的动作。叶盛章却与众不同，他紧扣戏剧情节，为充分展现了空此时此刻惊恐神情，他不仅设计了在左右两番跑楼的台步和舞蹈身段，而且还在舞台台口“大、小边”两侧各摞两张桌子，外加一把椅子，剧团俗称“两张半高”，分别表示钟、鼓楼。当了空得知黄巢人马快到寺中时，急忙爬上楼去躲藏，由于心神不定而跌落下来。他这里巧妙地运用翻跌技巧，从“两张半”高空先翻“折腰”筋斗，后翻“云里翻”，有时翻“台漫”筋斗下桌子，突出了人物此刻惊慌失措的心理状态。

叶盛章扮演的了空，不是演丑角行当，也不是单纯表演武功技巧，重要的是演人物。像后面的烧香叩头，给黄巢打茶，二人初次见面的退步圆场，走四步，要素珠以及焦急跑上钟鼓楼等一系列表演，既细腻又传神，把观众带进古庙禅堂，替了空的命运担忧。

因《祥梅寺》这出戏早已绝迹舞台，这次整理叶盛章先生演出本较为困难。为慎重起见，我特地访问了几位当年曾观看过叶先生演出的老人，尤其是曾与叶盛章同台演出，十分熟悉叶派武丑艺术的名丑演员商四亮和名净钱鸣业。二位老艺术家虽已八旬高龄，但回忆起叶盛章先生演出的《祥梅寺》，却记忆犹新，对我整理此剧提供了好多资料，在此特致谢意。

赵纪鑫

人物行当

了　空	丑	孟觉海	净
黄　巢	净	郭从周	老生
偷油鬼甲	丑	班方腊	丑
偷油鬼乙	丑	四红龙套	杂
朱　温	净		

服装扮相

了　空　勾小花脸歪嘴、连鬓胡、蝙蝠眉、三角眼窝、鼻梁上勾黑蝙蝠。头戴黑缎子和尚帽，穿绿色僧袍、当中加一黄色绸子裙，黑绒大领镶白和皎月色缎子边，黑绸子彩裤，白布袜、黑缎子僧鞋。手拿云帚、胸挂素珠。

黄　巢　勾红脸三块瓦、脑门勾金钱、眉横一字、鼻尖上勾黑套白色翻鼻孔、鼻窝勾两颗白牙，戴黑满。第一场戴黑大板巾、牵巾，穿宝蓝褶子、腰挂宝剑；第三场戴草王盔、翎子、狐尾、黄硬靠、黄蟒，红彩裤，厚底靴。

偷油鬼甲、乙　丑扮。黑篷头，身穿黑缎子侉衣、蓝大带、披鬼云肩、系下侉，黑彩裤，薄底。

朱　温　勾绿碎脸。红扎、红耳毛、扎巾盔，绿色硬靠，红彩裤，厚底靴。

孟觉海　勾紫三块瓦脸。黑满、扎巾盔，紫硬靠，红彩裤，厚底靴。

郭从周　俊扮。黑二、扎巾盔，扎白硬靠，红彩裤，厚底靴。

班方腊　丑扮。八字吊搭、狮子盔，蓝硬靠，黑彩裤，朝方。

四红龙套　俊扮。红龙套服。

道具

桌子	两张	椅子	一把
素珠	一挂	香炉	一个
蜡扦	一对	香	一箍
云帚	一把	签筒	一个
马鞭	一把	大刀	一把
长枪	四杆	枯柳	一棵
木桶	一个	宝剑	一把

瓜锤	一个	鼓锤	一对
佛桌披	一份	红色册页	一个
龙套标旗	四个	签筒内竹签	若干
小帐棍佛帘	一份	紫色桌围椅披	一桌一椅 一份
两张桌摞一把椅子高台	两份		

第　一　场

〔场上设置：紫色围桌、椅披，“小座”一桌一椅，“下场门”放马鞭。

〔**【撤锣·小锣上场】**黄巢腰挂宝剑，从“上场门”走至“九龙口”抖袖、捋黑满，随后至舞台正中，抖袖。

黄　巢　（念引子）

智勇双全，甲子年得中状元。

〔**【小锣五击】**黄巢向左转身归“小座”。

黄　巢　（念诗）青布蓝衫皂白头，（左手指自身衣衫和头部）

男儿谈笑觅封侯。

有朝一日凌云志，（抬右手指前上方）

不杀唐王誓不休。（左手攥拳，右手做砍杀动作）**【小锣二击】**

某——（抬左手扬水袖，右手抓住水袖下角）黄巢。（扎）（向外抖水袖）只因大比之年，进京科考，得中头名状元，（抬右手挑大拇指）唐王见某面貌丑陋，状元摘免，轰出科场；（双手向前抖水袖）**【小锣一击】**是某一怒，怀恨在心，有朝一日夺取唐室天下，方解心头之根。**【小锣一击】**闻得此处有一祥梅寺，（抬右手指斜前方）供神倒也灵验，不免前去烧香拜佛，求一上上灵签。看今日天气晴和，不免祥梅寺中走走。

〔黄巢出门**【小锣二击】**走至“大边”，拿马鞭上马。

黄　巢　（抬头看天空）出得门来好天气也！（抖左手水袖）

唱<吹腔>　1＝F　（或G）

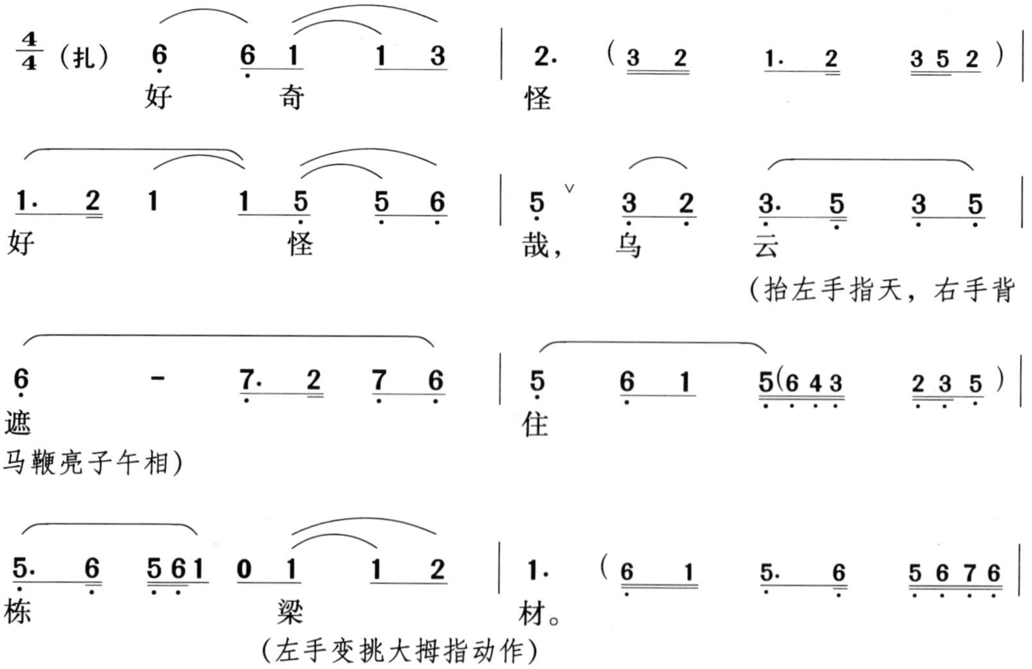

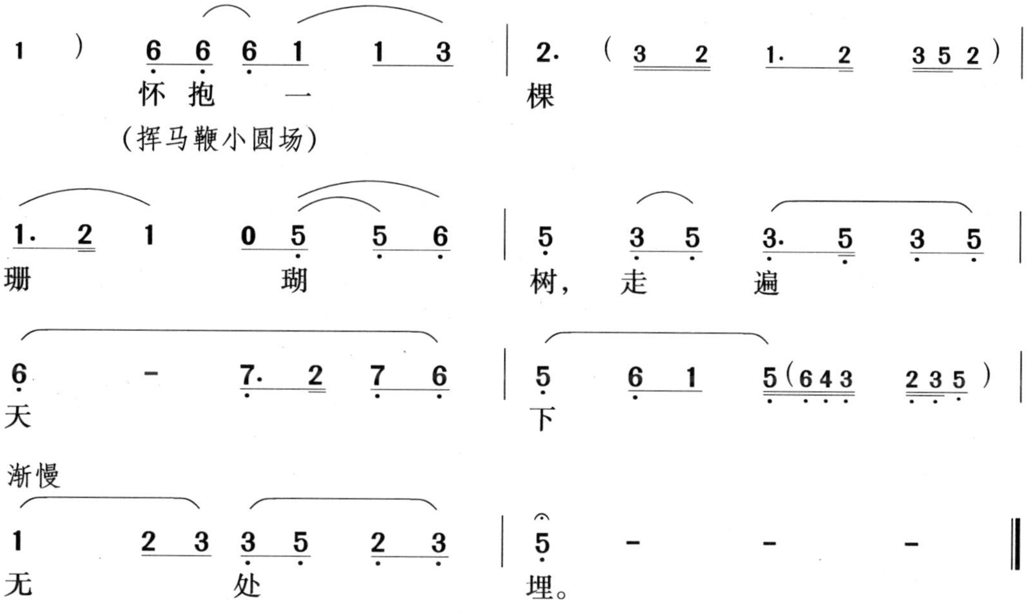

〔黄巢挥马鞭**【小锣下场】**从“下场门”下。

第 二 场

〔场上设置：台正中摆佛桌、佛桌内侧小帐杆挂黄缎子、黑色两条飘带的佛帘，桌上摆放香炉、蜡扦，香炉旁放一箍烧香。佛桌右侧“大边”跨椅。佛桌上放签筒，内装竹签。

〔**【撤锣·小锣抽头】**了空胸前挂素珠、右手持云帚从“上场门”上，走至“九龙口”。

了　空　（高兴地双手抖袖）**哈哈哈……我做——**（退右腿转身要云帚，云帚从后背甩到左胳膊上，左手食指指鼻尖，得意地摇晃头部，亮相）

<数板>我做和尚多快乐，（抬左腿“金鸡独立”，把云帚返回到胸前，双手抱云帚向腹部前方平推，随数板节奏快速左腿向前，双手向后；右腿向前，同样动作反复三次）**寺内——**（右手往后甩云帚，左手“云手”指“上场门”）**缺少一个掌家婆。**（右手云帚向前甩上右胳膊，左手轻轻抚摸鼻尖，随数板节奏学女人扭捏行走）**我本当用钱娶一个，**（左手伸出拇指和食指成圆形表示金钱，随后右手往后要云帚亮相）**又恐怕施主们来看破。**（双手挡脸左右摇动）**我本当**（向舞台正中上三步，侧身面对“大边”用右手里的云帚，虚拟地画一圆圈）**在壁上画一个，又恐怕**（向上方先抬左手，随之抬右手要云帚）**风吹雨打破。**（向后退三步，“卧鱼”）**我本当**（快速起身，“云手”向“小边”斜指）**用铁铸一个，又恐怕**（双腿归台正中，右手的云帚收回搭在右胳膊上，双手在胸前指前方）**她的冷，我的热，**（抬左手指自己鼻尖）**她的身死**（右手向前方甩云帚，立即收回云帚又抱在怀里，双腿并齐，提脚跟摇转走“踮步”）**我的活，我的活！**（风趣地笑）**哈哈哈……**（抖袖）**【小锣收头】**

（念）**扫地不伤蝼蚁命，**（右手里云帚向地上左右摇晃，表示扫地）

爱惜飞蛾纱罩灯。（扎）（抬右手用云帚向前方指）
贫僧了空。（立即将右手收回，双手抚摸胸部）自幼在这祥梅寺出家。（退右腿"云手"，云帚向"上场门"指）老方丈圆寂，（双手合十）将这寺中之事付我一个掌管。（左手指胸前）这几日，大佛宝殿（向前跨腿转身"云手"向左前方指）灯油被我添得满满，为何夜夜而干？（跨左腿转身向"小边"双手轻拍，掌心朝外**【小锣一击】**转眼珠思想）看！（抬头向"大边"斜上方，"云手"转身"卧鱼"抬头看日落）日落黄昏，我不免(起身转至台中，双手合十）烧香果供。

笛子 <小开门> 1＝F（或 G）

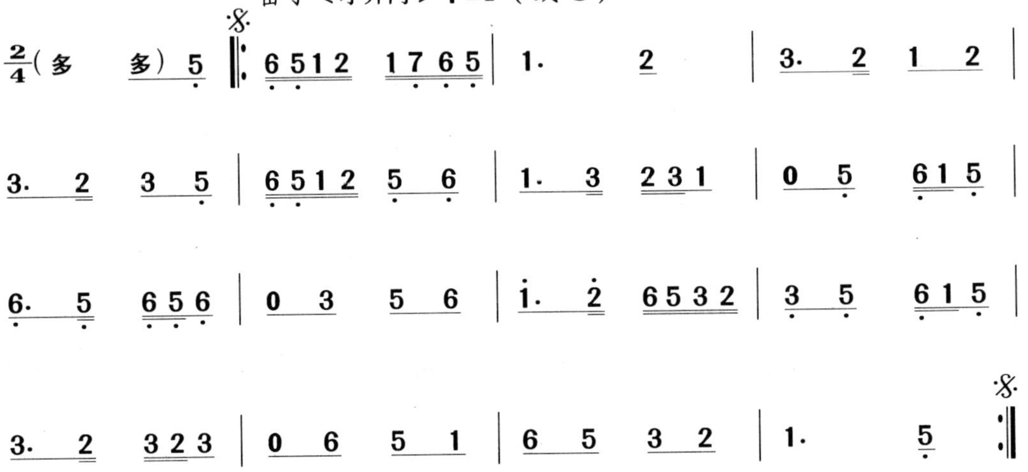

〔了空在笛子<小开门>中手摇云帚，走方步小圆场至舞台正中，把云帚插在脖子后面，双手推开佛殿两扇大门，进门走至佛桌右侧，以虚拟动作在佛桌右侧解下吊海灯的绳子，往下快速放海灯，随后至"下场门"提木桶至佛桌左侧，抬右腿"金鸡独立"式，提起装满油的木桶小心翼翼地往海灯里倒油，快步把木桶放到"上场门"内，走至"大边"佛桌右侧，用力慢慢拉吊海灯的绳子，抬左手揪绳子时，抬右腿；抬右手揪绳子时，抬左腿，反复连续五次，以虚拟动作表示把海灯系上去。随后，把佛桌上放的一箍香拿起，面向大佛烧香，把香插入炉里。走至佛桌前向佛位三叩头。这三叩头要把两腿向左右方向劈开，全身扑在地上，既真实又要干净俐落，敏捷优美。

〔了空向正中大佛烧完香，又向"大边"十八罗汉敬香四次；再向"小边"十八罗汉敬香四次。敬香完毕正在台中右手从脖子后拿下云帚一甩，左右看了看，点点头。**【小锣一击】**笛子<小开门>结束。

了　空　看大佛宝殿灯油被我添得满满，我不免藏在这（"云手"向后转身，云帚指佛桌下）佛案之下，看是何人偷盗我的灯油。正是，（双手抖袖）（扎）世上无难事，就怕有心人！

〔了空向舞台"小边"斜前方甩云帚，上步转身甩左手水袖，云帚向上一掸，左脚踢僧袍。随**【小锣五击】**节奏半矮步走至佛桌右侧后面藏躲。

〔偷油鬼甲、乙内白："走着！"

〔偷油鬼甲手提木桶、鬼乙跟在后面，从"上场门"上，**【小锣五击头】**至"小边"台口。

偷油鬼甲 奉了阎君命，（左手提木桶，右手挑拇指往肩后指）

偷油鬼乙 偷油造册文。（抬左手手掌伸平，右手握笔表示写字势）

偷油鬼甲 请了。

偷油鬼乙 请了。

偷油鬼甲 今有黄巢兴兵，大反朝廷，血流三千里，杀人八百万，为此奉阎君之命前来偷油，偷油造册，你我就此前往。

〔**【半个小锣水底鱼】**偷油鬼甲、乙走小圆场至台正中，抬头看佛殿。二鬼左右探头互相摆手，进佛殿又右右窥探。于是鬼甲快步提桶到佛桌左侧，鬼乙至佛桌右侧虚拟地解绳子往下放海灯。鬼甲在左侧把海灯慢慢抱着，轻轻把海灯碗里的灯油倒在木桶里。

偷油鬼甲 快把海灯系上去。

偷油鬼乙 是。

〔**【小锣一击】**偷油鬼乙快速将吊灯绳子系上去，将绳子系好，转身向鬼甲招手。

偷油鬼乙 快走。

〔**【撕边大锣一击】**偷油鬼乙先出殿门，鬼甲提木桶欲出门，此时了空快步从佛案后面追上，一手抓住鬼甲手里的木桶把。

了　空 你是何人偷盗我的灯油？

偷油鬼甲 奉阎君之命前来偷油。

了　空 偷油作甚？

偷油鬼甲 偷油造册。

了　空 造册何用？

偷油鬼甲 今有黄巢天子大反朝廷，杀人八百万，血流三千里。

了　空 黄巢天子怎生面目？（抬左手指脸部）

偷油鬼甲 眉横一字、面带金钱、排牙二指、鼻孔三阕。

了　空 打从哪里起首？

偷油鬼甲 打从祥梅寺起首。

了　空 开刀先杀何人？

偷油鬼甲 开刀先杀了空！你来看！

〔偷油鬼甲从怀里取出一个红色册页，递给了空。

了　空 待我看来。（接过册页，将云帚插在脖子上，双手捧着念）今有黄巢天子下世，杀人八百万，血流三千里，打从祥梅寺中起首，开刀先杀了——

〔**【大锣一击】**了空左手拿册页，右手扬水袖“屁股座子”，惊呆，偷油鬼甲从了空手里抢过册页，提木桶与鬼乙下。

了　空 哎呀且住！**【大锣五击】**（快速从地上爬起，抖左手水袖）方才二鬼言道，今有黄巢天子下世，杀人八百万，血流三千里，打从我这祥梅寺起首，开刀（用左手比示头，右手比示刀，做砍杀动作）先杀我了空！（右手抚摸脖子，异常惊慌）这，这，这……

〔**【乱锤】**了空右手抚摸脖子，左手抚摸臂部，面部惊恐万状神态，原地抬腿转圈。突然停住。

了　空 （右手扬水袖）唔呼有了！**【大锣住头】**我不免连夜造下羊羔美酒，等那黄巢天子到来，我只得苦苦哀求，（双手向台前作揖）就是这样苦苦哀求——

〔了空要水袖“云手”上步至“小边”台口，转身背手全身颤抖。**【大锣下场】**从“下场门”下。

〔黄巢幕内：“马来！”

〔**【小锣抽头】**黄巢手持马鞭从“上场门”上，至“九龙口”抖袖。

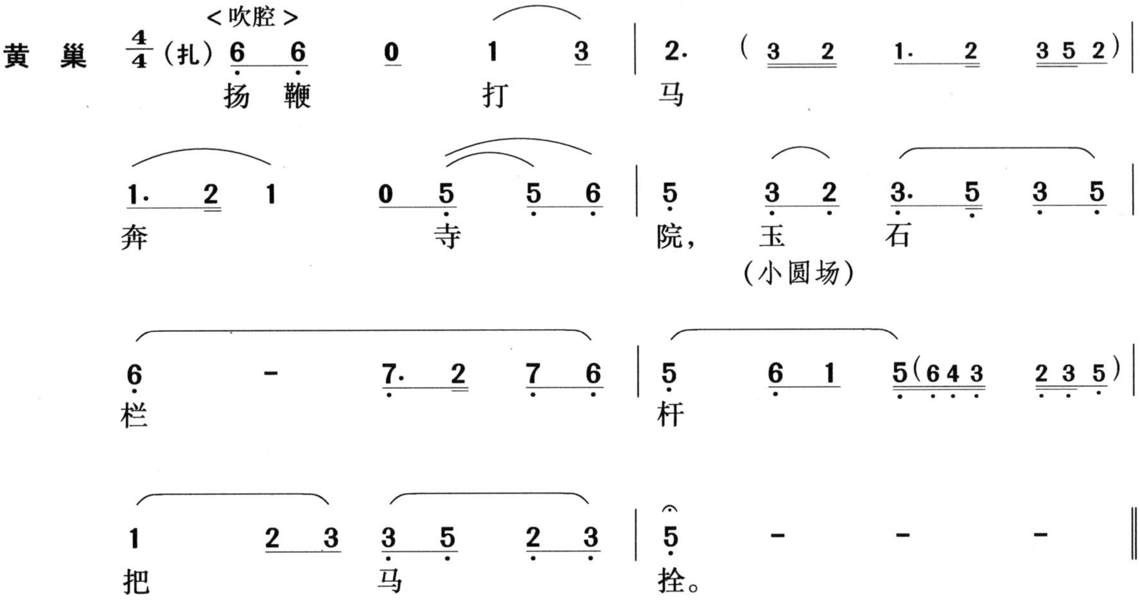

〔黄巢走至“小边”下马，把马鞭拴在“小边”台口。

黄　巢　（抬头看）此处乃是祥梅寺，待我进去。

〔**【小锣五击】**黄巢进佛殿烧香，面对佛桌叩头。

黄　巢　弟子黄巢乎！

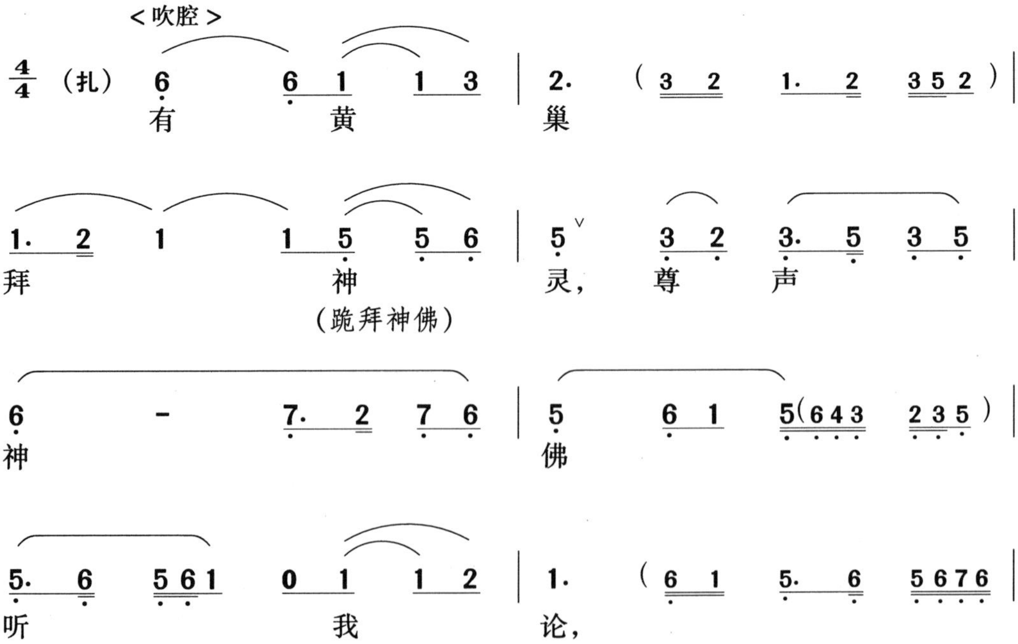

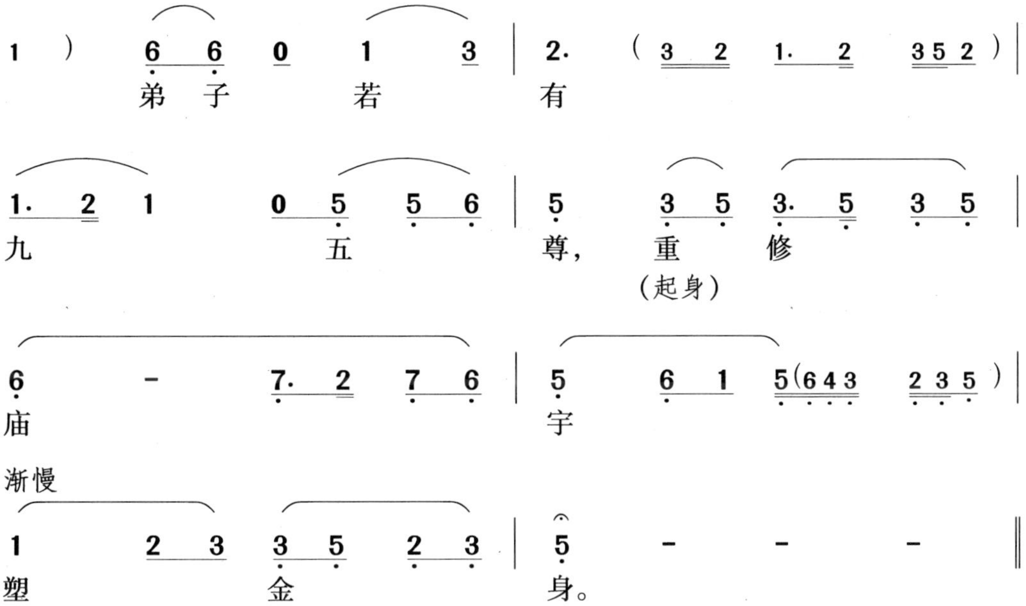

〔黄巢到佛桌前拿起签筒，又跪在桌前摇签筒，摇一支签，把签拿出，放下签筒。

黄　巢　待我看来。（走至台正中看签高兴地）上上灵签，果然灵验。（把签放回签筒里）看天气甚好，待我到庙前庙后散步一番。

〔黄巢出佛殿门【小锣五击】向“下场门”转身欲走，此时了空从“上场门”上。

了　空　天到这般时候为何不见黄巢天子到来，带我出去观看。（突然发现黄巢抬左手“背供”）来了。（向前双手合十跪拜）参见千岁！

〔【大锣一击】黄巢机警地右手欲拔腰中宝剑，抬右腿猛然向右侧一踢，正踢了空“抢背”，了空起身“屁股座子”，惊慌地摆手。

黄　巢　为何称孤道寡？

了　空　千岁此地不是讲话之所，随贫僧转……转……转至禅堂。

黄　巢　带路！

了　空　喳！

〔【撕边一击】黄巢扶宝剑逼了空，了空从“小边”向“大边”翻“抢背”快起身，向黄巢双手合十，随之【撕边一击】黄巢又逼，了空再翻“抢背”快起身，向黄巢双手合十；黄巢迈步又逼，【撕边一击】了空又一“抢背”快起身至“大边”，让黄巢进禅堂。黄巢逼了空三翻，翻三“抢背”正是一个小圆场。

了　空　千岁请至禅堂。

〔【大锣五击】黄巢进门，了空为他搬椅，设在“大边”跨椅，黄巢坐跨椅，了空站“小边”。

了　空　千岁请坐，待贫僧打杯茶来千岁请用。

黄　巢　快，快些取来。

了　空　（双手作揖）是，昨日——

（念＜扑灯蛾＞）

闻君到此游，到此游——（抬左手用水袖挡住黄巢视线，迈左腿向右三步出禅堂，至“小边”台口，回头看黄巢，抬右手从里向外指，颤抖着双手做刀杀动作，用右手抚摸自己脖子，面部表现出惊恐神态，脖子上挂的素珠不停旋转，边要素珠边向“上场门”退步，一直退到“上场门”内，立即拿木茶盘，上放一茶杯，快速上场进禅堂）

贫僧准备茶共酒，我本当说缘由，（左手托茶盘，右手指自己）又恐怕说出反成仇——

黄　巢　（看了空迟疑地）何为成仇二字？

了　空　（边敬茶，边念）这里面有个ˇ缘故。

黄　巢　（边喝茶，边问）有何缘故？

了　空　（把茶盘放在佛桌上，双手拱揖式）千岁容禀！

黄　巢　讲！

了　空

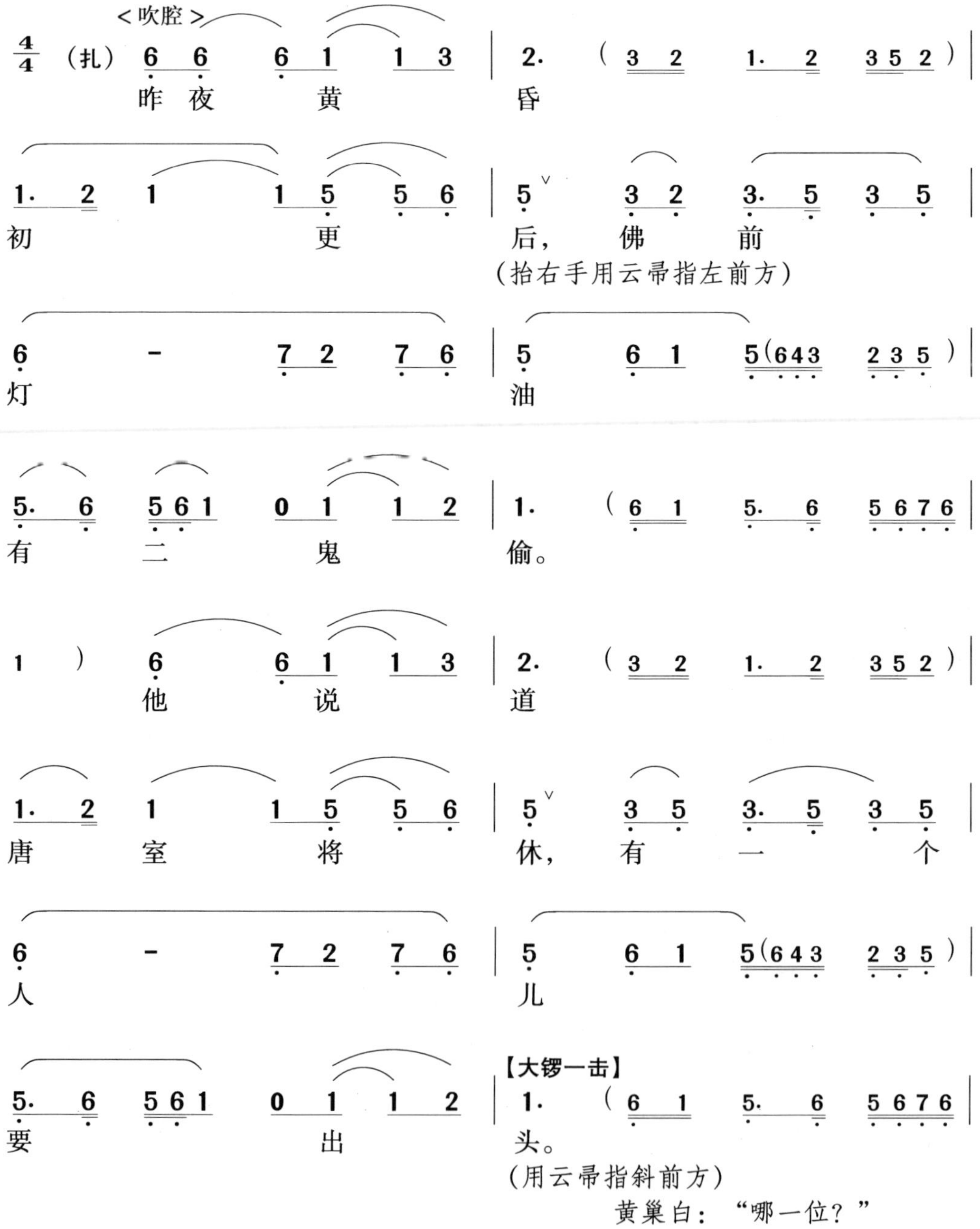

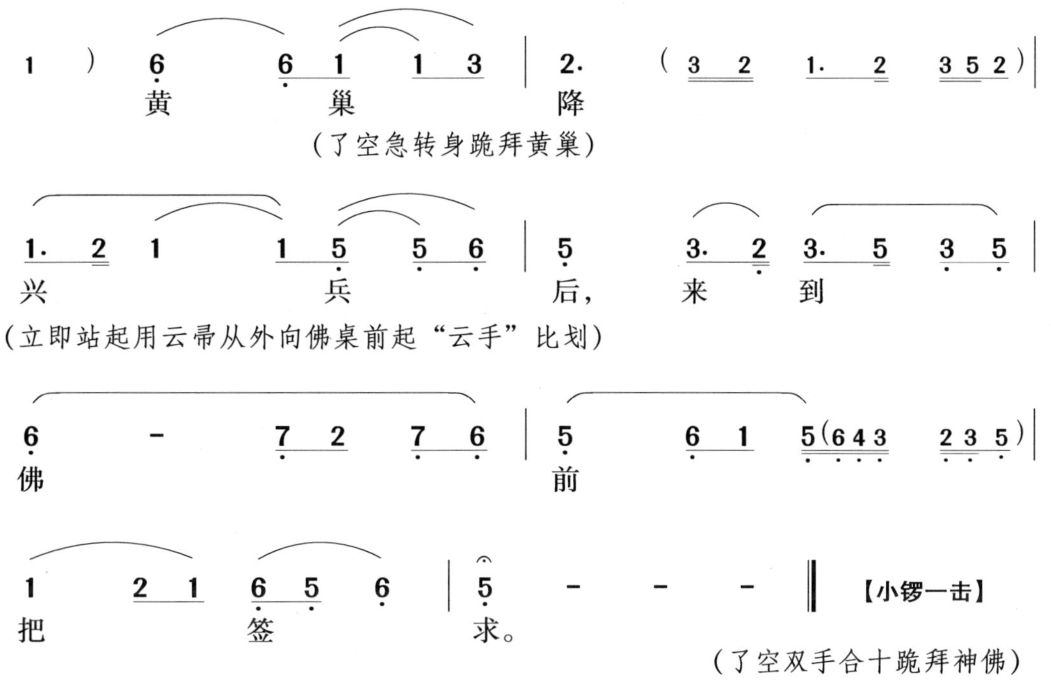

黄 巢 （捋髯思索）我来问你，那黄巢天子怎生面貌？

了 空 眉横一字，（右手指面部）面带金钱，排牙二指，鼻孔三阕。与千岁面目不二。

黄 巢 打从哪里起首？

了 空 打从我这祥梅寺起首。

黄 巢 开刀先杀何人？（扶宝剑）

了 空 （眼盯黄巢，浑身抖颤）开刀先杀了…… （立即用右手捂嘴）

黄 巢 （逼问）了什么？

了 空 这个？

黄 巢 讲！【小锣一击】

了 空 啊千岁必须恕过他人无罪，（用右手里的云帚向左侧指）贫僧方敢言讲。

黄 巢 （点头）好，恕他人无罪，你且讲来。

了 空 （向黄巢叩拜）就是贫僧！【撕边一击】

黄 巢 看剑！

〔黄巢右手拔腰中宝剑，右腿踢了空一脚，了空翻“抢背”至“小边”“屁股座子”，吓得惊呆。

了 空 （颤抖地）啊千岁，方才恕过贫僧无罪的了哇。

黄 巢 乃是一句戏言。

了 空 自古道君无戏言。

黄 巢 好个君无戏言。了空！

了 空 有。（立即站起身来，双手作揖）

黄 巢 带马伺候——

了 空 是。

〔【冲头】了空出门至“小边”台口，拿马鞭牵至台正中，黄巢出门上马，了空扔缰绳从黄巢身后走至“小边”左侧台口，黄巢挥鞭至“大边”转身。

黄　巢　【叫头】了空！明日孤家兴兵前来，一要你藏得好！【大锣一击】

了　空　是。（双手作揖）

黄　巢　二要你躲得妙。孤家去也。

了　空　（双手作揖）送千岁！

黄　巢　免！

〔黄巢转身挥鞭，【冲头】从“下场门”下。

〔了空满面笑容地向“下场门”张望，转身至台口扬左手水袖。【叫头】

了　空　好哇！好个黄巢天子，（抬右手挑大拇指，高兴地）临行之时对我言道，了空啊了空！【大锣住头】

了　空　明日孤家兴兵至此，一要你藏得好，【大锣一击】二要你躲得妙。我不免嘱咐众僧人便了。

〔了空至“大边”向“下场门”。【叫头】

了　空　寺内众僧人听了！

〔幕内僧人应声：“啊！”

了　空　明日黄巢天子兴兵前来，一要你们藏得好！【大锣一击】

〔幕内僧人应声：“是！”

了　空　二要你们躲得妙！

〔【大锣一击】了空至舞台“小边”。幕内僧人：“是！”

了　空　你们大家必须藏躲，（向“小边”台口甩左右水袖）藏躲！

〔了空向“小边”斜左前方要水袖，逐步退步，【撕边四击头】了空上右腿转身，“云手”变水袖背手，全身抖颤。【大锣下场】了空从“下场门”下。

第　三　场

〔场上设置：一桌一椅，紫桌椅帔，“大座”。

〔幕启：朱温、孟觉海、郭从周、班方腊四将分别“起霸”后，四将正场横一字。

朱　温　俺，朱温。

孟觉海　孟觉海。

郭从周　郭从周。

班方腊　班方腊。

朱　温　众位将军请了。

孟觉海
郭从周　（三人同拱手）请了。
班方腊

朱　温　奉黄巢千岁之命，整装待发，我等两厢伺候。

众　将　（双手拱揖）请。

〔奏唢呐曲牌<水龙吟>朱温、郭从周分至“大边”，“下场门”暗下；孟觉海、班方腊至“小边”“上场门”暗下。

〡四红龙套上“站门儿”<水龙吟>收住。

〡**【四击头】**黄巢从“上场门”出场亮相，至“九龙口”抖袖整冠捋髯，至台正中，抖袖，提水袖挡脸。

<点绛唇>

黄　巢　サ 6 i　5 4　3　5　2　－　**【小锣二击】**　2　2 1　2
统　领　雄　兵，　将　士　奋

6 1　5　－**【小锣三击】**5　5 4　3 5　2　－**【小锣二击】**3　1　2 3　5 6
勇，　旌　旗　展，　杀　气　冲

5　－**【小锣三击】**（6　5　6 i　5　－）2　2　1　2　6　1　5　－‖
天。　夹白：“要夺！”（**顷仓**）唐　室　江　山。
（扬水袖怒指前方）

〡奏唢呐曲牌<水龙吟·合头>黄巢捋髯，观看左右两厢，提水袖向右转身至“大座”。此时,朱温、郭从周从“下场门”上；孟觉海、班方腊从“上场门”上，行至台中双方拱手入帐，面朝里站一横排，四红龙套向里归站成“八字儿”,曲牌收住。

朱　温
孟觉海
郭从周
班方腊　（同向黄巢拱手）参见千岁！

黄　巢　众位将军免礼，站立两厢！

众　将　啊！

〡**【四击头】**朱温、郭从周站“大边”；孟觉海、班方腊站“小边”。

黄　巢　（念）眉横一字胆包天，
排牙二指面金钱。**【小锣二击】**（抬左手指面部）
自从得了浑唐剑，
要夺唐室锦江山！**【归位】**（抬左手扬水袖，右手向前指）
某，黄巢！**【大锣住头】**只因那日在祥梅寺求得上上灵签，心中倒也欢快。每日整顿人马，日夜操练，今乃吉日，正好兵发长安。众将官！

众　将　有！

黄　巢　人马可曾齐备？

众　将　俱已齐备。

黄　巢　好。祥梅寺去者！

众　将　（同应）啊！

〡**【冲头】**黄巢，众将出门，四龙套给朱温、孟觉海、郭从周、班方腊分别备长枪上马。吹奏发兵曲牌，龙套牵马，黄巢上马扬鞭。四龙套引四将、黄巢从“下场门”下。

第四场

「场上设置：正中佛桌、小帐杆佛帘、佛桌上摆放香炉、蜡扦，台口“大、小边”分别设“两张半”高台，“大边”台口高台上放一瓜锤；“小边”台口高台上放一对鼓槌。

「**【乱锤】**了空焦急惊慌地退步从“上场门”上，至“九龙口”跌倒，颤抖地向“大边”台口望门；随后又至“小边”台口望门，扬左手水袖。**【叫头】**

了　空　哎呀且住，黄巢天子兴兵前来，人马犹如潮水一般，叫我往哪里去藏？（双手往外扬水袖）**【一击】**往哪里去躲？（扬水袖）**【一击】**哎呀这……这……这……（双手抖颤右手抚头部，左手抚臀部走小圆场）**【乱锤·叫头】**唔呼有了！**【大锣五击】**我不免去至大佛宝殿哀告佛祖便了。（双手合十）

「**【小锣抽头】**左手提僧袍左下襟，随着锣经走“踮步”圆场，越走越快，全身抖颤，圆场至台正中，双手推开佛殿两扇门，快步进去，双手合十向舞台正中神佛跪拜。

了　空　（念<扑灯蛾>）

唔呼哀，唔呼哀，哀告佛祖尊，（跪地叩头）发下慈悲救小僧！（快速起身退出佛殿）唔呼带，（先退左腿探左身伸左手虚拟拉左边殿门）唔呼带，（再退右腿探右身伸右手拉右边佛殿门）带上佛祖门两扇。

「**【小锣抽头】**了空转身要胸前挂着的素珠，小圆场后，素珠从肩上滑到脚上，用右脚接素珠，**【撕边】**了空用右脚转素珠，素珠在脚上旋转几圈后，突然轻轻地向“上场门”里一甩，把素珠抛到后台。

了　空　（接念）

抛了素珠不要经！（抬右手向“上场门”指）**【小锣抽头】**（左脚踢僧袍前下襟，右脚踢僧袍后下襟，左手向前上方甩，右手背在后面向后甩，快速前行）急急走，走慌忙，（小圆场至“小边”台口）不觉来到钟楼房。（站在“小边”台口“卧鱼”向“大边”望台口摆的“高台”）**【撕边一击】**来此已是钟楼，待我爬了上去。

「**【小锣抽头】**了空从“小边”台口横贯舞台，扬左手水袖虚拟表示扶楼梯，右手前后甩水袖，开始走“矮步”，从矮至高，随锣经共走九步。**【撕边一击】**敏捷地登上“两张半高台”，在椅子上起“一把顶”亮相。

了　空　（接念）

这里好，这里妙，神仙所造，凡人如何得知道，我在钟楼忙藏好！（在高台上“卧鱼”）

「**【走马锣鼓】**四龙套举标旗、朱温、孟觉海、郭从周、班方腊从“上场门”引黄巢拿马鞭上，到“大边”从里向外围了空站的“高台”绕一圈，又从“上场门”下。

「了空站在“高台”上先扬左手水袖一望**【撕边一击】**随着又扬右手水袖一望**【撕边一击】**双手抖袖。

了　空　哎呀，这里也不好，这里也不妙。我想那黄巢天子倘若进得庙来，必要拈香，拈香已毕，必要撞钟，三军们言道钟楼上有个和尚，拿去开刀！（左手持拳，右手做砍头的动作，了空突然一惊，抬右手抚摸头部）**【大锣一击】**和尚头哇和尚头，我倒

替你愁哦——（双手抖袖）

（念<扑灯蛾>）

钟楼躲，无商量，（抬右手摇晃）

必须再找好地方！

「【撕边一击】了空站在“高台”顶上，往下翻“折腰”筋斗。当，当，当，撞钟三下。【小锣抽头】了空从“大边”向“小边”台口走动作。

了　空　（接念）

急急走，(双手在胸前左右摇动，双脚向后踢，身体向前倾斜，轻巧灵活走圆场）走慌忙。(双手向后背前后摆动，双腿向前面快速踢走，身体向后仰望，从“小边”走至“大边”台口，“卧鱼”向“小边”台口“高台”观望【撕边一击】）不觉来到鼓楼房。(“卧鱼”起来，双手指楼上）来此已是鼓楼,待我爬了上去。

「【小锣抽头】了空从“大边”台口横贯舞台，扬右手水袖虚拟表示扶楼梯，左手前后甩水袖，走矮步慢慢长身至高处，随【小锣抽头】共走九步，表示登上鼓楼。紧跟着【撕边一击】轻快地登上“小边”台口的“两张半高台”，在椅子上“拿顶”，再变换左、右“旱水”亮相。

了　空　（接念）

这里好，这里妙，神仙所造，凡人焉能得知道，我在鼓楼忙藏好。（双手扬水袖捂住头，蹲在“高台”椅子上）

「【走马锣鼓】四龙套举标旗、朱温、孟觉海、郭从周、班方腊从“下场门”引黄巢持马鞭上,到“小边”从里向外围了空站的“高台”绕一圈，又从“下场门”下。

「了空站在“高台”上先扬右手水袖一望【撕边一击】随后又扬右手水袖一望【撕边一击】双手抖袖。

了　空　（异常惊慌地）哎呀，这里也不好，这里也不妙。那黄巢天子烧香已毕，必要擂鼓三通，三军们言道鼓楼上有个和尚，拿去开刀！（左手盖右手扬水袖捂头）【大锣一击】和尚头哇和尚头，我越发的替你愁哦——（双手抖袖）

（念<扑灯蛾>）

鼓楼躲，无商量，（双手在面部前左右摆动，手向左，头向右,手向右,头向左）

必须再找好地方！

「【撕边一击】了空从“高台”上往下翻“云里翻”或“台漫”筋斗。（咚，咚，咚）擂鼓三声。

了　空　黄巢天子兴兵前来，我到哪里去藏？（双手向左方扬水袖）【一击】我到哪里去躲？（双手又向右方扬水袖）【一击】哎呀，这，这，这……（左手抚摸头部，右手抚摸臀部原地打转【乱锤】突然停步，两眼定神，眼珠旋转，抬左手）【叫头】有了，山门以外有棵枯柳，我不免哀求枯柳保我性命便了。

「【小锣抽头】拉二幕，了空在二幕前耍水袖，脚下走“蹉步”从“大边”走至“小边”。二幕启，场上右侧旁“下场门”处设置一棵枯柳。

「了空扬水袖【叫头】向枯柳作揖。

了　空　枯柳啊枯柳！今有黄巢天子人马犹如潮水一般，少时来到寺院，我无处藏躲。我不免在你这里躲避一时。正是：（双手抖袖）（扎）我命在你，（双手“云手”指枯柳）你命在天。(双手反“云手”向“小边”斜上方)【小锣二击】枯柳请上受我一拜！

〔【冲头】了空向枯柳跪拜后，又转向“上场门”眺望。

〔幕内众官兵齐场：“哦——”

〔了空惊恐万状浑身颤抖地“蹉步”，藏在枯柳窟内。了空便从枯柳后由“下场门”溜下。

〔【冲头】四龙套举标旗、朱温、孟觉海、郭从周、班方腊手持长枪引黄巢“挖门”。黄巢“小边”台口下马，挖进去，站在台正中。

众官兵 （齐念）来到祥梅寺！

黄　巢 两厢搜来！

〔【搜场】朱温与郭从周翻至“下场门”内搜；孟觉海与班方腊翻至“上场门”下搜，立即上场四将站一横排。

朱　温
孟觉海
郭从周
班方腊 （同）启禀千岁，寺内无有僧人。

黄　巢 无有僧人？鸡犬开刀！

朱　温
孟觉海
郭从周
班方腊 （同）鸡犬全无。（四将分列两边）

黄　巢 【撕边一击】一无僧人，二无鸡犬，叫孤家何物开刀？

朱　温 启禀千岁，寺外有棵柳树可以开刀。

黄　巢 好！刀来——

〔【擂鼓】黄巢进“下场门”脱蟒，龙套甲站台中扛着大刀，黄巢从“下场门”上，出门，拿大刀。

黄　巢 起过了！

〔【四击头】黄巢耍“大刀花”砍倒枯柳。

朱　温 启禀千岁，枯柳之内，有一僧人首级。

黄　巢 待孤看来。

〔【冲头】黄巢至“大边”枯柳旁看。

黄　巢 哎呀！可恨了空无来由，
那日苦苦把孤求。
孤家已有留僧意，
劈柳误杀他的头。哎—— 【撕边大锣一击】
众将官，歇兵三日，兵发长安！
〔奏<尾声>龙套、四将扯“斜门”，黄巢从“下场门”先下，随后朱温、孟觉海一对，郭从周与班方腊一对，四红龙套分别反下。

—— 剧　终

赵纪鑫　　整理　记谱

打瓜园

叶盛章演出本

《打瓜园》这出武丑戏，事见小说《飞龙传》。故事取材于五代，时郑子明（恩）尚未发迹，卖油为生。一日天气炎热，口干舌燥，路过陶洪瓜园摘瓜解渴。被丫环看见，禀报小姐，陶女三春得知上前阻拦，与郑子明言语争辩，动起手来。三春不胜郑子明，便报知其父陶洪。陶洪赶至瓜园，郑子明见其年迈，又跛脚残疾，异常轻视，立即与之格斗，郑多次被陶洪打倒。陶洪见他性情豪爽直率，骁勇刚强，甚为喜爱，将其招赘为婿。

该剧故事情节较为简单，仅是四十多分钟的小戏。著名武丑表演艺术家叶盛章在剧中扮演陶洪，在戏曲舞台上成功塑造了一个瘸腿、蜷腕、弓腰、驼背、缩脖、端肩而又身怀绝技的残疾老人的艺术形象。在给娃子们表演那套拳式时，他既表现出陶洪瘸腿、弓腰、驼背的残疾人的特点，又出色地展示出陶洪出手不凡的功架；既渲染了他的武功基础，亦为后面在瓜园里能打败郑子明做了铺垫。

当年我看叶盛章饰陶洪与名武净高盛虹饰郑子明在瓜园对打时，那真是精彩出众。最让人们称赞的是叶盛章塑造的陶洪不仅是一位武艺高强的老英雄，而且他时刻不忘自己所扮演的陶洪是个残疾老人，在与郑子明对打时，抬腿动脚、拳打脚踢乃至一个手势，全显示出是位残疾武人，表演得十分细腻逼真，出神入化。不像我看有的演员在这出《打瓜园》里所饰陶洪，刚出场走路还像残疾老人，只要与郑子明一开打，总想显示自己的武功技巧，而把腰、腿、左碗全都伸直了，几与正常武夫毫无两样，这样的演员武打动作再灵活干净、敏捷精彩，却忘掉自己所扮演的人物身份和身体残疾，再好的武功也会失去艺术的感染力。

叶盛章先生演出的《打瓜园》，虽是武丑、武净、武旦三个人物的一出小戏，但彼时在北京、天津、上海、武汉以及东北各地只要举办义务戏或重要堂会，各界人士总是专点这出戏，就连上海杜月笙六十寿辰在上海中国大戏院演唱十天堂会，北京、上海梨园界所有名角应邀合作演出，第四天名家梅兰芳、马连良、李多奎、姜妙香合演《四郎探母》，也要特约叶盛章、高盛虹、阎世善三位合演《打瓜园》。当时各报刊盛赞《打瓜园》的精彩演出，评介这虽是一出小武戏，但充分显露出“武丑大王”叶盛章高超精湛的艺术特色，把《打瓜园》列为“叶派”武丑戏代表作之一。

这次我分别整理介绍了叶盛章先生生前享名剧坛的《酒丐》、《徐良出世》、《祥梅寺》、《巧连环》、《佛手橘》（又名《盗银壶》）和《打瓜园》等六出戏，这只是他生前演出的代表作的一部分。叶先生当年演出了不少大型文武丑戏，为戏曲宝库留下了不少宝贵艺术精华。在他的成名艺术道路上，我曾介绍了几位前辈名文武丑老艺术家，在此更应提到著名艺术家和教育家王连平先生，叶盛章演出众多的大型丑戏，都是由王连平先生帮助他编排而成的。王连平自1906年入叶春善先生主持的喜连成科班学戏，会戏颇多，文武昆乱剧目300余出都能教授。叶盛章的《时迁盗甲》、《黑狼山》等戏，开始都是王连平先生教的，后来他也协助叶先生编排了不少剧目，就是这出《打瓜园》，王先生也投入了不少心血。

赵纪鑫

人物行当

陶　洪	武丑	**丫　头**	花旦或丑扮
郑子明	武净	**四女娃**	小旦
陶三春	武旦	**四男娃**	武行
店　家	文丑		

服装扮相

陶　洪　丑扮。淡红色打底，脸额上较为重红，勾粉白蝙蝠形脸，眼角粉白向左右下垂成弧形，两道白眉从脑门向左右两边下垂到太阳穴处勾成小弧形，齐白眉上面勾两道白皱纹。在粉白蝙蝠上，勾上尖下宽两黑色三角眼窝。齐着粉白左右眼角处均画黑边，左右下垂，脑门正中蝙蝠头勾黑圆圈，粉白鼻梁上用黑笔画三道水纹似的皱纹，鼻孔上左右勾两道黑色半圆形纹理。鼻孔下画粉白，红嘴岔，外套白黑色。头上白网子、白发髻、黄色绸条、正中插黄铲、白毡帽、草帽圈、戴白二涛、白耳毛。秋香色素抱衣、抱裤、黄大带、背白绦子、打白腰包、白小袖，黑白鱼鳞裹腿、白布袜、鱼鳞靸鞋，外穿老斗衣。

郑子明　勾歪脸。头戴蓝毡帽、草帽圈、黑网子、黑发髻、牵巾、脑门正中茨菇叶，黑侉衣、系白绦子、白大带、打白腰包、外穿黑褶子、白小袖，黑彩裤，薄底。

陶三春　俊扮。梳大头、抓髻、红绒球面牌，红绣花打衣、打裤、红腰巾绣粉白花，粉或红手绢，红绣花薄底。

店　家　丑扮。蓝素鸭尾巾、八字吊搭，蓝素褶子、黄大带，黑彩裤，白布高筒袜、皂鞋。折扇。

丫　头　俊扮，或丑扮。梳大头、顶花，蓝绣花袄子，白绣花腰巾、绣花裤子，白布袜、绣花蓝色彩鞋。

四女娃　俊扮。梳大头，湖色绣花袄子，绣花扣带板、绣花裤子，湖色绣花薄底。

四男娃　丑扮。抹红色底、勾两道黑眉、黑圆眼窝、红嘴外勾粉白套黑色边。头戴孩发，黑侉衣，白边黑色扣带板、黑彩裤，白布袜、黑白道打鞋。

道具

桌子	两张	**椅子**	一把
椅垫	六个	**西瓜**	四个

油桶	两个	**扁担**	一根
折扇	一把	**紫色、灰色桌围椅披**	两套

打棍　六根（其中有一根用两片长竹片捆在一起类似家法板子）

第一场

「灰色桌围、椅披，一桌、一椅，“小座”。

「幕启：店家在内喊：“啊哈！”

「**【小锣五击】**店家左手拿折扇从“上场门”上，至“九龙口”右手打开折扇，左手高抬至耳边。

店　家　开店房——〔数板头〕

开店房，（边念〔数板〕边向台正中走）

惟有开店不是行。（抬左手摇动）

白天迎接来往客，（双手拱请式）

一到夜晚打更、打更梆。（用折扇轻轻向前方敲打，表示打更）

「**【小锣五击】**店家向右转身至台坐内“小座”。把折扇合起。

店　家　我，（右手抬起指自己）山西榆次县小二哥便是。（扎）在此处开了一座店房，(抬右手用折扇向后指）买卖倒也平常。前两天我这店里来了一个黑大汉，叫郑子明，（抬左手向斜前方指）是个卖油的汉子。住在我这店里，（右手打开折扇）天天和我要吃要喝，（抬左手比碗表示吃喝动作）可我一个大钱也没见着他的，（左手指斜前方）我可垫不起啦！（右手以折扇摇动）看今日天气晴和，（抬头折扇在胸前斜方，向右侧上方看）不免把他叫出来商量商量，叫他（抬左手指前方）出去做买卖去，卖回俩钱来，（用左手拇指和食指比作圆形）也好还我的店房饭钱。（把折扇折起，站起身至台正中，向“上场门”抬右手）我说郑二爷起来没有？大热的天，(抬左手指斜上方）出来凉快凉快吧！（双手拱请式）

「郑子明在幕内：“啊咳！”**【大锣四击头】**打上。至“九龙口”抖袖，抓水袖至“小边”台口。**【大锣五击】**

郑子明　（念山西地方口音）

枣木扁担铁箍头，（抬左手扣腕，抬右手指左手）

吆喝卖的是香油。（右手捂右耳朵）

油墩[①]放在桶里面，（伸左手向右侧下方指）

老子打来它就流。

老子不打它不流，（右手摇动）

这算什么芝麻球！（双手向外抖袖）

「**【大锣二击】**郑子明至台正中，店家拜揖。

店　家　郑二爷您起来啦？（抬右手往房内请）坐着，坐着。

「**【大锣五击】**郑子明进门，坐“小座”，店家站“大边”。

郑子明　店家把咱请了出来，是吃酒（抬左手拇指和食指成圆形，表示酒杯）还是用饭？（双手抬起形成圆形，张嘴似吃饭）

---

① 油墩——用竹筒制成小斗状的提油用具。

店　家　（抬右手用水袖挡住背白）有嘚！张着嘴睡觉，起来就饿啊！（转向郑子明）我呀，茶也没沏，饭也没做，有几句话跟您说说。（扇折住，用扇子指嘴）

郑子明　有话请讲。（向右侧身，抬右手指店家）

店　家　（满脸陪笑地）您来到我这店里，日子不少啦，连吃带喝的，我实在垫办不起了！看今个儿天气不错，（抬左手指斜上方）您得出去做买卖去啦！

郑子明　做买卖？**【小锣一击】**（左手捋牵巾，抬头向外看）天气炎热，咱是不去的呀！（伸右手摇摆）

店　家　（惊呆）怎么着，您不去？（抬右手也学郑子明摆手）

郑子明　咱不去！（抬右手又摇摆，同时身体向左侧转动）

店　家　您不去，咱们就对饿着？（用折扇指完自己，又指郑子明停顿瞬间又说）它是这么着，您做回买卖来，卖了钱，您想吃什么，不是有什么吗？**【小锣一击】**

郑子明　（双手合掌）好，店家，咱做买卖回来，要吃“鱼儿钻沙”。（抬左手指身前来回窜动）

店　家　（不懈地）什么？（瞪着眼睛看郑子明）

郑子明　鱼儿钻沙，鱼儿钻沙！（又一次抬右手向店家窜动手指）**【小锣一击】**

店　家　哦，哦，我明白啦。（用扇子拍打左手）就是“拨鱼儿加米饭”啊！

郑子明　（双手合掌）对了！**【小锣一击】**

店　家　好啦！您去做买卖，（抬右手用折扇指前方）我在家给您做“鱼儿钻沙”！（拿折扇向下钻来钻去）

郑子明　油担可曾装满？（左手指出）

店　家　装满了。（右手用折扇拍左手）

郑子明　担了过来。（抬左手上下摇动）

店　家　是喽！

〔**【小锣五击】**店家把折扇插在脖领内，至“下场门”取油担，双手抓扁担费力地从“下场门”取上来横放到“大边”台口。

店　家　（转向郑子明）我给您做“鱼儿钻沙”去！

〔**【小锣一击】**店家边看郑子明边出门，用折扇拍左手高兴地“扑哧”一笑，从“下场门”溜下。

郑子明　（无可奈何地捋牵巾，看看油担摇头，一声长叹）哎，咱去也！（抖右手水袖，担起油担“出门”）

〔山西梆子腔〕紧拉慢唱

【梆子大锣三锤】（i | 5 | 0 i | 6 5 | i 2 | 6 5 | 3 5 | 2 5 | 3 2 | 1 ）

3· 3 3 2· 2 2 ʼ 3 3 2 2 – （2 3 2 3）1· 1 1
郑 子 明 出 店 房 用 目 观 望， 青 是 山
（右肩挑油担，抬左手扬水袖眺望）

1· 1 1 ʼ 1 1 1 5 – （5 6 6 5）6· 6 6 6 6
绿 是 水 好 不 清 凉。 将 油 担 挑 至
（从舞台正中走至“小

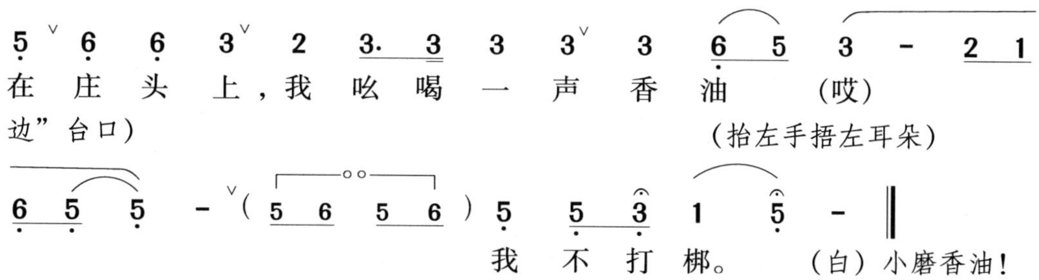

〔【大锣打下】郑子明把油担从右肩换到左肩，边喊“小磨看油！”从“下场门”下。

第二场

〔一桌一椅，紫色围桌、椅披，“小座”。

〔【撤锣，小锣打上】陶三春从“上场门”上，至“九龙口”左手捋胸前线尾，右手抬起抚摸鬓花，脸带笑容走至台口正中。

陶三春 (念〔引子〕)

不习针凿，(抬左手摇动) 练拳棒，常演刀枪。(云手变左手在前，右手在后握长枪式)

〔【小锣五击】陶三春向右侧转身归“小座”。四女娃分别一对从“下场门”上，一对从“上场门”上。站在陶三春两边。

陶三春 (念诗)

虽是庄院女裙衩，(右手上抬兰花指指自己)
文韬武略在胸怀。(双手抚摸胸部)
闲来喜读兵书卷，(抬左手握书式，右手指左手)
懒得修饰整妆台。(双手摇动) 【小锣二击】

奴家，(双手抚胸部) 陶三春。(扎) 爹爹陶洪，(双手拱请式) 大哥陶龙，(抬左手指前方) 二哥陶虎，(抬右手出食指和中指) 俱做这瓜园生意。(抬左手指前方) 今日乃娘舅寿诞之日，(双手拱请式) 二位兄长前去上寿。(抬右手向前指) 是奴一人 (双手扶胸部) 在此闷闷不乐，不免将丫头唤来，想个法子玩耍。丫头哪里？(抬右手指前方)

四女娃 (同白) 丫头，丫头!

〔丫头内白：“来啦！”【小锣五击】从“上场门”上，至“小边”台口。

丫 头 (念) 忽听姑娘唤，(双手拱请式)

迈步到跟前。(抬右手指右侧)

〔【小锣二击】丫头“挖门”，站“大边”叩拜。

丫 头 参见姑娘!

陶三春 (伸左手接礼) 罢了。

丫 头 将我唤来，有何吩咐？(双手向外翻)

陶三春 今日你姑娘闷闷不乐，(双手在胸前拨动手指) 将你唤来，想个什么法子玩耍玩耍才好。(抬左手用食指指头部) 【小锣一击】

丫　头　哦，您叫我来想个什么法子玩耍玩耍？（抬右手转手腕）
陶三春　正是。（双手合拍）
丫　头　咱们踢球？（抬右脚往前做踢球式）
陶三春　（摇头）不好。
丫　头　咱们打弹弓子？（上左腿，右腿踏步“半卧鱼”，左手在前，右手做打弹弓式）
陶三春　不好，（抬双手摇摆）【小锣一击】
丫　头　（抬右手摸脑门想主意）要不然咱们去瓜园玩去吧？
陶三春　好，（双手合拍）【小锣一击】如此带路。
丫　头　是！

〔【小锣凤点头】陶三春站起身，抬右手向前指。

〔西皮摇板〕

陶三春　（6 6 5 5 5 3 6 5 5 3 2 1 1）i i 3 3 6 5
丫 环 带 路

（6 5 3 6 5）7 6 3 5 － 5 6
瓜 园 往，

〔【小锣抽头】拉二幕，四女娃“插门”领“小圆场”，丫头、陶三春后跟“小圆场”至“小边”台口，启二幕，舞台左右侧分别摆三个可以打开的西瓜，表示瓜园。

陶三春　（6 6 5 5 5 3 6 5 5 3 2 1 1）3 6 5 i
一 片 青

6 i 5 6. i 5（5 5 3 6 5 －）‖
苗 蜂 蝶 忙。
（双手张开，眼睛带喜悦地看瓜园）

丫　头　（双手指台正中）您瞧这瓜长的有多大啦！【小锣一击】
陶三春　（左右看瓜园）真不小啦！你们在这看着瓜，（指丫头）我到瓜棚里凉快凉快。（左手指“下场门”，右手在脸前摇动手绢，表示天热的意思）
丫　头　您去吧，（抬左手指“下场门）我在这儿看着。

〔【小锣五击】陶三春与三女娃“下场门”同下。场上留一女娃和丫头。

丫　头　咱们干什么玩？
女　娃　咱们打花巴掌吧。（抬双手合拍）
丫　头　好，咱们打呀！

〔丫头和女娃对坐在舞台偏里正中处，二人相互左右对击手掌。

〔郑子明在“上场门”内白：“走哇！”【快长锤】右肩挑油担，左手提黑褶子敞怀，从“上场门”上。

〔西皮摇板〕

郑子明　（6 | 6 | 5 | 5 5 | 3 6 | 5 5 | 3 2 | 1 1 | 6 2 |

1 1 ）4 3 3 3.ᵛ 3. 2 1 2 3 （4 3 2 1 2
暑伏炎天似火烧，
（左手擦脖子上的汗水）

3 2 6 5 5 5 ）1 3 1 3 2ᵛ 5 3 1 2 1
浑身上（哦）下汗滔滔。

〔【大锣住头】郑子明把油担放在“小边”台口。用水袖掸衣服，擦汗水。

郑子明 口中有些干渴，（右手指嘴）如何是好？（扬水袖【小锣一击】站“小边”台口向台正中看）看那旁有一瓜园，不免摘瓜解渴。（抬右手向左侧指）

〔【撕边、一软锣】郑子明左手在前，右手在后，弯腰，前弓后箭式慢慢从“小边”台后，向右侧动作表示拨动瓜秧，至台右侧一角，摘西瓜用手压西瓜打开。【撕边、大锣一击】双手托着西瓜吃起来。

丫　头 （停下打花巴掌，向左侧看）【小锣一击】没风，瓜秧怎么动撼了？咱们瞧瞧去！

〔【小锣一击】丫头和女娃同站起来，向右侧“大边”看，发现郑子明手托西瓜大口地吃着。【小锣一击】

丫　头 （指郑子明）那个小子吃上啦！（走近郑子明）嘿！【小锣一击】黑小子，那瓜好吃不好吃呀？

郑子明 （手托西瓜转看丫头）这瓜倒也好吃。

丫　头 甜不甜？（伸左手指西瓜）

郑子明 甜哪！（连连点头）

丫　头 （抬出左手向郑子明要钱）拿来！

郑子明 （莫名其妙地）要什么？

丫　头 要钱！【小锣一击】

郑子明 （瞟一眼丫头，把西瓜合在一起）咱老子就是没有钱哪！（左手托西瓜，右手先拍腰间，再摆手）

丫　头 （生气地）没有钱，你还充老子！（伸左手指郑子明，立即转向左侧对女娃道）你给姑娘送个信去！

女　娃 是啦！

〔【小锣五击】女娃立即从“下场门”跑下。

丫　头 没有钱，你别吃啦！（抬左腿踢郑子明手，西瓜落地）【大锣一击】

郑子明 为何将瓜踢掉？（抬右手怒指丫头）你赔俺，你赔俺！

丫　头 哈哈！你真是不讲理！【小锣一击】（抬左手指郑子明）吃了我们的瓜，还教我赔你！今儿你不给钱，你姑娘（抬右手拍胸部）要揍你！（右手出拳）【大锣一击】

郑子明 哦！你要讲打？（抬右手出拳式）

丫　头 要揍你。（摇晃右手拳式）

郑子明 好，比试比试！

〔【急急风】郑子明与丫头“一过合、两过合”，打“接鼻子”郑子明将丫头打败，丫头快步从“下场门”跑下。【冲头】郑子明看着丫头跑去，讥笑。

郑子明 好个丫头，（抬左手指“下场门”）俺还是吃瓜。（伸右手指“小边”台口放

着的西瓜）

〔【冲头】郑子明至“小边”拿台上摆放的西瓜，继续吃着。

〔丫头、四女娃从“下场门”冲上，引陶三春上。四女娃站“大边”“一条鞭”，丫头单站，陶三春至右侧台中。

四女娃
丫　头　（同指“小边”郑子明）就是他！【小锣一击】

陶三春　（打量郑子明）是他，好，我问问他。

四女娃　您问问他。（同指郑子明）

陶三春　呔！（指郑子明）【大锣一击】那个黑汉，是你吃了我的瓜了？

郑子明　俺吃的。（右手托瓜，左手拍打腰间）

陶三春　好吃不好吃呀？

郑子明　好吃！（点头）

陶三春　甜不甜哪？

郑子明　甜哪！

陶三春　（用右手指点）你还知道甜。

丫　头　（走近陶三春挑拨地）跟他要钱！

陶三春　（点头，转向郑子明伸手）要钱！【小锣一击】

郑子明　老子没有钱！（左手摆动）

陶三春　（退步，气愤地对丫头）没钱，还充老子！（抬右手指郑子明）【小锣一击】

丫　头　是啊，他还充老子！

陶三春　（转向郑子明）没有钱，还要充老子，今天你姑娘要讲打！【大锣一击】（“云手”出右拳）

郑子明　（讥笑地）噢，要讲打？

〔【撕边、大锣一击】丫头与四女娃同“云手”出右拳，脚下踏步亮相。

丫　头
四女娃　（同白）要讲打！

郑子明　好！【大锣三击】（将瓜扔至“上场门”内，脱掉黑褶子）你我试把试把！（抬右手挥动拳头）

〔【急急风】陶三春与郑子明手操手“一过合”、“两过合”、打“车轱辘拳”，郑子明把陶三春打败下。丫头和四女娃同时冲向郑子明，郑子明与她们手操手，“一过合”、“两过合”，“一二三搭叉”打一个、打两个最后把丫头打下。这时陶三春持棍从“下场门”复上，朝郑子明打去，接打夺棍，四女娃续上，起“六股档”，随后，郑子明空手敌不过，快速至油担处，操扁担，与陶三春打“十八棍”，【大锣四击】亮相。郑子明持扁担领陶三春及四女娃、丫头圆场打“萝卜头”女娃从“下场门”打下。最后与陶三春向里“一盖两盖”、向外“一盖两盖”、“鼻子漫头”，踢陶三春“抢背”，打丫头“屁股坐子”【大锣三击】陶三春及丫头从“下场门”跑下。

〔郑子明一望两望，【撕边、大锣二击】手持扁担要“下场”，【急急风】转【夺头、四击头】郑子明“飞脚”、“骗腿”、“旋子”涮扁担扛在肩上，右手攥拳放在头上，亮相。【急急风】从“下场门”追下。

第 三 场

〔台正中摆前后两张桌，桌上放一摞椅垫，桌右侧一把椅。

〔**【冲头】**陶洪全剧用山西方言内白：“娃子们！”四男娃：“有！”陶洪：“打道场院！”四男娃：“啊！”

〔**【急急风】**四男娃从“上场门”左手“拉山膀”右手在身右侧拳式上，至“大边”、“扎犄角”、“一条鞭”亮住。陶洪用残疾的左手拿草帽圈，右手提老斗衣遮脸部，走路瘸腿、弓腰、驼背，但动作十分敏捷，干净利落。陶洪至“九龙口”**【大锣四击】**跨右腿转身踢左腿亮相，**【撕边】**慢慢抖动老斗衣放下衣襟，捋白二涛，左右环视至舞台正中。抖袖，捋白耳毛，又环视四周向右侧转身，圆场至“上场门”前，抬右手看站在“大边”一排的四男娃。

陶　洪　娃子们，打道场院！

四男娃　啊！

〔**【水底鱼】**四男娃领起圆场“挖门”分站左右两侧，陶洪随后归正中，抖右手水袖向左侧转身**【冲头】**至台正中上桌坐在桌上摆放的椅垫上。左手拿草帽圈右手抖袖。

陶　洪　（用山西榆次口音念）

虽然年迈力刚强，（右手挑大拇指）

亚赛幼年小儿郎。（右手向前指）**【小锣二击】**

一身武艺无人挡，（右手摇摆）

不愿在朝见君王。（双手拱请式）**【住头】**

〔四男娃从左右两侧归里面，仍插腰分站两侧。

陶　洪　老夫——（抬右手托白二涛）**【撕边】**陶洪。**【大锣二击】**所生二男一女，长子陶龙、次子陶虎，小女陶三春。**【大锣二击】**两个孩儿去往娘舅家中上寿去了，小女在此看守瓜园。老夫（右手托白二涛）闲暇无事，带领娃子们来到场院演拳。（抬右手在胸前横向平指）娃子们！**【大锣一击】**

四男娃　有！

陶　洪　将拳棒演习上来！

四男娃　啊！

〔**【阴锣】**四男娃至台正中一横排，同“拉云手”跨右腿“打蹚子”演拳。①最后四人分，用“一二三搭叉转身出拳一排向里翻“虎跳”，单腿向陶洪跪拜。

陶　洪　闪开了！

〔**【阴锣】**四娃分两边站陶洪下堂桌，摘白毡帽，放下草帽圈，脱老斗衣，男娃子拿走。

〔**【急急风】**陶洪演拳。先至“九龙口”提腿“云手”，踢左腿跃上前方，至“小边”台口“转身”演拳，正场“打蹚子”“飞脚”正场“摔岔”，起身“扫堂”“旋子”。①

---

① 四男娃可随意增加拳式。

〔【急急风】至“上场门”口，从慢到快，三圈瘸步圆场，后至舞正台中亮住，向四男娃招手到他身边比拳。

〔陶洪先与“大边”第一个娃子甲手操手“一二三搭叉”转身，往外“一盖两盖”上左手被陶洪抓住，陶洪伸右腿“扫堂转灯”，娃子“旋扑虎”，起身亮相。

〔【阴锣】陶洪又至“小边”向第三个娃子乙招手，“一二三搭叉”转身“一盖两盖”上步，陶洪踢娃子“屁股坐子”，倒地。随后又向右侧的娃子丙招手，仍是“一二三搭叉”转身“一盖两盖”，抓陶洪胳膊，陶洪闪身一脚，娃子“吊毛”倒地，最后陶洪又至“上场门”台口与娃子丁手操手，娃子丁双手向陶洪出拳，陶洪漫他头，打娃子丁胸脯，“屁股坐子”倒地。

陶　洪　你不行！你们一齐动手！

〔【急急风】陶洪兴奋地圆场，从慢至快，边跑边抖动胡须。②

〔陶洪圆场至舞台正中背身向观众。【撕边】四男娃一起伸右手同抓陶洪后背，【撕边、大锣一击】陶洪向右侧一塌身，【撕边、大锣一击】陶洪又向左侧塌身，【撕边、大锣一击】陶洪正中塌身，四男娃用力下压，陶洪猛然起身，四男娃都倒在地上，双手抢头，左腿高抬【大锣一击】亮相。

〔陶洪得意地转身【叫头】三笑。

陶　洪　哈哈，（抬右手）哈哈！啊哈哈哈……

〔【小锣长丝头】四男娃起身站原位。丫头从“上场门”急跑上，站“小边”。

丫　头　老爷子，您还乐哪，了不得啦！

〔【大锣一击】陶洪右手捋二涛胡须一惊。

陶　洪　怎的啦？

丫　头　咱们瓜园来了一个黑小子，把姑娘给打了！

【大锣一击】

陶　洪　啊！黑汉子今在何处？

丫　头　他追来啦！（抬右手向“上场门”指）

陶　洪　带路，带路，带路！

〔【大锣水底鱼】陶洪在丫头指引下“反圆场”向右侧走至正场，郑子明拿着扁担从“上场门”快步至舞台正中碰面。【撕边、大锣一击】陶洪站右侧背供指郑子明。

丫　头　老爷子，就是他！

陶　洪　原来是黑汉子。

郑子明　（站左侧背供，抬左手挡住，右手指陶洪）原来是个老头子！

陶　洪　（向郑子明抬右手）【叫头】黑汉子你打俺女儿是何道理？

郑子明　你问这个吗？呸！连你也打！

〔【急急风】郑子明勇猛地拿扁担朝着陶洪打去，陶洪敏捷灵巧地往里“一盖两盖”卸掉郑子明手里扁担，抬腿踢郑子明“肘棒子”，郑子明起来站“小边”台

---

① 叶盛章这套拳打得很干净敏捷，左手始终是勾着，当中加跳十几个“铁门槛”，后走“吊毛”，最后【撕边大锣四击】亮相。

② 叶盛章表演圆场及各种动作，时刻突出表现陶洪瘸腿、弓腰、驼背、勾手的残疾老人形象。但又展示出陶洪是位身怀绝技、武艺高强的老人，同一般的残疾老人是不同的。演得十分精彩出色。

口，郑子明亮高相右手山膀，右手拳，陶洪站“大边”矮相。

郑子明 （搓手顿足）哇呀呀…… **【撕边、大锣二击】**

┌郑子明与陶洪左右侧“一扯两扯”，丫头与四男娃从“下场门”溜下。

┌吹曲牌<娃娃合头>

┌郑子明像猛虎似地扑向陶洪，二人手操手对打“查拳”。**【急急风】**[①]陶洪翻“单提”筋斗，“扫堂”，郑子明“旋扑虎”“滚堂”，陶洪“旋子过人”等，把郑子明打败，郑子明不服**【撕边、大锣一击】**举拳打掏洪，陶洪右手举拳欺郑子明，打郑子明手腕。**【撕边、大锣一击】**郑子明蹲在“大边”台口。

陶　洪 （至郑子明跟前）这一黑汉子，起来，起来！（抬右手从下往上招呼）

郑子明 （抬头看陶洪，随后站起来）起来就起来，起来作啥？

陶　洪 我且问你，你可敢打？

郑子明 你问谁？（双手张开成弧形）

陶　洪 我问你！（抬右手指郑子明）

郑子明 你问我，（左手先指陶洪，再指自己）我打！（右手出拳）

┌**【急急风】**郑子明出拳打陶洪“一过合，两过合”，手操手对打“大双拍腿”，从慢到快，郑子明抄陶洪“肘丝扑虎”，“绞柱”踢郑子明摔“肘棒子”，**【大锣四击】**亮相。郑子明调到舞台右侧“大边”，起身举拳又扑向陶洪，**【撕边、大锣一击】**转身蹲在“小边”台口。

陶　洪 （右手指郑子明）又蹲下了。（走至郑子明身边，用右手拍打郑子明肩膀）黑汉子起来，起来！

郑子明 （瞟陶洪一眼）起来就起来，（站起来）起来作啥？

陶　洪 我且问你，你可敢打？

郑子明 （故意地）你问谁呀？

陶　洪 （伸右手先指自己，后指郑子明）我问你呀！

郑子明 （抬左手先指陶洪，后指自己）你问我呀？

陶　洪 （右手出拳式，面带笑容地）打！

郑子明 我——（犹豫不定）

陶　洪 打！**【大锣一击】**

郑子明 我再也不敢打了！（摇动双手）

陶　洪 黑汉子，我谅你也不敢打！黑汉子，你不行啊！（伸右手摆动）

郑子明 （看陶洪，点头认输，不语）

陶　洪 （托胡须）咱不打你了！随老汉回到家里去，有好言相告与你。（抬右手指郑子明）

郑子明 你不用说，咱明白了！（右手拍腰间）

陶　洪 你明白何来？

郑子明 你将咱诳到你家，又是一顿饱打，（右手出拳表示打人动作）你道是也不是？（双手张开成弧形）

陶　洪 这一黑汉被我打怕了。**【撕边、大锣一击】**（向右侧上步，右手遮住对台下白，随后转向郑子明）咱说不打你，就不打你了！（右手摆动）

---

① 根据开打灵活运用锣鼓。在对打中，叶盛章和扮演郑子明的著名武净高盛虹，此处穿插“过包”。

郑子明 当真?

陶 洪 当真!

郑子明 果然? (双手在胸前成弧形)

陶 洪 果然! (连连点头向“下场门”招手) 娃子们!

〔**【冲头】**四男娃从“下场门”上,“大边”站“一条鞭”。

陶 洪 挑了油担,家中去者!

四男娃 是。

〔**【冲头】**四男娃跑向“上场门”内担油担快上,郑子明面带喜悦,回身看“上场门”内。

陶 洪 黑汉子,(向郑子明招手) 随我来!

郑子明 (抬左手遮住,背白) 我试试他的力量如何。

〔**【撕边、大锣一击】**郑子明猛然过去掐陶洪的腰,陶洪灵巧地一把抓住郑子明的手腕,**【撕边、大锣一击】**转腕郑子明右腿跪地,矮相,陶洪抓郑子明手腕,抬左腿斜身亮高相。

陶 洪 黑汉子,你这是作啥?

郑子明 我试试你的力量如何。

陶 洪 (立即松开手,落下左腿笑着说) 你不行啊! (摆手)

郑子明 嘿! (起耳,双手张开,轻轻跺足) 我本来的不行啊!

陶 洪 (兴奋地) 哈哈哈,来呀! (招手)

〔**【冲头】**郑子明上前关切地搀扶陶洪,二人左转身从“下场门”下。

〔奏唢呐曲牌<尾声·合头>。

——剧 终

赵纪鑫　**整理**　　王茂林　**记谱**

铜网阵

叶盛章演出本

京剧大型武戏《铜网阵》又名《蒋平捞印》。该剧取材于中国古典武侠小说《三侠五义》第一百零二至第一百零六回。故事描写北宋时期宋仁宗继位后，皇叔襄阳王赵珏阴谋篡位，网罗党羽结盟，并煞费苦心修筑冲霄楼，设置铜网阵，按八卦布防，十分险恶。新任巡按颜查散奉旨偕白玉堂巡访襄阳。赵珏做贼心虚，派遣邓车、申虎深夜潜入巡按驻地盗得颜查散大印。白玉堂擒获申虎，盘诘得实，深为失印自愧，便夜探冲霄楼，不幸陷入恶阵，被乱箭射死。赵珏又下毒手，把盗来的金印抛至寒潭之中。此时，白玉堂生前结盟兄弟卢芳、韩彰、徐庆、蒋平四人继赴襄阳，随后智化、欧阳春与丁氏双侠也及时赶到，众人誓为白玉堂报仇。蒋平水性高强，绰号"翻江鼠"，不顾寒潭险恶，潜入水底捞回印信。众义士探明冲霄楼，大破铜网阵，终将襄阳王赵珏拿获。

《铜网阵》原是一出大型武丑戏，是"武丑大王"叶盛章先生早年享名剧坛拿手戏之一，颇得广大观众欢迎。当年叶先生组建金升社挑班挂头牌，那时演戏时间较长，通常在四个小时左右，所以每逢演出《铜网阵》，总是前面加演《黑狼山》（又名《蒋平闹舟》）。其目的是通过前面的闹舟使他扮演的蒋平人物性格更加丰满、鲜明，为后边的戏做铺垫；再者，那时候演戏舞台上全凭真能耐，表演上必须有绝活，观众才买你的票。用行里话说："演戏卖票要对得起观众，不能蒙人。戏码不硬吸引不了人家，就会摔自己的牌子。"

叶先生扮演的蒋平，通过前面的"闹舟"，中间的"劝饭"、"捞印"直到最后的"破阵"，既多侧面地塑造了蒋平处事老练，阅历丰富，足智多谋，讲究忠义的武士形象，又巧妙地运用京剧艺术表演程式，从唱、念、做、打、舞多方面展示出他那精湛的武功绝技。

特别是剧中蒋平"劝饭"和"捞印"这两场戏，叶盛章表演得那真是细腻入微，活灵活现。说实在的，《铜网阵》这个剧本从结构到台词、唱词都比较粗糙，剧情也较为平淡。就是这样一个剧本，经叶盛章细心琢磨，认真刻画的蒋平这个人物，把平淡没有尖锐的戏剧矛盾冲突的"劝饭"一场戏演得满台生辉，极为精彩。

当蒋平见到公孙策，听他讲述白玉堂为追寻巡按大人金印，夜探冲霄楼之前，留下一张"金印不归，宁死不回"的小柬大吃一惊。因为蒋平知道襄阳王赵珏阴谋篡位煞费心机，修筑冲霄楼，内设机关暗道，八卦布防，十分险恶。此番五弟白玉堂独身闯入，必陷铜网阵，断定他是九死一生。此时蒋平内心忧虑担惊，焦急万分。听得公孙策介绍巡按大人颜查散思念白玉堂几天不思饮食，他又怕大人病倒，在这进退两难之际，蒋平故作镇静，强忍悲痛，耐心劝解大人安心吃饭。叶盛章这时的表演从他面部表情上看，面对颜查散是满脸堆笑，和颜悦色，耐心劝解，每句台词念得十分温顺，神情自然。当他背着颜大人却又是一副面孔，满面愁容，紧锁眉头，异常焦虑，时时牵挂着结拜五弟白玉堂。他感情充沛，把此刻蒋平的内心活动揭示得淋漓尽致。

再说蒋平"捞印"这场戏，幕一拉开，舞台上只有一座用三张桌摞在一起的高台，外边用景布围住，表示寒潭岸边的岩石。叶先生扮演的蒋平要从高台上翻筋斗跳入水底。为表现蒋平入水的动作，他边唱曲牌〔沽美酒〕，边以“高毛”、“旋子”、“扑虎”、“矮子”、“五龙绞柱”等一系列高难武功和双手分水等身段，使人感到满台都是水，蒋平在水底反复游动寻找金印。尤其是蒋平在水底游来游去，两次抓住水草河泥，误以为找到金印，在这里叶盛章的表演很有层次又极为细致。他先是惊喜，立即抖动全身表示浮出水面，随后用手擦擦脸上的水珠，揉揉眼睛仔细再看手里，当发现不是金印时，便扫兴地将手里的水草河泥扔掉。虽然这里表演只是一个简单的小细节，但也表明叶盛章时刻从人物和剧情出发。以至几十年后回忆起他演出的蒋平，仍是记忆犹新。

那时候我看叶盛章先生演出这出《铜网阵》，是以他扮演的武丑蒋平为主，著名武生黄元庆先生扮演白玉堂。由于剧本所限，白玉堂在前半出戏里只是个介绍情节式的人物，俗称为“挎刀武生”，全剧就突出后面的蒋平。后来，著名京剧武生表演艺术家李万春先生观看了叶盛章先生的演出，十分喜爱。于是他又根据《三侠五义》的故事，在叶先生演出本的基础上，再次加工修改，重点把剧本前半部分白玉堂的戏加码。白玉堂一出场就是驰赴襄阳，以精彩的武生趟马展示在观众面前。随后见沈仲元认友为敌一段精炼的念白，为后面的戏剧矛盾做了铺垫。当白玉堂听到百姓状告襄阳王霸占农田、残害百姓，义愤满腔，充分表现白玉堂爱憎分明的善良性格，展示出他除霸安良的高尚品德。李万春先生在描写白玉堂审问雷英和丢失金印后焦急内疚的复杂心情时，增加了大段唱词，既表现了自己文武兼备的艺术才华，又突出了人物内在情感，为白玉堂夜探冲霄楼增加思想依据。尤其是白玉堂听智化讲述冲霄楼内八方有门是八卦，五条甬路是五行，两座圆亭是两仪，七层台阶是七星，阵中上有铜网下是滚板，八方暗藏弩箭等险恶布防，均有意识地为白玉堂入阵探险竭力渲染。

特别是白玉堂夜入冲霄楼，王府兵丁三番围攻，白玉堂边唱边与敌人交锋，设计的开打新颖别致，更增加了演出效果。同时还编写了一场“托兆”——白玉堂鬼魂上台有一段唱。总之，李万春先生修改的《铜网阵》，在原本基础上，前半部从塑造白玉堂这个人物形象上看，确实更加丰满添色，并把原剧名改为《大破铜网阵》，形成了武丑和武生并重的一出大型武戏。后来又有武生名家张云溪和张世麟先生，对该剧中的白玉堂这个人物，从表演到入阵探险等情节和武打设计，又大胆做了新颖精彩的创造，使这出戏更受广大观众欢迎。

这次整理的剧本，是叶派武丑刘世亭（又名莜春来）先生根据叶盛章先生演出本口述记录而成。为了提供剧团演出，这次整理剧本的前半部分有关白玉堂的场次，是按李万春先生演出本写的。我在整理过程中承蒙名净钱鸣业先生给予热情支持，多方面提供资料，在此深表谢意。

赵纪鑫

人物行当

蒋　平	武丑	雷　英	净
白玉堂	武生	魏　昌	丑
颜查散	小生	陆　彬	武生
公孙策	老生	陆　妻	旦
智　化	文武老生	韩屈氏	老旦
欧阳春	武净	胡嘎嘎	丑
赵　珏	净	雨　墨	小生
金　辉	老生	王　宝	丑
邓　车	武净	王　善	丑
卢　芳	净	张　华	武生
韩　彰	武净	中　军	老生
徐　庆	武净	八兵士	武行
张　祥	丑	四龙套	杂
沈仲元	武丑	八府丁	武行
丁兆兰	武生	男百姓	老生、小生
丁兆蕙	武小生	女百姓	旦
申　虎	武净		

服装扮相

蒋　平　丑扮。淡红色打底、勾粉白鼻梁、左右眼角下分别勾两个粉白蝙蝠形、白上画黑点、粉白套油红外套黑色嘴、白鼻梁正中勾黑蝙蝠、两道弯曲黑色重眉、黑三角眼窝、上八字黑胡。头戴黑缎子绣小白蝴蝶豆色帽（上面镶白条一条龙、后带小黑缎子后兜、豆色帽外边戴珠子头小额子，也叫贼盔）、正中茨菇叶、左耳边插黑白色的两个小绒球，护领、白大带、黑缎子绣粉白色蝴蝶挂丝线穗的侉衣、白绸子绣黑花小水裙，侉裤，外穿黑缎子绣白蝴蝶挂小丝线穗的褶子，千层底薄底鞋。

白玉堂　俊扮。先戴扎巾盔，白缎子绣花箭衣、白大带、黑缎子绣金团龙马褂、苫肩、护领，白缎子绣花彩裤，厚底黑靴，挂宝剑。后改装头戴白缎子一条龙改良小盔头，白缎子绣花抱衣、抱裤、白大带、背白绦子，白缎子绣花薄底。外穿白缎子绣团花褶子。后使单刀。

颜查散　俊扮。忠纱帽，粉蟒、玉带，粉彩裤，厚底靴。后换红色学士巾，湖蓝色绸条、红绣花帔。

公孙策　俊扮。黑三、黑缎子学士巾，宝蓝褶子、外罩黑缎子白缎子边大坎肩、系紫色绦子，黑彩裤，厚底靴。后戴忠纱帽，红蟒。

智　化　俊扮。黑三、黑缎子软罗帽，黑缎子箭衣、紫色大带、白小袖，黑彩裤，薄底。后穿黑褶子。

欧阳春　揉紫红脸，勾黑眉、黑眼窝、脑门正中勾火焰、黑海下涛胡。紫缎子侠义盔，紫箭衣、背紫色绦子、紫大带、紫色绣花彩裤、紫色绣团花褶子，紫色绣花薄底。手使扑刀。

赵　珏　勾黄三块瓦老脸。黪满、草王盔、翎子、狐尾，黄蟒、玉带，黄绣花彩裤，厚底靴。后穿黄色绣团龙箭衣，黄色大带，黪发髻系黄绸条、黄铲。

金　辉　俊扮。黪三、忠纱帽，绿蟒玉带，红彩裤、厚底靴。

邓　车　勾红三块瓦，黑花眉子。黑满、绿扎巾、牵巾、茨菇叶、左耳边插红石榴花，绿绣团花箭衣、紫大带、绿开氅，绿彩裤，厚底靴。后脱开氅、换薄底。

卢　芳　勾粉红色三块瓦老脸。黪满、古铜色硬鸭尾巾，古铜色绣花抱衣、抱裤、背古铜色绦子、古铜色大带、白花腰巾、外穿古铜色绣花褶子，厚底靴。

韩　彰　勾绿三块瓦脸。黑满、绿色侠义盔（又名贼盔）、牵巾、茨菇叶，绿色绣花抱衣、抱裤、背紫色绦子、紫大带、绿缎子绣花褶子，薄底。

徐　庆　勾蓝三块瓦脸。黑二涛、蓝色侠义盔（又名贼盔）、牵巾、茨菇叶，蓝色绣花抱衣、抱裤、背蓝色绦子、蓝大带、蓝缎子绣花褶子，薄底。

张　祥　丑扮。黑缎子软罗帽，黑褶子、紫色大带，黑彩裤，白布大袜、皂鞋。

沈仲元　丑扮。勾宽长粉白鼻梁（区别于蒋平细长白鼻梁，而又不同于文丑张祥脸谱）、白鼻梁上勾黑蝙蝠、三角眼窝、两道八字眉。丑三，道巾（将飘带系在道巾上，左侧耳上边系一结），紫色八卦衣、系紫绦子，红彩裤，朝方。手持云帚。后改换黑褶子外罩道士大坎肩、系紫绦子，黑彩裤。

丁兆兰　俊扮。戴武生巾，湖蓝色绣花箭衣、湖蓝色大带、湖蓝色绣花褶子，湖蓝色彩裤，厚底靴。挂宝剑。

丁兆蕙　俊扮。戴粉色将巾，粉色绣花箭衣、粉大带、粉色绣花褶子，粉彩裤，厚底靴。挂宝剑。

申　虎　勾黑碎脸。硬黑绒球罗帽、牵巾、茨菇叶、左耳边插石榴花，黑色绣花抱衣、抱裤、黑色大带、背黑绦子、黑绣花褶子，厚底靴。

雷　英　勾紫色花三块瓦脸。黑满，紫将巾、牵巾，紫色开氅，红彩裤，厚底靴。后换紫抱衣、抱裤，薄底。

魏　昌　丑扮。黑八字吊牟、黑道巾，黑色褶子外罩道士大坎肩、黑绦子，黑彩裤，朝方。

陆　彬　俊扮。戴蓝毡帽草帽圈，黑缎子箭衣、紫大带，黑彩裤，薄底。

陆　妻　俊扮。梳大头、线尾子、湖蓝色绸子包头，戴银锭，湖蓝色女褶子、系素白裙、绣花腰巾，粉彩裤，彩鞋。

韩屈氏　俊扮。黪老旦纲子、黪发髻、蓝绸条，女老斗衣、绿绸裙、系白素腰巾，黑彩裤，福字履。

胡嘎嘎　丑扮。红毡帽、系蓝绸条，蓝布箭衣、黄大带、外穿红卒坎儿，黑彩裤，白布大袜、皂鞋。

雨　墨　俊扮。孩发，湖蓝色茶衣、系白腰巾，湖蓝色彩裤，白布袜子，福字履。

王　宝　丑扮。黑大板巾，黑缎子素箭衣、紫大带、外罩黑缎子绣团花马褂，黑彩裤，薄底。

王　善　丑扮。黑大板巾，黑缎子素箭衣、紫大带、外罩黑缎子绣团花马褂，黑彩裤，薄底。

张　华　俊扮。绿硬罗帽、牵巾、茨菇叶，绿抱衣、抱裤、背绦子、紫大带、绿褶子，先厚底，后换薄底。

中　军　俊扮。黑三、戴中军盔，紫开氅，红彩裤，厚底靴。

八兵士　俊扮。官兵服，薄底。

四龙套　一般龙套扮相及服装。

八府丁　丑扮。脸上抹红底勾黑眉、黑眼窝。蓝头布小额子，蓝布侉衣，蓝彩裤，薄底。

男百姓　俊扮。蓝毡帽、满三，黑褶子，黑彩裤，薄底。

男百姓　俊扮。蓝头包，茶衣、腰包，黑彩裤，白布大袜、皂鞋或草鞋。

男百姓　俊扮。白毡帽、白三，老斗衣，黑彩裤，白布大袜、草鞋或皂鞋。

女百姓　俊扮。梳大头、红尾、蓝绸包头、戴银锭，青衣褶子、白素腰包、系白腰巾，黑彩裤，彩鞋。

道具

堂桌	两张	醒木	一份
椅子	六把	礼单	一份
书信	一封	字柬	一张
酒壶	一把	公文	一份
酒杯	三盏	锁链	一条
印盒	一个	金印	一方
单刀	二十四把	朴刀	两把
银锭	两锭	蜡台	一个
马鞭	十二把	盟单	一份
单枪	八杆	银包	一个
状纸	四张	废铁	一块

云帚	两个	袖箭	一支
大刀	三杆	宝剑	三口
饭碗	三套	筷	三双
黄布包	一块	藤棍	两根
鬼脸壳	一个	木托盘	一份
手铐	一个	文房四宝	一份
红色桌围	一套	紫色桌围	一桌
红色椅披	一套	紫色椅披	两椅
高台三张桌围岩石片		白玉堂墓碑	
冲霄楼景布内装铜网		石墩、大树和山片、襄阳城片	

第 一 场

〔舞台设置：紫色桌围、椅披，一桌一椅，摆“大座”。

〔**【冲头】**、**【大锣打上】**八府兵抱单刀站门，随后雷英、张华、魏昌、沈仲元、申虎、邓车提褶子或开氅一对对分别从“上场门”上，站门。

〔**【四击头】**赵珏从“上场门”提黄蟒左侧下角上，至“九龙口”抖袖、整冠、捋髯，眼睛环视两侧后至台前正中，抖袖。

赵　珏　（引子）孤承天命，（双手对天拱拜式）待时机正位龙廷。（手端玉带得意摇动，抖水袖，左右环视）

〔**【大锣回头】**赵珏向左侧转身至“大座”。

〔雷英、张华、魏昌、沈仲元、申虎、邓车归正中一排。

众　人　（双手拜揖）臣等见驾，吾主千岁！

赵　珏　众卿平身。（抬右手向众人示意）

众　人　千千岁。（众人双手又拜揖）

〔**【大锣归位】**雷英、沈仲元、邓车站右侧“大边”一斜排；张华、魏昌、申虎站左侧“小边”一斜排。

赵　珏　（念）宋王无德据帝京，（抬左手指斜上方）

孤爵襄阳心不平。（抬右手抚摸胸部）**【小锣二击】**

招贤纳士聚兵马，（抬双手在胸前向左右分开）

要称至尊（抬右手扬水袖，伸左手向前指**【大锣一击】**）夺乾坤！

〔**【归位】**抖左手水袖向上扬起，右手抓住水袖一角。

赵　珏　孤——襄阳王赵珏。（**【软撕边、大锣一击】**向外抖左手水袖）众位贤卿！

众　人　（转身向赵珏拱手）千岁。

赵　珏　孤昨日察看冲霄楼、铜网阵。此楼高冲云霄，门按八卦，路分五行，处处机关埋伏；（抬左手指斜上方）若无阵图指引，寸步难行。（左手从指变掌摆动）真乃一座绝妙奇阵。（抬右手挑大拇指）魏卿！

〔**【大锣一击】**魏昌转向赵珏拱手。

魏　昌　臣。

赵　珏　你又立大功一件。（抬右手指站在“小边”的魏昌）

魏　昌　圣天子有百灵相助，小臣当效犬马之功。启禀吾主，建造冲霄楼铜网阵的民伕工匠，请吾主发落。（弯腰拜揖）

赵　珏　这……（抬右手捋髯思忖）**【软撕边，大锣一击】**斩尽杀绝，（抬左手攥拳，右手做杀头手势）消迹灭口！

魏　昌　（双手拱揖）遵旨。

赵　珏　（奸笑）嘿嘿嘿……**【软撕边、大锣一击】**

〔雷英手捧黄色盟单进前两步，向襄阳王赵珏禀告。

雷 英 吾主与文武官员四方豪杰对天立盟，共举大事。今盟单画押已毕，请龙目御览。（双手捧盟单，高过头顶）

赵 珏 呈上来。（抬左手向“大边”雷英招手）

雷 英 是。

〔**【大锣五击】**雷英走至桌前，双手呈盟单，赵珏接盟单，左手拿盟单，右手捋髯观看。**【软撕边、大锣一击】**

赵 珏 唔呼呀！天下俊杰尽在盟单画押，孤登大宝之日，一概封赠公侯爵位。

众 人 （转身分向赵珏作揖）吾主隆恩！

赵 珏 雷英速将这盟单放在冲霄楼最高一层，正梁机关要处。

雷 英 遵旨。

〔**【冲头】**雷英上前从赵珏手里接过盟单，出门从“下场门”下。此时，王宝、王善急从“上场门”上，进门向襄阳王叩拜。

王 宝
王 善 （同）启吾主，东京汴梁派来颜查散巡按襄阳！

赵 珏 （一惊**【大锣一击】**站起身来）啊！何人随同颜查散前来？（抬右手指跪在桌前的王宝、王善）

王 宝 文有公孙策，

王 善 武有白玉堂！

〔**【大锣一击】**站在“大边”的邓车捋髯进前一步，追问。

邓 车 敢莫是那大闹东京的锦毛鼠——白玉堂！**【大锣一击】**

王 宝
王 善 （同）正是。

赵 珏 再去打探！（抬右手抖水袖）

王 宝
王 善 （叩揖站起身）遵旨！

〔**【冲头】**王宝、王善急出门从“下场门”下。

赵 珏 好恼！

〔西皮散板〕

【快纽丝】（过门略）サ3 3 3 - 2 3 4 3 - 3 3 1 2 3. 3 -（过门略）
颜 查 散 与 包 拯 一丘 之 貉，（仓）
（双手抬起，对比动作）

3 2 1 1 1 3 2 1 2 3. 2 1 -（7̣ 6̣ 2 1 -）2 1
白 玉 堂 混 身 胆 武 艺 精 绝。（仓）众 贤
（抬右手挑大拇指）

2 1 5 3 2 1 2（过门略）1 3 2 - 2 - 1 6̣ 1 2 - |
卿 献 良 谋 共 同 决 策，

众 人 吾主！（众人拱揖接唱）

【大锣凤点头】(过门) 5 6 2 1 - 1 2 3 2 - 3 5 2 1 6 1 - ‖【住头】
小辈来无非是螳臂挡车。

申　虎　（上前一步）想那颜查散乃是一介书生。

邓　车　（怒指前方）白玉堂是一勇之夫！**【大锣一击】**

申　虎　怎挡俺襄阳群英奇才，

张　华　怎挡我马壮兵强！**【大锣一击】**

魏　昌　依我魏昌之见，可用黄金利诱，也可用说客威胁。

邓　车　不如中途劫杀，邓车愿往！**【大锣一击】**（上前一步）

〔此时申虎、张华、魏昌均上前一步，握拳亮相。

申　虎
魏　昌　（同）臣等愿往！
张　华

〔**【大锣一击】**此刻赵珏抬右手转水袖兴奋地站起身来。

赵　珏　中途劫杀？！

沈仲元　慢来，慢来！（上前扬手忙拦）

〔**【软撕边、大锣软一击】**众人看沈仲元。

赵　珏　沈仲元你有何高见？

沈仲元　想那颜查散、白玉堂俱是可用之人才。吾主大兴帝业，当尽力招纳。如今应派人暗中查看他等所为，然后命一说客赐他等重金，晓谕利害。他等若能归顺，吾主（向赵珏拱手）增添膀臂；他等若敢作对，吾主一声谕下，或驱之，或杀之，要他三更死，谁能活命到天明。倘若中途劫杀，不教而诛之，岂不有损吾主仁君圣德之名乎？

〔**【软撕边、大锣一击】**众人退步，沈仲元站台正中，双手向赵珏拱揖。

赵　珏　（大笑）哈哈哈……（伸右手指沈仲元）沈卿之言甚合孤意。（把右手收回指胸前）真不愧小诸葛之名也！（向沈仲元挑大拇指）

〔西皮摇板〕
【大锣闪锤】（过门略）3 4 3 3 3 4 3 3 3 1 2
一席话说得孤心欢
（抬右手在胸前摇动，面部得意神态）

3（过门略）3 3 2 1 2 | 2 1 6 | 转〔二六〕 2/4 1(235 2172 | 1) 2 1 2 |
快，胸中的茅塞顿时开。兴帝业

3321 6 | 3 3 361 | 2 3 2 1 | 6. 2 1 | 3 1 1 2 |
襄阳有天命在，群星宿下凡辅佐

铜网阵

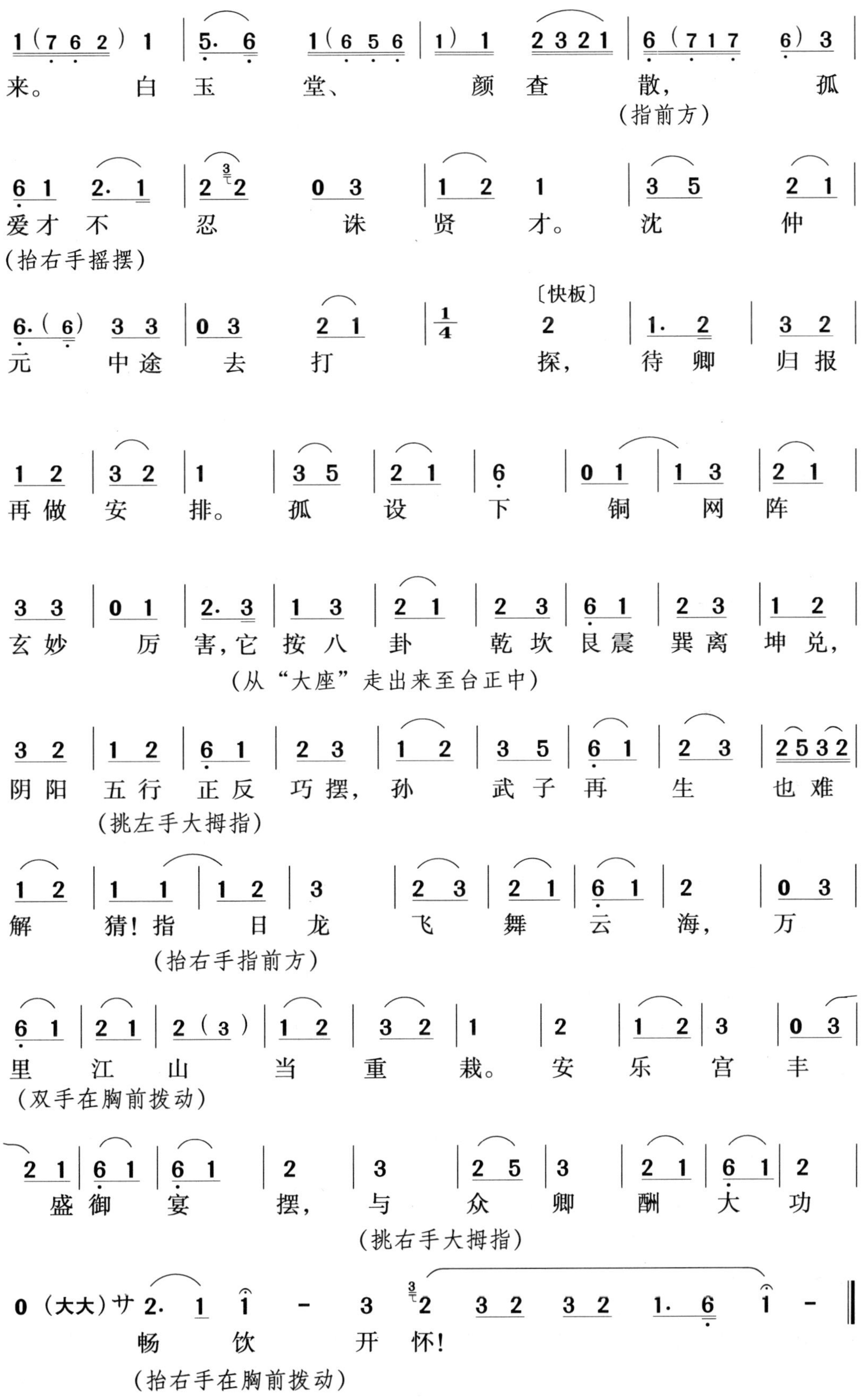
〔快板〕
来。白玉堂、颜查散，孤
(指前方)
爱才不忍诛贤才。沈仲
(抬右手摇摆)
元中途去打探，待卿归报
再做安排。孤设下铜网阵
玄妙厉害，它按八卦乾坎艮震巽离坤兑，
(从“大座”走出来至台正中)
阴阳五行正反巧摆，孙武子再生也难
(挑左手大拇指)
解猜！指日龙飞舞云海，万
(抬右手指前方)
里江山当重栽。安乐宫丰
(双手在胸前拨动)
盛御宴摆，与众卿酬大功
(挑右手大拇指)
0（大大）
畅饮开怀！
(抬右手在胸前拨动)

众　人　（双手拱揖）谢主龙恩！

赵　珏　随孤来呀，（抬左手向众人招呼狂笑）哈哈哈……！

〔**【抽头】**众人“扯斜胡同”，赵珏至“小边”台口，得意地环视四周，捋髯，抖双水袖，长身，威严地慢步至“下场门”下。众人一对一对提开氅、褶子抖袖，合身“下场门”下。

第　二　场

〔舞台设置：台右侧靠“下场门”处摆襄阳城片。

〔**【急急风】**转**【四击头】**白玉堂由“上场门”手持马鞭上，亮相。“趟马”**【串锣】**。

〔**【冲头】**接唢呐曲牌<六幺令·前段>四红龙套、张祥、雨墨、公孙策、颜查散从“上场门”上，在左侧红龙套“斜胡同”站。

〔男女百姓随**【冲头】**从“下场门”襄阳城内，手拿状纸跪在颜查散轿前拦轿喊冤。白玉堂抱马鞭站在颜查散右侧“大边”。

众百姓　（手举状纸）小民冤枉啊——

雨　墨　（双手向颜查散作揖）启禀大人，襄阳百姓拦轿喊冤！

颜查散　将状纸呈上。

雨　墨　是。喊冤人将状纸呈上。

众百姓　是。（将手里的状纸交给雨墨）

〔**【大锣五击】**雨墨将四张状纸交与颜查散，颜查散接状纸**【撕边、大锣一击】**看状纸。

颜查散　状告襄阳王私造宫殿杀人灭口；状告襄阳王霸占田产残害百姓；状告襄阳王抢掠民女……状告襄阳王纵匪行凶！**【大锣一击】**雨墨。

雨　墨　有。（向颜查散作揖）

颜查散　传话百姓们，状纸收下，三日后察院听审。

雨　墨　是。（转向众男女百姓）大人有谕，三日后察院听审！

众百姓　多谢青天大人！

〔**【大锣五击】**男女百姓站起来，进城从“下场门”下。此时金辉领四名府丁从襄阳城内出来，站“大边”台口“一条鞭”，向颜查散拱手半跪拜迎接。

金　辉　卑职金辉等迎接大人。

颜查散　免。（伸右手还礼示意）打道察院！

金　辉　（拱手）是，（向兵丁）打道察院！

众兵丁　是。

〔唢呐奏曲牌<六幺令·合头>众人引颜查散、金辉从“下场门”下。

〔此时沈仲元从“上场门”上，用云帚招呼白玉堂。

沈仲元　白五爷！（双手拱揖）

白玉堂　（上下打量）你是何人？

沈仲元　哎呀，贵人多忘事啊！我与令四兄蒋平乃是莫逆之交，曾在陷空岛蒙盛情接待，您就……**【撕边、大锣一击】**

白玉堂 （猛然想起）哦！你是沈仁兄！

沈仲元 五爷想起来了！您到此……？

白玉堂 小弟下马来了。

〔**【大锣五击】**白玉堂至舞台“小边”下马。

沈仲元 （向白玉堂深深拜揖）五爷您好？

白玉堂 （赶忙向前双手扶沈仲元热情地）沈兄好，怎么到襄阳来了？

沈仲元 五爷，您胆量不小哇！**【大锣一击】**

白玉堂 （诧异地）沈兄何出此言？

沈仲元 襄阳王府广聚盗匪，党羽甚多。五爷一人保护按院查办襄阳，未免人单势孤了吧？

白玉堂 （自信地冷笑）**【撕边、大锣一击】**哈哈哈……猛虎何惧群狼。

沈仲元 （欲说）五爷……

白玉堂 （急拦阻摇手）请沈兄进城（拱手）察院叙谈。

沈仲元 慢！**【大锣一击】**如今我被襄阳王府聘为宾客，出入察院可多有不便哪！（双手摇摆）

〔**【撕边】**白玉堂气怒地抖动盔头。

白玉堂 （变色）哼哼！哼——王府座上客，察院阶下囚！

〔**【大锣一击】**白玉堂拉马便走，快步至“大边”。沈仲元追白玉堂小圆场至“小边”双手向前拦住白玉堂。

沈仲元 啊白五爷，（满脸赔笑地）不要误会。我是（抬右手指胸前）“身在曹营心向汉”哪！（伸左手指斜上方）

白玉堂 （用目斜视）哼，不听巧语与花言！**【大锣一击】**（转身，背手）

沈仲元 （抬左手拦白玉堂）唉！是真是假，久而自明。（温柔地）白五爷请听一言忠告：襄阳王府有座冲霄楼，（双手向左侧斜上方指）乃是铜网大阵，险恶异常，万不可轻视前往。（转向白玉堂低声地摆手）切记，切记啊。

白玉堂 （冷笑斜视沈仲元，异常轻视地）不必叮嘱。白某（抬左手拍腰间）最喜兵法阵图，到时自来领教。

〔**【撕边】**白玉堂挥动马鞭，跨脚上马。沈仲元急阻拦。

沈仲元 白五爷……

〔**【大锣一击】**白玉堂转身抱马鞭斜身往后望，半“卧鱼”亮相。

白玉堂 （回望，轻蔑地）你——可以回去报功请赏了！

〔**【大锣一击】**白玉堂揖鞭打马。**【冲头】**从“下场门”急下。沈仲元急忙追白玉堂至“大边”止步，摇头长叹。

沈仲元 这……唉！白五爷性傲气盛，认友为敌，把我沈仲元这一片好心竟当成驴肝肺了！这可怎么办？**【小锣一击】**（双手拍掌）我抽身远走撒手不管了……**【小锣一击】**（向“小边”台口上步，伸右手指前方）不行。（摇头退步至舞台正中）**【小锣一击】**为了国泰民安，尽我侠义之道，我还须忍辱负重，和奸王恶匪混在一起，以便待机平此祸患。正是：**【干板一击】**乘兴而来，（抬右手用云帚往“下场门”指）败兴而归。（甩云帚跺右脚）咳！

〔**【小锣一击】**沈仲元背双手摇头不悦。**【小锣下场】**从“上场门”下。

第三场

〖舞台设置：一桌四椅，红桌围椅披，摆“小座”，左侧“小边”跨椅；右侧“大边”跨两把椅。

〖“上场门”幕内颜查散念：“太守请！”幕内金辉念：“大人请！”

〖**【慢原场】**白玉堂等人从“上场门”上“挖门”入内，颜查散进门坐“小座”，金辉归右侧跨椅入座。白随在侧旁。

金　辉　按院大人一路风尘，多受辛苦。（双手拱揖）

颜查散　身奉王命，（拱手）敢图安逸。啊太守，本院接了许多状纸，俱状告襄阳王。（抬右手向外指）你乃襄阳太守，定知赵珏所作所为，望协助本院，（抬左手指自己胸部）早日查办明白。

金　辉　（拱手）回禀大人，襄阳王招纳匪类早有谋反之心，（抬左手向外指）残害百姓罪积如山。卑职若非义士智化救护，（双手抚胸）也早被奸王杀害多时了！（抬右手指前方）**【小锣一击】**

白玉堂　（一惊拱手）请问太守，这义士可是黑妖狐智化？

金　辉　正是。

白玉堂　烦劳太守代白玉堂邀请智化兄来日察院一叙。

金　辉　金辉代请就是。

〖**【小锣五击头】**张祥从“上场门”上，进门，站台正中双手拜揖。

张　祥　启禀大人，有一老妇人状告襄阳王，她要面见大人，（抬右手向外指）口诉冤枉。

颜查散　（一惊）哦——**【撕边、大锣一击】**口诉冤枉？！

张　祥　正是。

颜查散　如此领她前来就是。（抬右手抖水袖）

张　祥　是。（欲转身出门）

白玉堂　张祥！（抬右手招呼）**【小锣一击】**

张　祥　有！（急转回身）

白玉堂　不可惊吓老妇人。快去！

张　祥　知道了。

〖**【冲头】**张祥急速“上场门”下，并喊：“老太太上堂！”

〔西皮导板〕

韩屈氏　**【导板头】**（⁷6 6 ⁷6 6 ⁷6 5 5 5 i. i i i ¹3 ¹2 2 7

6 2 1 1 1）5 3 5 5 ¹6. 5 4. 5 3.（1 6

拼 老 命 也 要

1 2 3̂) 3 2 3 2 2· 1 6̣ － 6 5· 6 5 6 5· 3 5̂ － |
见 青 天！

（边唱边颤抖地从“上场门”上）

〔散板〕

【凤点头】（过门略）1 3 2 2 23 2 1 1 2̂ － 6̣ 2 1 2 3 2 1̂ － ‖**【住头】**
望青天与百 姓 除 害伸 冤。

小民韩屈氏冤枉！

颜查散 你口称冤枉，（抬右手指跪在面前的韩屈氏）状告何人？（双手向外张开）

韩屈氏 状告襄阳王！**【大锣一击】**（在场人又一惊）

颜查散 有何冤枉，慢慢诉来。

白玉堂 （离坐至韩屈氏身前，关切地搀扶老人）你起来讲。

韩屈氏 （颤抖着双手，惊奇地看着白玉堂，慢慢起身拜揖）是，察院大人请听：**【大锣归位】**
自从襄阳王来到此地，无恶不作，残害百姓；前年我女被抢遭蹂躏，去年我夫被拉做劳役至今未归。恼恨襄阳王修造高楼，楼内设置机关暗道，楼已建成，他为严防消息传出，竟把上千名工匠民夫暗中杀害。百姓有怒不敢言，有冤无处诉。闻得察院到此，小民不顾安危，特来申诉，恳望青天大人与草民做主——！

〔（**崩登仓**）**【撕边】**颜查散听后震惊，白玉堂摩拳擦掌感到气愤。

白玉堂 真真气煞人也！

〔西皮散板〕

【快纽丝】（6̣ 6̣ 6 5 3 1 2 2 6̣ 2 1 1 1 ）5 5 3 6
听 一 言

5 －ᵛ 6 6 3 6 5 ⁶5 － 5 3 5̂ － |（转身面内白：“大人！”）
来 气 难 按，

【凤点头】（过门略） 1 3 2 2 2 1 2̂ － （**顷 － 仓**）2 5
这 奸 王 不 除 （做处斩手势）百

3· 2 1 1 3 2 － ³2 ³2 6̣ 1 6̣ 1 － ‖**【住头】**
姓 怎 安？

大人！请传命立将奸王拿来治罪。

颜查散 五弟，（抬左手拦白玉堂）少安毋躁。兄自有安排。

公孙策 （双手对拍）是啊。此事鲁莽不得的呀！

〔白玉堂满脸怒火，摇头，退后几步。（**大 大 大 大大 乙 台**）

颜查散 韩屈氏，（抬右手指韩屈氏）本院准诉。张祥领她去见文书，补写一张状纸送来。

张　祥 是。（双手拱揖）

韩屈氏 多谢青天大人。

〔**【小锣二击】**韩屈氏向颜查散叩头。白玉堂从腰里取出银包，走到韩屈氏跟前。

白玉堂 这有十两纹银拿了去吧。【小锣一击】

韩屈氏 （惊喜地颤抖双手接银包）多谢老爷！

〔韩屈氏欲跪谢白玉堂，白玉堂忙拦阻，向张祥抬右手示意。

张　祥 老妇人随我来！

〔【小锣五击】张祥领韩屈氏出门，“下场门”下。这时雨墨从“上场门”上，进门站斜场，双手拱揖。

雨　墨 启禀大人，王官雷英奉襄阳王之命，说有事面见大人。

颜查散 （吃惊）【撕边、大锣一击】哦！王府来人？拒之不见。（抖右手水袖）【大锣一击】

公孙策 且慢！（站起身双手拦颜查散）【撕边、大锣一击】见见何妨。但且莫动声色，看他来意如何。

金　辉 先生所言甚是。

颜查散 如此领来相见。

雨　墨 （双手拱揖）是。

〔【小锣下场】雨墨出门从“上场门”下。金辉即刻起身，向颜查散拱揖。

金　辉 卑职暂退。

颜查散 书房待茶。

〔雨墨幕内白：“王官随我来。”

〔【大锣五击】金辉出门从“下场门”下。雨墨领雷英手托礼单，从“上场门”上，至“小边”台口。

雷　英 （念）一纸礼单，千两黄金。

〔【大锣仕头】雨墨领雷英进门，挖至“大边”，雷英站台正中。

雷　英 （左手托礼单，右手提开氅，向颜查散跪拜）小官雷英参见大人。

颜查散 免，看座。

公孙策 请坐。（至“大边”坐外跨椅）

〔【大锣五击】雨墨让雷英坐“小边”跨椅。

雷　英 谢坐。小官奉襄阳王派遣，一来拜见大人；二来送上礼单一份，以表王驾千岁爱慕贤才之意。（双手向颜查散奉献礼单）

〔【小锣二击】颜查散双手推辞。

颜查散 本院奉旨巡按襄阳，（站起身双手拱揖）两袖清风，秉公办事。（抬右手平指）若受这份礼单，岂不受贿，（抖左手水袖）有负朝廷；与襄阳王也多有不利！

〔【大锣一击】颜查散气怒地抖袖，雷英惊呆坐在椅子上。白玉堂怒视雷英。

雷　英 （僵笑）嘿嘿，嘿嘿……【软撕边、大锣一击】襄阳王乃当今皇叔，爵高位重，大小官员谁不唯命是从。（抬右手平伸）王驾千岁爱之则升官厚奖；恨之则贬官身亡！【大锣一击】有道是，识时务者方为俊杰！（狠狠地向颜查散甩左手水袖，怒坐）

颜查散 （生气地）撤座！【大锣一击】

〔雨墨把雷英坐椅撤去，白玉堂左手扶宝剑，抬右手怒指雷英。

白玉堂 尔大胆！

铜网阵

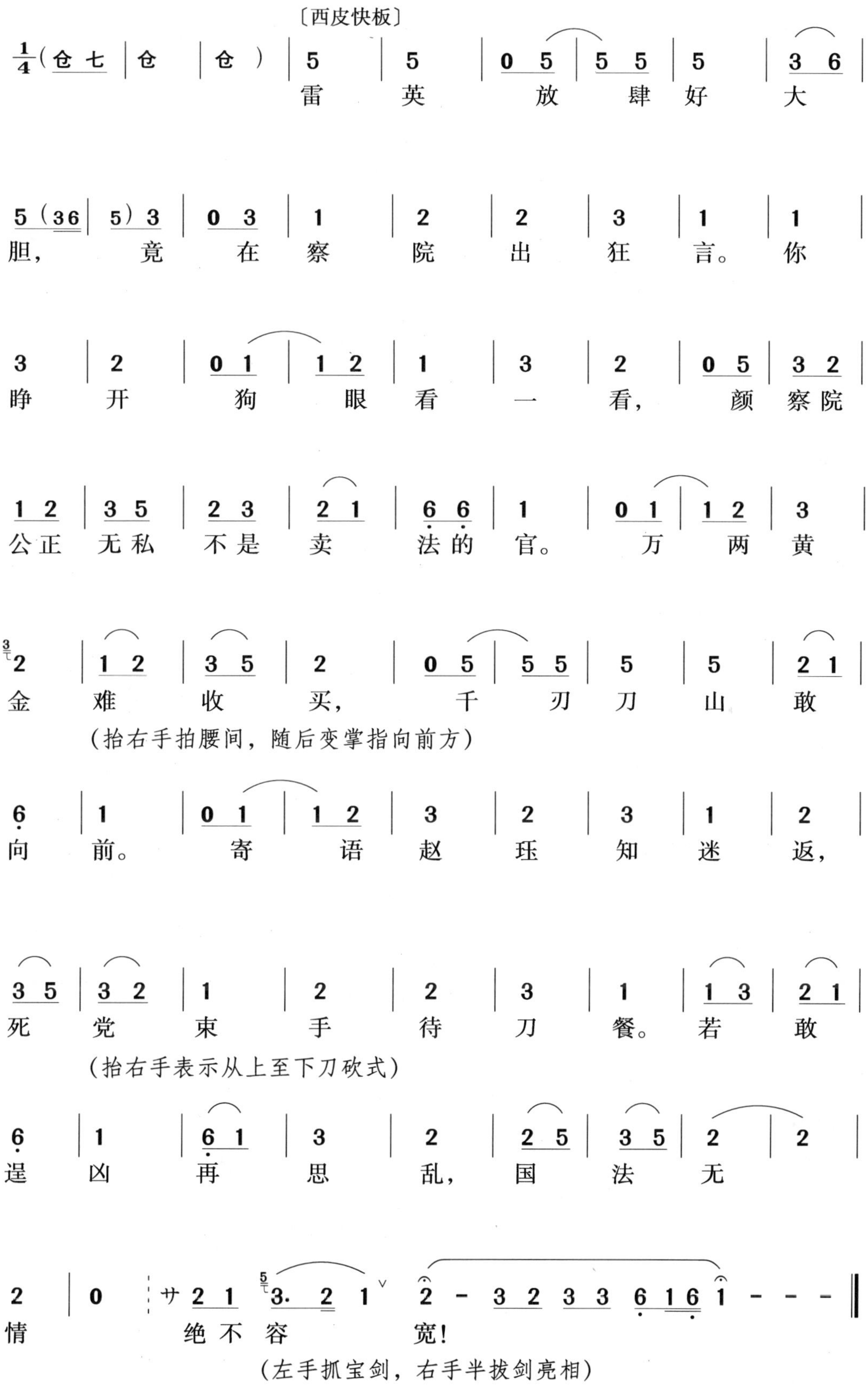
〔西皮快板〕
仓 七 仓 仓
雷英放肆好大
胆，竟在察院出狂言。你
睁开狗眼看一看，颜察院
公正无私不是卖法的官。万两黄
金难收买，千刃刀山敢
（抬右手拍腰间，随后变掌指向前方）
向前。寄语赵珏知迷返，
死党束手待刀餐。若敢
（抬右手表示从上至下刀砍式）
逞凶再思乱，国法无
情 绝不容 宽！
（左手抓宝剑，右手半拔剑亮相）

颜查散　（气怒地）雷英！

〔西皮散板〕

【快纽丝】サ（0 6 5 5 3 2 6· 2 i -）6 5 7 7 5 6（4 3 5 6 -）

留你人头

5 6 3 5 6 -（过门略）3 3 6 5 5 3 i 6 i 6 5 3 3 5 - ‖

且归返，命赵珏戴罪听候本参。

白玉堂　轰了出去！

〔【小回头】雷英气势汹汹出门，“下场门”下。

金　辉　告坐。（抬右手挑拇指敬佩地）按院大人威武不屈，富贵不淫，卑职钦佩！

颜查散　（双手拱揖）金大人过奖。

公孙策　那雷英回报奸王，他们绝不甘休！

颜查散　若能查获奸王谋反铁证，（抬右手指斜上方）本院便可以先发制人了！（抬左手指自己胸间）

金　辉　他谋反铁证么？（抬右手捋髯思索）有有有。【大锣三击】（左右手合拍）

颜查散　金大人请讲。（双手拱揖）

金　辉　查得奸王曾与一些文武官员、四方山寇大盗，对天立盟，保他反朝廷，登龙位。若将这盟单获得，（抬左手做获得的动作）不但可以治罪奸王，（抬右手指前方）他的死党也可一网打尽！【大锣一击】（抬右手做抓住动作，左手抓右手水袖一角）

白玉堂　（站起身追问）你可知这盟单放在何处？

金　辉　听智化义士讲过，这盟单就放在冲霄楼上。（抬左手向斜上方指）【撕边、大锣一击】

白玉堂　（激动地）好哇！【大锣五击】白玉堂今晚（用右手拍腰间）便去冲霄楼搜取盟单！

〔【大锣一击】白玉堂站立台正中“云手”转身斜指左上方亮相。

〔颜查散立即站起来拉住白玉堂。

颜查散　哎呀五弟啊——【大锣五击】莽撞不得。这冲霄楼是一座恶阵，愚兄不许你前去！（抬右手摇摆）

公孙策　啊，五老爷，这保护察院事关大人的安全，（站在白玉堂右侧，“大边”抬右手指颜查散）比搜取盟单更为重要哇！

〔【大锣一击】白玉堂顿时一惊。颜查散归座，坐正场“小座”。

白玉堂　这……

颜查散　五弟，察院何处防守、何处巡察，安排妥善报兄知道。

白玉堂　遵命。（转身向颜查散拱揖出门）待我安排妥善，便去搜取盟单便了！

〔【大锣二击】白玉堂出门后，站正中左手抓腰间宝剑要剑穗，转身抬左腿，右手拉“山膀”【大锣一击】亮相后，【快冲头】从“下场门”下。

公孙策　啊大人，要防备五老爷私去冲霄楼啊！

颜查散　（连点头）是啊。雨墨。

雨　墨　有。

颜查散　传话守门人等，不许五老爷私出府门，夜探冲霄楼！

雨　墨　是。（双手拱揖）

颜查散　金大人请至书房（站起身，抬左手让金辉）共议打本进京之事。（双手恭请式）随我来!

金　辉　是。（拱揖）

〔**【一锤锣】**颜查散从“下场门”下。

公孙策　太守请!

〔公孙策抬右手让金辉，同从“下场门”下。

第　四　场

〔舞台设置：舞台正中靠天幕处通场吊冲霄楼景。

〔**【缓锣】**打一更，**【镲锅、小锣四击头】**智化从“上场门”快步急上，至“九龙口”亮相，“走边”，随“走边”身段动作要黑三髯口，智化至“小边”正场随**【镲锅三击】**从左向右三跨腿向外骗腿儿亮相，“云手”转身右手提大带，左手高扬亮相。

智　化　（念）月夜潜入（“卧鱼儿”向后斜指）奸王府，

一路鹤行与鹿伏。**【撕边、小锣镲锅二击】**（拧“旋子”）

足智多谋英名著，（提右腿“金鸡独立”脚尖正转，右手反转）

江湖绰号黑妖狐。（“飞脚”落地甩黑三，右手拍腰间）

【住头】（归正中）

俺，（拍腰间）智化。（**才　大 0**）今有白玉堂五弟保护按院大人查办襄阳，我见他一人独行，人单势弱。为此俺再探冲霄楼，查明铜网阵机关，也好暗中助他一臂之力。（“云手”转身，“卧鱼”斜望右侧上方）**【撕边镲锅一击】**

呀!**【镲锅五击】**（念）看，云遮月光，

时隐时亮。（起身，左右手在头上一晃两晃）

既便来往，

再探端详。

〔**【夺头】**智化起“扫堂、旋子”，从“下场门”下。

〔**【小堂鼓声】**白玉堂从“上场门”上，“哑边”“飞天十响”，**【撕边、大锣一击】**“大边”台口亮相。**【撕边、大锣一击】**向斜左方“串飞脚”至“九龙口”望门。打二更。望门。

白玉堂　呀!

<折桂令>笛伴奏

4/4（扎）6 i 5 6 i 7 6 0 5 | 3. 5 6 i 5 6 - |

离　察 院　冲　霄

5 5 3 5 6 5 3 - | 0 3. 5 6 5 |

楼　往，　俺　不

（抬右手拍自己腰间）

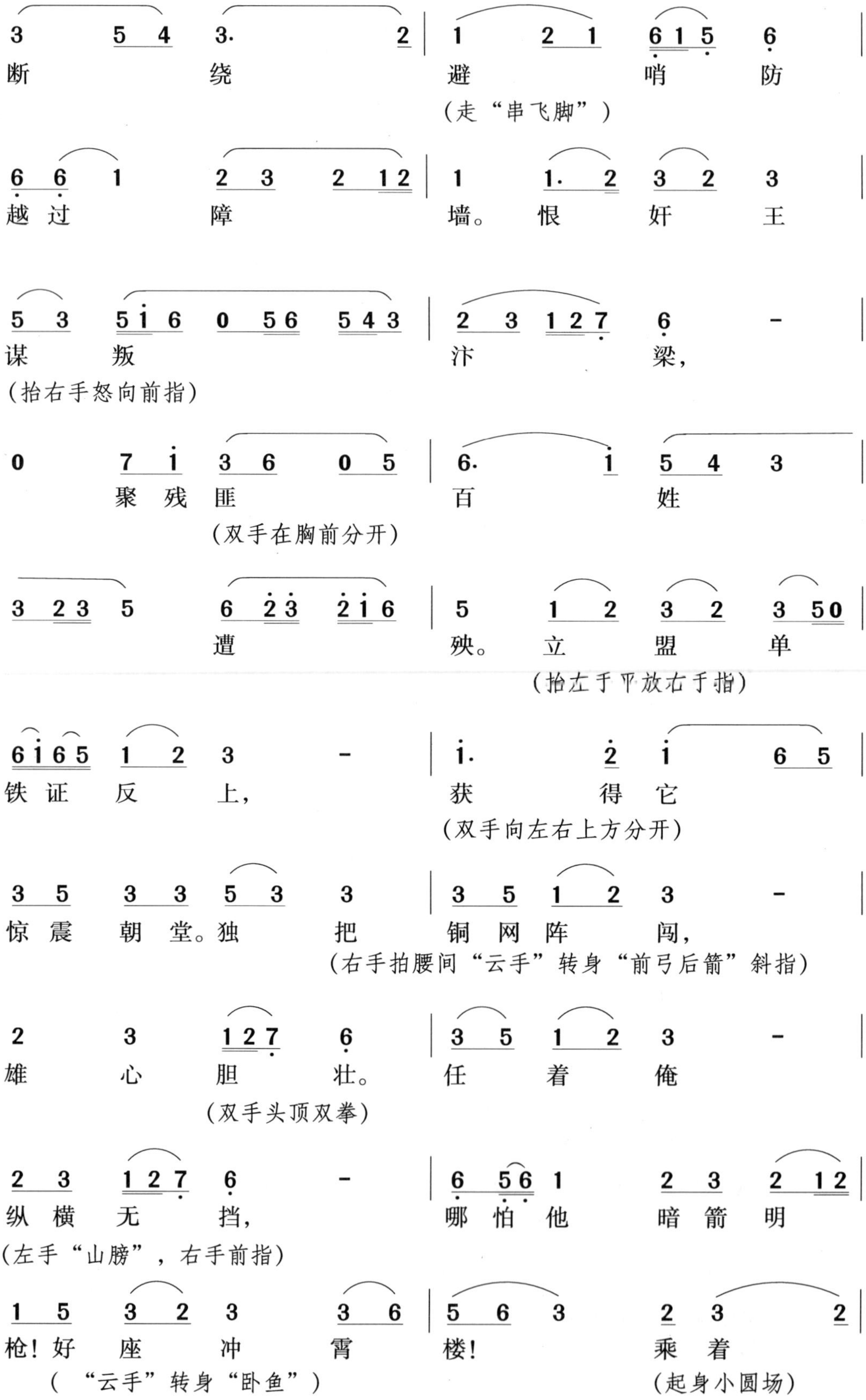
断 绕 避 哨 防
（走“串飞脚”）
越过 障 墙。恨 奸 王
谋 叛 汴 梁，
（抬右手怒向前指）
聚残匪 百 姓
（双手在胸前分开）
遭 殃。立 盟 单
（抬左手平放右手指）
铁证 反 上，获 得它
（双手向左右上方分开）
惊震 朝 堂。独 把 铜网阵 闯，
（右手拍腰间“云手”转身“前弓后箭”斜指）
雄 心 胆 壮。任 着 俺
（双手头顶双拳）
纵横 无 挡，哪怕他 暗箭明
（左手“山膀”，右手前指）
枪！好 座 冲 霄 楼！ 乘 着
（“云手”转身“卧鱼”）
（起身小圆场）

1 2 1 6̣1̣5̣ 6̣ | 6̣ 6̣ 1 2 3 2 12 | 1【住头】‖
月　色　仔　细　观　详。
（斜指月亮）　（向前张望，左右轻微摇动身体）（“旋子”“云手”亮相）

〔白玉堂归“小边”，向“上场门”观望。

〔**【软撕边、大锣一击】**智化从“下场门”暗上，走至白玉堂身后，拍白玉堂左肩，白玉堂翻身抬右手急速抓住智化手腕，智化高相，白玉堂矮相。

智　化　（低声地）白五弟！

白玉堂　（惊奇地打量）噢！原来是智化仁兄。（拱手）

智　化　（担心地）五弟你，你，你不该前来啊。

白玉堂　（满不在乎地）怎么，小弟因何不能前来？（双手分开成弧形）

智　化　（担忧地）五弟你重任在肩，这冲霄楼乃一座恶阵！

〔**【撕边、大锣一击】**智化抬右手指冲霄楼亮高相，白玉堂顺着智化所指的方向，“前弓后箭”亮矮相。

白玉堂　如今小弟亲眼目睹此阵，却也平常得很。

智　化　哦，五弟精熟此阵？

白玉堂　何足为奇。听小弟讲来：**【大锣五击】**冲霄楼八方有门是八卦，（走到“小边”台口，智化归“大边”）五条甬路是五行，（二人对抄调换位置**【撕边、大锣一击】**）两座圆亭是两仪，（抬右手指点）七层台阶是七星。**【撕边、大锣一击】**（“飞脚”“骗腿儿”“旋子”后，二人亮相）这八门按照乾、坎、艮、震、巽、离、坤、兑八卦排列；（拉住智化手向台正中边走边说，智化连连点头）它与天干、（左手指天）地支（左手指地）一起推算，每日每时，八门变换凶吉。进阵之人，走凶门则凶；**【大锣一击】**（翻身“卧鱼儿”指冲霄楼）入吉门则吉。**【大锣一击】**（“单蛮子”转身亮相）阵中上有铜网，下是滚板，八方暗藏弩箭，只要按照北斗星布位，滑步而行，**【撕边、大锣一击】**（“扫堂”、“转灯”起身亮相）便如走平地一般；倘若一步走错，触动机关，轻者带伤，**【大锣一击】**（双手左右扶膀肩）重者废命！**【撕边、大锣一击】**（“云手”翻身双手张开亮相）

智　化　五弟，你果然多才多艺！（向白玉堂挑大拇指，微笑）

白玉堂　仁兄过奖。（双手拱揖）这铜网阵即是八卦阵，不过变更名称而矣。（抬右手讥笑地摆手）且看小弟（右手拍腰部）进阵搜取盟单！

〔**【撕边、大锣一击】**白玉堂欲走，智化急上前抓住他的胳膊。

智　化　且慢！这两座圆阵乃是阵眼，两条铁链通连楼上机关。阵眼不破，铁链不断，五弟若是进阵岂不受他人所制？

〔**【大锣一击】**智化上步，白玉堂退步一惊。

白玉堂　（惊讶地）呀！

<江儿水>

2/4（扎） 6 5 | i̇ i̇ 5 | 6 5 3 | 5 5 i̇ | 6· 5 |
自悔　欠思　量，识阵　未尽　详，
（双手在胸前前后出掌，退步，右手在胸前拨动）

3 3 | 3 5 2 | 0 3 1 | 2 1 6 | 6① – 【住头】‖
贸 然 出 言 多 孟 浪。

（右手虚捂嘴后，轻跺脚）哎！

〔白玉堂垂头丧气地斜身站立。

智　化　啊五弟，请听相劝，速回察院。待愚兄去请北侠欧阳春与丁氏双侠，我们共破此阵，岂不万全？（双手分开成弧形）

白玉堂　（双手拱揖）就依兄长。

智　化　愚兄走后，（抬右手挑拇指反指自己）五弟不可再到冲霄楼。（抬左手高指冲霄楼）

〔【软撕边、大锣一击】白玉堂自愧地抬头看一眼冲霄楼，低头轻轻摇头。

白玉堂　小弟不来就是。（轻轻摇动右手）

〔这时张华从右侧圆亭悄悄持刀溜上。【软撕边、八大仓】

张　华　（高喊）拿奸细！

〔张华举单刀欲向白玉堂砍去，白玉堂立即从腰间袋内掏出飞蝗石子向张华打去。

白玉堂　着打！

〔【小锣一击】张华被飞蝗石打倒，“抢背”。

张　华　（左手捂头）哎呀！

〔【快冲头】智化急拉白玉堂从“上场门”下。张华稍后慢慢站起来。

〔此刻“下场门”幕内襄阳王府丁众人呼喊：“拿奸细！”

〔【快冲头】八府丁、雷英、魏昌、邓车、申虎、沈仲元、襄阳王赵珏从“下场门”急持刀冲上，分列两排，赵珏站台正中。张华左手捂着头站“大边”台口。

赵　珏　张华出了何事？

〔张华立即擦擦左手上的血迹，进前双手拱揖向赵珏禀报。

张　华　启禀吾主，适才有两个奸细前来探阵，被——被张华杀败而逃！（抬左手指左侧）

〔【大锣一击】赵珏及众人一惊。沈仲元慢慢地走至张华跟前打量一番。

沈仲元　张华仁兄，你把奸细打败，你的脑袋上怎么受了伤啦？

张　华　（吞吞吐吐地）这……（立即抬左手摸头部伤处）嘿！是我不加小心，挨了那贼一飞蝗石子！

〔邓车立即上前看张华头部。【软撕边、大锣一击】

邓　车　飞蝗石子？启禀吾主，（双手向赵珏拱揖）白玉堂惯用飞蝗石子，今探阵之人定有那白玉堂！

赵　珏　（捋髯口惊奇）白玉堂！【软撕边、大锣一击】果然艺高胆大。他与颜查散不除，实乃心头大患也！（抬右手在胸前抚摸）

邓　车　吾主，邓车不才愿去察院将颜查散的金印盗来！（上步，抬左手攥拳，右手出掌亮相）

申　虎　申虎同往。（抬右手拍打腰间）【大锣一击】

赵　珏　（抬右手挥水袖）好哇！【大锣五击】金印盗来也放在冲霄楼上，（高抬左手指背后

---

① 此段曲牌唱词，前后一般应为六句，现只唱头两句，后面略去未唱。

冲霄楼）那白玉堂必来追印，到那时除却白玉堂！【大锣一击】绝杀颜查散！【大锣一击】这叫一石投双鸟，哈哈哈…… 【撕边、大锣住头】

沈仲元 （摇左手）不妥，不妥。听说白玉堂在陷空岛也按八卦巧设机关，这八卦铜网阵他岂能不识呢？

赵　珏 哈哈哈……这铜网阵乃正八卦、反八卦交织巧摆。白玉堂若识八卦阵，（抬右手向斜前方指）进阵必死！【大锣一击】不识八卦阵，进阵定亡！【大锣一击】

雷　英 那白玉堂若是知难而退呢？（抬右手指斜前方）

魏　昌 他若不来，三日之后便将金印抛下逆水寒潭！（抬右手向下指）【大锣一击】

赵　珏 此计甚好，照计而行。邓车、申虎！

邓　车
申　虎 （同向赵珏拱揖）在！

赵　珏 明晚行事便了！正是：

【大锣五击】（双手抖袖，向前迈步。众人随之上步）

（念）满江上下垂钓饵，（双手在胸前往外拨动）

　　那怕鱼儿不吞钩。（抬右手怒指斜前方，再勾回）

邓车、申虎照计而行！（抖右手水袖后，又将水袖抓住）

〔【一锤锣】府丁及邓车、申虎、张华、雷英、魏昌、沈仲元分站“斜胡同”，赵珏得意地捋髯从“下场门”下。随后雷英、张华一对下，这时沈仲元走至“小边”台口，向邓车、申虎招手。

沈仲元 邓车、申虎二位留步。

〔邓车、申虎忙转身至“小边”台口，魏昌狠狠瞪了一眼沈仲元，一甩云帚快步而下，众府丁随下。

邓　车
申　虎 （同）沈先生何事？

沈仲元 这？没别的，二位此番前去可要多加小心，那白玉堂也不是好惹的！

〔【大锣一击】邓车气怒地向沈仲元抖袖而下，申虎随下。沈仲元看他们背景讥笑。【一锤锣】从“下场门”下。

第 五 场

〔舞台设置：一桌三把椅，红桌围椅披。正场“小座”左右跨椅。

〔【慢长锤】颜查散心神不安地从“上场门”上，至“九龙口”抬头向远望，愁苦地一声长叹，摇头，抖袖。

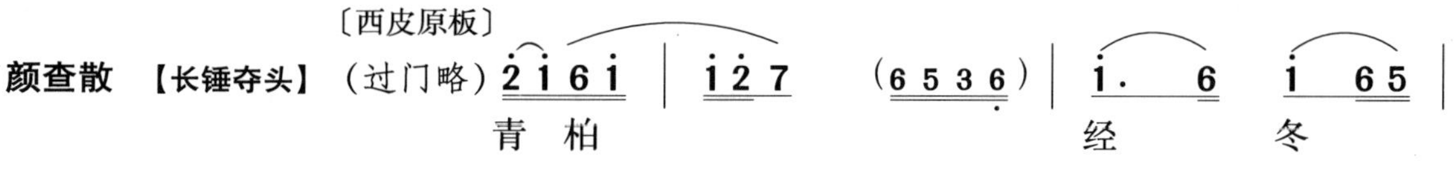

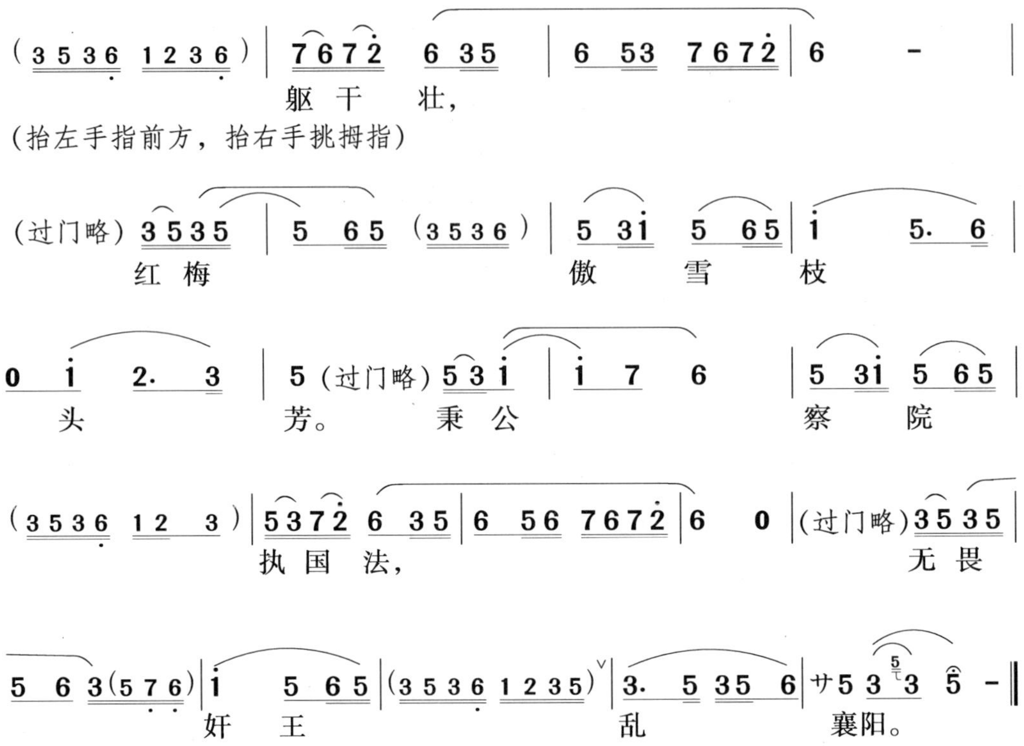

〔【快长锤】公孙策从“下场门”上。

公孙策

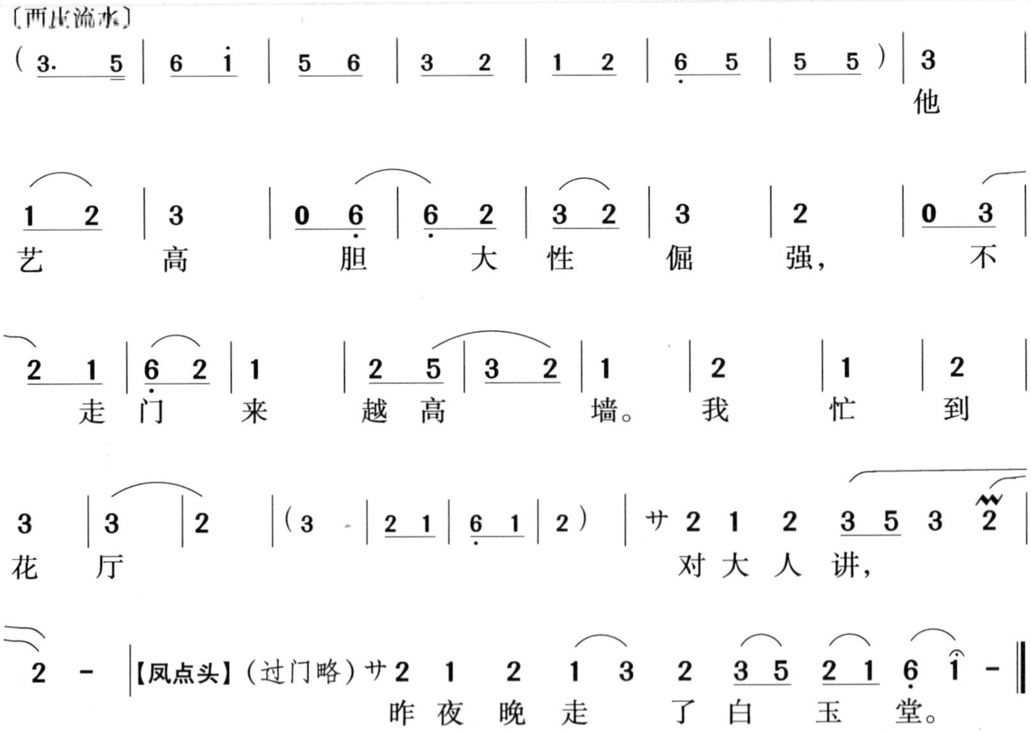

〔【大锣五击】公孙策出门，白玉堂快步急从“上场门”上，与公孙策碰面，站在偏左侧台口。

公孙策 （焦急地）五老爷！你把大人都急坏了。

「公孙策边拉白玉堂进门边向颜查散通报。

公孙策 大人！五老爷他回来了！

「**【大锣一击】**颜查散惊喜地从“小座”上站起来。

颜查散 五弟回来了？（立即抓住白玉堂）五弟！你往哪里去了？

白玉堂 去探冲霄楼铜网阵。（抬左手向外指）

颜查散 （生气地抖左手水袖）嗯！**【小锣一击】**愚兄怎样再三嘱咐，不许五弟去探冲霄楼铜网阵。怎么你就是不听？愚兄我生气了！

「**【大大大小锣一击】**颜查散故作生气样子，坐在“小座”上，右腿搭在左腿上，双手交叉在腿上，生气神态。

白玉堂 （立即上前拱揖赔礼）啊大人，请不要生气，今后再不私自出去了。

「**【小锣一击】**颜查散斜视白玉堂一眼，扑哧笑了。

「雨墨从“上场门”暗上，张祥从“下场门”暗上，分别站在颜查散两侧。

颜查散 这才是我的好兄弟！（抓住白玉堂对张祥说）快与五老爷看座。

张　祥 是。

「**【大锣五击】**张祥与白玉堂搬椅子，放“大边”跨椅；雨墨为公孙策搬椅子放“小边”跨椅，三人同入座。

公孙策 啊五老爷，这铜网阵可是与众不同？

白玉堂 依俺看来，它与八卦阵大同小异。本想进阵搜取盟单，无奈智化仁兄再三拦阻，只得空手而回。（双手在胸前示为弧形，面带遗憾）

公孙策 哦，还见着智化义士了么？

颜查散 为何不请他来察院？

白玉堂 智化仁兄（抬左手指斜前方）叫我保护察院，（双手拱揖）他去邀请北侠欧阳春与丁氏双侠，共来商议破阵。（左手山膀，右手抬至胸前转腕指点）

「**【小锣一击】**公孙策右腿搭在左腿上，伸右手转手腕表现出一种书生气的模样。

公孙策 有理啊，有理。啊大人，五老爷前去探阵，那奸王就不派党羽来我察院么？

颜查散 是啊！**【小锣一击】**（双手合拍）先生所虑甚是，想为官者以官印为凭。雨墨，你要多加小心守护印信。

雨　墨 是啦。

公孙策 啊大人，那奸王的党羽有许多高来高去之人。他们（抬右手指外侧斜前方）若来盗印，雨墨能守护？必须换一个武艺高强的能人（有意识地对颜查散暗示白玉堂）才好！

颜查散 （会意点头）嗯，雨墨，快取金印前来。

雨　墨 是。

「**【小锣一击】**雨墨出门从“下场门”下。

颜查散 五弟，你看派何人护印为好？

白玉堂 这？（转眼珠思索）我一向粗心，不知推荐何人，（双手拱揖）请大人慎重选派。**【小锣一击】**（表示决心推辞）

颜查散 兄自有安排。

「**【小锣五击】**雨墨从“上场门”抱着印盒快步走上，进门。

雨　墨 官印取到。

颜查散 好。（从雨墨手里接过印盒，斜看白玉堂一眼）五弟听命！

〔**【大锣一击】**白玉堂一惊，忙站起身向颜查散拱揖。

白玉堂 在！

颜查散 命你护印，不得有失。

白玉堂 啊大人，我是武职官员，不能担当护印之事！（双手摇动，再三推辞）

颜查散 五弟若不护印，愚兄还派哪个？

〔**【大锣一击】**此时公孙策双手击掌。

公孙策 是啊！倘若出了差错那还了得！

白玉堂 （双手不停摇动）此事万难从命……

颜查散 五弟，护印非你不可，再若推辞——嗯！

〔**【软撕边、大锣一击】**白玉堂无奈地低头拱揖。

白玉堂 卑职遵命。（从颜查散手里接过印盒）

公孙策 这就对了！

颜查散 五弟一夜未眠，就在花厅用些酒饭，好好安歇。

白玉堂 是。

颜查散 先生，书房议事。（抬左手向“下场门”指）

公孙策 大人请。（抬右手让颜查散先行）

〔**【大锣下场】**颜查散先下，公孙策随后从“下场门”下。

白玉堂 张祥着酒。

张　祥 是。

〔**【大锣五击】**张祥把“小座”椅搬到“大座”后，至“下场门”内取酒。白玉堂看看手里的印盒，摇头长叹，随后归“大座”，此时公孙策从“下场门”手拿公文上，进门。

公孙策 五老爷，这有公文一份，请五老爷盖印。

〔白玉堂见公孙策一声长叹，打开印盒盖印。**【小锣一击】**

公孙策 五老爷辛苦了。

〔**【小锣五击】**公孙策出门从“下场门”下。张祥从“上场门”捧木盘，盘内放着酒壶、酒杯，快步进门，摆酒。张祥斟酒。

白玉堂 张祥，将这印信抱紧，抱牢。

张　祥 是。

〔**【小锣二击】**白玉堂把印盒交与张祥。

白玉堂 不准离我左右。

张　祥 是。（接过印盒恭恭敬敬站在“大边”桌前）

白玉堂 不准走出花厅一步。

张　祥 是。

白玉堂 你若不听我言，五老爷的性情你是知道的！

张　祥 （连连点头）知道，知道。

白玉堂 你要记准了！

〔**【大锣一击】**白玉堂抬左手指张祥，右手端酒杯一饮而尽。张祥双手抱印盒，两眼直瞪瞪看着白玉堂出神。

张　祥　都记准了。

白玉堂　（摔酒杯）唉！

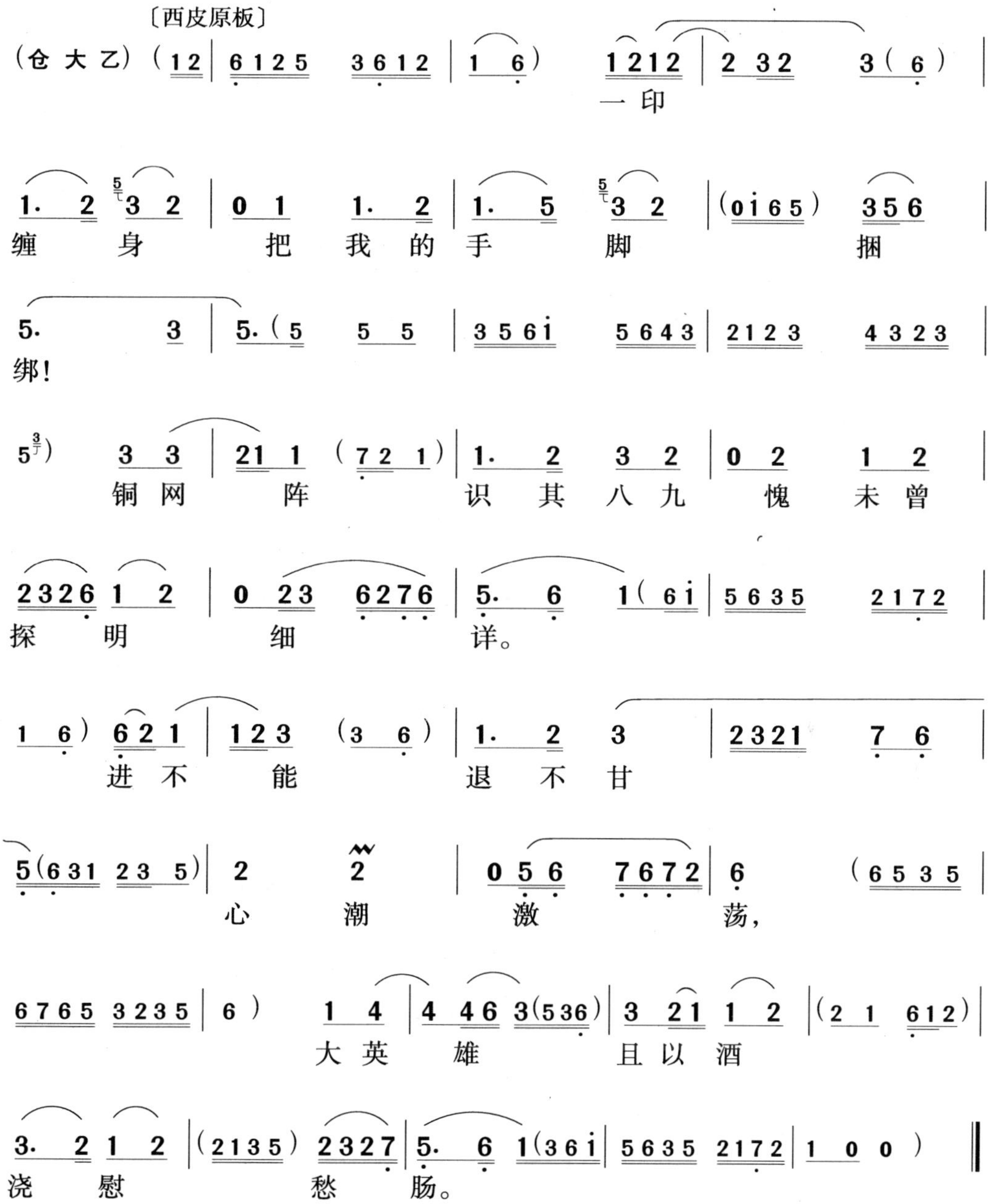

〔【更鼓】白玉堂伏桌入睡。【二更】邓车、申虎从“上场门”上。

邓　车　申虎你去马棚放火，我趁机盗印。

申　虎　是。

〔【冲头】申虎手持单刀从“下场门”快下。邓车立即隐避在“上场门”内。

〔【乱锤】“下场门”内众人呼喊：“马棚失火了！马棚失火了！”

白玉堂　（此时从梦中惊醒）啊！马棚失火？！定是有贼人放火！

〔【乱锤】白玉堂拿刀开门，涮刀急从“下场门”下。此时张祥也惊醒，紧抱印盒，追白玉堂。

张　祥　(急喊)五老爷，五老爷！（走到门前，刚要迈步出门，立即又把腿收回，摇头）哎哟，他不准我出花厅一步，也不准我离开他左右。（进退两难地）我……可怎么办？！【小锣二击】

张　祥　(东张西望地）什么叫唤？我探头出去瞧瞧。【软撕边、大锣软一击】（悄悄迈门槛探头张望）

〔【软撕边、大锣一击】邓车戴鬼脸壳惊吓张祥。

张　祥　(大声喊叫）我的妈呀！

〔【堂鼓与大锣同一击】张祥吓得摔“屁股坐子”，把印盒扔掉，邓车快步拾印盒，一摇听听里面有金印否，当听见金印声，点头。【冲头】邓车拿着印盒从“上场门”下。张祥惊得不顾一切地往堂桌底下钻。

〔白玉堂持单刀带领四个兵士各持单刀，【冲头】从“下场门”急上，四兵士“大边”台口“一条鞭”，白玉堂进门见张祥钻到桌底下，异常吃惊，便从桌底下拉张祥。

白玉堂　(焦急地）张祥、张祥！

〔白玉堂把张祥从堂桌底下拉出来，张祥仍惊慌失措地颤抖着。

白玉堂　张祥，官印呢？

张　祥　(颤抖地吞吞吐吐）啊！大大大鬼给拿走了！

〔【大锣一击】白玉堂顿时大吃一惊。

白玉堂　啊！（出门不顾一切地向兵士招呼）追！

〔【急急风】四兵士“倒领”涮刀，从“上场门”追下，白玉堂涮单刀随下。

〔静场，张祥颤抖地向外张望。

张　祥　(惊悸地)哎哟，可吓死我了！(用鼻子左右闻）哪儿这么臭啊？（停顿瞬间）我换裤子去吧……

〔【小锣下场】张祥慢慢地挪蹭脚步，从“下场门”下。

第　六　场

〔舞台设置：先空场。后摆一桌“小座”、左右侧跨椅。

〔【水底鱼】邓车拿印盒从“上场门”上，申虎持单刀从“下场门”上，二人见面。

申　虎　大事可成？

邓　车　官印在此。你背在身后一同回府去报功受赏。

申　虎　好。

〔【大锣五击】申虎接印盒背在背上。突然白玉堂在“上场门”幕内喊：“哪里走！”

申　虎　那面有人追来了。

邓　车　快，我们快走！

〔【急急风】邓车手持扑刀、申虎手持单刀站“大边”台口挥刀“反拨动”。四兵士从“上场门”冲上，持单刀一边两个，随后白玉堂持单刀上，“过合”，“群股荡”踢邓车“抢背”，邓车从“下场门”跑下。兵士与申虎“串肚”、“漫头”，白玉堂与申虎对刀，踢申虎“肘棒子”，四兵士急上前捆绑申虎。兵士将印盒交与白玉堂。白玉堂接过印盒举起摇晃，印盒内有响动，白玉堂面带微笑点头。

白玉堂 （得意地）押回察院！

〔**【水底鱼】**四兵士押申虎，白玉堂手托印盒走圆场。

白玉堂 （对兵士）你们稍候，待我回禀大人。（四兵士押申虎从“上场门”暗下）**【大锣二击】**（白玉堂进门拱揖）有请大人。

〔**【大锣五击】**颜查散从“下场门”上至台正中。公孙策、雨墨随上。

颜查散 五弟，贼人可曾拿住？

白玉堂 （得意地）大人，两个贼人一擒一逃，印信被小弟追回来了。**【撕边、大锣一击】**

颜查散 （惊喜地）五弟辛苦你了！

公孙策 （挑大拇指称赞）不是五老爷护印怎能失而复得！

白玉堂 料他们不敢再来盗印。请大人另选高人护印，我也好专心保护察院。

颜查散 说得也是。啊先生，护印之事就请你代劳吧。

公孙策 这个——**【小锣一击】**我只好从命。请把印盒打开，当面看过明白。

白玉堂 （冷笑地）先生真是细心之人。好，我们就当面打开印盒！

〔**【大锣五击】**白玉堂满不在乎地打开印盒，托在手上伸向公孙策面前。此时从“下场门”上两兵士，摆堂桌、“小座”、左右两跨椅。

白玉堂 先生请看！

公孙策 （大吃一惊）啊！哎呀，这印盒里不是金印，乃是一块废铁！**【大锣一击】**看！还有字柬一张！

〔颜查散、白玉堂惊讶地从公孙策手里夺过字柬。**【大锣五击】**

白玉堂 （展开字柬念）白玉堂出了丑，
任人愚弄蠢如牛。
金印寄放冲霄楼，
谁敢来取刀割头！
（怒气填膺）气！气！气！气煞人也！

〔**【撕边、大锣一击】**白玉堂气晕坐在椅子上。

〔颜查散、公孙策立即分别抬左、右手用水袖挡住白玉堂。

颜查散 五弟，五弟……

公孙策
雨　墨 （同）五老爷醒来！

〔西皮小导板〕

白玉堂 **【导板头】**（0 6 5 5 3 2 6. 2 1 - ）5 3 3 2 3 - 3 3
一阵　　　　　昏厥

2 - 3 2. 1 6 - 3 5 1 2 - 2 3 2. 3 4 4. 6
心　　肺炸，

3 - ⁵3 3. 5 2̂ -【凤点头】（过门）6̣ 2 1 1 3 2
贼 子 狠 毒

1 3 2 1 6 1 1 2 2 1 2 1 2 ³²3
又 狡 猾。 忍 不 住 坐 衙 听 传

2 ³2 （仓）6 2 1 1 3 2 1 2 3 2 1̂ - ‖【住头】
话， 暂 追 印（呐）回 把 贼 拿！

颜查散　（急忙拦阻）且慢！【大锣一击】审明来贼再作商议。带贼人！

雨　墨　是。（至台正中呼喊）带贼人！

〔【急急风】颜查散归正场“小座”，白玉堂“大边”跨椅，公孙策坐“小边”跨椅。二兵士从“上场门”押申虎，申虎戴铁链、“手肘”上，进门，二兵士分站左右两侧，申虎进门挖“小边”台口。

颜查散　嘟！（抬右手怒指申虎）【大锣五击】盗印贼子，今被我擒拿还敢不跪！

申　虎　（气势汹汹）住了！【大锣一击】俺申虎乃堂堂好汉跪你何来？

〔【撕边、大锣一击】白玉堂气恼地站起身来，颜查散忙拦住。

公孙策　（抢白）你叫申虎？

申　虎　嗯！

公孙策　绰号呢？

申　虎　钻云燕。（用右手指天）

公孙策　哦，你是有名的好汉哪！

〔【撕边、大锣一击】白玉堂又一次站起身来，颜查散抬左手甩水袖拦住白玉堂。

申　虎　当之无愧！

公孙策　你们来了两个，他叫？……

申　虎　那个叫神手大圣邓车。

公孙策　他与你有何仇恨？

申　虎　我二人无仇无恨。

公孙策　哎呀，你受他欺哄了！

申　虎　怎么？

公孙策　你身背的印盒，装的却是一块废铁！

〔【大锣一击】公孙策从印盒里取出废铁。

申　虎　（气恼地）啊！金印呢？

公孙策　金印被邓车偷换、拿回去请功受赏了！

申　虎　此话当真？

公孙策　原物未动，你自己看来。

〔公孙策站起身来拿着印盒里的废铁，走到申虎跟前让他看。申虎接过废铁大发雷霆。【大锣一击、撕边】

申　虎　扎扎扎——哇呀……【大锣叫头】邓车啊，邓车！【大锣五击】你好狠毒也！（转身

向颜查散）大人，襄阳王要害你们，命俺二人前来盗印。邓车这狗东西竟将官印偷换，叫俺背着空印盒。如今俺被官兵拿获，他却趁机带印逃回。

颜查散 金印盗走怎样处置？

申　虎 暂放冲霄楼上，三天之内无人前去寻印，便将它抛下逆水寒潭！

〔【大锣一击】在场人顿时一惊。

白玉堂 （站起身问申虎）何为逆水寒潭？

申　虎 这寒潭鹅毛沉底，水冷如冰，黄金官印若抛了下去，永世也不能取它出来。

【大锣一击】

众　人 （吃惊地）啊？！

白玉堂 押了下去。

〔【大锣冲头】二兵士押申虎出门，从“下场门”下。

白玉堂 （双手高抬拱揖）【大锣叫头】大人哪！金印若被抛下寒潭那还了得。卑职拼着性命也要闯进冲霄楼将金印追回！

〔【大锣一击】白玉堂上步亮相欲出门，颜查散急拦住。

颜查散 五弟！贼人用激将之法，岂能中他圈套？愚兄不，不，不许你前去！【大锣一击】

公孙策 是啊，他们正要激怒五老爷，你若前去必定上钩哇！

白玉堂 （进退两难地）这这……【乱锤】哎啊，金印被盗，卑职岂不连累大人要罢职丢官！（搓手着急地坐立不安）

颜查散 哎呀五弟呀！【大锣五击】只要你不去冒险，愚兄纵然罢职丢官也心甘情愿！【大锣一击】

白玉堂 （激动无言地呆愣，随后退步，再扑向颜查散）兄长啊！【撕边、大锣一击】（跪在颜查散跟前）

颜查散 啊，五弟！（赶忙搀扶白玉堂）五弟，你我乃患难之交，布衣兄弟。官印之事愚兄（指自己胸膛）自有安排。

〔此时张祥从“下场门”暗上。

颜查散 好兄弟，你歇息歇息吧！

〔白玉堂点头无言。

颜查散 张祥照料五老爷。

张　祥 是。（双手拱揖）

公孙策 有事随时报我知道。

张　祥 是。

公孙策 大人请吧。

〔【一锤锣】白玉堂无言地送颜查散从“下场门”下，公孙策随下。白玉堂归座。

张　祥 五老爷，我给您捧茶去。（欲出门）

白玉堂 不用！

〔【小锣一击】张祥立即将腿收回。

张　祥 我给您开饭去。（欲出门）

白玉堂 回来。【小锣一击】

〔张祥又收回腿来，站“大边”。

白玉堂 磨墨伺候。

张　祥　是。

〔张祥立即站堂桌前磨墨，把“小座”搬“大座”，白玉堂在桌旁写书信。**【撕边、大锣一击】**

白玉堂　张祥，俺有要事去办，不许你声张。（拿着书信交张祥）这封书信，俺三日不回你再送呈大人。你若敢不听五老爷的吩咐——

〔**【撕边、大锣一击】**白玉堂拿起单刀漫张祥头，张祥跪在地上，白玉堂把单刀放在他脖子前，张祥惊呆出神。

白玉堂　俺这刀！饶过谁来？

〔**【快冲头】**白玉堂把书信扔在张祥面前，持单刀急从“下场门”下。

张　祥　哎哟，哎哟！（慢慢起来，从地上拣起书信）五老爷怎么尽给我出难题呀？他走了我不说，大人饶不了我；我现在要说了，五老爷跟我还有个完？我怎么办哪？**【小锣一击】**（向左侧轻拍手张开）我怎么办？（向右侧轻拍手张开）**【小锣一击】**我看看他这信里边写的是什么再说。**【鼓楗两击】**（看信出神）啊！唉，哎呀！我看了半天连一个字也不认识。干脆，我给孙先生看看去吧。

〔张祥拿着出门，**【小锣下场】**从“下场门”下。

第　七　场

〔舞台设置：正场冲霄楼景。

〔**【急急风】**襄阳王府四兵丁手拿单刀，从“上场门”快步急上，至“大边”台口“斜一条鞭”亮相。张华手持长枪上，舞枪**【搜场】**望门，四府丁倒领起从“上场门”下，张华随下。

〔**【急急风】**襄阳王府另四名兵丁手拿单刀，从“下场门”快步急上，至“小边”台口“斜一条鞭”亮相。雷英手持长枪上，舞枪**【搜场】**望门后，**【急急风】**四兵丁倒领从“下场门”下，雷英随下。

〔西皮导板〕

白玉堂　（内唱）**【大锣导板头】**（0 6 5 5 3 2 6. 2 1 - ）3 6 5 3 5 6. 5

一　腔　怒　火

4. 5 3. （6 1 2 5）5 6 5 - 6 5 6 5. 3 5 -

冲　天　上！

〔**【撕边、大锣二击】**白玉堂从“上场门”持单刀翻“虎跳前扑”至“大边”台口。**【望家乡】**白玉堂走快圆场。

〔快板〕

白玉堂　（3 5 | 6 i | 5 i | 3 2 | 1 2 | 6 5 | 5 5）| 3 | 3 |

飞　檐

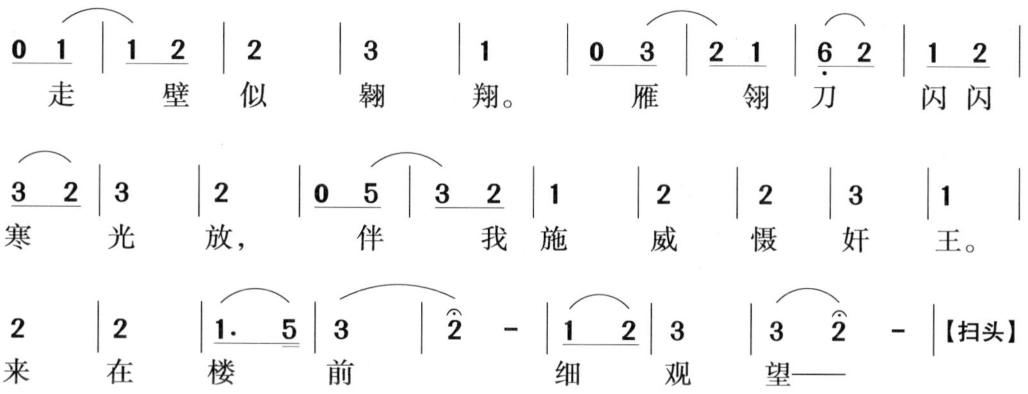

〔【急急风】张华从乾门持长枪出来，引白玉堂进阵，【搜场】白玉堂左右观望，此时张华又从坎门出来，白玉堂又追张华进坎门。

〔【急急风】邓车手拿扑刀急上，登上冲霄楼。此时白玉堂已登上冲霄楼正中的摞在一起两张桌上，正要舞刀冲杀。

邓　车　（高喊）落铜网！

〔【撕边、大锣一击】冲霄楼的铜网落下，把白玉堂罩在里面，白玉堂正要挥刀劈网，忽然听到声音。

邓　车
张　华　（同喊）放箭！

〔【连续撕边、大锣一击】幕内众人高喊：“放箭！”白玉堂满身中箭，垂头抓箭死在铜网内。【急急风】襄阳王赵珏手拿大刀领沈仲元及魏昌、府下众兵丁从左右“下场门”拥上。邓车、张华手提单刀、扑刀拱揖，向赵珏禀报。

邓　车
张　华　（同）白玉堂困在铜网阵内，被乱箭射死！（分别抬左右手高指正中高台上铜网内的白玉堂）【撕边、大锣一击】

赵　珏　怎么讲？

邓　车
张　华　（得意地）白玉堂被乱箭射死！

赵　珏　（惊喜大笑）啊哈哈哈……【撕边、大锣一击】张华，收起铜网，一同观看。（左手握刀，右手向张华指出）

张　华　是。（双手拱揖）王驾有旨，收起铜网！

众兵丁　啊！

〔【撕边、大锣五击】张华至正中冲霄楼下，左手握单刀，右手高抬指示兵丁拉网，当上面正中铜网升起时白玉堂手里的单刀直落，正砍在张华头部。

张　华　（一声惊叫）哎呀！

〔张华被白玉堂手中单刀砍死倒在舞台正中。【大锣一击】

赵　珏　（惋惜地看张华被砍死倒地）嘿嘿！孤的活人反被死人杀了！搭下去。

〔【冲头】四府丁抬张华从“下场门”下。

赵　珏　雷英，将巡按颜查散的金印，明日抛下逆水寒潭。

雷　英　是。

赵　珏　邓车、沈仲元。

邓　车
沈仲元　（同拱揖应声）在！

赵　珏　那颜查散半月之后若不滚出襄阳，你二人就将他……（左手握大刀，右手做砍杀手势**【撕边、大锣一击】**）哈哈哈……

邓　车
沈仲元　（同）遵命！

〔**【一锤锣】**众人“下场门”“斜胡同”赵珏持大刀先从“下场门”得意洋洋下，随后邓车、沈仲元、雷英、魏昌及四府丁一对对下。

第　八　场

〔舞台设置：空场。

〔**【缓锣】【马唤声】【急急风】**韩彰、徐庆急挥马鞭上，二人“双趟马”，亮相。

〔卢芳“上场门”幕内白：“马来！”

〔**【快长锤】**卢芳左手提褶子，右手挥动马鞭，**【四击头】**从“上场门”上至“九龙口”亮相，打马至台口。

〔西皮摇板〕

卢　芳

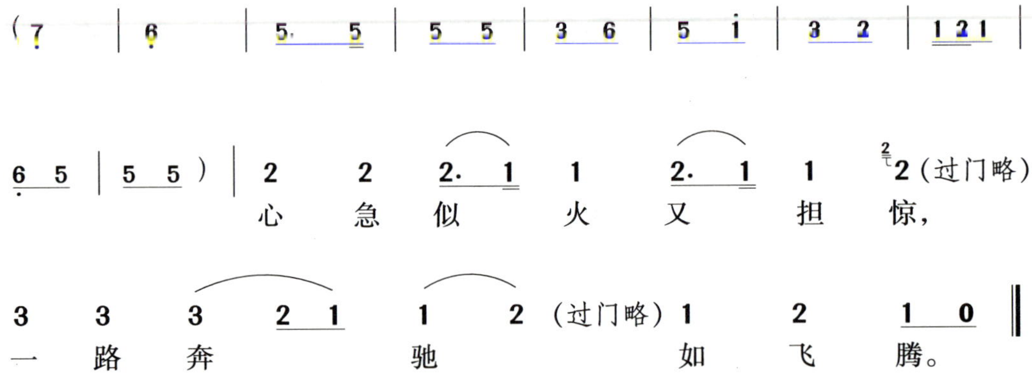

〔**【住头】**卢芳、韩彰、徐庆缓马鞭勒住。

卢　芳　俺，**【大锣一击】**钻天鼠卢芳。

韩　彰　彻地鼠韩彰。

徐　庆　穿山鼠徐庆。**【大锣住头】**

徐　庆　大哥、二哥，一路急追老四，也不见踪影。这儿离襄阳不远，咱再赶一程吧！

韩　彰　啊三弟，大哥上了年纪，如何经得这样奔驰，还是找一旅店请大哥歇息歇息吧。

卢　芳　二弟不必担心。愚兄，（抬左手托髯口）恨不能立刻赶到察院弟兄团聚，就此马上加鞭！

徐　庆　就依大哥！

〔**【撕边、大锣一击】**三人挥动马鞭，**【大锣原场】**从“下场门”下。

第九场

〔舞台设置：先空场，后摆堂桌，先“八字椅”，后改“大座”、左右跨椅，再改为左边跨椅；右边跨三把椅。共一桌六椅、红桌围椅披。

〔**【缓锣】**蒋平在“上场门”幕内白：“马来——”

〔**【急急风】【四击头】**蒋平提褶子，右手挥动马鞭快步直冲“大边”台口亮相。“趟马”①。

〔西皮散板〕

蒋　平 **【纽丝】**（过门略）3　4　3　3　3　-　3 5　1 2

在　开　封　领　了　包　相

3.（6 1 2 3）2 1 1 3 2. 2 1 2 1 -‖

命，（仓）牵　挂　五　弟　急　速　行。

俺，（勒马鞭**【大锣一击】**）翻江鼠蒋平。（**嘟仓台 0**）颜大人有本进京，说察院人单力薄，顾此失彼。包相命我弟兄四人（抬右手出四个手指）赶奔襄阳。只是我三位哥哥出外公干未归，我担心五弟艺高性傲，中贼诡计，为此不等他们回转开封，我就单人独马先来襄阳也！

〔西皮摇板〕

【闪锤】（过门略）1　2　1　2　3 2　3　2　-（过门）1　2　1

五　弟　铁　肩　提　重　任，　叫　我　怎

2　2　3　1　-（过门）2　2　1. 5　3　2　1 2　3　3　2　-

能　不　担　心。　为　此　难　把　众　家　哥　哥　等！

〔**【快长锤】**蒋平圆场至“小边”台口，勒马，张祥、雨墨“下场门”迎上，锣鼓切住。

张　祥
雨　墨　（拱揖同白）四老爷来了！

蒋　平 **【凤点头】**6 2　1　3　2　1　2　1　-‖

快　去　通　报　我　来　临。

〔**【住头】**蒋平“小边”台口下马。公孙策“下场门”上。

雨　墨　回禀先生，四老爷来了。

---

① 叶盛章走“趟马”为表现蒋平心急如焚奔赴襄阳的心情，脚步飞快，抖褶子挥马鞭干净利落而又轻巧漂亮，在“趟马”里加单腿“金鸡单立”、挥鞭“转灯”动作，**【撕边、大锣四击】**亮相。最后的三加鞭加“串翻身”抓马鞭“前弓后箭”亮相，极为精彩。

公孙策 (吃惊地)噢?四老爷在哪里,(出门见蒋平,双手拱揖)四老爷……**【撕边、大锣一击】**

蒋　平 啊,先生!

公孙策 四老爷请!

蒋　平 先生请!

〔**【大锣五击】**蒋平先进门归“大边”,公孙策进门归“小边”。雨墨、张祥分别搬“八字椅”。蒋平与公孙策对让坐。

公孙策 四老爷请坐。(坐“小边”椅)

蒋　平 先生请坐。(坐“大边”椅)

公孙策 四老爷近日可好?

蒋　平 我好。先生您好?(双手拱揖)

公孙策 我啊,也好。啊四老爷你怎么一人来了?卢、韩、徐三位老爷为何不一同前来?

蒋　平 啊,是这么回事,包相派我弟兄四人同来襄阳协助按院大人办事。只因我三位哥哥(双手恭敬式)外出公干未回开封,是我心里着急,怕察院人手不够,所以没等他们回来就一个人先赶到襄阳。他们随后很快也会到了。(抬左手向外指)**【小锣一击】**

公孙策 (拍手兴奋地)好好好,这就好了!

〔**【单楗三击、小锣一击】**蒋平巡视四周后,便转向公孙策。

蒋　平 哎先生,我那五弟呢?(抬右手向斜前方指)

公孙策 这?(惊愕地)你问五爷吗?**【大锣一击】**

蒋　平 (焦急地)他在哪儿?(双手张开成弧形逼问式)

公孙策 哎,他他他,他为保护察院,日夜辛勤废寝忘餐,不想奸王派了二贼盗走了金印。

蒋　平 啊,大人的金印被奸王给盗走了吗?我五弟怎不带人去追呢?

公孙策 焉能不追,两个贼一个被追获,一个逃窜。不想印匣中乃是一块废铁,金印被贼人换去!

蒋　平 啊,中了贼人移花接木之计呀!就该审问擒住的贼人,追索金印哪!

公孙策 哎,四老爷,那贼人诡计多端,他设下铜网阵机关,金印放在阵中,三日之后,抛印在逆水寒潭。故此,五老爷越窗而去,前去追印。只留下一张小字柬。

蒋　平 五弟呀!你你你(抬右手向前方指)你也太莽撞了!你当那是咱们陷空岛的七十二孔,气死猫哪?那是铜网阵,乃是奸王花费无数金钱,请了许多能工巧匠精心建造的一座凶险罕见的恶阵。(抬左手向斜上方指)听人说,阵中处处机关销息,有人进阵不死即伤。你怎么不听大人劝阻就一个人闯阵追印?此去只怕是凶多吉少。你你你(抬左手指前方)你不是叫哥哥我替你担心吗?(抬右手抓水袖在桌上焦急地一拍)**【小锣一击】**先生,五弟临行留下小字柬一张?

公孙策 正是。

蒋　平 他写的什么?

公孙策 唉!(抬左手拍打堂桌)上写着“金印不归,宁死不回。”字迹了了。颜大人一见昏厥,从此拒餐,终日哭声不断。十天来病得气息奄奄。

蒋　平 哎哟,这可更坏了!这大人好几天不吃不喝,倘若把大人再饿出个好歹,这事可就更不好办了!(双手向前左右分开)**【小锣一击】**(眼睛一转有了主意,点头)啊,我就得这么办了。先生,大人今在何处?我要见见。

公孙策 好好，我去通禀。

〔【大锣五击】公孙策从“下场门”暗下。

蒋　平 （自白）咳！【小锣一击】火烧眉毛顾眼前。我走一步再说一步吧！

〔颜查散在“下场门”幕内白：“搀我来！”雨墨幕内应声：“是啦！”【散长锤】雨墨和公孙策搀颜查散从“下场门”上。颜头上系湖蓝色绸条、身穿红绣花缎子帔，显病态。

〔西皮散板〕

颜查散 （过门）i 6 5 5 5 3 i 6 i 6 6. 5 5. 3 6 -【大锣一击】

听说 是蒋 兄到挣扎来 见——

蒋　平 （向颜查散双手拜揖）卑职参见大人！

颜查散 蒋护卫。五弟呀！（抬右手用水袖擦眼泪）

〔西皮散板〕

【风点头】（过门略）i 6 5 5 5 6 6 i 5 6 5 6 6 5 - ‖

思五 弟我心似刀挖箭 穿。

（抬左手抓住蒋平哭泣地）你我的五弟他他他死了哇。

〔【大锣一击】蒋平故作镇静地双手向颜查散拱揖。

蒋　平 哎？我说大人，您这是怎么了？好好个五弟您怎么说他死了哪？（抬左手向外指）

颜查散 哎呀呀，五弟他留下亲笔书信一去不归，（抬右手摇手）谁能不疑呀？

蒋　平 唉，这是哪的话呀，我刚才还跟他一块儿说话哪！（抬左手向外指）

〔【大锣一击】颜查散突然一惊，双手抓住蒋平的右手。

颜查散 啊，你刚才还见着五弟了？

蒋　平 （连连点头）我见着他了。（抬左手向外指）他跟我说，襄阳王派人来把金印给盗走了，三天之后抛下逆水寒潭。他呢，就待在潭边上等着那个抛印的哪。等那抛印的到了，他是顺手（抬右手在颜查散眼前做抓的动作）【小锣一击】就能把印得来。他已经等了好几天了，那个抛印的还没露面呢。我跟他说，（抬右手用食指指自己）五弟呀，快跟哥哥回去吧，你出来好几天啦，大人怎么能放心哪。他说，（抬左手指斜前方）不行，还得等着抛印的哪，让我回来跟您好好地替他说，请您放心，他夺回金印马上就回来。（抬双手从外向里表示回来的意思）您看他不是好好的吗？您怎么说他死了呢？【大锣一击】①

颜查散 （大吃一惊地）哦？！我那五弟好好的？

蒋　平 这还有错。

颜查散 好哇，就请蒋护卫快快去找他回来呀！（站起身抬右手向外指）

蒋　平 对，我这就去找他……（站起身欲走，此时眼睛一转做出愁苦的表情，随后转身对颜查散）哎呀，可是卑职从清晨起来到现在，我水米还没打牙哪！心想在大人这讨顿饭吃，（抬左手成弧形表示饭碗，右手表示吃饭的动作）可……

颜查散 好！雨墨（抬右手指示）与四老爷摆饭。

---

① 叶盛章念这段台词，从面部表情、眼神直到语气念得绘声绘色，既清脆响堂，又富于感情，极为生动。

蒋　平　(向颜查散作揖) 多谢大人。**【小锣一击】**(背着颜查散伸左手向公孙策一抖水袖)

公孙策　(心领神会地) 快快多摆两份饭来！

雨　墨　(高兴地) 是。

〔**【大锣五击】**雨墨快步出门，至“下场门”取木盘，盘内放着三个碗，三双筷子，快步而上，进门，把三个饭碗和三双筷子分别摆放在桌上。

蒋　平　大人请。(手端饭碗让颜查散)

颜查散　(摆手愁苦地)唉，不见五弟，我是不吃饭的。四老爷你自己请用吧！**【小锣一击】**

蒋　平　哎，您已经好几天不吃饭了，那怎么行啊？您还是吃点吧。

颜查散　哎呀，我吞吃不下呀！(抬左手指自己胸膛)

公孙策　大人少用一些也好。

颜查散　(愁眉苦脸地) 实实吞吃不下。(轻轻摆手)

蒋　平　咳！卑职蒙承大人赏顿饭吃，您又准备得这样七样正，八样齐的。可是您不一块吃，有道是：主不吃，客不饮。您不吃，我还怎么吃呢？得了，就让我这么饿着肚子找五弟去吧！

〔**【小锣一击】**蒋平把碗筷放在桌上，假意站起身来欲出门，颜查散立即招手唤蒋平回来。

颜查散　哎回来，回来！

公孙策　(忙拦蒋平) 大人陪四老爷就少用些吧！

颜查散　(无奈地点头) 好好好。

蒋　平　(轻拍手)哎，这就对了。吃完了我就去，到那儿就把五弟找来，您还不放心吗？来，您请吃！(蒋平又端起饭碗递给颜查散) 吃吧。先生，(转向公孙策使眼神暗示) 来陪着，陪着！

公孙策　是，是。

〔**【小锣一击】**颜查散长叹一声无可奈何地端起饭碗，蒋平、公孙策也端起饭碗，拿起筷子吃饭。

蒋　平　(眼睛盯着颜查散) 这多好啊！多谢大人赏饭。

颜查散　蒋护卫务必将五弟找回呀。

蒋　平　您放心吧。他这就回来。

〔**【小锣散击】**颜查散、蒋平、公孙策吃过饭。

蒋　平　(与公孙策对视点头) 请大人后边歇息，卑职告辞了！

〔**【大锣五击】**雨墨搀扶颜查散从“下场门”下，蒋平和公孙策站起身双手拱揖送颜查散下。公孙策惊喜地拉蒋平至台正中。

公孙策　啊，蒋护卫，你当真见着五老爷了么？

蒋　平　哎哟我的先生啊，我刚才不这么说，那大人他(指“下场门”) 能吃饭吗？**【小锣一击】**

公孙策　(一愣)哎呀蒋护卫，你不但说得大人(双手拱揖) 吃了饭了，连我也当作真的了！

蒋　平　这顿饭您知道我是怎么吃的？(抬右手指堂桌) 我是从后脊梁沟下去的！

公孙策　唉！**【小锣一击】**只是如今……(愁容满面垂头丧气)

蒋　平　先生，那奸王把印盗走之后，可曾派人到察院来请用印？

公孙策　怎能不来。他们每日都派人来逼着用印。

蒋　平　看来，我必须就去逆水潭捞印。【撕边、大锣一击】（双手击掌）哎！这可不妙！他们每天来逼我们用印，要知道察院无人保护，倘若派贼人前来行刺这可就糟了。我这会儿要保护大人，可又没人去捞印，【小锣一击】我这会儿要去捞印，可又没人保护大人！【小锣一击】（双手抖水袖）哎哟，哎哟，（双手搓掌，原地跺脚）【撕边、小锣一击】难道叫我蒋平这会儿还有什么分身法不成吗？

〔蒋平双手在胸前分开，束手无策。【冲头】张祥从“上场门”快步而上，进门站“小边”双手拱揖。

张　祥　启禀四老爷、先生，卢、韩、徐三位老爷到！

蒋　平　（兴奋地）嘿，来得可正是时候，快快有请！

张　祥　（站正中台口，双手拱请式）有请！（从“下场门”溜下）

〔【冲头】蒋平、公孙策出门站“大边”台口，卢芳、韩彰、徐庆提褶子从“上场门”上至“小边”台口，卢芳抓住蒋平。

卢　芳　你我的五弟他他不在察院吗？

蒋　平　刚才我还见着五弟哪！大哥有话屋里说。（抬右手平示请众人进入）

公孙策　各位请花厅叙话。

〔【大锣五击】卢芳、韩彰、徐庆挖门站“大边”，蒋平、公孙策挖门站“小边”。

卢　芳
韩　彰　（寻视，同）五弟哪里去了？

徐　庆　（焦急地）哪儿去了？

蒋　平　啊，是这么回事：襄阳王派人把大人金印盗走了！

〔【大锣一击】卢芳、韩彰、徐庆捋髯一惊。

卢　芳
韩　彰　（同）噢？！
徐　庆

蒋　平　三天之后抛下逆水寒潭。老五的脾气三位哥哥是知道的。我刚才见他正在潭边上看着水发愁哪，他想捞印又不敢下水，我劝他回来他又没脸见人。他说：四哥您把印捞上来我自己个就会回去的。我想也是。这不，我见过大人之后正要去捞印，可是我去捞印，这儿谁保护大人呢？（抬左手指“下场门”）您几位来得正好，就在这儿保护大人，我去捞印。

卢　芳　（抬右手托髯口）愚兄随你前去！【大锣一击】

韩　彰　我也要去。（伸右手提褶子欲出门）

徐　庆　对，咱们一同前去。（抬右手抓水袖）【大锣一击】

蒋　平　哎，（双手拦阻）您三位都去，大人没人保护还行吗？我看就大哥跟我一块去。二哥、三哥（双手拱揖）留下保护大人吧。

韩　彰
徐　庆　也好。

蒋　平　那大哥咱们走！

〔【冲头】卢芳、蒋平出门从“下场门”下。此时，张祥从“上场门”边上边喊：“报——”进门。

张　祥　王府差官又来逼请用印哪！

公孙策　【撕边、大锣一击】(捋黑三一惊）噢？王府差官又来逼请用印？请二位差官书房用茶，我少时就来。

张　祥　是。

〔【小锣五击】张祥从“上场门”下。公孙策向韩彰、徐庆拱手。

公孙策　二老爷、三老爷随我去见大人!

韩　彰
徐　庆　（双手拱揖，同）先生请!

〔【一锤锣】公孙策抬左手让韩彰、徐庆，从“下场门”下。

第　十　场

〔舞台设置：天幕水景，舞合右侧靠“下场门”前，摆高台三张桌围着岩石片。左侧靠“上场门”处摆墓碑，碑上刻着“白玉堂之墓”。

〔【大锣水底鱼】一兵士引蒋平、卢芳从“上场门”上，至台中。

一兵士　（双手拱揖）二位老爷，（转身抬左手指“下场门”）这里就是逆水寒潭!

〔【撕边、大锣一击】蒋平、卢芳站“小边”看远方。【水声效果】

蒋　平　（抬左手向兵士招呼）没你事了，先走吧。

〔兵士作揖后，从“上场门”下。【撕边、大锣一击】卢芳四处张望寻视。

卢　芳　啊四弟，怎么不见五弟呀?

蒋　平　大哥，您真是的，老五他不能钉在这儿一动也不动啊？这会儿他也许吃饭去了，一会儿他就回来了。我先到潭前边上瞧瞧去。

〔【大锣五击】蒋平正向“下场门”岩石旁走，卢芳转身突然发现“上场门”前的白玉堂墓碑，大吃一惊。

卢　芳　（惊叫）哎呀五弟啊！（【撕边】卢芳甩髯口双手颤抖“蹉步”扑向墓碑）

〔【大锣一击】蒋平立即收步转身。

蒋　平　大哥您这是怎么了?

卢　芳　五弟死了，（哭泣地）你看他的碑、坟！（抬左手指墓碑）

〔【撕边、软大锣一击】蒋平看见白玉堂墓碑突然一惊，转身抬手用水袖擦眼泪，而后立即对卢芳强忍悲痛，又突变另一副表情强笑。

蒋　平　（很自然地)大哥，这有什么可哭的呢？我不是跟您说了吗，刚才就在这儿（抬右手指墓碑处）还跟五弟一块说话哪，这么一会儿他能死了吗?

卢　芳　这碑上明明刻着“白玉堂之墓”哇，你（抬左手怒指蒋平）【大锣一击】你，你，你怎么还蒙哄愚兄！（托髯口）

蒋　平　唉，（抖水袖）谁蒙您了？天下同名同姓之人多得很哪。难道只许咱们五弟叫白玉堂，就不许别人（指外侧）也叫白玉堂了？您别自己吓唬自己啦。（走近卢芳搀扶他坐在舞台左侧的石头上）您这儿等着，我下去了!

〔【撕边、大锣一击】蒋平快速脱掉褶子，放在卢芳跟前后，从“小边”台口向“下场门”翻“串小翻变抢背”下水。蒋平从高台岩石后暗下。

〔卢芳站起身又去看白玉堂墓碑时，突然“上场门”幕内传来陆妻的呼救声：“救人哪——”

〔卢芳即刻观望。**【大锣一击】**

卢　芳　啊?

〔**【急急风】**陆妻从“上场门”焦急跑上，至舞台正中滑“屁股坐”，挣扎爬起。

陆　妻　（呼喊）救人哪——

〔**【急急风】**过场跑进“下场门”。此时，胡嘎嘎手拿藤棍从“上场门”追上。

胡嘎嘎　小媳妇，别跑哇，（右手拿藤棍，左手不停地招呼陆妻）我不会吃了你!

〔**【撕边、大锣一击】**卢芳快步向前抬左手抓住胡嘎嘎脖领提起来扔“抢背”，摔倒在地。

卢　芳　呔!竟敢追戏良家妇女，意欲何为?

胡嘎嘎　哎哟，哎哟，您别生气，我说，我说。

卢　芳　讲!**【大锣一击】**（手持扑刀威逼胡嘎嘎）

胡嘎嘎　(颤抖地)哎，我名叫胡嘎嘎，是襄阳王府的亲兵小头儿。今儿我请假回家遇见这个妇人，跟她打个哈哈，开个玩笑，没别的意思。您饶了我吧，我再也不敢了!

卢　芳　襄阳王府可有座铜网阵?

胡嘎嘎　有座铜网阵，可厉害了!**【小锣一击】**

卢　芳　近日可有人前去闯阵?

胡嘎嘎　(抖擞精神地)有有有。十天左右，有一人前去闯阵，一下触动机关给铜网罩住了，梆声连响，乱箭齐发，他被乱箭射死了!

〔**【撕边、大锣一击】**卢芳顿时吃惊，退后两步，胡须颤抖，又逼胡嘎嘎追问。

卢　芳　他叫什么名字?

胡嘎嘎　想此人，赫赫有名，他就是锦毛鼠——白玉堂!（抬右手高指，念白调门提高）**【撕边、大锣一击】**

〔卢芳当听说是白玉堂，突然昏倒坐在石墩上，将扑刀扔在地上。

胡嘎嘎　(没看见卢芳昏倒，仍得意地讲着)这个人本事可大了，（抬右手挑起大拇指）他在阵里左劈一个右砍两个，脚踢三个，打得我们王八吃西瓜连滚带爬。他身中乱箭立尸不倒，他又……**【小锣一击】**啊?（抬手看卢芳全身发抖，昏坐在石墩上）怎么，抽了羊角疯了?我撒鸭子溜了吧。

〔**【冲头】**胡嘎嘎从“下场门”跑下。此刻陆彬从“上场门”焦急追上，突然发现卢芳昏倒在石墩上，立刻上前呼救。

陆　彬　好汉大爷醒来，好汉大爷醒来!

卢　芳　（慢慢苏醒，用手擦眼睛）五弟，五弟……（哭泣）

陆　彬　这位好汉不知为何昏倒在此?

卢　芳　唉!你哪里晓得，俺名卢芳，弟兄五人结拜，愿同生共死。适才王府亲兵说我五弟死得甚惨，故而昏倒。

陆　彬　原来是陷空岛卢大爷。

〔**【小锣一击】**陆彬的双手作揖，卢芳忙拦。

卢　芳　这……不敢。

陆　彬　卢大爷不必焦急忧虑，耳闻是虚，眼见为实，王府走卒之言何必听信?

卢　芳　壮士之言甚是。请问尊姓大名?

陆　彬　俺名陆彬，在此隐居，适才那个妇女乃是我的妻子……

〔**【水声】**蒋平在“下场门”幕内高喊：“好冷啊！”**【撕边、垛头】**蒋平从“下场门”翻“串小翻提”至“小边”台口。

蒋　平　好冷啊，好冷！（全身颤抖，双手擦身上的水）

〔**【撕边、大锣一击】**卢芳、陆彬见蒋平一惊，卢芳惊叫。

卢　芳　四弟？！（立即脱下自己的褶子给蒋平披上）

蒋　平　（全身抖颤）嘿！**【大锣一击】**我蒋平有生以来还没遇见过这么寒冷的水呀！嗝嗝嗝嗝嗝……（捂肩头，打寒颤、吸气）

〔**【大锣五击】**陆彬立即去“上场门”取柴点火，并提一酒壶快步而上，在台正中点火热酒。

陆　彬　请用热酒暖暖身体。

卢　芳　多谢了。

〔**【小锣五击】**蒋平立即接过酒壶饮酒，又在火堆上取暖。

蒋　平　大哥，这位是？

卢　芳　这位乃是陆彬壮士。

蒋　平　（向陆彬双手拱揖）谢谢，谢谢！

卢　芳　金印可曾寻见？

蒋　平　还没寻见。（抬右手摇摆）这水寒冷得我实在受不了了，上来歇会儿，缓缓劲儿我再下去。这酒、火可管大事了。

陆　彬　请问：寻找什么金印？

卢　芳　襄阳王盗走按院大人的金印，抛下逆水寒潭，故而寻找。

陆　彬　哦，按院的金印？数日前俺在此打柴，（抬左手指前方）曾见一王府之人抛下黄澄澄的一物，莫非就是按院的金印？

〔**【大锣一击】**蒋平惊喜地抓住陆彬的左胳膊。

蒋　平　啊！他站在哪儿抛的？

陆　彬　（抬左手向“下场门”指去）就在那边半里之遥的高岩所在。

蒋　平　壮士，请领我前去给予指点。

陆　彬　这……**【单楗、小锣一击】**（探身望逆水寒潭摇头）这逆水寒潭水势逆转，鹅毛沉底，寒冷彻骨，从未有人敢下此潭。你已下去过了，再若下去怎能经受得了？

卢　芳　是啊！**【大锣一击】**（担心地击手）

蒋　平　大丈夫为国除奸，为民除害，死又算得了什么！只要有壮士您的指点，我蒋平再下去一次还能经受得住。（用右手拍打腰间）**【大锣一击】**事不宜迟，咱们走！

〔蒋平用右手拉陆彬。

〔“上场门”处灯光渐暗，天幕水景，白玉堂墓碑撤下。

陆　彬　随我来！

〔**【大锣水底鱼】**陆彬向前迈一步抬左手指斜后方，伸右手抓蒋平，引蒋平至“下场门”上高台。卢芳随后跟着。走进“下场门”暗下。蒋平、陆彬二人站在高台岩石上。

陆　彬　（伸右手向下指）这里就——是！

〔**【水声】**蒋平在高台上　“云手”眺望，**【撕边、大锣二击】**亮相。

蒋　平　好，我下水去了！

〔【**撕边、夺头**】蒋平从高岩上翻“台扑”下，【**水声**】蒋平在水里走“圈旋子”，随后“云手”，不停地拨动水的舞蹈身段。[①]

唱＜沾美酒＞

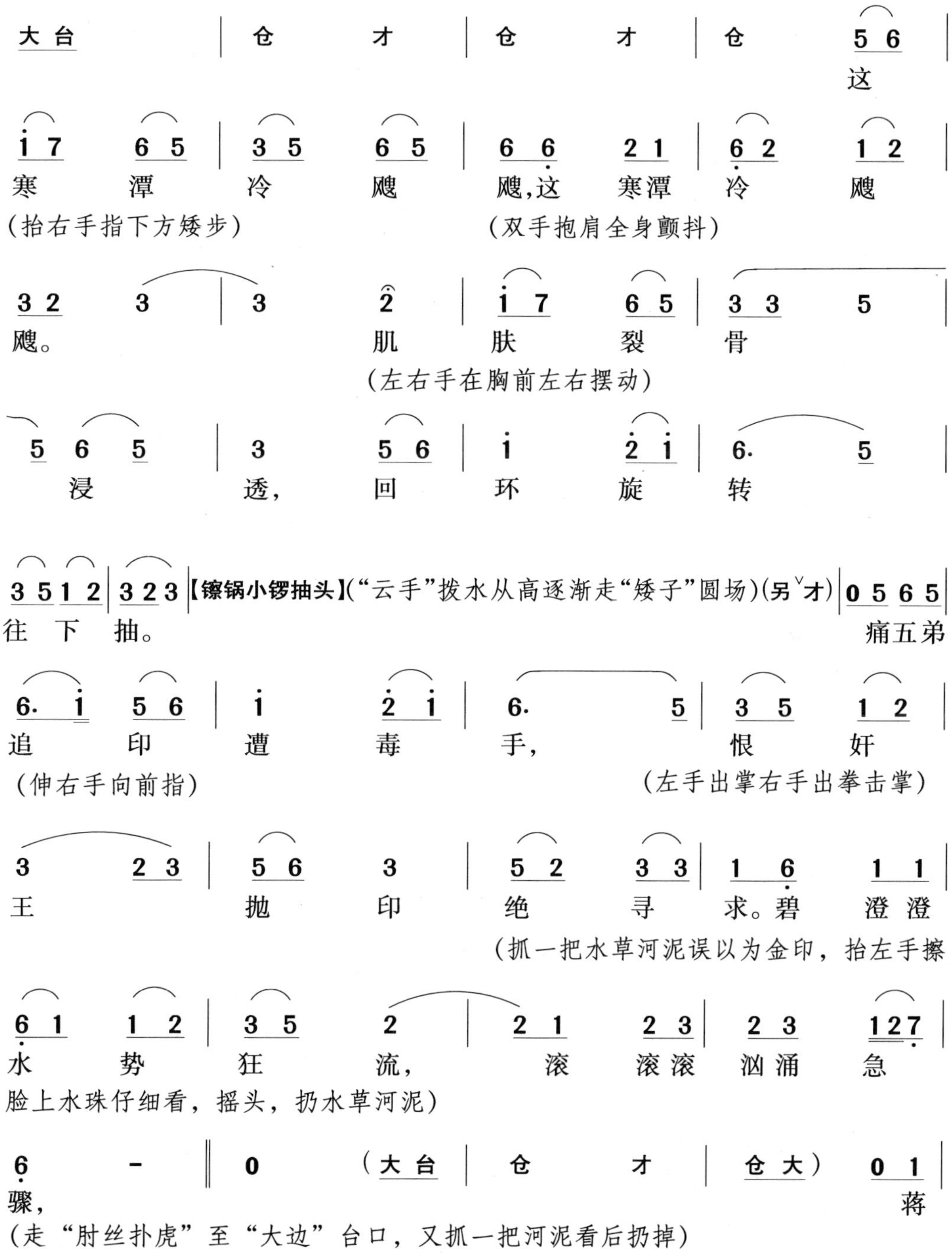

---

① 叶盛章捞印下水走“圈旋子”十分敏捷、轻巧、精彩出色。当时“拧旋子”达三四十个，轰动剧坛。据前辈艺术家介绍，叶盛章演出《铜网阵》“劝饭”、“捞印”这两场戏充分展示了叶派武丑艺术的精华。

2 3　2 | 2 1　2 1 | 6̣　1 | 2 3　1 |
平　乎！凭　着俺　捉　蟾　屠　虬
（抬右手坚定地拍腰间）　（正台翻“串小翻”吊

（才. 才　乙 才　另另　才）
2 1　1 | 2　1　2 | 3　- | 0　0 |
翻江　海　称　魁　首，
“单提”亮相）

【大锣收头】
5̂　-　6　-　（才）| 6 6　543 | 2 3　2 | 2 1　2 3 | 127̣　6̂̇ ‖
哎　呀，　这　金　印　不捞　回　誓　不　回　头！
（“云手”拨水小圆场至“大边”，突然寻到金印）

蒋　平　（惊喜地）金印！

〔【撕边、镲锅小锣抽头】蒋平兴奋地抬左手抓金印，右手不停地拨水，从“大边”台口走“矮子”直奔“下场门”下。

第十一场

〔舞台设置：堂桌、“大座”，红桌围椅披、桌上摆放文房四宝、空印盒、火签筒。先堂桌前摆“小座”。

〔【缓锣】王宝、王善“上场门”幕内高喊：“快给盖印！”“快给盖印！”

〔雨墨随后白：“你们别着急，稍等等！别着急！”

〔王宝、王善高喊：“少说废话，快给盖印！”

〔【乱锤】雨墨从“上场门”退着上，双手在胸前不停地抖动。

雨　墨　（焦急地）二位差官等一等，等一等！（突然跌倒，爬起来，颤抖双手）这可怎么办呢？【扑灯蛾】

（念）盖印，盖印，要盖印，【抽头】（急转身后面朝外）
没有官印怎盖印。
气势汹汹逼人紧，
急得雨墨快没了命！（【抽头】连打）

（向“下场门”呼唤）先生，先生！

〔公孙策双手对搓，满脸愁苦地从“下场门”上。雨墨进门归“大边”站立。

雨　墨　先生，他们逼着要盖印哪！

公孙策　咳！【扑灯蛾】

（念）千言万语都说尽，
看来今天难支应。
你去讲（抬右手向雨墨）先生也有病……

〔【扑灯蛾】王宝、王善从“上场门”上至“小边”台口。

王宝
王善 （接念）甭说瞎话快盖印！

〔雨墨见王宝、王善追来，慌慌张张地从“下场门”溜下。

〔**【扑灯蛾】**公孙策见王宝、王善在门外站着，立即装病。

公孙策 （惊愣地念）
　　哎呀，我头昏脑晕，浑身发冷！（装病，浑身颤抖）
　　嘚嘚嘚……（坐在“小座”椅上）**【收头】**

王宝 嘿，他可真行，（站在门外对王善）会说瞎话，还会装病！

王善 管他真病装病呢，今儿个不给盖印——没门！

王宝 对。进去。

〔**【小锣二击】**王宝、王善张牙舞爪地进门归左右两边，王宝拿着公文气势汹汹地威逼公孙策。

王宝 快点给我们盖官印吧！

王善 对呀，别再推托啦，快盖官印！

〔**【小锣一击】**公孙策斜眼看王宝手里的公文，惊呆。

公孙策 唉，按院病缠身，
　　我也身染病；
　　今日不能了，
　　明天再盖印。

王宝
王善 （气怒地）废话！**【小锣一击】**今儿一定要盖印。

公孙策 一定不盖印！

王宝
王善 （同）一定要盖印！

〔**【撕边、大锣一击】**蒋平、卢芳快步从“上场门”上，冲到舞台正中。

蒋平 嘿！**【大锣一击】**（王宝、王善大吃一惊，各自摇动一下身子，呆看着蒋平和卢芳）

蒋平 别吓唬人，你们不是要盖印吗？好，就给他们盖印！

〔**【大锣一击】**王宝、王善吃惊。此刻公孙策也恢复正常表情，立即站起身双手向蒋平、卢芳拱揖。

公孙策 啊二位老爷。

蒋平 先生，快请大人升堂盖印吧！

〔**【撕边、大锣一击】**蒋平走到公孙策跟前假意握手，便将金印交给他，公孙策惊喜看金印。王宝、王善调到“小边”。

公孙策 啊！真的？

蒋平 这还有错？！

公孙策 好好好！（双手击掌）**【撕边、大锣一击】**（偷看金印后，转向蒋平）四老爷，你呀真是救命的活菩萨。（双手拱揖大笑）哈哈哈……

〔**【小锣五击】**公孙策欢快地边笑边从“下场门”下，卢芳捋髯边笑着随下。蒋平转向王宝、王善。兵士把“小座”椅搬下。

蒋平 二位，大人就要升堂了，去那边，你们靠边站会儿去。

「雨墨在“上场门”内高喊：“大人升堂了！”

蒋　平　（向王宝、王善怒斥）去去去去！

「王宝、王善低头出门归“小边”台口一排站立。**【急急风】**四红龙套、卢芳、雨墨从“上场门”快步急上“站门”，公孙策引颜查散上，至台口颜查散双抖袖，向左转身归“大座”。众人分别各站两侧。

颜查散　来，王宝、王善上堂！（拍醒木）

雨　墨　是。（双手拱揖后转身至台正中）王宝、王善上堂。

「**【大锣五击】**王宝、王善进门归“小边”站立。

王　宝
王　善　（拱手同白）按院大人请了。

颜查散　王宝、王善，要见本院何事？

王　宝　（拱手）奉王驾千岁之命，送来公务文书，请大人阅后盖印。

颜查散　呈上来！

「**【大锣住头】**雨墨从王宝手里取过公文便交颜查散阅。

颜查散　（看公文）**【撕边、大锣一击】**先生，当堂开盒盖印！

「**【大锣一击】**王宝、王善突然一惊，眼睛直瞪着公案桌，看公孙策用印。

颜查散　王宝、王善，盖印完毕，你们下堂去吧。

王　宝
王　善　（惊讶地）是。

「**【小锣五击】**王宝接公文，急出门，王善随后跟出来。

王　宝　怪呀，他们没有印啊，怎么突然拿出了金印呢？

王　善　想不到，扔在那逆水寒潭，他们还弄得上来？

「蒋平跟着出来，站在王宝身后，讥笑。

蒋　平　二位，想不到的事多着哪。你们纳闷去吧！

王　宝
王　善　（见蒋平一惊）哎，哎！

「**【小锣长丝头】**王宝、王善狼狈地从“上场门”下。蒋平转身进门。颜查散出“大座”至台正中。

颜查散　啊蒋兄，你立了奇功一件！（双手拱揖）

蒋　平　这不算什么，只是这两个小子回去，那奸王闻知按院金印又被我们寻回，他必恼羞成怒。倘若他派贼人前来行刺……**【软撕边、小锣一击】**蒋平有小计献上，请大人附耳上来。（耳语）**【闷锣】**

颜查散　哦、哦、哦。（连连点头）好！卢兄，命你守护印信。

卢　芳　遵命。（从颜查散手里接过印盒）

颜查散　蒋兄，命你保护先生。退堂！

「**【一锤锣】**四红龙套、雨墨两边下，颜查散与卢芳从“下场门”下。蒋平边捋“上八字胡须”边向“小边”走。

公孙策　四老爷，四老爷！大人方才命你保护哪个呀？

蒋　平　没听清楚？命我保护先生你呀！

公孙策　哎，不要说笑话。

蒋 平 不，我说的是真话。请问：奸王若派贼来，他们行刺哪个？

公孙策 首先是按院大人。（双手拱揖）

蒋 平 这就对了。我请大人改换衣装，挪个院子去住，再让一个文诌诌的人儿装扮做按院诓骗贼人。你说这个假按院是不是也要人来保护？

公孙策 假按院也是要人保护的啊！难道要我装扮这个假按院吗？！

〔**【小锣一击】**蒋平打量公孙策。

蒋 平 你算明白了。（抬左手笑着指公孙策）

公孙策 （摇头）唔唔唔！另请高明，我有这个东西（指胡须）不像啊，不像！

蒋 平 先生，这是大人亲自指派的；哎，这美差还是我保举你的！**【小锣一击】**

公孙策 （抬右手指蒋平）四老爷，你怎么单单保举我这个美差？

蒋 平 （抬左手先指公孙策，后指自己）咱们不是够交情吗。

公孙策 咳，方才你还是救命活菩萨。

蒋 平 那么现在呢？（探身斜视公孙策，有些戏弄的表情）

公孙策 现在呀，（抬右手指蒋平）你是我（托胡须）的要命鬼哟！

〔**【小锣一击】**公孙策托胡须，正巧让蒋平揪住。

蒋 平 得啦，你跟我走吧。（蒋平右手揪胡须上步至“大边”）

公孙策 （双手扶胡须）哟哟哟哟！

〔**【小锣下场】**蒋平揪公孙策胡须随着从“下场门”同下。

第 十 二 场

〔舞台设置：一堂桌，“大座”，堂桌上放着蜡灯和一本书。

〔**【小堂鼓轻敲】**韩彰、徐庆手拿单刀，韩彰从“上场门”上；徐庆从“下场门”上夜巡，二人至台正中“耳语”后，韩彰从“下场门”下；徐庆从“上场门”下。

〔雨墨手端红木盘，盘内放茶杯从“上场门”惊怕地四处巡视过场，从“下场门”下。**【撕边】**邓车手拿扑刀，沈仲元左手拿宝剑、右手拿云帚悄悄跟随雨墨上。二人望门后，归台正中。**【小锣一击】**

邓 车 （低声地）俺行刺，你寻风。

沈仲元 （低声地）没错。

〔**【小锣长丝头】**邓车涮刀从“下场门”下。沈仲元向台左指邓车背影出神，甩云帚涮宝剑快步跟下。

〔蒋平在“上场门”幕内白：“大人请！”

〔公孙策幕内颤抖声音：“你跟我来！”

〔**【散长锤阴打】**公孙策换颜查散衣冠，头戴纱帽，身穿红帔，怀里抱着印盒与蒋平从“上场门”上。当公孙策走至“九龙口”时，转身欲往回走，被蒋平用双手拦住。

蒋 平 大人请吧。

公孙策 （右手抖水袖）咳！

〔二黄散板〕

（过门略）1 3 3 2̂（过门略）1 3 2 2. 1 1 2 1̂ -（过门略）

战兢兢　好比上法场，

（双手颤抖，迈步迟缓）

2 2 2 1 2 1 2 ³2 - 3 2 1 1 ³2

跟着个要命的　鬼无常。

（右手在腰间反指背后的蒋平）

（过门略）7 7 6. 2 7 0 7 6 5 5 6 1̂ 0 2

告求神佛多保佑吧，我

（双手抱印盒向前拜揖）

1 2 3 3 ³2 0 3 ³2 2. 3 2 0 2 0 ‖【住头】

活到明天　我就烧高香。

蒋　平　叫雨墨打茶来。

公孙策　哎，雨墨，打茶来。

〔【小锣五击】公孙策坐“大座”，把印盒放在桌上，用书遮光挡脸。雨墨手托茶盘从“下场门”上，进门。

雨　墨　请大人用茶。

〔【单楗鼓点、小锣一击】公孙策伸左手拿茶杯，颤抖着，眼睛盯着坐在“小边”跨椅的蒋平，不料把茶水倒在耳朵上，雨墨赶忙给公孙策擦茶水，随后拿托盘和茶杯出门，从“下场门”下。

〔【小锣一击】蒋平至台正中开门，转身向公孙策。

蒋　平　请大人睡吧。

公孙策　（颤抖地）四老爷，你可千万不要睡着，盯住（伸右手指门）门窗啊。

蒋　平　请放心吧。

〔【单楗小锣一击】二人伏案假睡。【起三更】邓车、沈仲元从“下场门”持刀悄悄而上，二人探身“前弓后箭”偷听屋里动静。

邓　车　他们睡着了。

沈仲元　瞧你的了。

〔【闷锣】邓车用扑刀拨门，推开蹑手蹑脚进门，见桌后假按院，邓车搬“朝天镫”右手持刀在脚上【大锣三击】三磨刀。沈仲元躲在门外突然用小生嗓高喊。

沈仲元　有刺客了！

〔【大锣一击】沈仲元快步从“上场门”跑下。

邓　车　啊！

〔邓车立即挥刀向假按院砍去，此刻蒋平早已在堂桌后藏好单刀，持刀急挡双刺，【大锣三击】刺中邓车左肩。此时公孙策吓得藏在桌下。

〔【急急风】蒋平与邓车对打“上下左右”“两下半”邓被打出门，向左侧跑。此时徐庆持单刀上，截住邓车，邓转身又向右侧跑。韩彰从“下场门”冲上，截住，韩彰漫邓车头，刺上下。**【一锤锣】**邓车退下。韩彰向徐庆招手从“下场门”追下。

〔蒋平持单刀从屋里出来，向“下场门”一望，点头，转身又进屋内，从桌底下把公孙策搀出来。

蒋　平　先生，先生，刺客打跑了！

〔**【撕边、大锣一击、二击】**公孙策吓得一看、两看，环视四周。

公孙策　啊，我的人头没有了吧？

蒋　平　（抬左手指公孙策头）原封没动。脑袋没了你还能说话吗？

〔**【撕边、大锣一击】**公孙策抬右手摸自己的脑袋。

公孙策　噢，还在脖梗上呢。

蒋　平　你没事了，我去追赶贼人！

〔**【撕边、八大仓】**蒋平急出门，涮刀亮相。**【急急风】**从“下场门”追下。

公孙策　（用右手摸头，惊吓地）好险哪！

〔**【一锤锣】**公孙策转身从桌上抱起印盒向“下场门”走两步，停住回头看门，快步上前关门，放下印盒上门闩，抱起印盒，抬右手摸脖子从“下场门”颤抖着下。

第十三场

〔舞台设置：左侧靠天幕处摆石碑；右侧一棵大树，树下石墩。①

〔**【小锣水底鱼】**沈仲元从“上场门”边走边回头向后张望。

沈仲元　（高兴地）好哇，邓车这小子比老兔子还猾，不行。我还得给他帮个倒忙，且藏在大树上观战便了。

〔**【急急风】**沈仲元快步至右侧大树下石墩上观战。随后邓车从“上场门”持扑刀败上，不时回头张望狼狈地正要藏躲。

〔韩彰、徐庆在“上场门”幕内高喊：“哪里走！”

〔邓车急忙躲在大树后。韩彰、徐庆持刀急追上。**【撕边、大锣一击】**二人向“大边”一望，**【撕边、大锣一击】**二人又向“小边”一望。

徐　庆　二哥，这小子跑哪去了？

沈仲元　（站在石墩上）邓大哥，大榆树后边可藏不住啊！

〔**【急急风】**邓车从树后探头，被韩彰、徐庆发现。邓车跑出来，邓车至“小边”，韩彰、徐庆二人持刀冲上砍邓车，邓车出扑刀“倒脱靴”，“过合”往里“一盖两盖”，往外“一盖两盖”，挑起来二人砍邓车的“抢背”。邓车又藏到石碑后。

徐　庆　这小子怎么又没了？

沈仲元　（又高喊）邓大哥，石碑后头也藏不住啊！

〔**【乱锤】**邓车焦急地从石碑后窜出，韩彰、徐庆冲上前去，邓车要扑刀“倒脱靴”，“过合”至“大边”，三人亮相。

沈仲元　邓大哥，你留神袖箭哪！

〔**【撕边、大锣一击】**韩彰立即向邓车射彩箭。

---

① 如不设置布景，此场为空场。

韩　彰　看箭！

邓　车　啊！

〔邓车拔彩箭扔掉，**【急急风】**与韩彰、徐庆“过合”、刺肚、二人持刀双砍邓车，**【四击头】**亮相。蒋平持刀从正场翻“虎跳前扑”落正中，刀砍邓车，“四股荡”，蒋平切邓车“肘棒子”，韩彰、徐庆上前擒住邓车。

蒋　平　押回去！

〔**【冲头】**蒋平、韩彰、徐庆押邓车从“下场门”下。沈仲元从石墩上下来，欲追蒋平说话，至“下场门”。此刻雷英从“上场门”快步暗上，追沈仲元。

雷　英　（呼叫）沈兄。

沈仲元　（转身满脸赔笑）啊，雷王官也来了？

雷　英　奉命前来接应。

沈仲元　咳，你一步来迟，邓大哥中了袖箭被获遭擒。我正要赶去拼一死战——走，（拉雷英）咱一块去！

雷　英　且慢！**【大锣一击】**（抬左手摇摆）此时赶去岂不白白送死？

沈仲元　不行，我没脸回去，还是跟他们拼吧！

雷　英　沈兄，不能去拼。随俺回去，（**八大仓**）（拉沈仲元）随俺回去！（拉沈仲元）（**八大仓**）

沈仲元　（随走随说）我可真没脸见人啊——

〔**【冲头】**雷英拉沈仲元从“上场门”下。

第十四场

〔舞台设置：堂桌一张、“小座”，左侧跨两把椅、右侧跨两把椅。

〔**【冲头】**卢芳、韩彰、徐庆、蒋平从“上场门”上“站门”，随后颜查散上至台正中。雨墨溜上。

颜查散　（念）贼子中圈套，

　　　　奸王魂魄消。

〔**【大锣五击】**卢芳、韩彰归“大边”跨椅坐，徐庆、蒋平归“小边”跨椅坐，颜查散归“小座”坐。两兵士押邓车戴手肘铁链上，进门。二兵士扔邓车跪在正中。

颜查散　嘟！（抬右手指邓车）**【大锣一击】**贼子敢来行刺，如今被擒，还不从实招来！

邓　车　俺邓车好汉做事好汉当！

〔邓车双手在胸前指画前方，唢呐吹奏<急三枪>。

颜查散　印信放在冲霄楼，可有人去闯阵追印？

邓　车　有。

众　人　（追问）哪个？

邓　车　何必明知故问，他是白玉堂。

颜查散　他今何在？

邓　车　（狂笑）**【撕边、大锣一击】**哈哈哈……他被困铜网阵，乱箭射死！

众　人　（大吃一惊）啊！**【大锣一击】**

卢　芳　四弟，你不是还见过五弟么？
蒋　平　（吞吞吐吐地）咳……我说的都是瞎话哟！
卢　芳
颜查散　哎呀！（双“气椅”昏倒）
众　人　（呼唤）大人、大哥——
　　　　〔**【冲头】**徐庆气愤地快步至邓车跟前掐住邓车脖子。
徐　庆　兔崽子好狠毒哇！
　　　　〔邓车昏死在台上，蒋平向二兵士挥手，拖邓车从“下场门”下。
徐　庆　（大哭）五弟呀……
众　人　（呼唤）大人、大哥！醒来！

〔二黄散板〕
颜查散　**【冲头转凤点头】** 2· 1 1 2 - 6 2 7 6 6 5 6 6 5 (3 - 5 0)
贤　弟　惨　死　（顷　仓）
（双手揉眼）

卢　芳　6 6 5· 6 1 - **【哭头】** 3 3 2 5· 6 1 2 2 3 1 -
痛得我　肝　肠　断！
（双手揉眼）

颜查散　（哭泣地）兄弟！
卢　芳　（哭泣地）五弟！**【乱锤】**
颜查散　哎，卢兄啊！（抬右手搭在卢芳肩上对哭）

【凤点头】 6 2 7 7 (7· 6 5 6 7) 6 7· 6 5 5· 6
可　怜他　壮　志　未　酬
7 - 6 6 5 3· 5 6 6 5 - ‖ **【住头】**
正　英　年。
（擦眼泪）

蒋　平　大人、大哥暂停悲痛。那奸王罪恶昭彰，请大人发兵拿他问罪。
颜查散　好，请蒋护卫代我安排，兄弟呀！（哭泣双手擦泪）
　　　　〔**【一锤锣】**雨墨搀扶颜查散、韩彰搀扶卢芳从“下场门”下。
　　　　〔张祥从“上场门”上，进门，双手拱揖禀报。
张　祥　北侠欧阳爷、智大爷、丁二爷都来了！
蒋　平
徐　庆　（同）有请！
张　祥　（站台口正中）有请！
　　　　〔奏唢呐曲牌<小傍妆台>欧阳春、智化、丁兆兰、丁兆蕙“上场门”上，蒋平、徐庆出门迎接，拱手恭迎式。众人进门，归座。
蒋　平　众位哥弟，你们一步来迟，我那五弟他他他在铜网阵中为国捐躯了！**【大锣一击】**

众　人　（惊愕地）啊！哎五弟呀！

　　　　〔奏唢呐曲牌<三枪>众人抬右手抓水袖擦眼泪。

欧阳春　就该大破铜网阵，捉拿奸王——（抬左手向外指）

智　化
丁兆兰　（同）以慰五弟英灵。
丁兆蕙

蒋　平　大人已允发兵捉拿奸王。

智　化　铜网阵非比寻常；况且若不抄获奸王盟单，难除后患。

蒋　平　（拱手）智大哥，您甭客气了，就请派兵遣将——

众　人　（拍打腰间）我等恭首听命。【大锣一击】

智　化　如此智化不恭了。请问：官兵多少？

蒋　平　有五百官兵可用，还有我大哥、二哥。

智　化　好，欧阳兄、丁家兄弟、蒋四弟和我等五人明晚暗入奸府，共闯铜网阵，抄他的盟单。【大锣一击】徐三弟，请与韩二哥带领官兵，埋伏奸王府左右。听里面杀声大起，便领人杀入。

众　人　是。【大锣一击】

智　化　察院不可空虚，就请卢大哥率二百名官兵保护。众位哥弟请看如何？

众　人　智爷真是文武全才！

智　化　不称此职，惭愧！

欧阳春　你我同去慰问大人与卢、韩二位。

众　人　请！

　　　　〔【大锣原场】扯斜一对对拱手从“下场门”下。

第十五场

　　　　〔舞台设置：空场。

　　　　〔奏唢呐曲牌<风入松>八府丁持刀和魏昌从“上场门”上，站门。赵珏上，至舞台正中。

　　　　〔【冲头】雷英、沈仲元从“上场门”急上。分别站左右侧两边。

沈仲元
　　　　（同）启吾主，（双手拱揖）邓车被擒。
雷　英

赵　珏　啊！【大锣一击】

　　　　〔【冲头】王宝、王善急从“上场门”报上。

王　宝
　　　　（跪在地上同白）启禀千岁，欧阳春、丁兆兰、丁兆蕙、智化等已到察院。
王　善

赵　珏　起过了。（王宝、王善站起身归两边）【叫头】且住！此时若不先发制人，与孤王大为不利也！

雷　英　吾主！（双手拱揖）请传谕各地山寨即日兴兵攻城，我等以泰山压顶之势，立刻踏平察院，活捉颜查散。

众　人　（齐念）血洗襄阳城！【大锣一击】（上前一步，出刀亮相）

魏　昌　且慢！（双手拦阻，【软撕边、大锣一击】）仓促而动，不如以逸待劳。依小臣之见，欧阳春之流自恃其能，必来闯阵。铜网阵能治死白玉堂，难道就治不死欧阳春？稍迟三五天，我们各地兵马也就准备停当，到那时旗开得胜，席卷荆襄，这区区察院又算得了什么？

沈仲元　妙哉呀，妙哉！（右手出食指转动，文雅地）魏昌之计可谓万全。明日铜网阵的阵主是我沈仲元。那欧阳春之流若来闯阵就算来着了。我要大显手段，叫他们一个也跑不了！【撕边、大锣一击】

赵　珏　哈哈哈……孤有赛管仲、小诸葛出谋画策，大事必成。明日孤就要登基称帝，魏昌、沈仲元封护国军师，雷英封为大元帅！

雷　英　谢主龙恩。（双手拱揖）

赵　珏　王府官兵、亲兵人等，俱都加升三级！【大锣一击】

众府丁　（跪拜）万岁！

赵　珏　众将官严加防守！

众　人　啊！

〔【一锤锣】众府丁领起“插门”“下场门”引赵珏分下。

第十六场

〔舞台设置：正场冲霄楼景。

〔【滚头子】智化、丁兆兰、蒋平分别“单走边”后续“双走边”，亮相。

智　华
蒋　平　（三人同唱）
丁兆兰

<雁儿落>

0 5　6 6 | 5 6 i 7　6 | i i　6 i 5 | 6 7　6 |
四　下 里　杀　气　笼 罩　雾 漫　腾　腾，

0 2　3 2 | 5 3　2 3 | 5　5 | 1　2 |
豺　狼　巡　兵　穿　梭　行。

（三人互相“编辫子”走“扫堂”“旋子”）

〔随之欧阳春从“上场门”上，四人舞蹈同唱：

0 2　3 2 | 5 3　3 2 | 1 2　1 6 | 1 5　6 6 |
同　仇　敌　忾　人　天　愤！痛　五　弟

（右手先指地“飞脚”指天）　（擦眼泪，双手

5 6 1̇ 7　6 | 0 5　3 5 | 6 7　6 | 0　5 |

非　命，　痛　五弟　非　命，　破

外翻）　(四人同

（仓　另　大）【快收头】

3　3 2 | 1 2　7 6 | 1 5　3 2 | 1 2　7 6 | 1̇　– ‖

恶　阵　擒　王除　奸　慰　英　灵。

指台内横“前弓后箭”式，同“翻身”）

〔四人同拱手【四击头】亮相。随后归正场，欲进冲霄楼，此时三门大开，从冲霄楼内冲出雷英持长枪、魏昌持宝剑率八府丁与欧阳春、蒋平、智化、丁兆兰“一过合、两过合”，“一扯两扯”，再“过合”“串肚”，“前封头、后封头”。欧阳春、蒋平、智化、丁兆兰踢府丁“抢背”【四击头】亮相。【急急风】一对一对架住分别从“上、下场门”下。

〔【急急风】（“开档”起）兵士与府丁双方轮换上场，翻“出场”、“小翻提”、“小翻前扑”、“蹑子”各类斤斗连环开打，【四击头】亮相。

〔赵珏手持大刀上，与智化、欧阳春“三见面”【四击头】亮相，后接“大刀攒”。先后下。

〔丁兆兰与魏昌打“剑枪”【四击头】亮相。二人架住下。【急急风】欧阳春从“上场门”上，雷英从“下场门”拿枪上，二人见面对打“单刀枪”【四击头】亮相。先后下。

〔【急急风】赵珏手持大刀冲上至“大边”台口出大刀，蒋平持双刀“漫头”，与赵珏打“大刀双刀”【四击头】亮相。兵士与府丁分别从“上下场门”又翻大开打，蒋平杀死赵珏亮相。

〔【冲头】沈仲元从“下场门”上，与从“上场门”提刀上的蒋平相遇。

沈仲元　四哥！

蒋　平　沈弟，你在这儿哪！

沈仲元　可把兄弟等苦了。我给您引路！

〔【大锣五击】魏昌提宝剑急从“下场门”跑上。

魏　昌　沈仲元，你——

〔蒋平四身与魏昌对打，“两过合”往里“一盖两盖”，将魏昌杀死。

沈仲元　四哥、众家英雄随我来！

〔【急急风】沈仲元引蒋平、智化、欧阳春、丁兆兰、丁兆蕙持刀过场。

〔欧阳春、丁兆兰登上冲霄楼把两条铁练砍断。蒋平快上站在冲霄楼上手捧盟单。

蒋　平　盟单到手，再看这大火——

众　人　（高喊）火焚冲霄楼！

〔天幕火景，焚烧冲霄楼。

〔奏唢呐曲牌<尾声>接【急急风】急收。

——剧　终

赵纪鑫　整理　　王　威　记谱

䣘垣出世

叶盛章演出本

武丑戏《徐良出世》是著名京剧武丑表演艺术家叶盛章先生代表作之一。这出戏取材于清代（作者佚名）武侠小说《小五义》（全称《忠烈小五义传》，最早为光绪十六年即1890年北京文光楼刻本）第五十六至六十七回。

该剧描写山西祁县铁匠徐庆之子徐良自幼爱习拳棒，拜云中鹤魏真为师，学会十八般兵器，人称多臂熊。一日，接到已别二十多年的父亲徐庆的书信，叫他赶赴襄阳，父子相见。于是徐良辞别母亲，离开家乡。行至乌龙岗，夜宿号称“飞毛腿”高解的黑店。高解于酒中放毒，企图害死徐良。徐良勇敢机智、巧妙周旋，与店主高解展开一场搏斗。后来在小侠艾虎的协助下，打跑高解，徐良得了大环宝刀。高解逃到桃花沟，网罗同伙继续作恶。徐良与艾虎在追贼途中，又遇白芸生、韩天锦、卢珍，在丁兆兰的提议下，五人结为金兰兄弟，人称“小五义”。为了除掉高解，徐良与众位兄弟夜入桃花沟，平灭匪巢，随后，众人同奔襄阳。

20世纪30年代后期，叶盛章先生创编了这出戏。他没有完全照搬传统京剧武丑戏的模式，从选择题材到塑造舞台上徐良的艺术形象，都立足于大胆改革，勇于创新。首先，他打破传统武丑脸上勾一道白鼻梁的演法。《小五义》书中描写徐良：“身高七尺，青缎壮帽，青绢帕拧头，正当中面门上映出来一个茨菇叶儿。穿一件皂青缎的箭袖袍，青丝鸾带，黑色灰的衬衫，青缎窄腰快靴。往脸上看，黑紫的脸膛，两道白眉毛，一双虎目，垂大准头，四字口见棱见角，大片牙，乌牙根，大耳垂轮，未长髭须，正在年少。”（见《小五义》第五十六回）所以他在创造徐良脸谱时，先以紫红色打底，随后在眼窝上勾鸭蛋形的白底黑圈，在左右眼角上方画两个黑色圆圈，活像一双虎眼。随后从鼻尖上部微微垂下黑里套白似蝙蝠形的鼻窝。在嘴上先勾红色，红外边再画白粉，白粉外面再勾黑。完全符合小说中所描述徐良的“四字口见棱见角”的形象，最后在眉毛上粘两道白眉毛。

叶先生研究出徐良的帽子，是用青缎绣白图案，头顶上拧成一个尖形缎子黑花，靠耳朵上面用黑缎子做成两个小犄角，上面绣着一条白图案，当中插一个茨菇叶儿。从徐良的脸谱到帽子和服装，叶盛章都是根据人物性格精心设计的，与传统戏里所有的武丑角色截然不同。

徐良的念白，叶先生也没有用京白表现，他紧紧抓住徐良是山西祁县人氏的特点，为了更真实表现人物个性，决定用山西口音念白。可是叶盛章自幼生长在北京城，对山西话又不熟悉，便托人了解北京城里可有山西朋友久居。巧得很，前门外当时五牌楼附近路东有座五间门面的干果海味店叫“通三益”，东家是与祁县毗邻的太谷县人。叶盛章听到这消息高兴极了，于是主动登门拜访，一字一句地跟人家学说山西话，并学唱“山西梆子”，颇下功夫。在剧中“别家”有段唱词：“劝老娘你把那宽心来放，一路上行侠义自有主张。此一番去把那襄阳城往，愿老娘在家中福寿安康。”通常都是用京剧〔西皮原板〕或是〔二黄原板〕演唱，可是叶盛章却大胆地吸收地方剧“山西梆子”腔演唱，既表现了人物个性和出生地，又突破了京剧传统模式，增加戏剧艺术效果。果然，叶先生扮演的徐良，每当演到他唱“山西梆子”，不仅准确，而且韵味十足，再加上他的嗓音清脆明亮，每唱一句台下总是满堂喝彩，收到极好的艺术效果。

在叶先生大胆创新、精心设计下，这出戏不仅情节曲折，风趣幽默，武打出色，新颖别致，而且与另一出演徐良的《藏珍楼》，称得上姊妹篇，都是“叶派”武丑戏的代表作。

据我所知《徐良出世》这个剧本，叶盛章先生生前没有公开发表过。我们内蒙古京剧团著名武丑艺术家李庆春先生曾演出此剧，也是根据叶先生演出时的纪录手抄本。由于原剧本有些不足，李庆春先生曾找过叶盛章先生研究，想对此剧再加修改。由于“文革”初期叶先生不幸辞世，修改剧本一事也就放下了。后来恢复上演传统戏，我受李庆春先生之托，根据《小五义》小说，结合叶盛章先生的演出本，曾斗胆地进行过修改。

有人曾问我为什么对“叶派”武丑戏这么感兴趣？我从小生长在北京城，从记事起就跟着父母看叶盛章的戏，好多戏曾看过多遍，就拿这出《徐良出世》来说，就看了十多次。我还记得最后一次看是在前门外肉市广和剧场演出的《徐良出世》，那天晚上正赶上下大雨，把我全身浇得透心凉，可是也没挡住我去看这场戏。进了剧场一看吓了一跳，您别看门外瓢泼大雨，剧场里头却是座无虚席，连靠墙两边走道上都站满了观众。叶盛章扮演的徐良，从扮相到表演，从唱的那段“山西梆子”到念白，做派身段动作，一切都是细腻入微，打得那更是精彩出色了。不说别的，就以最后擒高解这场大开打为例，叶盛章与他多年老搭档高盛虹先生扮演的高解打的那套“单刀枪”，这套把子在京剧舞台上并不陌生，凡是武戏演员基本都会，可是人家二位打这套“单刀枪”，虽然不是真刀真枪，但是手里头干净、利落、惊险，脚底下灵活、轻帅、腾挪，打得满台飞舞，火爆猛烈，那可真是急如飞隼，夺人魂魄！看得台下观众无不瞠目结舌！台下掌声雷动，喝彩叫绝。所以我对“叶派”武丑艺术特别崇拜，简直入了迷，至今回忆起来印象仍极为深刻。

为了使“叶派”武丑艺术广为流传，弘扬武丑表演艺术，我虽然已经退休离开了剧团，仍愿花费精力，每天坐在灯下把所知道的和过去保存有关叶先生演出剧目资料，奉献给京剧工作者和广大读者。毕竟时间久远，再加上我艺术功力不足，肯定存在粗疏浅陋之处，恳请专家和读者批评指正。

赵纪鑫

人物行当

徐　良	武丑	白芸生	武生
艾　虎	武生	韩天锦	净
高　解	武净	卢　珍	老生
王　顺	丑	丁兆兰	武老生
乔　宾	武生	徐　母	老旦
胡小纪	武丑	酒　保	丑
稀伙计	丑	苍　头	丑
松伙计	丑	旗　牌	老生
平伙计	丑	周　瑞	武净
常伙计	丑	头目甲	武丑
苏元庆	小生	头目乙	武丑
张　宏	净	车　夫	生
书　童	丑	八喽兵	武行
张玉兰	旦		

服装扮相

徐　良　搓红脸、粘两道白眉毛、勾鸭蛋形白粉底黑眼窝，白粉外面套黑圈。左右眼上角在白粉上画两个半圆形黑色圆圈儿，表现出一双虎目。鼻尖上勾两道白色似蝙蝠形黑里套白、分向鼻窝的两道弧形纹。嘴岔下垂，红色套白粉，外边以黑色勾嘴岔。在白眉毛当中印堂处画两道竖纹。头戴黑缎子豆包帽，类似改良小板巾，正中拧成黑色花，四周绣白丝线图案花纹。帽子边镶小白珠子，左右耳朵上边镶两个像牛犄角似的黑缎子，上面绣着图案花纹。正中插茨菇叶。外穿黑缎子绣蝴蝶花褶子，里面穿青绒侉衣带下胯、四周镶白缎压皎月色缎子牙子的边，青绒腰箍，黑缎子彩裤，黑白交叉裹腿、黑缎子薄底。（叶盛章先生穿白千层布底薄底）

艾　虎　俊扮。白缎子绣花软罗帽、左耳朵边插白绒球上面带粉色点，软罗帽正中插茨菇叶，白缎子抱衣、抱裤均绣花，白色大带绣花，白绣花薄底。

高　解　勾油白三块瓦、脑门正中红火焰儿、尖黑鼻窝、红色外套黑色嘴岔、两道黑色鼻纹。白硬罗帽、正中插茨菇叶、黑牵巾，左耳边插大朵红石榴花，白绣花开氅、白绣花箭衣、黑色大带，红彩裤，厚底靴。开打时换薄底，头上硬罗帽换甩发。

王　顺　丑扮。蓝毡帽，蓝布大袖白短腰包，黑彩裤，白布袜、方口皂鞋。肩上搭着白毛巾。

乔　宾　俊扮。蓝色改良小板巾，中间插茨菇叶，蓝色侉衣、蓝色大带、蓝素褶子，蓝色彩裤，薄底。

胡小纪　武丑扮相，勾白鼻梁、左右眼角点两块白粉，白粉中间点黑，黑眼窝，两道弯曲黑眉。黑色改良小板巾、镶白缎子边，当中镶一红绒球，正中插茨菇叶，黑色侉衣。黑大带，黑彩裤，薄底。

稀伙计　丑扮。绿色荷叶巾、绿色绣花褶子，黑彩裤，白布袜子、方口皂鞋。

松伙计　丑扮。紫色棒槌巾，紫色绣花褶子，黑彩裤，白布袜子、方口皂鞋。

平伙计　丑扮。古铜色鸭尾巾，古铜色绣花褶子，黑彩裤，白布袜子、方口皂鞋。

常伙计　丑扮。黑色矮蓬巾、黑色绣花褶子，黑彩裤，白布袜子、方口皂鞋。

苏元庆　俊扮。湖蓝色小生巾，湖蓝色绣花褶子、腰里系蓝色丝绦，蓝色彩裤，厚底靴。

张　宏　勾紫色三块瓦脸谱，黑满、黑缎子软罗帽、牵巾，黑色缎子褶子，黑彩裤，厚底靴。

书　童　丑扮。头戴孩发，蓝色小褶子，腰系黄色丝绦，黑彩裤，白布袜子、福字履。

张玉兰　俊扮。梳大头、戴银钉头面、线尾子、素白、蓝色草花，青衣、加蓝色边的白绸裙子、腰系白腰巾，彩裤，蓝色彩鞋。

白芸生　俊扮。湖色绣花加红火焰儿武生巾，湖色绣花箭衣、绣花大带、湖色绣花褶子，湖色或白绸子彩裤，厚底靴，腰挂宝剑。

韩天锦　揉黑色脸，红色脸蛋，黑眉黑眼窝，勾红嘴岔套黑白色脑门勾白加红火燕。紫色改良巾子、牵巾，正中插茨菇叶，紫色抱衣、抱裤，薄底。

卢　珍　俊扮。香色改良将巾、牵巾，香色绣花箭衣、紫大带或香色大带、香色绣花褶子，红彩裤，厚底靴。

丁兆兰　俊扮。绿色绣花武生巾、黑三，绿色绣花箭衣、紫大带、绿色绣花褶子，红彩裤，厚底靴，腰挂宝剑。

徐　母　俊扮。老旦冠、黪网子、系香色绸带、额前一颗珠子也叫勒子，穿古铜色绣团寿字帔、绿裙子、内衬古铜褶子，白袜子、云头鞋。

酒　保　丑扮。蓝毡帽、蓝布大袖、白短腰包，黑彩裤，白布袜子、方口皂鞋。白毛巾。

苍　头　揉红色脸，勾白眉、白眼窝和皱纹，戴白五嘴胡子、白毡帽，老抖衣、紫色大带，黑彩裤，白布袜子、云头鞋。

旗　牌　俊扮。黑大板巾、戴黑三，黑色缎子箭衣马褂、紫色大带，黑彩裤，厚底靴。

周　瑞　勾红色碎脸，戴红扎、红色硬罗帽、红耳毛、牵巾，红色绣花箭衣、红大带、红色绣花褶子，红彩裤，厚底靴。

头目甲　丑扮。揉黑底脸、勾眉毛、眼窝、红嘴岔、鼻窝，蓝毡帽竖着戴外系水纱打茨菇结，黑缎子侉衣，小白腰色，黑彩裤，薄底。

头目乙　丑扮。揉黑底勾黑眉、黑眼窝、鼻窝、白嘴岔，戴鬃帽系水纱、插茨菇叶，黑缎子侉衣、小蓝腰色，黑彩裤，薄底。

车　夫　俊扮。蓝毡帽，蓝布箭衣打小蓝腰色、紫大带，黑彩裤，薄底。

八喽兵　丑扮。揉红黑脸、勾浓眉、画黑眼窝眼角下加两道白，脑门正中画两道竖纹、鼻窝、嘴岔，包黑布头布，黑侉衣、黑色镶白边腰箍，黑彩裤，薄底。

道具

桌子	三张	椅子	八把
香炉	一个	蜡扦	一对
酒壶	三把	酒杯	八盏
银锭	三锭	书信	一封
面碗	三个	宝剑	四口
单刀	十六把	长枪	十二杆
马鞭	十把	木杠	一根
白布告示	一份	长板凳	一条
红布行囊包	两个	红木托盘	两个
车旗架行囊	一份	带套的大环宝刀	一口

弩　一个（圆皮盒内装砸炮，徐良背在后背一拉便响）

红色、银灰色、紫色围桌椅披各一份

第 一 场

〔场上设置紫色桌围椅披。一桌、“小座”椅。

〔高解由“上场门”上，【回头·原场】走至“九龙口”停住，抖袖，捋牵巾，继续行至台正中。【归位】右手拉起开氅衣边挡脸。

<点绛唇>

高 解 サ6 3 5 2 –（台. 大 台）2 2 1 2 7 2 6 1 5 –（台 令 台）
武艺高强，英雄胆壮。

5 4 3 5 2 –（台. 大 台）3 2 1 2 3 5 6 5 –（台 令 台）
结交广，独霸一方。

（6 5 6 i 5 –）（八 大 仓）2 2 1 2 6 1 5 – ‖【回头】接【原场】
（白）谁敢把某挡。
（放下开氅）（得意地捋髯）

〔高解抖袖向左转身归“小座”。【归位】

高 解 （念）自幼生来性情刚，
爱习棍棒与刀枪。（台.大 台）（左手前右手后摆出拿长枪姿势）
某家独霸乌龙岗，
绿林之中【撕边二击】称豪强。（挑右手拇指）

〔【归位】王顺从“下场门”溜上，站在高解左侧“大边”。

高 解 某，【软撕边一击】（抬左手往上翻水袖，右手抓住左手水袖）姓高名解，人称飞毛腿。（抖左手水袖）【住头】只因在家打死人命，逃在这乌龙岗，开了一座店房。（抬右手到头顶，伸拇指反指店内）若有那经商客旅住在某的店中，（右手放在胸前转手腕）将他迷倒，金银留下，送到死人的作坊。（右手向右前方一指）这几日大雨倾盆，（抬双手在头顶画弧形）无有什么买卖上门。（抬右手摆手式）王顺！

王 顺 （向前两步双手拱揖）有。

高 解 （右手捋髯，斜眼瞟王顺）你有何妙计？

王 顺 东家，您何不把伙计们叫来，（抬左手指台前）让他们四处撒网，遇见那有油水的客人（抬右手从外向里指画）带到店里来，何愁不能做他个三号两号的哪。（用右手指先伸三指，后翻手指变为两指）【撕边一击】

高 解 （连连得意地点头）好，伙计们来见！（转身向“上场门”呼唤）

〔稀伙计幕内应：“来啦！”

〔【小锣五击头】稀、松、平、常四伙计从“上场门”同上，走至“小边”台口。

稀伙计
松伙计 （同念）绿林好买卖，

平伙计
常伙计 （同念）瞪眼就发财。

〔【小锣二击】稀、松、平、常四伙计进门，站横排向高解拜揖。

稀伙计
松伙计
平伙计
常伙计 （同）参见东家，有何吩咐？

高　解　罢了。

〔稀、松伙计站“大边”，平、常伙计站“小边”。

高　解　（抬右手指四人）命你等四下查看，若有那经商客旅，将他引到店中，（伸右手从外向里指画）不得有误！

稀伙计
松伙计
平伙计
常伙计 （同）遵命。走着，走着！

〔【小锣五击头】稀、松、平、常四人出门，从“下场门”下。

高　解　王顺，好买卖上门，速报我知！（抬右手抖袖）

王　顺　（满脸陪笑地）是啦！（恭恭敬敬地抬右手，弯腰向“下场门”方向）您先歇会儿去吧！

高　解　挂招牌，做买卖！

王　顺　是。

〔【原场】高解从“下场门”下。王顺从桌后虚拟地拿招牌出店门，走向“大边”挂招牌，随后从肩上拿下毛巾抽打一下，进门从“下场门”走下。

第　二　场

〔场上先空场，后摆一桌、“大座”椅，“大边”椅。

〔【原场】打住。

〔张宏幕内白：“马来！”【撕边一击】

〔【慢纽丝】张宏手持黑色马鞭，身背“大环”宝刀从“上场门”上，“趟马”亮相后起身扬鞭打马。

〔西皮散板〕

张　宏　サ（^{2}7 6 6 5 3. 1 2 7 6 2 1 －） 3 3 4 3
辞 别 双 亲
（拱手）

3 1 2 3 3（6 1 2 3） 6 2 1 1 2 2 5 3 2
离 乡 井，（仓）只 为 进 京 求 功

1 (7 6 2 1) 1 2 5 3. 2 2 2 1 3 3 2 -
名。 (仓) 雨 后 路 途 难 行 (啊) 走,
「【纽丝】张宏左转身走小圆场至“小边”台口停。 (右手抬马鞭指路)

(过门略) 3 3 1 3 2 (1) 1 6 1 1 - 【住头】
寻 一 旅 店 暂 安 身。
(向前张望)

张 宏 今逢大比之年进京赶考，一路之上饥餐渴饮，晓行夜宿。（左手抱右手里的马鞭，向“小边”斜步而行）行程数日甚是劳倦，不想又逢连日大雨，（抬双手举马鞭指天空）路途难行。（退步缓马鞭，双手指地）俺不免寻一旅店歇息两日再赶路程。（抬右手“拉山膀”）哪里寻找安身之处呢？（四处寻视）

「【撕边一击】稀、松、平、常四伙计从“下场门”上，四人站“大边”一横排，有意挡住去路。

稀伙计 （满脸陪笑地）这位客官请啦！（拱手）

张 宏 （拱手）请了，请了。

稀伙计 您瞧瞧，这两天雨下个不停，道儿可真不好走哇！您是不是要找个地方歇息歇息啊？

张 宏 （双手合拍）是啊！【小锣一击】俺正要找一个安身之处。（右手拍拍腰间）

稀伙计 巧啦。（双手合拍）离这不远，（抬左手往前方指着）一拐弯那儿有个高家老店——

松伙计 （赶忙向前抢白）又大又宽绰——

平伙计 （忙把松伙计拉开，抬左手指前方）您住在那儿——

常伙计 （抬右手摇头晃脑地）包您满意！

张 宏 （拱双手）有劳带路。

稀、松 平、常 （同）没什么，没什么。您随我们来！

「【半个大锣水底鱼】稀、松、平、常四人领张宏走，四人居台右站“一条鞭”；张宏下马牵马随后左行小圆场，走至“小边”台口。

稀伙计 （转身向张宏）客官到啦。（转身向“下场门”内）店家，店家！

王 顺 （内应边喊，边从“下场门”跑上【小锣长丝头】）来啦，来啦！（出门）几位都是住店的吗？

稀伙计 （摆手）我们不住店，（抬右手指身后张宏）这位客官是住店的。

王 顺 （热情地）客官您里边请吧！把马交给我。（右手往店里让张宏，上步左手接张宏手里的马鞭）客官请！

「【大锣五击头】王顺接过马鞭牵至“下场门”内。

稀伙计 您住店，我们走啦。

张 宏 （拱手）多谢了！（随后稀等四人从“上场门”下）

「【原场】张宏进店用水袖掸衣服。

「二幕启：正中放紫色桌围、椅披，“大座”椅。王顺放好马转身快步进门，招待

张宏。

王　顺　客官请坐，（用肩膀上的拭巾擦桌子，让张宏坐“大座”）您用些什么？

张　宏　将上等的酒饭配好取来。

王　顺　是啦。（回头看了一眼张宏，走至台中出门，向“下场门”拜揖）有请东家！

〔【大锣五击头】高解从“下场门”上，至“大边”。

高　解　何事？

王　顺　来了一位客人，行囊沉重，（用双手比画，又抬右手放在脑后表示背刀式）身带利刃，颇有油水。

高　解　说某会他！

王　顺　（弯腰）是啦。（忙转身进门，笑脸对张宏）客官，我们掌柜的来看望您来啦。（站“小边”抬右手向外指）

张　宏　某家出迎。

〔【大锣五击头】张宏走出座位迎接，高解进门。

张　宏　店主东在哪里？

高　解　客官！（拱手）幸会了。哈哈哈……

张　宏　（拱手）幸会了啊，哈哈哈……请！

〔【回头·长尖】二人相让，进门王顺搬椅，把“大座”变为“八字”椅。随后王顺从“下场门”溜下。高解坐“小边”椅，张宏坐“大边”椅。

高　解　请问客官尊姓大名？

张　宏　在下张宏。请问店主东尊姓大名？

高　解　在下高解。请问客官今欲何往？

张　宏　今当大比之年，进京赴试，路过此处，多有打扰。（拱手）

高　解　岂敢。（摆左手）我看客官英姿出众，仪表非凡。（抬左手上下打量）定然是武艺超群的了。

张　宏　身为武举略窥门径，怎劳店主东夸奖。（得意地抬左手向后扶背着的“大环”宝刀）

高　解　（突然发现了张宏背着的刀，大吃一惊）【撕边一击】今观所佩之刀，并非一般之物。

张　宏　啊！店主东也精通兵器么？

高　解　（赶忙伸出左手摆手）不敢，不敢。某愿借讨一观，不知允否？（伸右手掌心朝上，表示求要式）

张　宏　这有何难。（立即站起，脱掉外面黑褶子，放在椅子上，解下腰里系的红绸子，把“大环”宝刀取下，打开，双手递与高解）店主东请看。【大锣五击】

〔高解站起身接过“大环”宝刀，拔刀出鞘，刀声“当啷啷啷……”金光耀眼。

高　解　（大吃一惊）呜呼呀！【撕边一击】真乃是轧把峭尖雁翎式，光闪闪冷飕飕夺人耳目，好刀啊，（右手握刀翻来覆去观看）好刀！

张　宏　（捋髯得意地看着高解）店主东连夸好刀，定知此刀的来历。

高　解　这……（往后一退）某家不晓。

张　宏　既不知晓，听某道来！

〔【大锣归位】二人转身各归座位。

张　宏　此刀，乃大晋朝赫连勃老丞相所造，共有三口，一名“龙麟”，一名“龙壳”，一名“大环”。专能切金断玉，削铁如泥。此刀乃“大环”宝刀！

高　解　哦？！（顿时一惊）【**撕边一击**】此刀真乃稀世之宝，客官有此宝刀，此番前去赴考，定能扬名天下，夺取魁元。

张　宏　夸奖了。

高　解　某家告退。

张　宏　请便。

〔【**住头**】高解将刀交还张宏，拜揖出门，向“下场门”“大边”走来招手。

高　解　王顺。

〔王顺内白：“来啦。”急跑上。

王　顺　（满脸陪笑地）东家。

高　解　（有意地高声）贵客在此，你要好好款待！（向王顺做手势示杀死张宏）【**小锣一击**】

王　顺　（看高解做杀的手势连连点头）是啦。

〔【**大锣五击头**】高解从“下场门”走下。

王　顺　（向“下场门”故意地高喊）伙计们，上等酒饭一桌，加点“迷子”。

〔伙计幕内应声：“是啦。”

〔张宏这时将刀入鞘，仍用红绸缠好，放在椅子上。随后把“八字”椅，改为“大座”椅。

〔【**小锣五击头**】王顺快步从“下场门”端红木盘（盘上放酒壶、酒杯）进门。

王　顺　客官，这是我们东家外敬的酒菜。（把红木盘的酒壶、酒杯摆放在桌上）您先喝着，饭菜随后就到。

张　宏　（笑呵呵）有劳了。

王　顺　我去给您端饭去。

〔王顺急忙出门，转身双手把门拉住。向台外做一鬼脸阴笑，【**小锣一击**】鬼鬼祟祟地从“下场门”下。

张　宏　（自斟自饮酒，高兴地）好哇！

张　宏　【**慢长锤**】

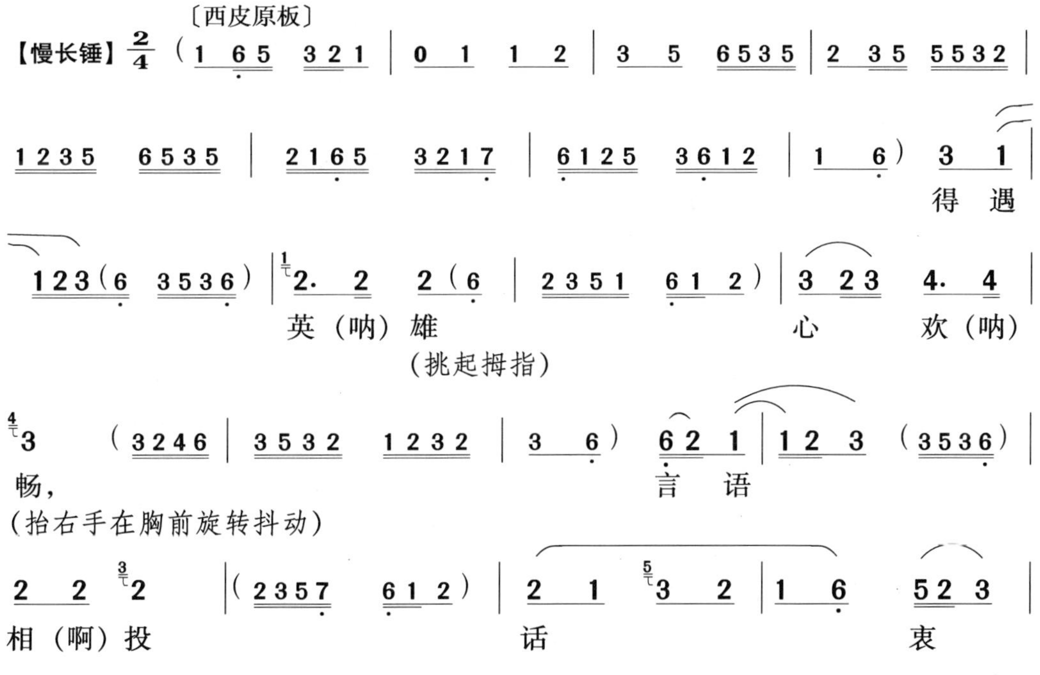

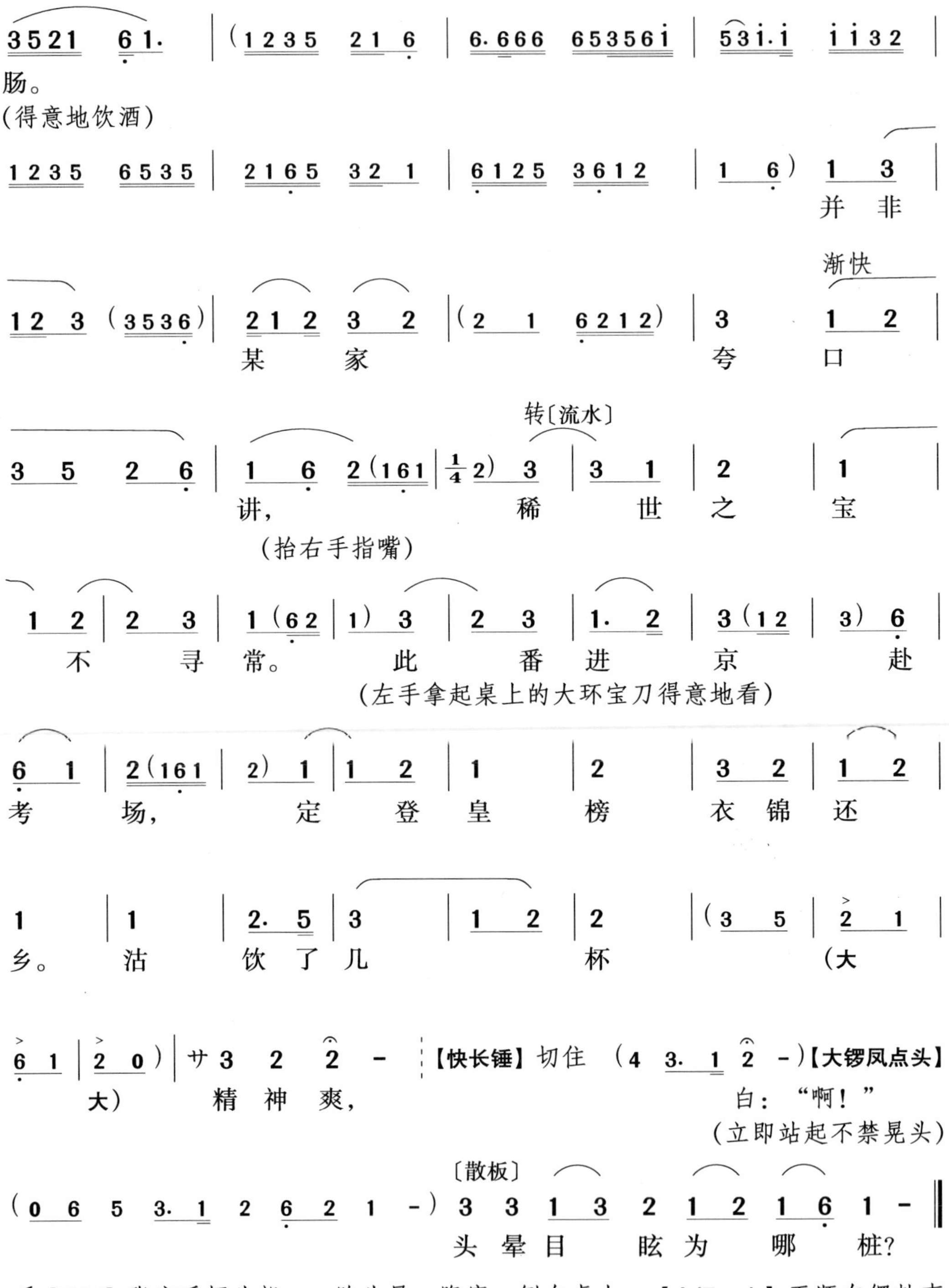

〔【乱锤】张宏手捂头部，一阵头晕、腹痛，倒在桌上。【小锣一击】王顺在锣鼓声之后鬼头鬼脑地从“下场门”蹑手蹑脚溜上，走至台正中门前，侧身听屋内动静。

王　顺　（点头）八成差不多了。（推门进入假惺惺地）客官，客官您的饭菜……（走至桌前抚摸张宏的脑袋没反应）哈哈！齐了，我请东家去。

〔王顺快步出门，向“下场门”拜揖。

王　顺　（面带笑容地）有请东家。

〔【大锣五击头】高解得意地从“下场门”上，至“大边”台口。

高 解 王顺，怎么样了？

王 顺 东家，这号买卖做下来啦。【小锣一击】（站“大边”台口，弯腰向高解笑着回禀）

高 解 待某看来！

〔【快冲头】高解快步进门，王顺随后跟着进门，高解不看张宏，直奔桌上放的“大环”宝刀，（锣鼓打住）拿起刀来爱不释手地翻来覆去地欣赏。

高 解 王顺，将他拖了下去。

王 顺 是。

〔【快冲头】王顺拖张宏，闭二幕。

〔高解二幕前。【大锣叫头】

高 解 （大笑）哈哈，（举刀抬左手）哈哈，（抬右手）啊哈哈哈……（抖右手水袖）

〔西皮散板〕

【快纽丝】（过门同前）サ2 2 1 1 2 3 2 3 2.（7 6 1 2）

今 得 宝 刀 心 欢 畅，（仓）

（左手拿宝刀，右手抚胸部）

5 1 1 2 3 2 3 3 21 1 - 【大锣住头】

如 虎 添 翼 名 远 扬。

（右手挑拇指喜出望外）

高 解 （再次看宝刀狂笑）哈哈哈……

王 顺 东家，今得宝刀真乃大喜，您何不请来各路英雄庆贺庆贺，您的名声不就更大了吗？

〔【撕边一击】王顺站在高解的左侧，抬右手挑大拇指，满脸陪笑地看着高解。

高 解 如此甚好，就命你准备庆贺宝刀之事。

王 顺 到时候您把桃花沟寨主周瑞请来，众位英雄得要喝个痛快。

高 解 （连连点头）是啊，是啊。哈哈哈……

〔【大锣原场】高解兴奋地又抽出刀来仔细观看。王顺溜须地左手用水袖给高解掸衣服上的灰尘，右手不停地在高解面前挑大拇指夸赞，二人相互而笑，从“下场门”下。

第 三 场

〔场上设一桌、“小座”椅，后加“大边”跨椅。

〔二幕外。【大锣水底鱼】旗牌手持马鞭从“上场门”上，至台口正中，回身打马勒住。

旗 牌 （念）奉了老爷命，

祁县下书文。【住头】

襄阳奉了徐庆三老爷之命，（双手恭敬式）去往家乡送信，前面乃是祁县，就此马上加鞭！

〔【半个水底鱼】旗牌扬鞭打马，【原场】从“下场门”下。

〔二幕启。

〔徐良幕内：“啊哼”[1]——！

〔【四击头、回头】接【原场】徐良从“上场门”上，左手提褶子，走至“九龙口”整冠，捋白眉毛，两眼左右巡视炯炯有神，行至台口正中。【归位】

徐　良　〔引子〕

身为侠义，（抖右手水袖）（台.大　台）为黎民（大大）（双手在胸前往左右拨动）

サ5 ^{3}2 2 - ˇ 2 3 6 7 ^{7}6 - ‖（左手抓右手水袖，右手变拳头亮相）

除　霸　　安　　良！

〔【回头、原场】接【归位】徐良上步向左转身归“小座”。

徐　良　（念）生成侠肝义胆，（抬右手指自己胸部）

灵机嘴巧能言。（伸左手向嘴指）（台.大　台）

怪态生的满脸，（抬右手在脸部虚晃）

神鬼见我胆寒。（抖左手水袖）

〔【半归位】苍头从“下场门”溜上，站在徐良右侧身边。

徐　良　我！【大锣一击】多臂人熊，山西雁，白眉毛老西儿徐良。【住头】祖居山西太原府祁县人氏，（抬左手指自己）我父亲徐庆（双手恭敬式），打铁为生。只因二十年前在家打伤人命，逃走在外，落在江南陷空岛，结交了四位朋友，人称五义，（抬右手挑拇指）号称五鼠。（抖右手水袖）【住头】是我自幼拜云中鹤魏真为师，（拱手）学会了全身武艺，（双手拳式在胸前成弧形）软硬真功夫，左右手能打暗器，（先抬左手在胸前，抬右手拉山膀式）双手打镖，双手拉镖；马前弩，（右手翻水袖向后转，低头斜身亮相）【软四击头】马后弩，（抬左手翻水袖向左后背转，低头向右侧身）【软四击头】紧背低头花装弩，（双手反折袖向后一背，略低头复抬头）因此人称多臂人熊。【住头】我父在家之时，（拱双手）开了一座铁铺，专打刀枪剑戟，四野驰名。我也学会了这门手艺，买卖倒也不错。哼！（转身向“大边”呼唤）老伙计！

苍　头　有。（双手拜揖）

徐　良　外面看看，有了买卖好张罗张罗啊。

苍　头　是。

〔【半个水底鱼撕边一击】老苍头拜揖出门。此时旗牌从“上场门”挥动马鞭走至“小边”台口，勒马抬头看门。

旗　牌　来此已是徐府，（转身下马，把马鞭放在“小边”台口转身走至台正中，抬右手叩门）门上有人么？（台）

苍　头　是哪一个？

旗　牌　烦劳通禀，下书人求见。

苍　头　候着。（转身进门，向徐良拜揖）启禀少主人，下书人求见。

徐　良　叫他进来。（抬右手抖袖）

---

① 徐良全部的念白和唱，均按山西方言语音。

苍 头 是。（转身出门，对旗牌）随我进来。
旗 牌 是。（**【住头】**随老苍头进门，老苍头进门站“小边”，旗牌站“大边”）
苍 头 （抬左手指徐良）见过少主人。
旗 牌 （双手向徐良拜揖呈书信）参见少主人，老主人书信呈上。
〔徐良接过书信。
徐 良 你在外厢伺候。
旗 牌 是。
徐 良 （向“上场门”双手拜揖）孩儿有请母亲！
〔**【小锣归位】**旗牌出门从“下场门”下。徐母从“上场门”上，走至台正中，抖袖念白。
徐 母 （念）丈夫离家久，
时刻挂心头。
〔**【小锣二击】**苍头给徐良搬“大边”跨椅，随后站“小边”。徐母坐“小座”。
徐 良 参见母亲。（向徐母拜揖）
徐 母 （抬左手指“大边”跨椅）一旁坐下。
徐 良 谢母亲。（双手拜揖，转身坐“大边”跨椅）**【住头】**
徐 母 儿啊，请出为娘何事？
徐 良 我那爹爹有书信来啦。（手捧书信请徐母观看）
徐 母 啊！快快念与我听。（抬左手指徐良，随后收回左手抚胸）
徐 良 儿遵命。（拆信封，抽出信纸念信）兹示我儿徐良知悉，自从你老子惹祸离家二十余载，幸得皇天保佑未丧性命。现授京都开封府包相爷衙前四品护卫之职，如今派往襄阳公干。闻得我儿练就全身武艺，可速来襄阳，一来父子相会；二来会合天下英雄。见字速来，且莫迟延，是所至嘱。**【大锣五击】**（徐良将信装入封内，随手放于桌上）
徐 母 （不停地点头）唤下书人前来。
苍 头 是。（走至台正中）下书人来见！
〔**【小锣五击】**旗牌从“下场门”快步而上，进门。
苍 头 （站“小边”伸左手指徐母）见过老夫人。
旗 牌 （跪拜）参见老夫人。
徐 母 （伸右手相拦）罢了。你家老主人身体可好？
〔旗牌起身站“小边”。
旗 牌 身体康健。
徐 母 儿啊，取官宝过来，赏。
〔徐良从桌上拿过一锭银子，交给徐母。
徐 母 赏你官宝一锭，路上好用。
旗 牌 （拜揖）小人不敢收受。
徐 良 （从徐母手里拿过银锭，递给旗牌）我母亲给你银子，你就收下吧。
〔旗牌从徐良手里接过银锭，转身向徐母拜谢。
旗 牌 多谢老夫人！
徐 母 不必谢了。回去吧。

〔【小锣二击】旗牌拜揖出门，至“小边”拿马鞭，牵马从“上场门”下。

徐　母　儿啊，幸喜你爹爹安然无恙，（站起来面向台里）待我谢天谢地。

〔徐良搀扶着徐母一同跪拜。【住头】

徐　良　当谢天地。（二人坐下）母亲，儿要到襄阳探望我那父亲去。（抬左手向外指）

徐　母　儿啊，一路之上惯出强人，我儿此去为娘放心不下。（用右手抚摸胸膛）

徐　良　哼！不劳母亲耽心，（双手恭敬地向徐母）待儿扮成镖客模样，哼，（转向苍头）老伙计，你把咱们打刀下来的铁皮子，满满地装上它两箱子。

苍　头　要它何用？

徐　良　哼，一路上，若遇见强人打抢……

苍　头　怎么样？（伸双手张开问徐良）

徐　良　叫他猫咬尿脬——空喜欢咧！（抬左手向外指，随后转向苍头）你准备去吧。

苍　头　是。【小锣五击】

〔苍头快速出门，从“下场门”下。

徐　母　我儿执意要去，为娘有几句言语，说与儿听！（抖左手水袖）

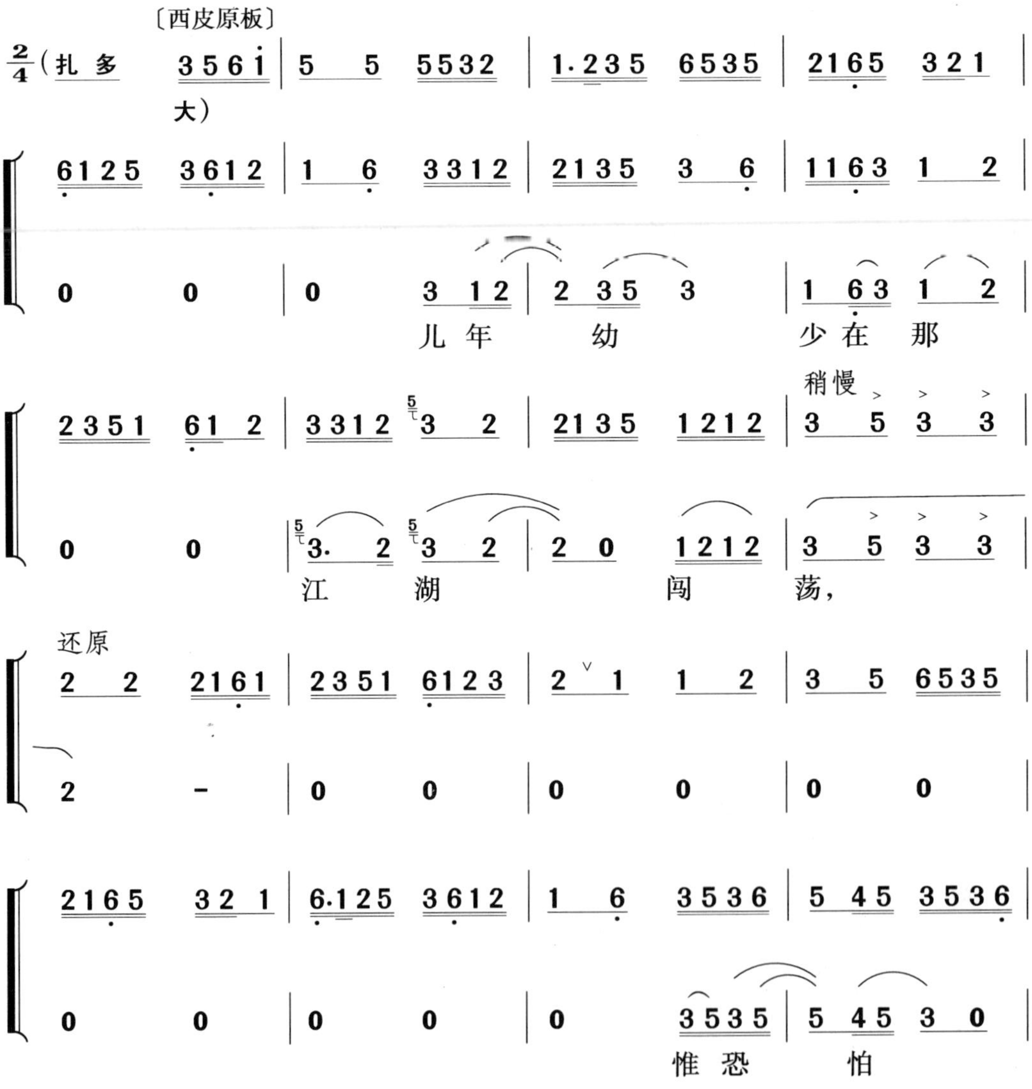

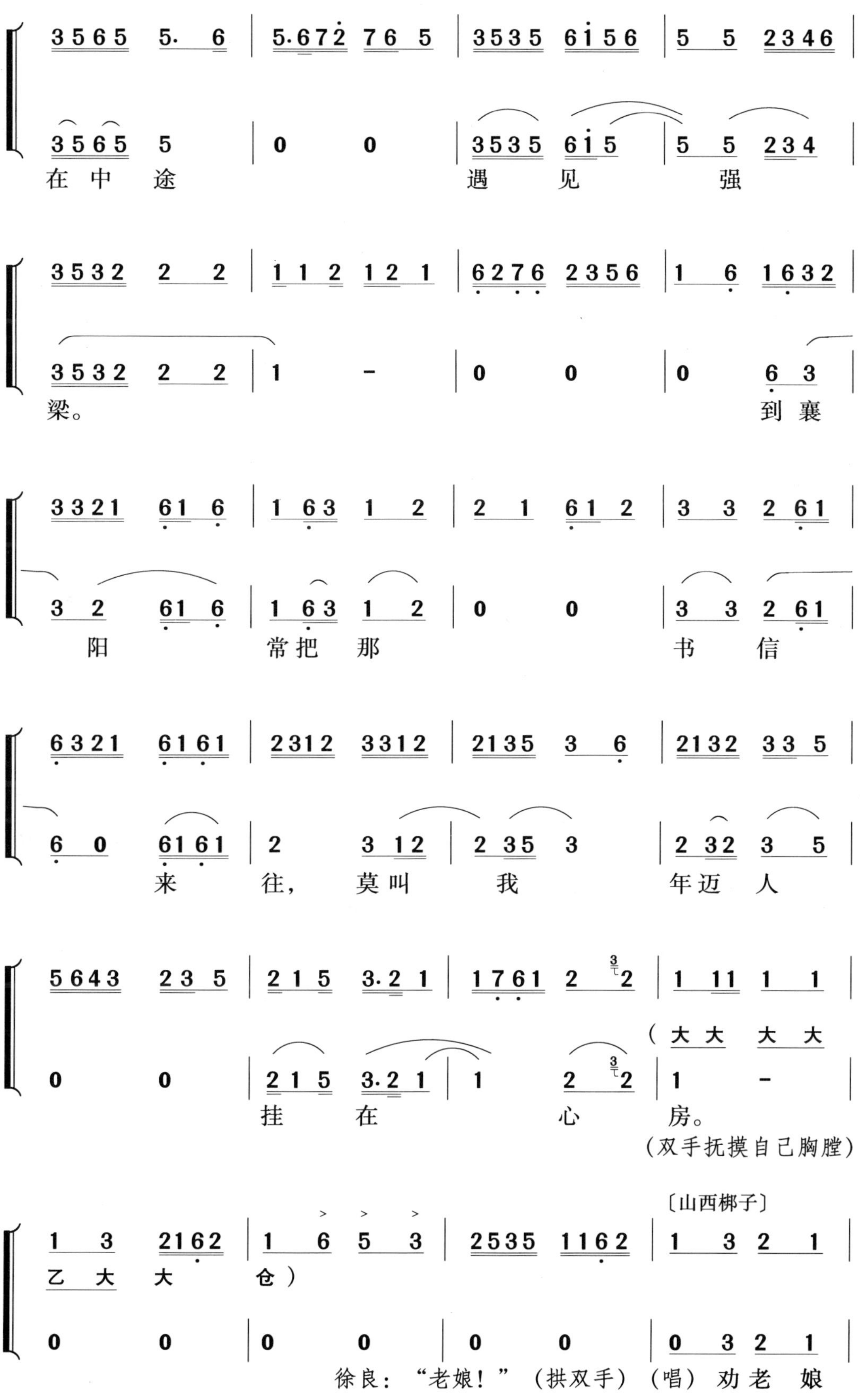
在中途
遇见
强
梁。
到襄
阳
常把那
书信
来往，
莫叫
我
年迈人
（大大 大大
挂在
心
房。
（双手抚摸自己胸膛）
〔山西梆子〕
乙大 大 仓）
徐良：“老娘！”（拱双手）（唱）劝老娘

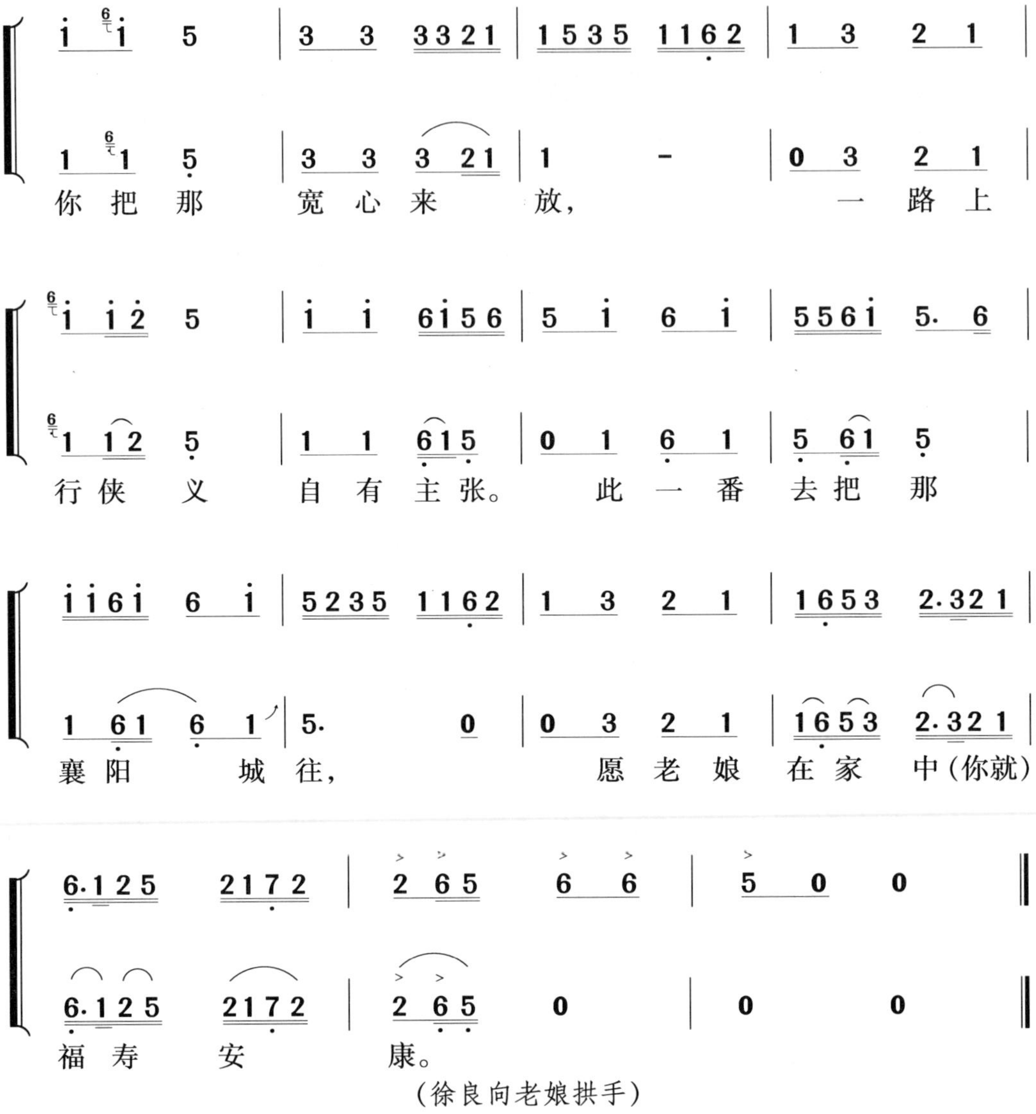

〔【住头】徐良搀扶徐母【原场】从“下场门”下。

第 四 场

〔场上空场。

〔内白：艾虎：“二位哥！”乔宾、胡小纪：“贤弟。”艾虎：“请哪！”

〔【快长锤】乔宾、胡小纪手持马鞭引艾虎挥动马鞭，从“上场门”上，乔宾站“大边”，胡小纪站“小边”，艾虎站台正中，三人同向里挥鞭勒马。

〔西皮摇板〕

艾 虎

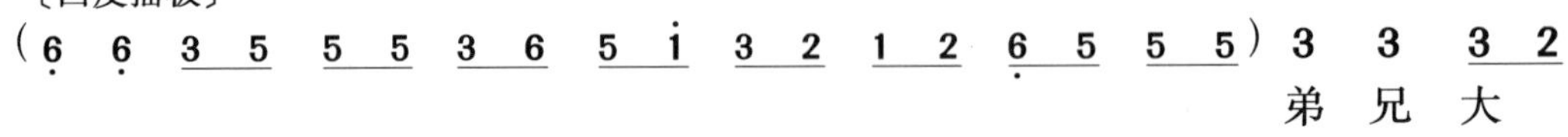

3 1 1 2 3 3 - (4 3 2 1 2 3 2 6 5 5 5 3 6
闹 宜 春 院，
(垂马鞭，双手在胸前拨动)

5 5 3 2 1 2 6 5 5 5) 3 1 3 2
(乔宾、胡小纪接唱) 崔 龙、 崔 豹

(3 2 1 6 1 2) 3 5 2 1 1 - ‖
丧 黄 泉。
(二人右手往下指)

〔【大锣归位】三人台中横站弧形，勒马。

艾 虎
乔 宾 (同) 俺—— 【大锣一击】
胡小纪

艾 虎 小侠艾虎！

乔 宾 开路鬼乔宾！

胡小纪 闹海云龙胡小纪！【住头】

艾 虎 二位哥。(拱手)

乔 宾
胡小纪 (同) 贤弟。

艾 虎 自与张豹结拜大闹了宜春院，杀死崔龙弟兄之后，又闻得五叔白玉堂在襄阳遇难，不知真假，为此离了岳州府，奔赴襄阳打探真情。二位哥，不知前面什么所在？

〔【撕边一击】艾虎右手“拉山膀”向前瞭望。

乔 宾 (抬头瞭望) 乌龙岗！

胡小纪 是个镇甸。(抬左手向前指)

乔 宾 热闹非常。

艾 虎 你我就在此处打尖。(抬右手互相指)

乔 宾
胡小纪 (同) 就依贤弟。

艾 虎 请哪—— (双手恭请)

〔西皮摇板〕

艾 虎 【闪锤】(6 6 3 5 5 5 3 6 5 i 3 2 1 2 6 5 5 5) 2 2 1
但 愿 五

2 3 2 3 2 (3 2 1 6 1 2) 3 3 1 3 2 3 5 2 1 1 - ‖
叔 身 无 恙， 心 急 似 箭 奔 襄 阳。
(双手恭敬式) (抬左手指前方)

〔【软四击头】艾虎、乔宾、胡小纪三人挥鞭抖缰，【急急风】“趟马”【撕边一击】转【冲头】【三击】接【四击头】同亮相。【撕边一击】后转【急急风】三人挥鞭抖缰从

“下场门”下。

第五场

〔场上靠天幕处设三张桌子横摆一排，桌前设一高坡景片，挡住后面的三张桌。

〔**【大锣纽丝】**张玉兰悲苦地手拿着一张白纸，上写：“哀告，因婆母身死，无钱埋葬。丈夫染病在床，拜求四方仁人君子周济银两，感恩不尽。”从“上场门”上，走至“九龙口”用水袖擦泪，抖袖。慢慢走向台口。

〔西皮散板〕

张玉兰 サ（6 5 3. 1 2 7 6 2 i -）3 6 5 7 7 5 6
婆 母 身 亡
（双手拱请变为双

5 6 3 5 6 （4 3 5 6） 5 i - i i 6 5
无 法 葬， （仓） 我 夫
手向外翻掌心）

5. 6 3 5 6 5 6 5 3 5 3 5 （2 3 6 5）
不 幸 病 在 床。 （仓）

3 6 5 3 6 5 7 6 3 5 6 i i. 2 6 5
告 白 一 纸 铺 在 地，哀 求

5. 6 3 5 6（5 6 i） 5 6 5 3 5 3 5 - ‖
君 子 跪 道 旁。
（将手里的告白纸铺在舞台“大边”，靠里侧，跪下哀求）

〔**【住头】**此刻稀、松、平、常四伙计从“下场门”溜上，将张玉兰围住，四个人看着铺在地上的告白。

〔苏元庆内白：“书童带路！”书童内应：“是啦！”

〔**【小锣抽头】**书童右肩背着红布包袱，从“上场门”引苏元庆上，站“小边”“一条鞭”台口处，随后苏元庆手持马鞭打马也从“上场门”上，行至“九龙口”向前眺望，抖左手水袖。

〔西皮摇板〕

苏元庆 （6 6 5. 5 5 5 3 6 5 5 3 2 1 2 6 5 5 5）

3 6 5 7 6 5 6 3 5 6 - （7 6 5 3 5
举 目 抬 头 来 观 看，

6 5 3 2 1 2 6 5 5 5) i 5 3 i 6 -
人 烟 稠 密

6 5 5 3 5 (5 5 3 6 5 -) ‖【小锣一击】
为 哪 般？

（右手马鞭垂下，双手合拍动作）

〔苏元庆站“小边”台口，涮马鞭勒住看舞台右侧方，稀、松、平、常四伙计围观跪在地上的张玉兰。

苏元庆 书童，前面何事，为什么那群人在围观一位女人，快去看来。

书　童 （双手拜揖）是啦。（走上前看张玉兰哀告后，转身回来）公子，是一个妇人跪在地上，跟前还放着一张字纸呢。

苏元庆 （连连点头）噢，噢，待我上前看来。

〔**【大锣五击头】**苏元庆下马，把马鞭交给书童走至“大边”，稀、松、平、常四人立即躲开，观察苏元庆行动。

苏元庆 （念张玉兰跟前的告白）“小妇人张玉兰，只因婆母身死，无钱葬埋，丈夫染病在床，拜求四方仁人君子周济银两，感恩不尽……”（转身向台下）倒也可怜。书童，（抬右手指书童肩上的红包袱）取纹银一锭赏与她吧。（左手指向张玉兰）

书　童 是啦。（立刻从肩上拿下红布包袱，蹲在地下打开包袱，取一锭银子）

〔**【小锣一击】**这时稀、松、平、常四人围过来，眼睛盯住书童手里的红包袱。

稀伙计 小孩，留点神，可别露了白。**【小锣一击】**

书　童 （眼睛一瞪稀伙计）你管得着吗！

稀、松
平、常 （同）咳！我们是好心。（分别抬左、右手指自己）

书　童 （又瞟了一眼）好心哪，没好意啊！

稀、松 嘿！你这孩子……（二伙计怒指书童）

〔**【小锣一击】**苏元庆赶忙过来拉书童。

苏元庆 不要争吵，快把银子给与她吧。

书　童 是啦。（一边背好包袱，一边走到“大边”与跪在地下的张玉兰）咳，这是我们公子赏你的。（把一锭银子交给张玉兰）

〔**【小锣一击】**张玉兰接过银子，给书童叩头。

张玉兰 多谢恩人。请问尊姓大名，日后也好答报。

书　童 （激动地）你先起来。

〔张玉兰站起来。

书　童 （接站在“小边”的苏元庆）我们公子叫苏元庆，是苏家桥的人，我们是投亲路过此地。没带多少银子，要在我们家里呀，给你个三十两、五十两也算不了什么！（抬左手指苏元庆）

苏元庆 不必多言！（用右手抖水袖阻拦书童）

〔**【小锣一击】**张玉兰从“大边”走至台正中，向苏元庆感激地拜揖。

张玉兰 多谢恩人！**【小锣一击】**

苏元庆 （赶忙伸双手阻拦）不必谢了，回家去吧。

〔**【大锣五击头】**张玉兰转身从地上拾起告白纸！从“下场门”下。这时艾虎、乔宾、胡小纪从“上场门”暗上，登上舞台正中的高坡，眺望动静。

苏元庆 书童，我们找一安身之处，明日再行。

书　童 找店房？对啦，（用双手捂肚子）我也有点饿啦。

〔**【小锣一击】**稀伙计与松、平、常三人暗示，用左手一摆，立即围过来。

稀伙计 （满脸陪笑地走到苏元庆跟前）客官您住店吗？（抬左手指前面）前面一拐弯儿，那儿有个高家老店。**【小锣一击】**

松伙计 （插话）又大，又宽绰。

平伙计 （抢白）您要住在那……

常伙计 （抬右手挑大拇指）保您满意！

苏元庆 （向四人拜揖）有劳四位指引。

书　童 （用眼睛扫了稀、松、平、常四人一眼，走到苏元庆身边）公子，瞧他们这样儿怕不是好人，咱们得留点神。

稀伙计 （赶忙走至苏元庆身边，指书童）小孩子懂得什么！（用右手拉苏元庆）客官您随我们来，没错！

〔**【原场】**稀伙计笑呵呵地赶忙拉苏元庆，从“下场门”下，书童用左手拉苏元庆右手水袖，不叫公子去。（锣鼓打住）

松伙计 小孩你不是饿了吗，店里有好吃的，快走，快走吧。

〔**【原场】**松伙计推书童随下。平伙计与常伙计在后面阴笑做鬼鬼祟祟动作，四处张望相互摆手，平伙计左腿踢褶子，右手抓水袖急追下。常伙计伸右手拍右腿得意地用右手挑拇指，转身快步追下。

〔**【撕边一击、又一击、快冲头】**艾虎、乔宾、胡小纪三人站在高坡上，三人拉“山膀”向左、右两望。（**嘟 － 八仓**）三人从高坡上同翻“台漫”筋斗下来。**【快冲头】**艾虎快步至“大边”向“下场门”瞭望，转身向乔宾、胡小纪白。

艾　虎 **【叫头】**二位哥，看那四人鬼鬼祟祟将那公子诓去，（抬左手指“下场门”）定然不怀好意，我们赶上前去。

〔**【撕边一击】**艾虎急向“下场门”走几步，乔宾用右手欲拦，此刻“上场门”幕内突然传来徐良：“哼！”的一声。艾虎、乔宾、胡小纪三人立刻停止脚步，三人猛然转身“大边”“斜一字”向“上场门”眺望。**【撕边一击】**

艾　虎 看那旁又有人来了，你我闪在一旁！

〔**【阴锣】**艾虎抬双手伸开，左护乔宾，右护胡小纪，三人眼睛盯住“上场门”方向，随**【阴锣】**退步便从“下场门”暗下。

〔连场。台上设置不动。

〔接打**【阴锣】**加**【撕边一击】**车夫推车上，筋疲力尽推不动镖车，徐良随后上，站右边，一看车夫转身催促车夫。

徐　良 啊，二娃子咋啦？

车　夫 车不动啦！

徐　良 那你推呀。（站在“小边”台口）

车　夫 （累得满头汗水，抬右手擦头上的汗，又试推一下）推不动啦。

徐　良　使劲推！
车　夫　实在推不动啦……（仍在继续擦头上的汗）（阴锣打住）
「**【小锣长字头】**这时稀、松、平、常四伙计从“下场门”快步走上，站“大边”“斜一字”。
稀伙计　哈哈哈……(满脸陪笑地主动向徐良打招呼）这位客官，听您说话不像此地人哪。
徐　良　(机警地往后退了两步，用警觉的眼光打量稀、松、平、常四个人）我本不是此地人啊。（不愿意理睬地转向“小边”）
稀伙计　(故意地搭话）您是山西人对不对?
徐　良　(猛然转过头来，瞟了一眼稀伙计）我是山西人啊。
稀伙计　(热情地上前一步）您是山西哪个县的呢?
徐　良　(提高声音）啊你问我——
「**【软四击头】**此时胡小纪、艾虎、乔宾快速从“下场门”走上高坡亮相。
稀伙计　您是哪个县的?
徐　良　我是祁县的人。
稀伙计　祁县是个好地方！（抬右手挑拇指夸赞）
松伙计
平伙计　(同）是啊，祁县是个好地方啊！
常伙计
徐　良　穷苦地方。(抬右手赶忙摆手）
稀伙计　不，不，不！（抬左手摆手）听说那个地方出珍珠玛瑙啊。
「**【大锣一击】**徐良顿时一惊，打量一下稀伙计。
徐　良　哼！（笑呵呵地）真叫你说对啦。
「稀伙计得意地转身向松、平、常三人暗示，指手画脚。
稀伙计　这可遇见头号买卖了。
「松、平、常三人高兴地点头，指画稀伙计继续搭话。
稀伙计　(会意转身对徐良）对啦，请问您贵姓啊?
徐　良　(向前迈一步，挺胸斜看稀伙计）我姓“揍”！
稀伙计　大号?
徐　良　(向稀伙计上步挺胸）“揍人”！
「**【小锣一击】**稀伙计大吃一惊，往后退了两步，上下打量徐良，缩脖弯腰，此时松、平、常三人也吃了一惊。
稀伙计　得啦，你揍谁呀?
徐　良　(瞟了一眼稀伙计，笑呵呵地）我姓的是戚谢邹喻的“邹”，仁义礼智信的“仁”字。
稀伙计　噢,邹仁啊，我当是要揍人呢。(转向徐良，拱双手)原来是邹仁壮士，失敬，失敬！
徐　良　(双手拱请还礼）岂敢，岂敢。请问四位大哥贵姓啊?（抬左手指稀、松、平、常四人)
稀伙计　(抬右手指自己鼻子）我姓稀。
松伙计　(抬右手指自己）我姓松。
平伙计　(上前一步，抖抖褶子）我姓平。
常伙计　(抬右手指自己鼻尖）我姓常。

徐　良　哼！**【小锣一击】**（风趣地）原来是（抬右手从稀伙计起按顺序往后指点）稀、松、平、常四位大哥。

稀伙计　（玩笑地）哈哈哈，我们哥四个，今个遇上你这个邹仁（揍人），咱们怎么凑合来着。请问您做的是什么买卖？

徐　良　我做的小买卖。（有意地向四处张望，抬左手叫稀伙计近前来，在耳边低声耳语）保镖！**【小锣一击】**

稀伙计　（猛然往后一退吃惊地）哎哟呵！（赶忙用右手水袖抽打褶子，拱双手）达官爷！失敬失敬！请问您保的是什么货啊？（瞪大眼睛往徐良身后的车上看）

徐　良　（故意地抬起右手，放在肩头用大拇指往后一指）我保的是红绿货。

稀、松 平、常　（同）什么叫红绿货儿啊？

徐　良　哼！**【小锣一击】**你们都不懂啊？（抬右手指稀、松、平、常四人）

稀、松 平、常　（同）不懂，不懂。请教，请教！

〔徐良看了他们一眼，便往后一退亮出车子，用左手指车夫推的车旗。

徐　良　我这箱子里有“映青”、“映红”、“珍珠”、“玛瑙”、“碧玺”、“翡翠”、“猫儿眼”，有拳头大的“钻石”，盆大的“祖母绿”，还有“茶晶”、“墨晶”、“水晶”、妖精……

稀伙计　得啦！（一甩右胳膊）哪儿来的妖精？**【小锣一击】**

徐　良　还有两丈多长的珊瑚树啦咧！

稀、松　（同）得了吧！两丈多长？您这箱子里装得下吗？**【小锣一击】**

徐　良　哼！人家珠宝客人（抬左手指前方，上步）把那珊瑚树锯成一咕噜儿，一咕噜儿，（左手表示珊瑚树，右手表示刀切手势）就装下去了。（转身用右手指车旗）

稀伙计　（惊喜地转身向松、平、常三个弟兄，低声道）兄弟们，这回咱们东家可要发财啦。

松、平、常　（个个点头，满脸喜悦地）是啊，是啊！

稀伙计　（转身向徐良劝说）达官爷，您瞧天都这时候了，可不能再往前走啦，要是遇见强盗可不得了啊！

松、平、常　（三人同上前搭话）达官爷，可不能再往前走啦，就在这儿住下吧。

徐　良　（看了看他们，故意地）是啊，这哪里有店啊？

稀伙计　（赶上一步抢白）有。前面有个高家老店，（抬左手向前指着）房子宽绰……

松伙计　（抢白）招待周到……

平伙计　（搭话）您住在那儿……

常伙计　（笑呵呵地）保您满意。**【小锣一击】**

徐　良　（背着胳膊又看了看他们，胸有成竹地点着头）好，好，好！有劳四位大哥引路，（双手拱式）哼！（转身有意识地拉一下车上的东西）我这东西……　**（大大）**

稀伙计　（热情地向松、平、常三伙计招手）哥儿几个别愣着帮着推呀！

〔**【阴锣】**松、平、常三人立即跑过来，与稀伙计一起帮助车夫连推带拉。表现出异常费劲的样子，这时徐良在前背手，得意洋洋向“下场门”走着。四个伙计与车夫边推边擦汗后，不停地向“下场门”推车，慢慢而下。

〔**【撕边大锣一击】**艾虎、乔宾、胡小纪三人站在高坡上，分别抬右手扬水袖向“下场门”眺望，三人“云手”**【撕边大锣一击】**艾虎、乔宾、胡小纪从高坡上，打“飞脚”下。**【撕边大锣一击】**、**【快冲头】**接**【叫头】**

艾　虎　二位哥！

乔　宾
胡小纪　（同）贤弟！

艾　虎　看这伙人（抬左手指“下场门”）又将那镖客诓去，定是歹人，你我跟上前去暗暗保护，附耳上来！

〔（**仓扎扎仓**）艾虎先与右边的乔宾耳语，随后与左边的胡小纪耳语，众连连点头。

乔　宾
胡小纪　（同）好，照计而行！

〔**【扫头】**艾虎向“上场门”翻“虎跳前扑”下；乔宾、胡小纪二人同时向“下场门”翻“折腰”筋斗下。**【原场】**

第　六　场

〔场上设紫色桌围、椅披，一桌、“大座”椅、跨椅，一条长板凳。

〔**【大锣水底鱼】**书童背着红布包袱引苏元庆从“上场门”上，书童站“小边”台口，苏元庆上场时，王顺从“下场门”迎上。

书　童　公子，这就是高家老店。

王　顺　客官您往里请！

苏元庆　头前带路。

王　顺　是啦。（快步进门，用肩上的毛巾擦桌子）客官请坐。

〔**【冲头】**苏元庆坐“大座”，书童坐“小边”跨椅。书童把肩上的红布包袱放在桌上。王顺站“大边”伺候。

王　顺　客官您用些什么？

书　童　我们公子（抬左手指苏元庆）饿啦，你们这都有什么？

王　顺　（从肩上拿下搌巾一抖）我们这有：蒸羊羔、蒸熊掌、蒸鹿尾、烧花鸭、烧雏鸡、烧仔鹅。卤水炉鸭、酱鸡腊肉、松花小肚、晾肉香肠、什锦苏盘、熏鸡白肚、清蒸八宝粥、江米酿（读“让”）鸭子、罐儿鹌鹑、卤什锦、卤仔鹅、卤鸭掌、山鸡兔脯、菜蟒银鱼、清蒸蛤（读哈）什蟆（读马）。烩鸭丝、烩鸭腰、烩鸭条、卤牲口、清拌肚丝、黄芯管儿、焖白鳝、焖黄鳝、豆豉鲇鱼、糊烂甲鱼。抓炒鲤鱼、抓炒对虾、软炸里肌、软炸鸡、什锦豆腐、什锦丁。糟溜塘蟹、糟溜鱼片、溜蟹肉、炒蟹肉、清拌蟹肉。蒸南瓜、酿倭瓜、炒丝瓜、酿冬瓜。焖竹笋、炝茭白、茄干晒炉肉、芽根蟹肉羹。鸡血汤、三鲜木樨汤、鸡子甩袖汤。红丸子、白丸子、南煎丸子、四喜丸子、溜丸子、炸丸子、咯（读哥）炸丸子、豆腐丸子。樱桃肉、马牙肉、米粉肉、栗子肉、红焖肉、黄焖肉、酱豆腐肉、清炖牛肉、年肉、煳肉、扣肉、烧肉、烤肉、松肉、罐肉、大肉、白肉、爆羊肉，外带还有爆炒冰核儿！（核读“胡”音。念时结尾“爆炒冰核儿”要翻高音）

书　童　你说了半天全是鸡鸭鱼肉，我们公子吃素。

王　顺　好，我白费劲儿啦。吃素好办，我们这有素面。

书　童　好啦，给我们来两碗素面。

王　顺　是喽。这倒省钱啦！（出门向“下场门”喊）伙计们素面两碗，多加“迷子”。

〔**【阴锣】**王顺边喊边走至“下场门”暗下。

〔稀、松、平、常四人与车夫推车，累得满头大汗，气喘吁吁从“上场门”上，随后徐良快步跟上，走至“小边”台口。

稀伙计　（气喘吁吁）到了高家老店啦。哎哟，可把我累坏了。（擦着头上的汗水）

松、平、常　（同）这里头都装的是什么东西，可真沉啊！

徐　良　（笑着）都是宝贝。

稀伙计　总算到了高家老店啦。

徐　良　怎么？到你姥姥家啦？

稀伙计　什么姥姥家呀。到了高家老店啦。（走至台正中，边走边擦头上的汗水，向店里招呼）店家，店家！

〔**【小锣长字头】**王顺快步从“下场门”跑上。

王　顺　来啦，来啦。（出门看）几位回来啦，（站“大边”抬右手拿肩上的搌巾，一抖，往里让客人）里边请吧！

稀伙计　（站在台正中对王顺）来，来，来，见过达官爷。（抬右手给王顺介绍徐良）

王　顺　哦，哦。（上下打量徐良后，一抖搌巾向徐良拜揖）达官爷，请问您贵姓啊？

徐　良　（看了一眼王顺）我姓揍，叫揍人！

王　顺　（猛然一愣，向后退了两步）您揍谁啊？**【小锣一击】**

稀伙计　（立刻抢上前来）不是不是，（抬右手指徐良）达官爷姓邹，叫邹仁。

王　顺　我说的哪，（斜看徐良）哪儿有刚见面就揍人的呢。（用右手摸自己的脖子）

徐　良　店家，还有房子没有？

王　顺　（赶忙上前热情搭话）有。后院有三间大北房。

徐　良　给我留着。

王　顺　是啦。（指车上的东西）您这东西是不是存到柜上啊？

徐　良　哼！**【小锣一击】**（看了看店房，又把眼神投向王顺）存到柜上我不放心，还是推到我那屋子里面去吧。

稀伙计　（立即抢白）对对对，推到屋里去。

松伙计　对，听达官爷的，快往里推！

平伙计
常伙计　（同）对，快往里头推。

〔**【冲头】**车夫与稀、松、平、常四人，奋力把车推向“下场门”下。徐良正要走，王顺上前忙拦住。

王　顺　达官爷，您用些什么？

徐　良　（走至“大边”）你给我预备一桌上等的酒席。

王　顺　一桌您吃得了吗？

徐　良　哼！我请这四位大哥吃饭。

王　顺　（惊奇地）啊？您还请他们四位吃饭呢？

徐　良　他们待我太好啦。

王　顺　好？（看了“下场门”一眼，便一语双关地）好极了，好极了！您得好好请他们一顿。

徐　良　店家！

王　顺　有。

徐　良　快准备酒席！

〔（**八大仓**）徐良左腿踢大带，双手“拉山膀”，亮相。王顺随着锣鼓经，甩擞巾也亮短相。**【快冲头】**徐良从“下场门”快速而下。

王　顺　（眼睛紧盯住徐良背影，自言自语地）世上还真有这样的傻人，花钱请客找着一死。那我也没办法，就多给他加“迷子”吧。

〔**【冲头】**王顺快步从“下场门”下。乔宾搀着胡小纪假装肚子痛，从“上场门”慢慢走至“小边”台口。

胡小纪　（装肚疼）哎哟，哎哟，哎哟！

乔　宾　再装的像着点儿。

胡小纪　（故意声高）哎哟，哎哟！

乔　宾　行啦，行啦，再疼厉害点儿就生下来啦！哈哈哈……店家，（走至台正中，向里喊）店家！

〔王顺幕内应：“来啦，来啦！”

〔**【小锣长字头】**王顺从“下场门”跑上。出门。

王　顺　来啦。今儿个真忙啊。（急忙跑出门，打量乔宾、胡小纪）二位怎么着？

乔　宾　住店的！还有房没有？

王　顺　我们这儿都住满啦，二位到别处住去吧。（转身欲进门，不与理睬）

乔　宾　咳，店家！**【大锣一击】**

王　顺　怎么喳？（欲进店门，猛然听得乔宾一叫，很灵活地一转，向乔宾假惺惺陪笑）

乔　宾　店家，你瞧我们这伙计他病啦，你给我们找个地方歇一会儿，等他好点儿我们就走。

王　顺　不行啊，实在没地方啦。（露出一副冰冷的面孔，转身欲进店中）

乔　宾　（探身往店里看，突然发现一条板凳便满脸堆笑地）店家，那不是有条板凳吗，（这店内放在“大边”桌后的一条板凳）我们在门洞儿歇会就行。

王　顺　（用右手前后摇摆着）这儿过来过去多碍事啊！

乔　宾　（哀求地作揖）得啦，店家您哪不是修好的事儿啊。

王　顺　（抬右手指乔宾和胡小纪，得意地）这两块穷蘑，得啦，得啦。看你们怪可怜的，我给你们拿条板凳去。

乔　宾　（双手向王顺作揖）好，多谢，多谢！

〔**【大锣五击头】**王顺进门，从桌后搬条板凳，放在台口“小边”，这时乔宾搀着捂着肚子弯着腰的胡小纪，慢慢坐在板凳上。

书　童　（生气地高喊）店家，店家！我们要的面怎么还不得啊？

王　顺　（满脸笑容地双手拦住书童）别急，别急！我给您瞧瞧去。

〔王顺转身正要出门，忽然“下场门”幕内传来喊声：“素面得啦，素面得啦！”

王　顺　（赶忙向“下场门”打招呼）来啦，来啦！

〔【小锣一击】王顺立即往“下场门”跑去。这时乔宾机警地站起来，往王顺跑去的方向仔细观察，立刻回身向胡小纪暗示。

王　顺　(边喊边端着红色木托盘,上面摆着两个碗和两对筷子。从“下场门”快步走进门来)素面来啦，素面来啦！

〔王顺端着两碗素面刚走进门来，胡小纪突然捂着肚子站起来一声惊叫：“哎哟！”故意把王顺碰倒，红盘里的面洒了满地。【大锣一击】

胡小纪　(仍然捂着肚子叫喊)哎哟，疼死我了……

王　顺　(慢慢从地上爬起来，很不高兴地)咳！你瞧，你瞧，给你们找条板凳，你们就老老实实坐着吧，你瞧，把面都碰洒了，这怎么办呢？

乔　宾　咳，你别着急，他不是有病吗。(用右手指胡小纪)碰洒了不要紧，我们赔还不行吗？

王　顺　当然啦，那是得让你们赔！(抬手指画乔宾)

书　童　(气冲冲地)店家，店家！我们的面怎么还不得呀？

王　顺　(走近书童和苏元庆解释)客官您别着急，素面得啦倒是得啦，刚要给您端来，让这位病人给碰洒啦。您二位再等一会儿，我再给您做去。

书　童　(不满意地)老不得，我们就不吃啦。【小锣一击】

王　顺　(急忙抬双手拦住不停摆动)别介，别介！这就得，你再等一会儿。(出门)你瞧这多耽误事啊。(向“下场门”幕内喊)伙计们！再做素面两碗，海海的“迷子”！

〔伙计幕内：“是喽。”

〔【撕边大锣一击】乔宾猛然站起来，用左手抓住王顺，王顺突然一惊，两只眼睛瞪着他，不知所措。

乔　宾　店家！我问问你，什么叫“迷子”呀？

王　顺　“迷子”你都不懂？“迷子”就是胡椒面儿。

乔　宾　(有意识地)嘿，巧极啦！我们伙计正病着呢，吃点胡椒面儿出点儿汗，他不就好得快点儿啦吗？这么办，你也给我们做两碗面(用双手比画饭碗形)多加点儿“迷子”。【小锣一击】

王　顺　怎么喳？(用右手指乔宾)你们也来两碗？(点头)成啦。(出门向“下场门”)伙计们再做素面两碗，多加“迷子”！

〔【小锣长丝头】“下场门”幕内伙计喊：“素面得啦。”王顺赶快跑到“下场门”端着红木盘，上面放着两碗素面上，刚走到门口，胡小纪又突然高喊一声：“哎哟！”便把王顺手里托的红盘碰洒了。乔宾赶忙搀扶起胡小纪，王顺又被碰倒了，爬起拣盘子、碗。

王　顺　(气冲冲地)我看你们这可是成心，干脆你们赔吧！

〔乔宾扶起胡小纪，胡小纪假装烫死，躺在乔宾怀里。【大锣一击】

乔　宾　(看了看胡小纪，暴跳如雷地)赔你什么呀？

王　顺　(伸右手指地上的面条)赔我的面！

乔　宾　你赔我的人！(用左手指怀里的胡小纪)

王　顺　(莫名其妙地)赔你什么人？

乔　宾　我的人(指怀里的胡小纪)让你的面条给烫死啦！【大锣一击】

王　顺　什么？一碗面就给烫死啦？我不信。（伸出右手摆手）

乔　宾　你不信？你过来瞧瞧，我还蒙你？

王　顺　（边说边往过走）那是我得瞧瞧，自古以来，我还没听说让面条给烫死的哪，我瞧瞧！（走到胡小纪跟前，伸出右手抚摸胡小纪的嘴，大吃一惊）**【小锣一击】**哎哟！真死啦？！

乔　宾　（大声高喊）哈哈！好小子，你把我们伙计给烫死了，没完！（乔宾左手抱住胡小纪，右手猛然抓着王顺的脖领）小子，你是官罢还是私休？**【大锣一击】**

王　顺　（表现出一副狼狈样子，苦苦哀求）客官您别生气，我是这店里一个小伙计，混碗饭吃也不容易。您高把手我就过去啦，咱们还是私休吧。

乔　宾　私休？好，我们哥俩吃饭的饭钱？

王　顺　（抬右胳膊，用食指指自己的脸）我候啦。

乔　宾　住店的店钱？

王　顺　（仍指自己）也是我的事啦。全不跟你们要钱还不成吗？

乔　宾　这可是你说的？

王　顺　（连连点头）是我说的，是我说的没错儿。

乔　宾　（转向怀里躺着的胡小纪）伙计，他不跟咱们要钱啦。

胡小纪　（忽然一声长叹）哎哟——

〔**【大锣一击】**乔宾左手撒开王顺脖领，往外猛然一推，王顺险些摔倒，往后退了几步，两只眼睛盯住胡小纪。

王　顺　（奇怪地）嘿——您瞧（向台下）我刚说不要钱啦，他就缓醒过来啦。

书　童　（生气地喊叫）店家，店家！

〔**【小锣一击】**王顺急转身进门，与书童搭话。

王　顺　（恭恭敬敬地）在这伺候您哪。

书　童　我们这两碗素面还得的了吗？

王　顺　（哭丧着脸）不是，刚得我就给您端来，两次都叫这位病大爷给碰洒啦。

书　童　（摆手）算啦，算啦！我们睡觉去啦！不吃也死不了！

〔**【小锣五击头】**书童拿起红布包袱，搀着苏元庆从“下场门”同下。王顺拿着面碗和红木托盘出门。

王　顺　（自言自语地）哼，不吃也死不了，走着瞧，不吃你们也活不了！

〔**【小锣一击】**王顺拿着托盘和面碗从“下场门”下。

〔艾虎幕内白：“走！”

〔**【大锣水底鱼】**艾虎从“上场门”双手抓着白花褶子，一甩两甩走至舞台正中，抬头看店门上的匾额。

艾　虎　来此已是高家店，店家，店家！（抬右手向店内呼叫）

〔王顺内白：“来啦，来啦！”

〔**【小锣长丝头】**王顺从“下场门”急跑上，出门与艾虎相见。

王　顺　客官，您是住店的吗？

艾　虎　（看王顺一眼）正是，可有上房？

王　顺　（抬右手到肩头往里指）有，您里边请吧。

艾　虎　带路！

王　顺　是。

〔**【大锣原场】**王顺转身前面领路，艾虎进店门与坐在“小边”板凳上的乔宾、胡小纪点头示意。王顺擦桌子，请艾虎坐“大座”。王顺站在桌前“大边”。

王　顺　客官，您先吃点什么？

艾　虎　好酒取来。

王　顺　是啦。（走出门向“下场门”高喊）伙计们，好酒一壶加点儿“迷子”。（边说边走进“下场门”，托红木盘上放酒壶、酒杯，立即走上欲端进门）

胡小纪　（故意地又向王顺扑去）哎哟！

〔**【小锣一击】**胡小纪一扑酒壶、酒杯，王顺早有警觉地向“大边”一躲，右手紧捂着酒壶，王顺讥笑胡小纪。

王　顺　我早就提防你了！（把酒壶、酒杯摆放在桌上）客官，酒到。

艾　虎　放下。

王　顺　是。

〔王顺把酒壶、酒杯放下后，瞟了一眼艾虎，便走出门。艾虎把酒倒在地下。

艾　虎　店家，店家！

〔**【小锣长丝头】**王顺赶忙跑到艾虎的桌前，猛然一惊。

王　顺　客官什么事？

艾　虎　（右手拍桌）再取酒来！

王　顺　啊？！您还喝？

艾　虎　快些取来！

王　顺　是——（边往外走，边回头看艾虎，自言语地）哎，（**大大**）他怎么没倒哇？

乔　宾　（瞧着王顺也自言自语地）可说的是哪。

王　顺　（仍在琢磨，走至“大边”）八成忘了搁了吧？

胡小纪　（插话）不能啊！

乔　宾　（立即扶着胡小纪）别着急，你会好的。

王　顺　（暗指胡小纪、乔宾）嘿，倒霉就倒在你们身上啦。（转身向“下场门”走去，高喊）伙计们好酒一壶，海海的多加“迷子”。（进“下场门”立刻又端出红木盘，摆着酒壶、酒杯。快步走至艾虎跟前，把酒壶、酒杯放在桌上）

艾　虎　放下酒壶，出去吧。

〔**【小锣一击】**王顺机警走出门来，偷偷看着艾虎行动。这时艾虎斟酒后，又倒在地上。王顺立刻跑进门来。

王　顺　（用右手指着艾虎）哈哈，您没喝，把酒都给倒啦，我说您没倒呢。呆会儿，您还得要酒啊。

艾　虎　店家，俺对你实说了吧！**【大锣五击头】**我们是“河”字的。**【大锣一击】**

王　顺　（抬右手指艾虎）闹了半天您是跟我开玩笑啊？

〔**【小锣一击】**突然乔宾快步过来拍王顺肩膀，王顺一惊。

乔　宾　咳，店家，我告诉你，我们哥俩也是“河”字的！

王　顺　（双手合掌高兴地）这真是大水冲了龙王庙，（抬右手指艾虎、乔宾、胡小纪）一家人不认识一家人啦。

乔　宾　（抬左手指王顺）你听我说：“‘井’字外头，有号‘买卖’，‘留丁留儿势孤’，先

'搬点山'，然后'兑盘儿'。我们来找你们'瓢把子'来啦。"【撕边一击】

王　顺　（一听这套"黑"话，知道是自己人，喜出望外）这号买卖在哪儿？

乔　宾　（抬左手叫王顺）你拿耳朵来！

王　顺　（伸出脖子想听乔宾说什么）你说吧！

〔【大锣一击】乔宾从腰里拔出匕首，将王顺刺死，拖到"下场门"内。此时，艾虎、乔宾、胡小纪从腰间和背后拿出刀来。【快冲头】接【叫头】

艾　虎　二位哥

乔　宾
胡小纪　（同）贤弟。

艾　虎　你我到后面寻找贼首便了！

〔【四击头】艾虎、乔宾、胡小纪三人手持单刀，同耍"单刀下场""扫堂"、"旋子"，亮相。【急急风】三人从"下场门"下。

第　七　场

〔场上设紫色桌围、椅披。一桌、"大座"椅、左侧两把跨椅、右侧两把跨椅。

〔【撤锣小锣归位】稀、松、平、常四伙计分别端着两个红木酒盘，上面放着两把酒壶、五个酒杯，从"上场门"得意洋洋地上。

稀、松　（同念）四人定巧计，（稀、松伙计抬左手指平、常二人）

平、常　（同念）用酒灌老西儿。（平、常伙计抬右手指前方）

稀伙计　（低声地）兄弟们，酒都准备好了吗？

松、平、常　（同）预备好啦。"迷子"也放好了，放心吧！

稀伙计　咱们把他请出来，（抬右手指"下场门"）跟他喝酒，（用右手比画举杯喝酒式）咱们轮着班儿灌他，灌趴下，他那些金银、珠宝，（双手比画）可就全归咱们啦，在东家面前请功受赏！（伸右手挑大拇指）

众　人　对，对，对，就这么办！

稀伙计　我请他。（暗示松、平、常三人）

〔【小锣二击】稀伙计站在台正中，松、平二人端着酒盘和常伙计，三人站"小边"一排，稀、常二人向"下场门"双手作揖拱请式。

众　人　有请达官爷！

〔徐良幕内白："哼！"

〔【大锣五击头】徐良从"下场门"上，四个伙计向徐献殷勤。

徐　良　四位大哥！（向稀、松、平、常双手拱揖）

稀伙计　达官爷，（作揖）您这一路上够辛苦的，我们哥几个预备点儿酒，咱们一块喝会子。（注："会"字读第三声）

徐　良　哼！【大锣一击】不，今天是我[①]请客。

---

① 剧中，徐良念白时，凡是"我"字，都念"厄"音，近似山西语音。

稀伙计 呆会儿一定扰您。咱们先喝着，这是我们哥几个一点敬意。（用手指松、平、常三人）哈哈哈……

松、平、常 （同）是啊，这是我们一点小意思。哈哈哈……

徐　良 （瞟了一眼四个伙计）哼！四位大哥，（双手拱揖）你们待我太好啦。

稀伙计 （假惺惺地）应该的。俗话说：在家靠父母，出外靠朋友。咱们是有缘千里来相会嘛。（抬右手指众人，满脸陪笑，看着徐良脸上表情）

徐　良 好，好，四位大哥，咱们得拜把子。**【撕边一击】**

稀伙计 （突然一惊）拜把子？（眼珠一转狡猾地指徐良）那您是大哥！

〔**【大锣一击】**徐良盯住稀伙计，随后走至他身边。

徐　良 哼，你有胡子，我怎能当大哥呢。理所当然你是大哥啦。

稀伙计 好，好，我是大哥。

徐　良 （走近松伙计，上下打量伸出左手指着）你是二哥。

松伙计 （抬右手用手指指自己鼻子）我是二哥？**【小锣一击】**

徐　良 你是二哥！

松伙计 好，好。

徐　良 （又走到平伙计身边，抬起右手指平伙计）你是三哥。

平伙计 （用惊奇的眼神，瞟了一下稀伙计）我是老三？

稀伙计 （暗示地）达官爷排你为老三，你就当三哥吧。

平伙计 好，好。我是老三。

徐　良 （转身指站在“小边”后面的常伙计）你是“死格”（四哥）。**【大锣一击】**

常伙计 （脸上异常害怕地）哎哟啊，我，我是老四？那么您呢？

徐　良 （抬右手指自己）我是“老凶敌”（老兄弟）。（慢念）

稀伙计 怎么？您是老兄弟？！（眼珠一转，点了点头）好，好，好，就请老兄弟上座吧？（伸右手让请，弯腰陪笑）

〔**【撕边一击】**松、平、常三人也分别学稀伙计的动作，请徐良上座。徐良左右瞟了一眼。

徐　良 好，那我就坐哈（下）啦。

〔**【大锣五击头】**徐良迈步坐正中“大座”，稀、平二人坐“大边”跨椅，松、常二伙计坐“小边”跨椅。稀伙计把五个酒杯分别摆在五个人面前。徐良拿起酒壶先给稀伙计斟酒。

徐　良 哼，你是大哥我先敬你一宗（盅）酒！

〔**【撕边一击】**稀伙计顿时一惊，看了看对面坐着的松、常二人，不知所措。

稀伙计 （狡猾地双手摇摆）老兄弟，我，我，我不能喝，我不会喝酒！

徐　良 （生气地把酒壶往桌上一摔）**【大锣一击】**你不哈（喝）酒？那好，我们统统地不要哈啦！（站起身从右侧走到台中欲出门）

〔**【撕边一击】**稀、松、平、常四人立刻赶上前来，把徐良拦住。

众　人 （同）别介，别介！老兄弟您别走哇！您要是一走，咱这桌酒席可就不欢而散了。别走，您可不能走哇。

徐　良 （假装生气地指稀伙计）大哥连酒都不喝，我还不走。**【撕边一击】**

松伙计 （伸出右手指责稀伙计）老兄弟让你喝，你当大哥的就喝嘛！

〔（大大大台）徐良故意躲在堂桌前，稀伙计悄悄地提着褶子，向松伙计暗示努嘴溜出门来，松伙计随后也跟出门，二人交头接耳。徐良立即转身盯住稀、松二人行动。

稀伙计 这酒里有“迷子”，可不能喝啊。

松伙计 不要紧的，你喝完了，我劝他喝，他喝完了趴下啦，我再把你救过来，好不好？

稀伙计 （用左手摸摸自己的脖子，担忧地）你们可别忘了救我呀！【小锣一击】

松伙计 （用左手拍打稀伙计肩膀）老兄没错，咱们哥儿们这么多年，还信不过我吗？尽管放心喝吧！

稀伙计 （进退两难地）哎——那我就喝啦……

〔【小锣一击】稀、松二人进门，改变一副表情，满脸陪笑。徐良若无其事地站在台正中，观察稀、松二人神态。

稀伙计 哈哈哈……还是老兄弟说得对。我是大哥，应当先喝这个……（吞吞吐吐）这杯！可我喝完了酒有个毛病。

徐　良 你有啥毛病？

稀伙计 我喝了酒，爱睡觉。（双手合十，放在左耳朵旁边，头一斜，做睡觉式）

徐　良 （眼珠一转，机警地）喝了酒睡觉，好哇，好，这是好毛病。来来喝吧。坐下喝！

〔【大锣五击头】徐良走至桌内坐“大座”，稀、松、平、常仍回原座。徐良端起酒杯请稀伙计喝酒。

徐　良 大哥请吧！

〔稀伙计接过徐良敬的酒，看了松、平、常三人一眼，颤抖地端着酒杯。

稀伙计 各位兄弟，那我可先喝了……

〔【撕边一击】稀伙计端着酒杯又看了一眼徐良，一饮而尽——稍顷，一晃头闭眼晕倒在椅子上（死去）。

松伙计 你瞧是不是，就这毛病吗，一杯倒儿，刚喝完就着啦！

徐　良 他睡着啦，不用管他啦！（眼光立即转向松伙计）二哥该你喝啦！【大锣一击】

松伙计 （突然一愣）啊？我……（满脸堆笑地）不是，我呀喝完了酒，也有个毛病。

徐　良 （眼睛一瞪）哼！你有啥毛病？

松伙计 我……我，我爱骂人。（用右手抓挠脑袋）

徐　良 那可不好，多耽误交情啊。哼！【大锣一击】你喝完了酒有什么不痛快的，爱骂谁就骂谁吧。

〔【撕边一击】松伙计吓得发愣，还没等再说话，徐良便抓住他脖子，把头往上一扬，用左手端起酒杯。把毒酒灌入松伙计的嘴里，他立即坐在椅子上晕死过去。徐良欲要倒第三杯酒时，平伙计有意地抢酒壶斟酒，突然叫徐良抓住手腕。【大锣一击】

徐　良 三哥，你要干什么？

平伙计 啊？您看二哥喝完酒，真是小螃蟹不禁醉呀。来，来我敬您一杯！（欲要斟酒）

徐　良 （急忙拦住）不！三哥，该你喝啦。

平伙计 （异常惊呆地）啊？（抬左手指自己脸）该我喝啦？好，我先跟您告个便儿。（立即就要往出跑）

徐　良 （严厉地）干什么去？【大锣一击】

平伙计 （强笑脸）嘻嘻，我看菜去。（用左手水袖挡住，右手向坐在“小边”的常伙计

暗示）

〔（大 大 0 大ˇ台）常伙计眼睛盯住徐良，悄悄跟随平伙计溜出门去，徐良快步走到门前，侧身偷听平、常二人说话。

平伙计 （低声地与常伙计）伙计，坏啦，咱们四个人倒了两个啦，这怎么办呐?（这时徐良在屋内从背后抽出刀，藏在桌后）

常伙计 不要紧，（伸左手摆手）你进去，我不进去。他要把你也灌趴下，我给东家送信儿去，叫他来救你。

平伙计 你可快点去。（进门，伪装镇静，故作大笑）哈哈哈……老兄弟，菜就得，等菜来了再喝。

徐　良 （端着酒杯逼迫地）不用吃菜啦，该你喝啦！

平伙计 （被徐良逼得又坐在椅上，【大锣一击】双手推推躲躲地）老兄弟，老兄弟，我不能喝酒。

徐　良 该你喝，你就喝吧！

平伙计 您不知道，我喝酒有个毛病，爱咬人！

徐　良 不要紧，你看咬谁都行。

平伙计 （忙推酒杯）我说，老兄弟，轮班儿也该你喝啦！

徐　良 你喝不喝？！（异常严厉地威逼平伙计）【大锣一击】

平伙计 我不能喝。（极为难的样子）

徐　良 （把酒往地上一泼，从桌子后面快速抽出刀来）那你就永远不要喝啦！（提单刀将平伙计杀死）

〔【撕边一击】这时站在门外偷听情况的常伙计，浑身发颤。

常伙计 （吓得惊叫）哎哟我的妈呀！

〔【快冲头】常伙计吓得浑身发抖，转身从“下场门”跑下。徐良持刀急速出门，发现常伙计跑了。

徐　良 贼子不要跑了，（右手握刀，左手高抬向“下场门”挥手）我老西儿今日要与一方除害！

〔【大锣快收头】徐良持刀“扫堂旋子”【撕边】接【四击头】出手、飞脚转身、涮刀花、压刀亮相。【急急风】徐良踢大带涮刀从“下场门”追下。

第　八　场

〔场上空场。

〔【大锣回头】接【归位】高解手拿“大环”宝刀，得意洋洋从“上场门”上，走至“九龙口”。

高　解 某今得宝刀，（左手握刀，右手高扬指刀）绿林逞英豪。（右手拍腰间后，挑大拇指，趾高气扬地摇晃脑袋）

〔【快冲头】高解向左转身往台中心走，常伙计从“上场门”惊慌跑上，边跑边向后回头张望，进门气喘吁吁地向高解作揖。

常伙计 （惊慌失措地）东家店里来了个老西儿，把伙计都杀了！

高　解　（大吃一惊）啊！【大锣一击】有这等事？待我前去会他！（将褶子忙脱掉交给常伙计，随后又把宝刀从刀鞘内抽出来，鞘交给常伙计。常伙计抱着）

〔【急急风】高解出门持宝刀快步至“大边”台口，向“上场门”观望，这时徐良从“上场门”拿刀冲上，直奔高解“漫头”，高解至“小边”与徐良对刀架住。

高　解　【叫头】呔！小辈通名受死！

徐　良　听者！【大锣归位】我乃多臂人熊，山西雁，白眉毛老西儿徐良。你这个贼头叫什么？

高　解　我乃飞毛腿高解，休走看刀！

〔【急急风】徐良与高解对刀，往里“一盖两盖”、往外“一盖两盖”，高解绕徐良的刀，猛然一砍，徐良单刀被砍伤，顿时大吃一惊。【撕边一击】

徐　良　哼！我的刀怎么来了个口子？！

〔艾虎“上场门”幕内高喊：“仁兄闪开，小弟来也！”【软四击头】

〔接【撕边一击】徐良闪躲一旁，艾虎从“上场门”翻“踩子蛮子”或“出场”筋斗，越过高解。【急急风】随后与高解对打半套“三十二刀”。徐良此时跃上“上场门”“墙头”即（侧幕放一张桌），趁机向高解持宝刀的手腕，低头一弩[①]，打中高解右膀。【一击锣】

高　解　（一声惊叫）哎呦！（立刻把手里的“大环”宝刀扔掉）

〔【四击头】高解欲伸拳打艾虎，艾虎踢高解“抢背”，高解爬起从“下场门”逃走。艾虎正要弯腰拾“大环”宝刀，徐良站在墙头上一声喊叫。

徐　良　大哥快追他，别让他跑啦！

〔【快冲头】艾虎向徐良招手，急追高解从“下场门”下。【撕边一击·冲头】徐良从墙头上翻“台蛮”或“台提”筋斗下来，立即拾起“大环”宝刀，仔细观看。

徐　良　哼！真乃是好刀！魏真老师说过，赫连勃老丞相造了三口宝刀，一名“龙麟”，一名“龙壳”，一名“大环”。莫非这就是“大环”宝刀？哼！【撕边一击】我老西儿得此宝刀，好比大鹏展翅。贼人远来【一击】（抬左手指远方）镖打！【大锣住头】（宝刀交与左手，打“飞脚”抬右手做投镖姿态，亮相）近来【撕边一击】（转身“单蛮子”做刀砍式）刀砍！【大锣住头】（抬左手怒指“下场门”）飞毛腿不要跑了，俺老西儿赶你来啦！

〔【急急风】徐良要“刀”下场，随后，【快收头】“扫堂”“旋子”【四击头】舞刀、转身亮相。（撕边八大仓）踢“大带”把刀从右手交至左手抱刀，右手“拉山膀”亮相。【急急风】从“下场门”追下。

〔【乱锤】转【冲头】高解赤手空拳焦急地从“上场门”，快步直冲至“大边”台口。抬右手起“叫头”。

高　解　（焦急惊慌地）【叫头】且住！宝刀落在他人之手，（抬右手指“上场门”）待俺投奔桃花沟！（用左手拍腰间后，指向前方）

〔艾虎“上场门”幕内高喊：“哪里走！”【撕边一击】

高　解　（回头张望）啊？！他们追来了！待我从山洞逃走。（弯腰急下）

---

① 徐良背后挂着弩。弩用圆形牛皮做成圆盒，内里是弹簧，外面有一长绳，一拉皮盒内是砸炮，便发出响声，表示弩弹射出。

〔【快冲头】艾虎上，【撕边一击】一望欲追。

徐　良　（忙拦住艾虎）大哥不要追啦，你看！（指“下场门”）贼人钻了狗洞了！

〔【冲头】乔宾、胡小纪保护苏元庆、书童、车夫上。

苏元庆　（双手抱肩，不停发颤）哎呀！吓煞人也！吓煞人也！

徐　良　公子不必惊慌，（左手提刀，右手向苏元庆摆手）贼人已然打跑了，你们快快赶路吧。（右手指前方）

苏元庆　（双手向徐良、艾虎、乔宾、胡小纪一一拜揖）多谢恩人搭救，多谢恩人搭救！

书　童　（作揖）谢谢众位救命之恩，没有几位英雄的保护，我和公子就没命全玩儿完了。

徐　良　不必谢啦，你们快走吧。

苏元庆　（作揖）多谢了！

〔【小锣五击头】书童引苏元庆从“下场门”急下。

〔徐良从怀里取出银锭对车夫。

徐　良　给你银子，你也走吧。

车　夫　多谢少主人。（接银子，拜揖）

〔【撕边一击】车夫从“下场门”下。艾虎上下打量徐良。

艾　虎　仁兄武艺出众，令人钦佩。（左手提刀，右手向徐良挑大拇指）请问尊姓大名？（拱手）

徐　良　（伸右手指自己）我姓徐名良——

艾　虎　（惊喜地）哦？【一击】莫非是徐庆，徐三叔（双手恭敬式）之公子徐大哥么？

徐　良　不敢，请问大哥尊姓大名？（拱双手）

艾　虎　在下艾虎。

徐　良　哼！【一击】你就是智化大叔（双手恭敬式）的徒弟，小侠艾虎？（左手提刀，右手挑大拇指称赞）

艾　虎　（谦虚地）不敢，（左手提刀，右手抬起摆手式）正是小弟。幸会了哇，哈哈哈……

徐　良　哈哈哈……

〔【撕边一击】站在“小边”的乔宾、胡小纪对眼光，咳嗽一声，暗示艾虎。

艾　虎　（立即转向乔宾、胡小纪）哎呀，（抬右手介绍）此乃是小弟结义兄弟乔宾、胡小纪。二位哥，见过徐大哥。（用右手指向徐良）【撕边一击】

乔　宾
胡小纪　（向徐良双手拜揖）徐大哥！

徐　良　（双手拜揖）二位大哥！

艾　虎　（眼睛盯住徐良左手提着的“大环”宝刀）高解霸占乌龙岗作恶多端，全凭“大环”宝刀，（右手指徐良手提的宝刀）今被仁兄得来，真乃可喜可贺！（拱双手向徐良）

乔　宾
胡小纪　（拱双手）可喜可贺！【软撕边一击】

徐　良　（猛然想起，抬左手看宝刀）哎呀，不是兄弟提起，我倒忘啦，贼人是你打跑的，（右手指艾虎，双手捧起宝刀至艾虎面前）这宝刀应该你得。

艾　虎　此乃仁兄所得，（双手推让）小弟怎敢收受。

徐　良　（看了一眼艾虎，眼睛转向手里的宝刀，笑呵呵地）那——我就不客气啦。

乔 宾
胡小纪 （站在“小边”对白）咳，他倒不客气啦。

徐 良 （立即收回宝刀，有意地扭转话题）贤弟今欲何往？（摊右掌）

艾 虎 小弟去往襄阳。（右手指前方）

徐 良 巧啦，**【一击】**我也去襄阳探望父亲，（双手恭敬式）咱们一路同行好啦。（上步把左手宝刀交到右手，抬左手斜身指前方）

艾 虎 （抬左手交刀至右手，涮刀上步，伸左手拦徐良）慢来。**【撕边一击】**小弟还要到娃娃谷干妈店中，打探白玉堂五叔下落。二位哥，（抬左手指乔宾、胡小纪）陪同徐大哥先行，三日后，（抬左手伸出三个手指）我们在黄花镇聚英楼相会。

徐 良 就依贤弟，你我分路而行！请！（拱手）

〔**【扫头】**徐良、乔宾、胡小纪手持单刀与艾虎拱手，“倒推磨”，调换位置，艾虎从“小边”调到“大边”，分别亮相。**【原场】**众人从“下场门”同下。

第 九 场

〔场上设一桌、两椅，银灰色椅披。先摆“小座”椅，后改“八字”椅。

〔**【急急风】**八喽罗、头目甲及众人都拉“山膀”，从“上场门”快步至台口“站门”，随后火判官周瑞用开氅提起，挡着脸上，至台口正中甩开氅亮相。**【回头】**转**【冲头】**抖水袖，用右手捋红耳毛，两眼瞟左右喽兵，退步**【四击头】**跨右腿，踢左腿向左转身“踩泥”，**【冲头】**归里坐“小座”椅。（抖袖）众人归里。

周 瑞 （念）**【归位】**两膀压泰山，

绿林美名传。**【小锣二击】**

霸占桃花沟，

人称（八大台 顷 仓）火判官。

〔**【归位】**周瑞抬左手撩水袖，右手抓水袖下角。

周 瑞 俺，**【一击】**火判官周瑞！（抖袖）**【住头】**自幼练习拳棒，十八般武艺甚是精通。我与绿林之中素有来往，（抬右手指斜侧方）每日在这桃花沟中演习拳棒，倒也逍遥自在。**【大锣住头】**众家英雄！

众喽罗 有。**【撕边一击】**

周 瑞 演习拳棒去者！

众喽罗 啊！

〔**【冲头】**头目乙内喊：“报——”从“上场门”上，进门，双手作揖。

头目乙 （报）启禀庄主，今有乌龙岗高解求见。

周 瑞 （惊喜地）噢，乌龙岗高解贤弟到了，快快有请！

头目乙 有请！

〔**【急急风】**接**【快长尖】**周瑞离座出门迎接，站“大边”，高解狼狈地从“上场门”快步冲至“小边”台口，与周瑞见面，二人互拱手“挖门”进去。喽罗搬椅子，把原来“小座”改为“八字”椅，高解坐“大边”椅，周瑞坐“小边”椅。

周 瑞 （打量高解）**【叫头】**贤弟！为何落得这等模样？**【撕边一击】**

高　解　大哥有所不知，今有山西雁白眉毛徐良去至襄阳，路过乌龙岗，拆了我的店房，将我打得这般模样，走投无路，前来投奔大哥，躲避一时。（双手作揖）

周　瑞　贤弟说哪里话来，（抬左手摇动式）你就在这桃花沟，料然无事。想那山西雁白眉毛徐良（抬右手指前方）去往襄阳，必打此地经过，我不免差人出庄，略施小计，将他们擒进桃花沟，与贤弟报仇也就是了。

高　解　（双手作揖）多谢大哥！

周　瑞　头目过来。（抬左手叫站在“大边”的头目甲）

〔**【大锣住头】**头目甲走至周瑞身旁。

周　瑞　附耳上来。（与头目甲耳语）（**仓匝匝匝**）接**【撕边一击】**

头目甲　是啦。（点头）

周　瑞　喽罗的！

众喽罗　有！（**仓**）

周　瑞　后面备酒与贤弟压惊。

高　解　多谢大哥！请。（向周瑞拱双手、左手请让式）

〔**【原场】**众喽罗“扯斜门”，周瑞向高解拱手，高解向周瑞拱双手后，二人手挽手从“下场门”下。随后头目甲、乙双下；八喽兵一对对“拉山膀”走向“下场门”下。

第　十　场

〔场上三堂红色椅披，平摆三张桌、八把椅子。大碗、小碗、酒杯、酒壶、香炉、蜡扦等。

〔**【快长锤】**切住。**【单键子一击】**白芸生手持马鞭从“上场门”上，**【快长锤】**挥鞭行至“九龙口”，锣住亮相。

胡琴〔亮弦〕

（2. 3 5 2 1̇ －）

〔西皮散板〕

白芸生　**【凤点头】**（过门同前）サ3 3 4 3 3 2 1 2 3（6̣ 1 2 3）1 5. 3
家母突然得一信，（**仓**）五叔

2 2 1 2 3 6̣ 1 1（7̣ 6̣ 2 1）3 3 3 2 2 2 1 3 2 －
遇难不知假和真。（**仓**）心急似箭往前奔，

（双手拱请式）

〔**【快纽丝】**扬鞭打马小圆场，至“小边”台口勒马鞭，抬头看台正中酒馆。

（过门）6̣ 2 1 1 3 2 1 2 1 － **【住头】**
见一酒馆暂歇身。

（抬马鞭指酒馆）

白芸生 腹中有些饥饿，（左手抚摸腹部）这里有座酒馆，待我用罢酒饭再去赶路。（向“下场门”呼唤）酒保！

「**【小锣五击头】**酒保肩上搭条搌巾，从“下场门”上。

酒　保 （边上边白）来啦，来啦！客官您是吃酒的吗？

白芸生 正是。

「**【小锣一击】**白芸生站“小边”台口转身下马。牵着马鞭。

酒　保 （满脸陪笑，抬起右手用肩头搌巾一抖，往里让请）您请到里面坐。您把马交给我。

白芸生 （把马鞭交给酒保）多加草料。

酒　保 是啦。

「**【五击头】**酒保接过马鞭快步至“下场门”内放马鞭，立即返回进门。白芸生进酒馆用水袖抽打身上的灰尘，这时酒保进门让白芸生到“大边”桌子，坐“大座”。

酒　保 （擦桌子）客官您请这边坐。您用些什么？

白芸生 酒饭取来！

酒　保 是啦。（转身出门向“下场门”边走边喊）伙计们！

「伙计内应：“啊。”

酒　保 好酒一壶，好菜两盘，两盘啊——（**台匝 一 台**）（随后从“下场门”内端红木盘，上面放一酒壶、一酒杯，放到桌上）客官酒到，您先慢慢喝着，菜随后就到。

白芸生 好。

「丁兆兰内白：“走！”

「**【半个水底鱼】**丁兆兰从“上场门”快步走上，至“小边”台口，抬右手向酒馆内呼叫。

丁兆兰 酒保，酒保！**【小锣长丝头】**

酒　保 来啦，来啦！（边应边走出门来，抬头见丁兆兰）呦，原来是丁大官人，您今天想吃酒啊？

丁兆兰 是啊。

酒　保 我早就给您留着座位哪。您请进！（抬右手往里让）

丁兆兰 带路！

酒　保 您随我来。

「**【五击头】**酒保进门，丁兆兰随后进来，酒保用搌巾擦台正中摆好的桌子，“大座”椅。

酒　保 丁大官人您请这儿坐。

「丁兆兰坐台正中“大座”椅。**【住头】**

酒　保 您用什么酒啊？

丁兆兰 好酒取来！

酒　保 是啦。（转向“下场门”内）伙计们，好酒一壶啊，一壶！（**大大大台**）（立即从“下场门”内端着红木盘，上面放着一酒壶、一酒杯，走至丁兆兰桌前）丁大官人酒到。

丁兆兰 放下。

白芸生 （不耐烦地）酒保，酒保！俺的酒菜为何还不上来？

酒　保 （立即走到白芸生桌前，笑着说）您不知道，这菜得慢慢地炒，您别着急。

白芸生　（焦急地）我有急事，还要赶路呢，快些取来！【小锣一击】

酒　保　您看这酒馆里客人太多，后面灶上忙不过来，您再等等。

白芸生　哼！【一击锣】哪里是客人多，分明是小看与俺！

酒　保　您这是哪的话啊。我们做买卖的哪敢小看客人呢，您等一会儿，这就来，这就来……

〔酒保笑呵呵地边说边往“下场门”跑去。

〔【软撕边一击】丁兆兰看白芸生。

丁兆兰　（拱双手）壮士请了。

白芸生　（拱双手）请了。

丁兆兰　听你讲话不像此地人氏？

白芸生　原本不是此地人氏。

丁兆兰　看你一路风尘，心急如焚，定有要事在身？

白芸生　实不相瞒，是我家母接到书信一封，得知叔父遭难，不知可是真假，命我赶往襄阳探听明白，故尔心急如焚。不想行至此间，腹中饥饿，用些酒饭再去赶路，谁知这酒保慢慢腾腾，分明是小看与我。

丁兆兰　噢——【软撕边一击】（上下打量白芸生）你家叔父襄阳遭难？请问壮士你贵姓高名？

白芸生　在下白芸生。【撕边一击】

丁兆兰　原来是白芸生壮士，失敬。（拱手）

白芸生　岂敢。（拱手）

丁兆兰　我来问你，有位白玉堂你可认识与他？（抬右手向外指）

白芸生　白玉堂是我家五叔，怎的不晓。

丁兆兰　原来是侄儿到了。

白芸生　（猛然一愣）（仓）请问你是何人？

丁兆兰　侄儿有所不知，（抬右手摇摆）在下丁兆兰，（左手指自己）与你家叔父交好甚厚。【撕边一击】

〔白芸生立即走出“大座”椅，站“大边”抬右手水袖。

白芸生　唔呼呀，原来是丁叔父，（转向丁兆兰）恕侄儿不知，失敬了。丁叔父请上，受侄儿大礼参拜。

〔【大锣住头】白芸生向丁兆兰叩头。丁兆兰立即离座位，搀扶白芸生。酒保端茶溜上。

丁兆兰　侄儿少礼，快快请起。侄儿你我何不在一处饮酒，也好叙谈。

白芸生　好，好，好！（双手合掌）

酒　保　（笑呵呵地）二人越说越近，好，我给您摆桌子。

〔【大锣原场】酒保把红木端盘放在白芸生的桌上，将桌子搬到台正中，与丁兆兰的桌子合并在一起，又把白芸生的坐椅，搬到“大边”跨椅后，给二人倒酒，又把红托盘里的茶壶、两个大碗也放在桌上。

酒　保　二位客官，您瞧，我特地给二位客官沏了一壶好茶，您品品这茶怎么样？（边说边把盘里的两个大碗，茶壶放在桌上，分别倒了两大碗茶）您二位先喝着茶，慢慢聊着，我给您端菜去。

〔酒保拿着红木盘走进“下场门”。

〔韩天锦内喊：“走！”

〔【快长锤】韩天锦从“上场门”急上。以右手向脸部扇着风。

〔西皮摇板〕

韩天锦 （6 6 3. 5 5 5 3 6 5 i 3 2 1 21 6 5 5 5）3 3
天 气

4 3 - 3 1 2 3 3 -（4. 6 3 2 1 2 3 2 6 5
炎 热 心 焦 躁，

5 5）6 2 1 3 3 - 2（3 2 1 6 1 2 0）3 2. 1 1【住头】‖
口 内 干 渴 实 难 熬。

（右手擦头上的汗水）

韩天锦 今儿个天可真热，我走这一道儿，口干舌燥真难受啊。（抬头看台正中）哎，这里有个酒馆，我进去找酒保要点水喝。① （抬手高喊）酒保！酒保！酒保！

〔【小锣长丝头】酒保从“下场门”急跑上。

酒　保 来啦，来啦，您瞧今儿个可真忙啊……

〔【撕边一击】韩天锦正往里闯，酒保急出门，二人相碰，酒保碰倒“倒毛”起身，提双腿摔“屁股坐子”。

酒　保 （惊呆地）哎呦我的妈啊，这是哪位愣二大爷怎么这么猛啊？这哪儿是来喝酒的，纯粹是来砸当铺的！

韩天锦 （仍然高喊）酒保！酒保！

酒　保 别嚷啦，这都撞倒了，把屁股都摔两瓣啦！（酒保慢慢从地上爬起来，生气地）这位愣二大爷，你是干什么的啊？

韩天锦 你不知道，天气炎热（抬右手指天）我走的口干舌燥，跟你要点水喝，行不行？

酒　保 （气恼地）有话你好说啊，干什么这么大喊大叫的。

韩天锦 我渴的！

酒　保 你渴啊？我告诉你，进门桌上有茶水，拿起来就喝。

韩天锦 好啦，这回有水喝了。

〔【大锣五击头】酒保站在“大边”台口，有意识地看着韩天锦。韩天锦进门一看【软撕边一锣】两看【软撕边一锣】拉“山膀”，发现桌上有两碗茶水，向前拿起茶水就喝，韩天锦喝得过猛，烫了舌头，急忙把水喷出来，正喷到白芸生身上。

韩天锦 （烫得大叫）啊！——

〔【乱锤】白芸生气愤地出来，抬右手赶忙擦身上的水，怒斥韩天锦。

白芸生 （抬右手）嘟！【大锣一击】你这个大汉好生无理，进得门来，一言不发，拿水就用，喷脏俺的衣服，叫你赔偿！（双手击掌）【撕边一击】

韩天锦 （右手怒指白芸生）怎么？你叫我赔衣服，我还叫你赔我的舌头哪！（抬左手指口）

白芸生 谁让你抢水就喝。（抬右手指）

---

① 韩天锦的念白用净角京白。

韩天锦 （抬手指酒保）是这小子叫我进门拿起水就喝，谁知这茶水是热的，烫了我的舌头啦！

白芸生 哼！（抖右手水袖，转身归座，不理睬韩天锦）真真岂有此理。

韩天锦 这？（上步左手抓住酒保脖领）好小子，你阴我，我非揍你不可！（举拳头要打酒保）

酒　保 （蹲腿矮亮求饶）客官别打，别打……

〔丁兆兰急忙走出，拦住韩天锦。

丁兆兰 慢来，慢来。**【撕边一击】**（用右手拦住韩天锦）这位壮士不要动武。你进得门来这样慌慌张张，不知有何急事？

韩天锦 （看了一眼丁兆兰，慢慢收回右手）这？我有什么急事啊？我是到襄阳看我爸爸去。天热（抬手指天空）我一路口干舌燥，走到这儿找口水喝，没想到这个小子阴我，叫我进门见水端起来就喝，把我舌头给烫啦！

丁兆兰 （上下打量韩天锦）**【撕边一击】**原来如此，不必动怒。请问你父尊姓大名？

韩天锦 我爸爸叫韩彰。

丁兆兰 韩彰？！**【撕边一击】**你叫什么名字？

韩天锦 我叫韩天锦！

丁兆兰 （抢前一步）我来问你，有个双侠丁兆兰，你可知晓？

韩天锦 听我爸爸说过，可是这位丁大叔没见过。（抬右手摆动）

丁兆兰 在下就是丁兆兰！（右手指自己）

〔**【撕边一击】**韩天锦往后退步，仔细打量丁兆兰。

韩天锦 （惊喜地抬左手指）您就是丁大叔啊？咱爷俩没见过面，我这给您叩头了！

〔**【撕边一击】**韩天锦跪在地下给丁兆兰叩头，这时坐在里面的白芸生立即起来，看韩天锦叩头。

酒　保 （在“大边”背供）这个愣小子没打成我，他倒给劝架的人叩上头啦。

丁兆兰 （赶忙双手搀扶）快快起来，快快起来！

〔**【住头】**丁兆兰将韩天锦扶起来，转向白芸生。

丁兆兰 侄儿，（抬右手指韩天锦）他乃韩天锦，是你韩彰伯父的公子，快来见过。

白芸生 （双手作揖）参见韩壮士。

韩天锦 （双手作揖）岂敢，刚才是我的不对，你可多原谅。

丁兆兰 自己兄弟不必计较。（抬右手让韩天锦）快来入座，一同用饭，用过酒饭再去赶路。

韩天锦 （向台下背供）得啦，今天的饭钱有人候了。

〔**【原场】**丁兆兰入“大座”，白芸生坐“大边”跨椅，韩天锦坐“小边”跨椅。

酒　保 您三位越说越近，来我给三位满上。（拿酒壶给三人斟酒）

〔卢珍幕内白：“走！”

〔**【冲头】**卢珍从“上场门”上，直奔台口。

卢　珍 来此已是酒馆，（抬右手指正上方）酒保，酒保！

酒　保 （边出门边说）您瞧，今天我这儿买卖还真不错。来啦，来啦。（满面笑容与卢珍说）客官您吃酒吗？

卢　珍 （用右手拍腰间，点头示意）正是。

酒　保 （从肩上拿下搌巾，抬右手向门内让）客官往里面请！

卢　珍　带路！

酒　保　是啦！

「**【五击头】**酒保引卢珍进门，卢珍与坐在正中“大座”的丁兆兰对眼光，二人惊喜。（**大大-大台**）

卢　珍　原来丁叔父也在此处饮酒。（拱手向丁兆兰）

丁兆兰　（欢笑地从“大座”走出来）是啊，我也在此饮酒。巧得很，我来与你引见引见。（抬右手指白芸生）这是你白玉堂五叔的侄儿白芸生，（又用右手指韩天锦）这是你三叔韩彰之子，名唤韩天锦。（又用左手指卢珍）这是你卢芳伯父之子，名唤卢珍，你们互相见过。

卢　珍　（高兴地双手作揖）原来是自家弟兄，我这厢有礼了。

「**【撕边一击】**白芸生、韩天锦起身离座，向卢珍作揖。

白芸生
韩天锦　（同作揖）我这厢也有礼了。

丁兆兰　（双手表示）来，来，来，我们大家同在一桌畅饮吧。

众　人　好，就依丁叔父。

「**【五击头】**酒保搬椅子，摆在韩天锦旁边跨椅，又放了一把酒壶和一酒杯。

酒　保　我又给您几位上了一份酒菜，四位慢慢喝着。

「**【水底鱼】**此时，徐良、乔宾、胡小纪从“上场门”上，站“小边”台口。

徐　良　我说二位哥哥，走了这一路追了半天，不知那贼人上哪去了？

乔　宾　这一带丛林茂密，山峦起伏，那贼人决不会善罢甘休，我们要多加小心。

徐　良　（点头）是啊。我说二位哥，走了半天肚子有点饿啦，咱们先到酒馆吃点东西再说。

乔　宾
胡小纪　（同）对，咱们先歇歇腿，喝点水。

「**【住头】**徐良走至台正中，抬头看了一眼，向内高喊。

徐　良　酒保，酒保！

「**【小锣长丝头】**酒保从“下场门”急跑上。

酒　保　来啦，来啦！今儿个我这酒馆真热闹。（出门见徐良，吓了一跳）**【小锣一击】**哎呦！

徐　良　怎么啦？

酒　保　（殷勤地）没什么。客官您吃酒吗？

徐　良　就是喝酒的。

酒　保　您三位里面请。

徐　良　带路。

酒　保　是啦。

「**【原场】**酒保进门搬桌子，放在“大边”靠左台口，又搬三把椅子，摆“大座”椅，左右两跨椅。徐良坐“大座”椅，乔宾坐“大边”跨椅，胡小纪坐里面跨椅。

酒　保　客官用些什么？

徐　良　好酒一壶，小菜两盘。

酒　保　是啦。（向“下场门”高喊）伙计们好酒一壶，小菜两盘，两盘啊——

「伙计内应：“是啦。”（**台匝匝-台**）

「酒保到“下场门”内端红木盘，盘内放着一壶酒、三酒杯，快步走到徐良桌前，摆好酒壶，斟了三杯酒。

酒　保　您三位慢慢喝着。

〔酒保从“下场门”溜下。

〔**【软撕边一击】**丁兆兰走出座位，站在台中间打量徐良。

丁兆兰　哎呀且住！**【五击头】**我看此人黑紫脸膛，两道白眉，一双虎目，垂大准头，四字方口，大耳垂轮，未长髭须，正在年少。好像徐庆三哥模样，莫非徐三哥之子徐良到此？待我上前问过名姓。（拱双手）啊，壮士请了。

徐　良　（立即站起来拱手答话）请啦。

丁兆兰　我来问你，（抬左手指徐良）陷空岛有位穿山鼠徐庆，你可认识？

徐　良　（猛然一惊）**【撕边一击】**（拱双手）那是俺爹。

丁兆兰　哈哈，我的眼力果然不差，原来侄儿到了。

徐　良　（眼一瞪站起身来，不满意地）你这是怎样讲话？**【一击】**

丁兆兰　我乃双侠丁兆兰到此，与你父交好甚厚，侄儿且莫多疑。

〔**【五击头】**徐良闻听此言，立即出位，走至台中。

徐　良　原来是丁大叔，恕侄儿不知，这厢有礼。

〔**【撕边一击】**徐良向丁兆兰跪拜。丁兆兰立即搀扶。

丁兆兰　免礼，免礼。来，来，来。**【五击头】**我与你引见引见这三位弟兄。（抬右手分别指白芸生、卢珍、韩天锦）

〔白芸生、卢珍、韩天锦立即站起来自报姓名。

白芸生　在下白芸生。

卢　珍　在下卢珍。

韩天锦　（抬右手挑大指指自己）我叫韩天锦！

徐　良　（拱手）原来是自家兄弟。我叫徐良。（伸左手指乔宾、胡小纪）他叫乔宾，他叫胡小纪。

乔　宾
胡小纪　（走至丁兆兰跟前，双手拜揖）参见丁叔父！

丁兆兰　（欢笑地）免礼，免礼。大家一同坐下叙谈。（抬双手招呼大家）

众　人　好，就依丁叔父。

〔**【原场】**丁兆兰、徐良、乔宾、胡小纪、白芸生、卢珍、韩天锦等分别归原座位。各自斟酒。

丁兆兰　徐良贤侄因何至此？

徐　良　（拱双手向丁兆兰）丁大叔啊！

〔山西梆子快板〕

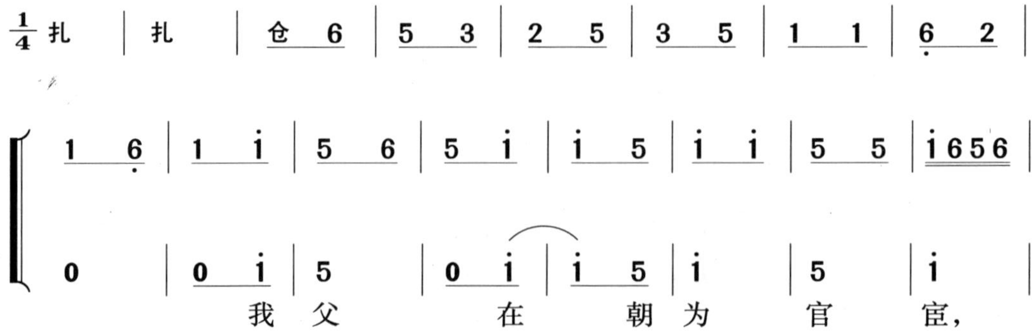

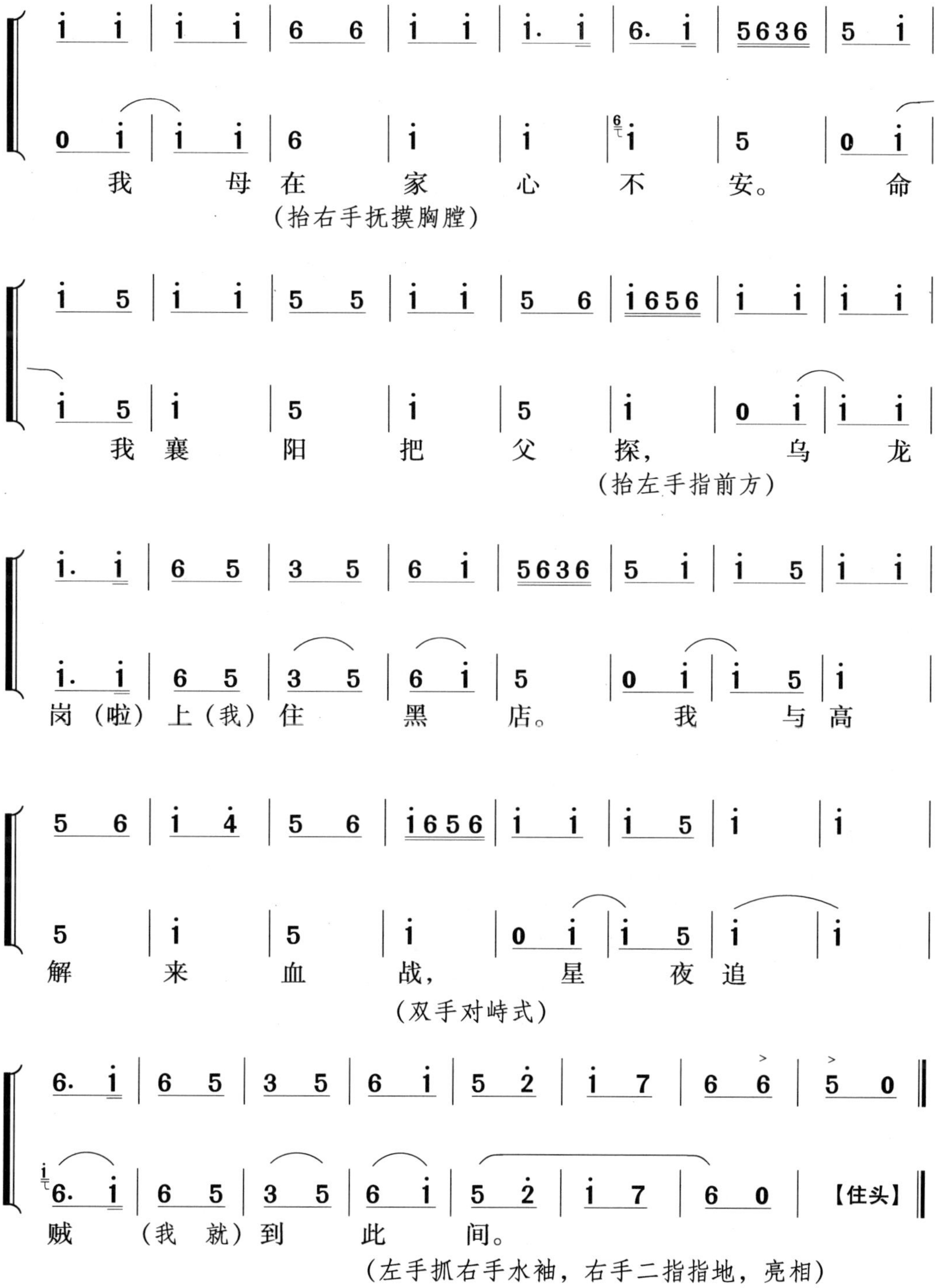

〔丁兆兰与在坐的众人相视示意。

丁兆兰 侄儿为民除害，令人可敬。（抬右手指前方）这桃花沟一带丛林茂密，山路崎岖，追捕贼人要多加小心。

徐　良 丁叔父，贼人虽然诡计多端，俺可不怕那些狗日的！

〔**【大锣一击】**徐良气愤地站起来，用右手持拳打桌。

丁兆兰　侄儿虽然武艺高强，英猛能战，这桃花沟贼人甚多，还须多加小心才是。
徐　良　侄儿遵命就是。
〔【急急风】接【五击头】艾虎从“上场门”持马鞭上。酒馆内众人举杯向丁兆兰敬酒。
艾　虎　（风尘仆仆地）娃娃谷去探真情，（挥鞭甩褶子舞蹈）赶至此间会弟兄。（勒鞭站台口“小边”，斜身望酒馆）来此已是，酒保！
〔酒保“下场门”内应：“来啦，来啦！”
〔【小锣长丝头】酒保从“下场门”快步上。
酒　保　今儿个怎这么忙啊，（出门见艾虎）您是吃酒的吗？
艾　虎　正是。
酒　保　您请到里边。您把马交给我。
艾　虎　（把马鞭交与酒保）多加草料。
酒　保　是啦。
〔【大锣五击头】酒保接过艾虎手里的马鞭，牵至“下场门”内。艾虎抽撣褶子，进门。
徐　良　（高兴地放下手里的酒杯，出“大座”至台正中）哎呀，艾虎兄弟来啦。
艾　虎　（向徐良拱手）徐仁兄早来了。
徐　良　我等候多时啦。艾虎兄弟我给你引见引见。
〔【撕边一击】此时，丁兆兰与白芸生、卢珍、韩天锦、乔宾、胡小纪等都站起来。
艾　虎　（双手向丁兆兰拱揖）原来丁叔父也在此？这厢有礼。
丁兆兰　侄儿免礼。
徐　良　你认识丁大叔啊。来，我给你引见引见，（指白芸生）这是白玉堂五叔的侄儿白芸生，（指卢珍）这是卢芳伯父的儿子卢珍，（指韩天锦）这是韩彰伯父之子韩天锦。（指艾虎）这是黑妖狐智化大叔的徒弟，小侠艾虎。（仓）
众　人　（拱双手）艾虎兄弟我等失敬了！
丁兆兰　（用眼睛扫了一圈，发出喜悦地笑声）哈哈哈…… 【撕边一击】
众　人　（眼光投向丁兆兰问）丁叔父为何发笑？
丁兆兰　你们哪里知道，想你等之父，（抬右手指在场弟兄）当年在陷空岛结拜盟兄弟，人称五义。今日有幸，你们小弟兄相聚在此，何不结为金兰之好，你等意下如何？【撕边一击】（双手伸开，眼光投向众人）
徐　良　（抢前一步）怎么着，丁大叔要我们五个人拜把兄弟啊？
丁兆兰　你们意下如何？
白芸生
卢　珍
徐　良　（众同双手向丁兆兰拱揖，异口同声）就依丁叔父！【大锣一击】
韩天锦
艾　虎
丁兆兰　（拍手称快，笑容满面）好！酒保，看香案伺候！
〔唢呐奏<吹打>乔宾、胡小纪和酒保从“大边”酒桌上撤掉酒壶、酒杯，摆上香炉、蜡扦、还有一红帖，把桌子搬到舞台正中间，丁兆兰站正中，白芸生、卢珍站“大边”，徐良、韩天锦、艾虎站丁兆兰左侧“小边”。丁兆兰将桌上的红帖拿在手中。（曲牌止）

丁兆兰 （双手拿红贴）祝告上苍！【五击头】过往神灵，今有他们（伸左手指左右两侧）五人结拜，虽不一母所生，胜似一母所养。今后有福同享，有难同当，你等望空一拜！

「接奏<吹打>丁兆兰退后，徐良站台中间，右侧“小边”韩天锦、艾虎；左侧“大边”卢珍、白芸生。丁兆兰走至“大边”台口，乔宾、胡小纪走至“小边”后站。酒保站后边。

丁兆兰 （抬右手指五人）你等各叙年庚上来。

白芸生 白芸生今年二十八岁。【大锣一击】

卢　珍 卢珍今年二十五岁。

徐　良 我徐良二十三岁。

韩天锦 我韩天锦二十二岁。

艾　虎 俺艾虎，【大锣一击】今年一十九岁。

徐　良 （抬左手指艾虎）那你就是小兄弟啦。

丁兆兰 就依年龄为序排行，你等望空再拜！

「唢呐奏<吹打>白芸生、卢珍、徐良、韩天锦、艾虎在香案前，五人面向外台口同叩头，起来后相互拱揖，分别站立两旁。

丁兆兰 酒保。

酒　保 有。

丁兆兰 撤去香案，准备上等酒席。

酒　保 是啦。

「酒保、乔宾、胡小纪赶忙搬走台中桌子。【五击头】丁兆兰归正中，白芸生、卢珍、徐良、韩天锦、艾虎分别站在丁兆兰两侧。

丁兆兰 大家用罢酒饭，在此畅谈，暂住一宵，明日启程。

众　人 就依丁叔父！（同拱双手表示谢意）

「【原场】众人分两排“扯斜门”，白芸生、卢珍、乔宾站外侧一排；徐良、韩天锦、艾虎、胡小纪站里侧一排。丁兆兰捋髯，站台中抖右手水袖领先从“下场门”下。

「随后徐良与白芸生双拱手走向“下场门”；卢珍与韩天锦双手拱拳走向“下场门”；艾虎与乔宾双手拱请下；最后胡小纪【四击头】双手快转手腕，跨腿踢腿，左转身面左侧里抬左腿“拉右山膀”亮背相，走向“下场门”【快冲头】下。

第 十 一 场

「空场。

「【软四击头、撕边一击】头目甲从“上场门”翻“小翻提”筋斗至“大边”台口。【冲头搜场】“两望门”观察动静，随后又向“上场门”翻“虎跳前扑”【撕边一击、搜场】引挑担子的头目乙上【归位】至台正中。

头目甲 （念）为擒徐良计策想，

头目乙 （念）乔装改扮卖饼郎。【住头】

头目甲 我说伙计。

头目乙 怎么着伙计？

头目甲 咱们在这等了好几天啦,也没见那白眉毛徐良踪影啊？看来高解店主的仇报不了啦。

头目乙 你别着急啊。只要那白眉毛徐良去襄阳，就必须从此经过，他再有天大的本事，也飞不过这桃花沟去!

头目甲 对，咱们就埋伏在这丛林之中，给它来个老虎吃鹿——死等!

头目乙 对。来个老虎吃鹿，死等!

〔徐良在“上场门”幕内白：“众位兄弟，快点走哇！”

〔头目甲、乙立即向“上场门”眺望。

头目甲 (兴奋地）伙计，你看那边有人来啦，快，藏起来。

头目乙 哎。

〔(**大台大台大台台**）头目甲、乙鬼头鬼脑眼睛看着“上场门”慢慢往“下场门”退步而下。

〔**【急急风】**乔宾、胡小纪、韩天锦、艾虎从“上场门”上，至“大边”台口“扎犄角”，斜字一排。

〔**【四击头】**徐良出场“亮相”，走“串飞脚”“骗腿旋子”，**【撕边一击】**至台口“一望门”“两望门”，徐良领众人圆场至“小边”“一条鞭”，徐良扬手眺望。**【急急风】**“望门”接**【冲头叫头】**

徐　良 哎呀且住！丁兆兰大叔所讲，这里丛林茂密，山峦起伏，莫非就是桃花沟么?

韩天锦 (抢白)徐三哥,什么桃花沟、绿花沟的,你带我们走了一路，除了山，就是树，连一个饭馆也没遇见，我这老肚早就咕噜咕噜直叫哪。

艾　虎 三哥，寻一酒馆用罢酒饭再走吧。

胡小纪 是啊，人是铁，饭是钢，一天不吃饿得慌。

头目甲 （“下场门”内叫卖声）好大个的热烧饼!

韩天锦 (高兴地）你看那有个卖烧饼的，咱们买几个烧饼吃，也能解解饿啊。

〔韩天锦愣头愣脑直奔“下场门”跑去，徐良快步走到韩天锦前面，双臂张开挡住他的去路。**【撕边一击】**

徐　良 慢喳!

韩天锦 三哥，我买几个烧饼，你拦我干嘛？（**仓**）

徐　良 (回身向“下场门”眺望，双手轻轻摆动，往“小边”台口一步一步拦他后退）四弟，不可鲁莽。今早临出酒馆的时候，酒保也曾跟我说明。

韩天锦 (不耐烦地）酒保跟你说什么来着?

徐　良 他说这黄花镇东有乌龙岗，西有桃花沟，惯出强盗，惟有这桃花沟是火判官周瑞为首，这伙强盗凶狠毒辣，诡计多端。我们必须严加提防。

韩天锦 严加提防?

胡小纪 严加提防，可也不能草木皆兵啊!

徐　良 哎！（**【一击锣】**徐良一跺脚，不与理睬）

〔头目甲、乙改扮卖烧饼小贩模样，二人分别挑着担子从“下场门”边喊边上。

头目甲 卖热烧饼，好大个的热烧饼！（把担子放在“大边”）

〔（**大大大台**）徐良、韩天锦、艾虎、乔宾、胡小纪相互对眼光。徐良暗示摆手。韩天锦、胡小纪满不在乎地走到“大边”买烧饼。

韩天锦 哎，（用左手招呼头目甲）你这烧饼怎么卖啊?

头目甲 （右手指表示五字）一钱银子五个。

〔（**大大大台**）韩天锦双手摸摸腰间，没钱。胡小纪立即拿出钱来，递给头目甲。

胡小纪 这是一钱银子，给。（接过五个烧饼）

韩天锦 胡大哥，我可真饿急啦，我先吃啦！

〔【**五击头**】韩天锦抢过烧饼就吃，胡小纪把三个烧饼分别递给了徐良、艾虎、乔宾，自己也吃了一个。

胡小纪 艾虎兄弟，没事，趁热儿快吃吧。

〔【**撕边一击**】徐良拿过烧饼眼睛扫了弟兄一眼，头目甲、乙笑呵呵地温柔劝解。

头目甲 几位客官放心地吃吧，这是刚烙得的热烧饼。您就放心地吃吧，我们哥俩在这一带卖了好几年的烧饼啦。

头目乙 是啊。一天多了不卖，就烙十炉烧饼，一抢就没。

胡小纪 （一边吃着一边劝说）乔宾、徐良、艾虎兄弟你看我全都吃完了。（双手拍打肚子）这烧饼又热又香又好吃，吃了也没事。

〔【**软撕边一击**】艾虎、乔宾看了看韩天锦、胡小纪，拿起烧饼也吃起来。这时徐良看了一眼头目甲、乙，转身欲劝艾虎、乔宾，可是他俩也手捧烧饼吃起来。

徐　良 哎！【**一击**】看来你们都饥慌了心，什么都不顾，拿起烧饼就吃……哎，你们都吃了，我也饿慌了，吃！

〔【**五击头**】徐良拿着烧饼有意识地走到“小边”台口蹲下，眼睛暗地盯住头目甲、乙，看他俩在“大边”台口嘀嘀咕咕，徐良趁机把烧饼藏在怀里，假装做吃烧饼的动作。【**大八大八大八撕边一击**】

徐　良 （故意地）这热烧饼又酥、又香，真好吃。

头目甲 （一看徐良把烧饼全吃了，假意地走过来）客官，没吃饱，这还有哪，随便吃，这回不要钱啦！

〔【**乱锤**】头目甲从“大边”走至台中，这时韩天锦、胡小纪、艾虎、乔宾全都中毒昏倒在地，只有徐良假装吃烧饼中毒，倒在“小边”台口。

头目甲 （得意地）哈哈……好小子，看你们还往哪跑！（走至“小边”台口指徐良）伙计你看，这小子长得一双白眉，面貌丑陋，就是高解店主东说的那个山西雁白眉毛徐良。

头目乙 就是这小子。这回咱们哥俩可立了头功啦！

头目甲 那是当然了。快叫喽罗，把这五个小子，赶快抬回庄去。

头目乙 是。

〔头目乙向“下场门”幕内招手。【**冲头**】四喽兵立即从“下场门”内走出。

头目甲 快把这五个小子抬回庄去！

四喽兵 是。

〔【**原场**】四喽兵和头目甲、乙把徐良、艾虎、韩天锦、乔宾、胡小纪分别搀扶，从“下场门”下。

第十二场

「场上设置一桌，“八字”椅。桌上放着单刀。

「**【急急风】**四喽兵从“上场门”上“站门”，周瑞和高解上，快步到台正中。**【五击头】**

周　瑞　（念）桃花沟前布罗网，（左手揪开氅，右手指前方）

高　解　（念）报仇雪恨擒徐良。（左手揪开氅，右手做刀砍手式）

「**【快冲头】**周瑞、高解向左转身归“八字”椅坐下。

「头目甲“上场门”幕内喊：“报——”

「**【快冲头】**头目甲从“上场门”快步报上，进门双手向周瑞、高解作揖。

头目甲　启禀庄主，徐良等五人擒到！

周　瑞
高　解　（同）好，绑进庄来！

头目甲　是。（转身站在台口正中）将徐良等五人绑进庄来！

「众喽兵“上场门”幕内：“啊！”

「**【原场】**头目乙和四喽兵分别将徐良、艾虎、乔宾、胡小纪、韩天锦倒绑搀扶上来，进门，徐良、艾虎搀至“大边”，乔宾、胡小纪、韩天锦搀至“小边”。

周　瑞　贤弟，徐良等仇人已经绑进庄来，任你处死！**【一击】**

高　解　（从桌上拿起单刀）徐良啊，徐良！**【五击头】**想你也有今日，看刀！

「**【大锣一击】**高解握刀正要向徐良砍去，徐良猛然从后背一弩，正打中高解握单刀的手腕。

高　解　（大叫）啊！

「**【快冲头】**高解把单刀扔在地下，众人分别从“上、下场门”逃下。

「徐良立即挣开绑绳，到“下场门”取了一碗冷水，口含冷水向艾虎、乔宾、胡小纪、韩天锦猛然一喷。**【大锣水声】**

「艾虎、乔宾、胡小纪、韩天锦分别用双手揉眼，慢慢清醒，站起来。

艾　虎　（惊奇地）啊？三哥这是什么地方？

徐　良　你们上了贼子的当，吃了有毒的烧饼，我们被贼子绑进了桃花沟。险些全都丧命。

艾　虎
乔　宾
胡小纪
韩天锦　（惭愧地）哎，若不是三哥机警，我等命丧贼人之手。

徐　良　闲话少说，速速杀贼！

「突然幕内一片喊杀声：“杀！”

「**【四击头】**高解手持长枪，周瑞手持大刀，头目甲、乙及众喽兵手持单刀分别从“上、下场门”一齐杀出。徐良与高解架住、艾虎与周瑞架住、乔宾与头目甲、胡小纪与头目乙、韩天锦与喽罗双双架住，分别亮相。

「**【急急风】**徐良与高解、艾虎与周瑞等“一盖两盖”“鼻子削头”各自架住从

“上、下场门”分别而下。

第十三场

〔空场。“大开打”场面。

〔“筋斗档子”——【撕边、夺头】转【急急风】头目甲、乙手拿单刀，分别从“上、下场门”插翻筋斗上。乔宾从“上场门”拿单刀翻筋斗追头目甲上；胡小纪从“下场门”拿单刀翻筋斗追头目乙上。（演员翻筋斗可根据自己的条件选择）

〔【急急风】乔宾与头目甲、胡小纪与头目乙分别“对刀”后【四击头】亮相。【急急风】分别架住分下。

〔【撕边、夺头】喽兵拿单刀从“上场门”翻筋斗上，艾虎也拿单刀从“上场门”翻筋斗追上，二人“对刀”，艾虎从喽兵手里夺过单刀，踢喽兵“抢背”下。此刻周瑞手持大刀从“上场门”翻“虎跳前扑”上，与艾虎打“大刀双刀”,【四击头】亮相。

〔【撕边、夺头】转【急急风】四喽兵手拿长枪分别从“上、下场门”翻筋斗上，与艾虎、周瑞打“六股档”【四击头】亮相后，韩天锦手拿大木棍冲上，与四喽兵打“屁股棍”，（八大仓、八大仓）韩天锦先把三喽兵打下，最后转【急急风】韩天锦与喽兵打“棍棒枪”，【四击头】亮相。韩天锦追喽兵从“下场门”下。

〔【撕边大锣一击】高解持长枪翻“跺子蛮子”筋斗，随后徐良拿单刀从“上场门”翻串“虎跳前扑”追上。【急急风、夹饽饽】徐良与高解对打“单刀枪”。【四击头】亮相。随后徐良挑高解长枪往里“一盖两盖”，踢高解“肘棒子”卸下枪。这时徐良将高解盔头砍掉，高解露出甩发，向徐良跪拜求饶，便转身向“下场门”欲跑，徐良快步赶上抓住高解，（仓仓仓）【乱锤】高解跪地向徐良求饶边叩头，边甩发，边往后退欲跑。徐良又把高解抓回来，三番跪拜求饶后，徐良刀劈高解走“抢背”起，高解猛然又抓向徐良，徐良一刀把高解劈死。【四击头】亮相。

〔【急急风】周瑞手持大刀从“上场门”翻“跺子蛮子”上，艾虎翻筋斗追上。徐良、艾虎与周瑞对打“大刀三见面”，【四击头】亮相。【急急风】三人先后下。

〔【夺头】头目甲、乙及众喽兵与乔宾、胡小纪插翻筋斗，韩天锦手持木棍追上，场上众人变“群档子”，最后【四击头】分组亮相。

〔转【急急风】再上，徐良、艾虎刀劈周瑞，周瑞“抢背”向台中扔大刀，起身又被徐良砍一刀，“僵尸”倒在台中。乔宾、胡小纪、韩天锦分别打死头目甲、乙和喽罗。

〔【四击头】徐良站舞台正中，亮高相，艾虎站“大边”，韩天锦站徐良身后，乔宾、胡小纪亮矮相——“五梅花”型。

徐　良　（高声得意地）奔赴襄阳！——

〔唢呐吹奏<尾声>——落幕。

——剧　终

赵纪鑫 **整理** 王 威 **记谱**

巧连环

叶盛章演出本

京剧武丑戏《巧连环》又名《时迁偷鸡》，取材于中国著名古典小说《水浒传》第四十五回。描写石秀、杨雄与时迁三人投宿祝家店，店主看时迁衣衫褴褛，视之为贼，加以冷嘲热讽。时迁气怒，屡施小计捉弄店主，夜间又将其报晓雄鸡杀死偷吃，由此与店主打斗起来。店主打不过时迁，便请来草鸡大王。经过一番搏斗，草鸡大王也被时迁戏弄，丑态百出。随后时迁与二位兄长投奔梁山。

京剧武丑叶盛章演出的《巧连环》，我看过多次。叶先生组建“金升社”那会儿，他前演《巧连环》的时迁，后演《九龙杯》的杨香武；有时前演《打瓜园》的陶洪，后演《巧连环》的时迁，挑班演双出；也有时与其四弟叶盛兰、五弟叶盛长和吴素秋合作演出，从《翠屏山》起至《巧连环》止。叶盛章演出的《时迁偷鸡》理所当然是大轴了。

记忆中，那时候广播电台现场直播的都是生、旦、净的唱工戏，很少播送武丑戏。可唯独叶盛章演出却是例外。记得有一天北京下着瓢泼大雨，晚上叶先生在长安大戏院演出《巧连环》，正巧广播电台实况转播，并特请解说员结合他的表演动作，做现场介绍。我从收音机里听到现场观众阵阵掌声和笑声，再配上解说员生动的描绘，听得也是津津有味。从这件事也可见叶派武丑戏当时是多么受欢迎了。

叶盛章在《巧连环》中扮演的时迁，从扮相、身段、动作、念白、武功技巧乃至“吃火”，都是绝活儿。拿这“吃火”绝技来说，为表现时迁偷吃鸡肉的神态，先将火纸卷成喇叭筒形，在点着的蜡烛上将纸筒点燃，立即放在嘴里表现时迁吃鸡肉。三次吃鸡，各有不同。第一次吃鸡翅膀，卷起纸筒在蜡烛上点着，放在嘴里，不一会儿便从嘴里吐黑烟；第二次吃鸡胸脯，又卷起纸筒点着，放在嘴里，一会儿便从嘴里喷出一串火焰；第三次吃鸡屁股，这次表现更为精彩，点着纸筒以后放到嘴里，立刻闭住嘴假装嘴里嚼鸡肉美滋滋的神态，突然把嘴面对观众又张开：只见嘴里的火纸不但没有熄灭，火苗仍在嘴里燃烧，顿时引起观众一阵雷鸣般的掌声。这时又从嘴里把燃烧的火纸拿出来，看了看立即又放进嘴里，念了一句：“有味没味吃个热乎劲儿”。我每逢看叶先生演这出戏，到了快表现“吃火”的绝技时，总是悄悄溜到前排，找靠舞台最近的地方仔细观察他怎样表演。火纸点着到了嘴里，缺氧就熄灭了，为什么一张嘴又能复燃呢？虽然看了不少次这“吃火”的绝技，但至今还是个谜。

叶盛章扮演的时迁也是独具风格，他在原演出本的基础上，认真反复研究时迁这个小人物的性格特征，结合剧情大胆突破前人的表演，努力刻画一个有血有肉的梁山好汉、富有正义感的时迁，而不再是一个江湖小偷。所以这出戏不是表现时迁的偷摸，而是表现他出于对店主以衣帽取人的不满，故意戏弄店主，尤其最后时迁与草鸡大王的开打，他巧妙地设计一些滑稽、诙谐、幽默的武行动作，如拔掉草鸡大王背后两根靠旗，摘掉他一根雉尾翎子的大额子，脱掉他的靴子，揪着草鸡大王三绺胡须乱跑等，使人看出时迁是在戏弄对方，而不是你死我活地搏斗。

听张春华先生讲，《偷鸡》戏里时迁的念白，是叶派典范。确是精当之见。该戏中的京白，与《徐良出世》中徐良的山西怯口，都是功夫独到的叶派精品，是我辈学习时要特别注意领会的。

赵纪鑫

人物行当

时　迁	武丑	石　秀	武小生
店　家（祝贵）	武生	草鸡大王	丑
杨　雄	武老生	四店客	武行

服装扮相

时　迁　丑扮。淡红打底，勾白粉蝙蝠形向左右眼窝伸展逐渐变细下垂，鼻梁与嘴至下额勾白粉尖嘴，嘴角左右勾圆嘴岔，里外套黑色，黑色三角眼窝，鼻梁正中勾黑蝙蝠，八字黑蝙蝠眉，鼻窝、嘴角用细黑毛笔勾胡须。（时迁脸谱总体是白色上尖下尖“十字”型，四周红里套黑，繁而不乱）白毡帽，蓝布白领大袖、系白绸子小腰包，内里穿黑绸子斜膀子坎肩，黑绸子彩裤、黑白斜道裹腿，鱼鳞靸鞋。

店　家　俊扮。蓝毡帽、白绒球、茨菇叶，黑缎子褶子、内穿黑缎子侉衣、紫大带，黑彩裤，薄底。

杨　雄　俊扮。黑三、黑缎子软罗帽、茨菇叶，黑缎子蓝领箭衣、紫大带，黑彩裤，厚底。

石　秀　俊扮。黑缎子软罗帽、茨菇叶，黑缎子蓝领箭衣、紫大带，黑绸彩裤，厚底。

草鸡大王　丑扮。勾白粉风筝型脸，红鼻尖。丑三，红毡帽戴额子（插一根翎子），蓝箭衣腰系靠腿子、背扎两根靠旗、黄大带、挂腰刀，红彩裤，朝方靴。

四庄客　丑扮。揉黑红底子、勾黑眉、黑眼窝、红嘴岔加粉白边。扎黑头布，黑缎子侉衣、系紫小大带或白腰巾，黑彩裤，薄底。

道具

桌子	一张	椅子	四把
长枪	两杆	腰刀	一把
棍	两根	扇子	一把
鸡	一只	蜡烛	一支
小刀	一把	银子	一包
酒　壶	两把	酒杯	三个
单　刀	六把	红木盘	一个
灯	两盏	红方棍	一根
小白行李卷	一个	火纸	三张（三寸见方）

银灰色或紫色桌围、椅披　　一份

第一场

〔场上设置：正场桌“大座”，左右跨椅。“小边”跨椅不搭椅披，两把椅子前后背对背摆放。

〔**【快冲头】**切住，杨雄、石秀同内白：“蹚行！”

〔**【大锣打上】**石秀手持棍、杨雄挎腰刀上，至舞台“大边”转身，二人“拉山膀”，“一条鞭”亮相。

唢呐吹奏<粉孩儿> 1=♭E

杨雄
石秀

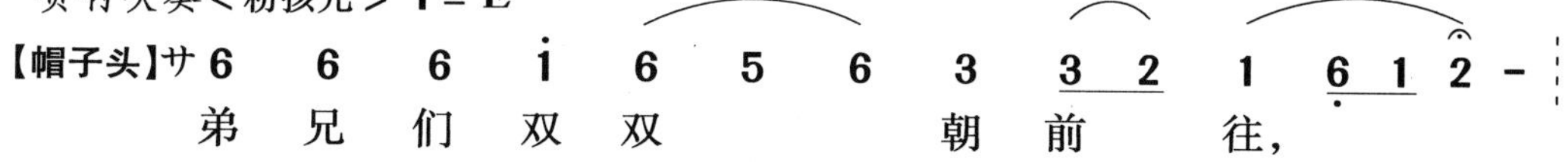

〔**【急急风】**时迁双手拿小白布行李卷挡脸从“上场门”快步至“九龙口”，先抬左腿，随后抬右腿踮步，走至“大边”台口，前弓后箭，慢慢放下行李卷露出脸部，**【撕边】**上左步，左手扛行李卷，右手扬水袖，向斜前方倾身，亮相。**【大锣一击】**随之转身向“上场门”，与曲牌财时三人走圆场。

<粉孩儿> 中速

杨雄
石秀

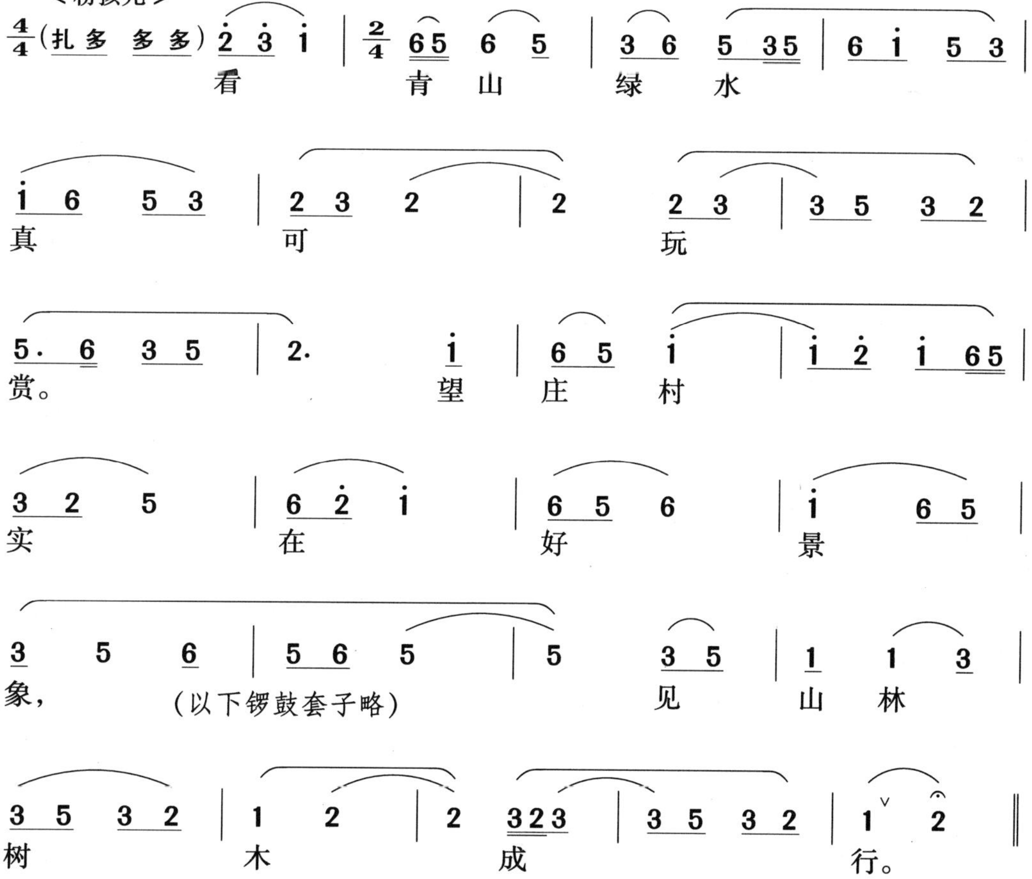

〔【大锣住头】三人“挖门”。杨雄站正中，石秀站“大边”，时迁站“小边”抖水袖。

杨　雄　俺——【大锣一击】杨雄。

石　秀　石秀。

时　迁　时迁！

杨　雄　（向石秀、时迁拱手）二位贤弟请了。

石　秀
时　迁　（同向杨雄拱手）请了。

杨　雄　我与石秀贤弟在翠屏山杀死潘巧云，（抬右手指“大边”转身看时迁）时迁贤弟盗掘了灏王的坟墓殉葬之宝，（抬右手挑拇指）我等投奔梁山，看！【大锣一击】（拉右手“山膀”抬头望前方）天已不早，你我前去打店。

时　迁　（拱手）二位哥哥前去打店，小弟我解泡手儿就来。

〔【撕边】时迁把行李扔给石秀，石秀接小行李卷，时迁向后翻一“单提”筋斗（崩登仓）拱手，从“上场门”【冲头】下。

杨　雄　你我前去打店便了。

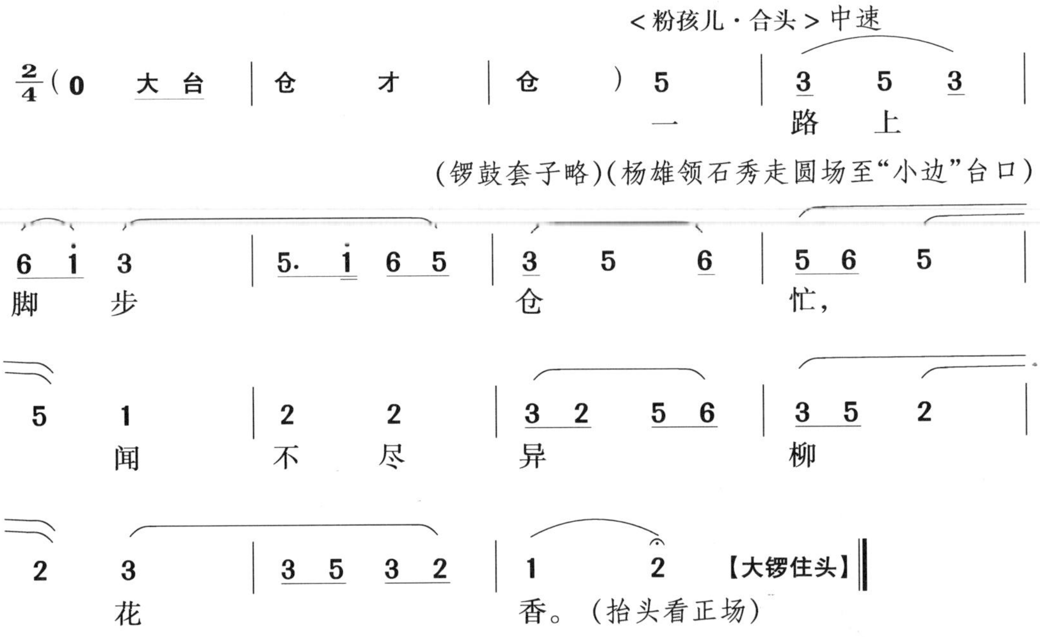

杨　雄　来此已是店房，店家！（抬右手向“下场门”呼唤）

〔店家幕内白：“啊咳！”【小锣五击头】从“下场门”上，打扇子。

店　家　（念）高挂一盏灯，安歇四方人。（出门看杨雄、石秀，拱手）二位客官敢是住店吗？

杨　雄　正是。可有上房。

店　家　（合扇子指楼上）有，楼上请。

杨　雄
石　秀　（同）带路。

店　家　随我来。

〔店家进门，【大锣原场】杨雄、石秀随后圆场至“小边”台口，店家退后两步，让杨雄、石秀上楼。

店　家　二位请上楼。

「杨雄、石秀九步上楼，店家随后跟着上楼。杨雄坐“大座”，石秀坐右边跨椅，店家站“大边”。

店　家　二位客官用些什么？

杨　雄
石　秀　（同）明灯一盏。

店　家　是啦。（转身至“下场门”内取灯）伙计们，明灯一盏。

「幕内伙计白：“是啦。”店家左手端灯从“下场门”再上，至桌前。

店　家　灯到。

杨　雄　放下。

「店家把灯放在桌上。

店　家　客官还用些什么？

杨　雄
石　秀　（同）唤你再来。

店　家　是啦。

「**【半个大锣水底鱼】**时迁从“上场门”快步急上，至“小边”台口抬右手唤店家。

时　迁　店家，店家！店家……

店　家　来啦，来啦！来啦！

「**【闷锣】**……店家快步下楼小圆场出门，与时迁相撞，**【软撕边】**时迁“倒毛”起来左腿在前，右腿在后，双手向前垂水袖亮住。（才）

店　家　我说“斯”。（注：这里按北京土语“斯”读“涩”的第一声）

时　迁　好说“斯”。

店　家　你是干什么的？

时　迁　你问太爷呀。是住店的。

店　家　（看不起地撇嘴向左转身）就凭你这个资格，你这个戳个儿，也配住我这个店。

时　迁　住店么，还论的什么资格、戳个儿啊。（口语“戳”字读第三声）

店　家　现在嘛。

时　迁　（抬左手指店家）那么，什么样的人才能住你这店哪？

店　家　（得意地搧扇子）我这个店，是为经商、旅客上等的老爷们住的。

时　迁　那么像您哪？（抬右手挑拇指）

店　家　您又是谁呀？

时　迁　您就是我呀。（抬左手指自己）

店　家　（看不起地）你呀有你的住处。

时　迁　在哪？

店　家　顺着我手儿瞧。**【小锣一击】**（抬右手用扇子向右侧前方指）往东一梢头儿，路北高上坡儿，八字粉皮墙……

「此时时迁用左手掏店家内衣兜，右手抓住左手水袖，让观众看清楚。

店　家　门口挂着个笊篱，你进去买仨大鸡毛，铺点儿盖点儿，那是你的住处。

「店家突然发现时迁正在掏自己的兜，用扇子打时迁的手。

店　家　哎，哎，哎，你干什么？
时　迁　（马上抢白）那是花子住的地方。
店　家　你穿着也不干净啊。
时　迁　（用眼睛瞟了店家一眼，不满意地）你别瞧我穿着不好，我可有俩好哥哥。
店　家　那么掏出来瞧瞧。（伸右手向时迁表示掏的动作）
时　迁　人么，怎能掏出来。（用左手水袖掸店家）
店　家　请出来见见。（双手拱请式）
时　迁　这不结啦。刚才进店的那俩人，头里走着有胡子那位。（时迁用右手在胸前比画胡须）
店　家　那是谁？
时　迁　那是你大爷，（用左手食指比画一字）后头跟着没胡子的那位——
店　家　那又是谁？
时　迁　那是你二爷。（伸右手用手指比画二字）
店　家　哪来两位爷啊？
时　迁　在下不才，是你一个人的三爷。（双手同时向胸前抖水袖后抓住亮相）
店　家　（生气地合扇子）哪儿来这么三位爷呀？
时　迁　你问问去。
店　家　我问问去，要是有这么回事便罢，要没这么回子事，你好比小孩子拉屎——（用扇子指画时迁）
时　迁　此话怎么讲？（上步伸右手指画店家）
店　家　你得挪挪窝儿。（伸右手拿扇子指前方）
时　迁　你问去吧，厮！
店　家　你等着吧，厮！
〔时迁转身正要奔“上场门”走，店家急转身拉时迁。
店　家　回来，回来！
时　迁　干什么？
店　家　我问去，你可别跑了。
时　迁　我跑了，哪儿睡觉去啊。
店　家　你等着吧。
时　迁　你问去吧。
〔**【小锣五击】**店家转身进门，小圆场至“小边”台口，抬左手扬水袖，从左至右在台口跳九步上楼，至“大边”。
店　家　二位客官，外面来了一个乞丐，（抬右手指前方）口称是二位的三弟。
杨　雄
石　秀　（同拱手式）三弟到了，快快有请。
店　家　是啦。唉！（至“大边”台口往“小边”走八步下楼，边走边念）我有眼不识金镶玉，错把茶壶当夜壶。他会有这么俩好哥哥。
〔店家边下楼出门自言自语。此时时迁也自言自语。
时　迁　我今儿个不住在他这儿便罢，要是住在他这儿，定偷“狗儿”的一个净光。
〔店家正出门与时迁相碰，此话正让店家听见，店家用扇子一挡时迁左手便追问。
【小锣一击】

店　家　哎，你要偷谁一个净光啊？
时　迁　（一呆，便转话题）你这俩耳朵，一个长的也没有哇。（抬右手指店家耳朵）
店　家　那个长了寒碜。
时　迁　我说的是昨儿个晚上我们住贼店，偷我们个净光。
店　家　我当你要偷我个净光呢。
时　迁　（背供）那咱们走着瞧吧。
店　家　（立即逼问）你说什么哪。
时　迁　店家，我问问你，你问了没有？
店　家　我问啦。
时　迁　有这么回事没有？
店　家　有。
时　迁　里头怎么说的？
店　家　里面说有请。（拱手）
时　迁　（惊喜地）有请。店家——　**【撕边大锣一击】**（双手抓水袖，跨右腿转身，双手后垂，腆着肚子。身子往后倾斜亮住）
店　家　（尊敬地）在这儿哪。
时　迁　带路。（双手后垂摇动水袖）
店　家　（面对台前背供指时迁）瞧这个酸劲儿。
时　迁　这是半口儿。
店　家　跟我进来吧。
「店家领时迁进门。店家小圆场挖到“小边”，时迁欲溜进“下场门”，店家忙拦住。
店　家　呃呃……回来，回来，你往哪儿“跻勾”呀？那后边有家眷。
时　迁　（恭敬地）外乡人儿，没出过门儿，不懂规矩，你告诉我，我就知道了。
店　家　这不告诉你了吗？
「店家又向“大边”走，时迁故意地向“小边”台口走，店家立即拦阻。
店　家　呃呃……你又往哪儿“跻勾”？那后边有狗！
时　迁　（故意地问）怎么喳，有狗？（立刻蹲下右手抱腿高喊）哎呀我的妈呀，咬了我啦。
店　家　（讥笑地）你可真着说。有狗还没撒开哪。
时　迁　（看了一眼店家，随后又看自己的右腿）我说不疼哪。
「店家又领时迁小圆场，至“小边”台口。时迁站右、店家站左边。
时　迁　哎，店家，你们这儿怎么这么厌儿故啊？（指楼上）
店　家　怎么厌儿故啦？
时　迁　怎么房子摞房子呀？（指楼上）
店　家　你真怯勺，这是楼。
时　迁　怎么这么高哇？
店　家　楼么不高，这是走马楼。
时　迁　到了我们那儿啊不叫走马楼。
店　家　（追问时迁）叫什么楼？
时　迁　叫走牛楼。
店　家　又走牛楼啦！（向时迁抖水袖）

时　迁　（指楼上）你看上边有俩犄角。**【小锣一击】**

店　家　你别招说了！**【小锣一击】**

时　迁　我俩哥哥在上头哪？（指楼上）

店　家　在上头哪。（抬左手指楼上）你瞧去。

时　迁　带我上楼。

［**【大锣五击】**时迁抬左手扬水袖，轻巧地向“大边”台口走九步上楼，至“大边”台口突然转身，双手向后扬起，头顶住店家肚子，快速向“小边”楼下滑去。**【撕边大锣一击】**时迁故意装作心跳惊吓的样子。

时　迁　（假做惊吓神态）哎哟，我的妈哪！

店　家　（生气地）嘿，嘿，嘿！你怎么来个倒溜呀，这要是摔着是闹着玩儿的吗？

时　迁　店家，（指楼上）上头明晃晃的扎巴溜丢的，那是什么？

店　家　（指“大边”台口上方）那是兵器。

时　迁　开店就结啦，干吗还要兵器呀？

店　家　此地离梁山不远，提防那些小蟊贼的。

时　迁　噢，他们老爷们哪？

店　家　小蟊贼。

时　迁　（抬左手指楼上）店家我问你，那头一样叫什么？

店　家　（右手揣扇，左手指“大边”台口）那头一样，是刀。

时　迁　（故作糊涂）刀快吗？

店　家　刀有不快的？

时　迁　那二样哪？

店　家　二样是枪。

时　迁　不用说，扎上一窟窿。（用双手比画圆形）

店　家　那还用你说。

时　迁　噢，我问你那个，那个……

店　家　（不耐烦地）你怎么全不知道哇？

时　迁　我知道还问你。

店　家　听我告诉你！你问的是那个？**【撕边小锣一击】**

［店家向右侧前方上步，抬右手用扇子指点，时迁在店家背后，也伸出右手指画。

时　迁　我问的是这……

店　家　（边指边念）刀、枪、剑、戟、斧、钺、钩、叉、鞭、锏、锤、抓……

［**【小锣一击】**时迁偷店家的蓝毡帽，很快夹在左胳膊胳肢窝底下，用右手仍然指画。

时　迁　那叫什么？

店　家　那叫抓。

时　迁　底下耷拉着的哪？

店　家　黄绒绳。

时　迁　到我们那儿不叫抓。

店　家　叫什么？

时　迁　叫拿。（用右手比画抓的动作）

店　家　抓、拿一个样。

时　迁　对，抓、拿一个样。我俩哥哥可在楼上？

店　家　现在楼上。

时　迁　我会点儿异样玩意儿。

店　家　什么异样的玩意儿？

时　迁　我会倒上楼。

店　家　我瞧你这个倒上楼。

〔连续【大锣紧一击】时迁用右手与店家扬水袖“一盖”，上左步转身面对店家，从“小边”台口向后横跳九步至“大边”台口，表示倒上楼，随后从“大边”台口，快步至“小边”上椅子，坐在椅子背上，右腿搭在左腿上坐下。

时　迁　（向杨雄、石秀拱手）二位哥哥。

杨　雄
石　秀　（同）三弟到了，请坐。

时　迁　坐着。

杨　雄
石　秀　（同）三弟为何来迟？

时　迁　店家瞧我穿着不好，不叫我进来。

杨　雄
石　秀　（同）他不认识于你。

时　迁　他瞧不起我呀。

杨　雄
石　秀　（同）不要计较于他。

时　迁　我没理他呀。（用右手指店家）

〔店家站“大边”向三位客官施礼。

店　家　三位客官在上，小店家这儿有礼啦。（拜揖）

杨　雄
石　秀　（同）衣帽不周，见的什么礼。

时　迁　二位哥哥，少管闲事。

店　家　（莫名其妙地）什么衣帽不周？！想这一带开店的我不数第一，也得数第二，就说我这身上穿的、（看看身上黑褶子）头上戴的，（摸头上帽子，突然发现丢失）【小锣一击】哎，我帽子哪儿去啦？我刚才还戴着呢……

〔店家到桌前找帽子。

时　迁　二位哥哥，这小子贼眉鼠眼，不是好人。

杨　雄
石　秀　（同）大家小心。

店　家　（惊奇地）什么！我倒不是好人啦？【小锣一击】（打量时迁）啊，刚才那小子上楼的时候，我说是走马楼，他说是走牛楼。又数兵器，我说是抓，他说是拿，（用左手比画拿的动作）不用说这帽子叫他给拿了去啦。是不是的，我问问他。

〔店家站“大边”用右手打扇，拿扇子挡住杨雄、石秀，打手势，“哨”时迁过来。时迁发现店家“哨”自己，便抬右手用食指指鼻尖出怪相示意。下椅子走到台正中。

店　家　（向时迁作揖）大台！（注：“台”字读第一声）

时　迁　二台！
店　家　哪来这么两台呀？
时　迁　什么事？
店　家　我丢了东西啦。
时　迁　我怎么刚进来，你就丢东西啦？（用左手指鼻子）
店　家　你刚进来就偷嘛。（用右手里的扇子，在时迁眼前指画）
时　迁　你丢了什么东西啦？
店　家　帽子。（用扇子指头部）
时　迁　什么样儿的？
店　家　蓝毡帽。
时　迁　在哪儿放着呢？
店　家　头上戴着。（抬右手用扇子指脑袋）您见着啦，给我吧！
时　迁　（故意地）没见着。（摇头）
店　家　（满脸陪笑地）别介，刚才上楼的时候，楼梯高，风大，刮掉啦，您要捡着，您赏给我。（向时迁作揖）
时　迁　你说这话我明白啦，刚才楼梯高，风大，刮掉啦，我要是捡着赏给你是不是？（抬左手指店家）哈哈哈……
店　家　（连连点头）对啦，对啦。
时　迁　（抓着店家右耳边）没见。（转身欲归座）
店　家　（急忙拉时迁）什么没见，那我要搜搜你。
时　迁　（惊奇地）你搜哪儿？（往后退两步）
店　家　我搜你的胳膊。（用扇子指胳膊）
时　迁　搜哪只？
店　家　（指时迁右胳膊）搜你这只。
时　迁　搜这只！（时迁面朝里，伸出右胳膊让店家搜）
　　　　〔店家从手往腰搜。随后推时迁。
店　家　那只。
时　迁　（快速原地旋转，又伸出右胳膊让店家搜）给你这只！
　　　　〔店家推时迁旋转。
店　家　那只，那只！
　　　　〔时迁不停地向左旋转。被店家从左胳膊胳肢窝底下搜出蓝毡帽。
店　家　这是什么？
时　迁　帽子。
店　家　怎么会跑你那里去啦？
时　迁　（嘻笑地）我跟你闹着玩儿哪。
店　家　（边说边戴蓝毡帽）瞧见是闹着玩儿哪，瞧不见帽子归你啦。
　　　　〔时迁转身仍回到“小边”跨椅，坐在椅子背上。
时　迁　店家，店家！
店　家　在这儿哪。
时　迁　肚子饿啦，有什么吃的没有？

店　家　早齐晚不齐，剩下烙薄饼摊鸡蛋。

时　迁　好极啦。你给我烙十斤薄饼，摊五十鸡蛋，鸡蛋得啦，大大地抓上一把炉灰。（抬右手做抓炉灰的动作）

店　家　这是怎么个吃法？

时　迁　太爷爱吃这个牙碜劲儿。

店　家　（边走到“大边”台口，下楼）吃不吃的我给你要去，上你的账。

〔**【小锣一击】**店家下楼至“上场门”向内喊。

店　家　伙计们，烙十斤薄饼，摊五十鸡蛋，鸡蛋得啦，大大地抓上一把炉灰。**【小锣一击】**

〔“上场门”内伙计搭架子：“掌柜的收房银二十两。”

店　家　我没工夫，你们先拿着吧。

〔时迁坐在椅背，突然听到“收房银二十两”，立即眼珠一转，计上心来。**【小锣一击】**

〔幕内店伙：“我们没地方收，你拿着吧。”

店　家　（朝“上场门”喊）你们拿着吧。

〔幕内店伙：“你拿着吧。”店家走进“上场门”接银子。这时时迁从椅子上跳下来，呼喊店家。

时　迁　（高喊）店家呀，店家！

店　家　来啦，来啦！

〔**【小锣一击】**店家赶快跑上楼，时迁捂着肚子装肚疼。

店　家　来啦，来啦。你嚷什么？

时　迁　昨天晚上住的店家睡的是凉炕，冰了我肚子啦，我要拉稀。**【小锣一击】**

店　家　（上前搀时迁）下楼拉去。

时　迁　我就这儿拉吧。（边说边蹲下）

店　家　那可不行，你跟我下楼去。

〔**【小锣一击】**店家搀时迁，时迁在前，店家在后，面对面时迁倒下楼。时迁顺手偷去店家怀里的银子。走到楼下，时迁转身到“大边”。

店　家　你顺我手儿瞧，（指“下场门”）进那个门就是茅房，有两块砖，你蹬住喽，别掉里头。

〔时迁捂着肚子向“下场门”转身回头发现店家站在“小边”台口。时迁从怀里取出银子，在右手里得意地一扔接住，又放在怀里，挺起胸来笑着向店家走去。

店　家　你怎么不拉啦？

时　迁　我不拉啦。

店　家　哈哈，刚才在楼上，你风是风火是火要拉屎。这会儿你又不拉啦。不行！不拉你也得给我蹲会儿。（用左手揪着时迁右耳朵往下拉）**【小锣一击】**

时　迁　得啦，这屎拉不拉的在我，你管得着吗！

店　家　谁管你这个。（背供）这小子，真是滚刀筋。

时　迁　店家，摊鸡蛋烙薄饼得了没有？

店　家　我给你问问去。

时　迁　（拉一下店家）别问了，随我来。

〔**【撕边镲锅抽头】**时迁小圆场，店家后面跟随，时迁走至“小边”台口，抬右手扬水袖，快步上楼，九步至“大边”台口，时迁向楼下对店家喊。

时　迁　不要啦！

店　家　要不要的上你的账。（转身向“上场门”问）伙计们，摊鸡蛋烙薄饼得了没有？

〔“上场门”幕内店伙：“没有调和。”

店　家　拿银子去买。

〔“上场门”幕内店伙：“银子交给你啦。”

店　家　我没拿呀。

〔“上场门”幕内店伙：“刚才不是交给你了吗。”

店　家　多咱交给我啦？（用左手摸衣襟）

〔“上场门”幕内店伙：“交给你啦，你想想吧。”

店　家　（边摸衣襟边想，突然一惊）对，刚才收的房银子是交给我啦！【小锣一击】刚才上楼的时候，那小子偷我的帽子，那么个工夫，这小子又在楼上风是风火是火要拉屎，我揪着他下楼，不用说这个银子叫这小子顺手给偷了去啦。（拿扇子轻轻敲头部思索）【小锣一击】是不是的还得问问他。

〔【小锣五击】店家扬左手水袖快步上楼，寻视四周；时迁出相指店家。

时　迁　二位哥哥，这小子三番两次乱找，大概要偷咱们。

杨　雄
石　秀　（同）大家小心。

时　迁　对啦，咱们得留点神。

店　家　（打扇背供）您瞧，我丢了银子，他倒要留点神，我倒要偷他了?!【小锣镲锅一击】我还得问问他。

〔店家抬右手打扇挡住杨雄、石秀，用左手扬水袖哨时迁。时迁向店家出相，伸右手指自己鼻尖，点头下椅子走至店家跟前。

店　家　（向时迁作揖）大台。

时　迁　二台！

店　家　又来啦。

时　迁　又是什么事？

店　家　我又丢了东西啦。

时　迁　（故作惊讶）啊！你怎么直丢啊？

店　家　你直偷嘛。

时　迁　你又丢了什么啦？

店　家　银子。

时　迁　二十两白毛头纸包着，上头贴着个红纸条儿对不对？

店　家　（高兴地拿扇子拍打左手）对啦，对啦！您捡着啦？

时　迁　（一本正经地）哈哈哈……没见！

店　家　哎，客官这银子可不比帽子，帽子可比不得银子，我们店小本少，您要是捡着了，（把扇子递交到左手，伸右手向时迁要银子）赏给小店家我吧。（作揖）

时　迁　你说这话我明白啦，银子比不得帽子，帽子比不得银子，你的店小本少，我要是捡着了，赏给你是不是？

店　家　（连连点头）对啦，对啦。

时　迁　（坚定地向店家表示）还是没见！
店　家　（生气地）没见不成，我还要搜你！
时　迁　（故作发火地）哈哈！你搜出理来啦。你搜得出来怎么样？搜不出来怎么样？（双手轻拍后向店家敞开）
店　家　要是从你身上搜出这个银子来，把你们哥仨送到当官，打板子、上拶子，你们哥仨算输给我啦。（用右手拍打腰部）
时　迁　要是搜不出来哪？
店　家　搜不出来呀，就算罢了。（扇子插在脖子上，双手轻拍）
时　迁　没那便宜的事。
〔【小锣一击】时迁欲走，店家忙拉住时迁。
店　家　搜不出来呀，你们哥仨住店的这个店钱……
时　迁　啊——
店　家　吃饭的这个饭钱——
时　迁　怎么样？
店　家　全是小店家我付啦。（用右手拍打腰部）
时　迁　你说这话我明白啦，你要是从我身上搜出银子来，把我们哥仨送到当官，打板子、上拶子，我们哥仨算输你啦。要是搜不出来，我们哥仨住店的这个店钱，吃饭的这个饭钱，还有灯台这根蜡……【小锣镲锅一击】（抬右腿向左翻身踹右腿时，店家快速抓住时迁白毡帽）【小锣一击】
店　家　我先搜你的帽子！
〔店家拿过时迁白毡帽里外搜，没发现银子。时迁拿回帽子，用右手挑着白毡帽。
时　迁　有没有？
店　家　没有。
时　迁　咱们可就许搜一回，不许搜二来来。（伸左手指指店家）
店　家　我不搜二来来。（抬右手摆动）
时　迁　（接过白毡帽）搜完啦，搁在哪儿？
店　家　搁在那边儿。（伸右手指“小边”台口）
〔时迁把银子藏在白毡帽里，放在“小边”台口地毯上。
时　迁　还搜哪儿？（伸开双臂对店家白）
店　家　还搜你的衣服，脱哇。
〔时迁将白绸腰包解下来，交给店家看。
时　迁　给你瞧。
〔店家接过腰包左看右看，时迁伸右手又去摸店家内衣。
店　家　呃，呃，是我搜你哪，还是你搜我哪？
时　迁　（顽皮地）搜谁还不是一样啊。有没有？
店　家　没有，放那边。
〔时迁拿过腰包放在白毡帽上面。
时　迁　还搜哪儿？
店　家　把这个脱下来。
时　迁　店家，我可有个脾气，你接着。

〔时迁先向店家递右胳膊，再递左胳膊，**【撕边大锣一击】**店家抓住蓝布大袖上衣，时迁从下面一缩，便把大袖衣服脱下来。

店　家　这是怎么脱法？

时　迁　这叫仙人脱衣。

〔店家拿着衣服左右看，没搜着银子便把衣服交给时迁。仍放在“小边”台口。

时　迁　你还搜哪儿？

店　家　搜你这左腿。

时　迁　（故意地）我哪条是左腿呀？

店　家　这小子连左腿都不知道。（指时迁左腿）就是这条。

时　迁　噢，这条哇。

〔时迁抬起左腿，这会儿店家斜身跪下左腿，时迁把左腿放在店家的右肩膀上。店家双手搜时迁的左腿，没搜着。时迁顺手把店家插在脖子后边的扇子拿过，打开扇子搧拍。

店　家　呃，呃，这是你的吗？

时　迁　我说拿着别扭哪。

〔店家从时迁手里抢过扇子，又插在脖子右边。

店　家　抬起那条腿。

〔时迁故意用双手抱着右腿往起蹦。**【小锣、镲锅两击】**

时　迁　你讲理不讲理？

店　家　怎么？

时　迁　你不把我的左腿给放下来，我怎么抬右腿呀？

店　家　你不会放下这条再抬那条吗。

时　迁　好，放下这条，抬那条——

〔**【撕边、小锣、镲锅一击】**时迁快速放下左腿，抬右腿把店家蓝毡帽夹在腿上，旋转。店家从时迁腿上抢过自己的蓝毡帽，戴在头上。

店　家　嘿，嘿，嘿！好哇，腿比手还快哪。

时　迁　有没有？

店　家　没有。这银子走了鳖啦。

时　迁　（故意地）便宜你爹啦。

店　家　什么？

时　迁　（抢白）这个银子你在我身上搜出来没有？（伸左手抓住店家）

店　家　没搜出来。

时　迁　（突然变脸发脾气）哈哈！你赖我偷你二十两银子，我是那偷人的人吗，你屈赖好人，我跟你没完！

〔时迁故意装哭坐在地上不起来。店家温和地劝时迁。

店　家　唉，你别哭，你别哭。刚才我说的那点儿小意思全是小店家我的啦，还不成吗？

〔时迁抬头看了看店家，站起来狠狠打了店家一嘴巴。

时　迁　招打！

〔**【小锣、镲锅一击】**店家立刻跑下楼去。时迁抱着衣服到“上场门”内穿好。

店　家　（捂着脸，向“上场门”喊）好打，好打！伙计们关门放狗挡鸡窝，店里不留住闲人啦。今晚上可要多留点儿神。

〔店家捂着脸，从“下场门”下。

〔起初更。时迁穿好衣服又坐在椅背上。

杨　雄
石　秀　（同）三弟因何与店家吵闹起来。

时　迁　他赖我偷他二十两银子。

杨　雄
石　秀　（同）你可曾偷了他没有？

时　迁　谁偷他的啦？（从怀里取出银子）顺手摸的。

杨　雄
石　秀　（同）发还与他吧。

时　迁　不能。咱们留着用。

杨　雄
石　秀　（同）我们不用。

时　迁　二位哥哥不用，我用。（把银子又放回怀里）

杨　雄　（右手拍桌）想俺杨雄乎！

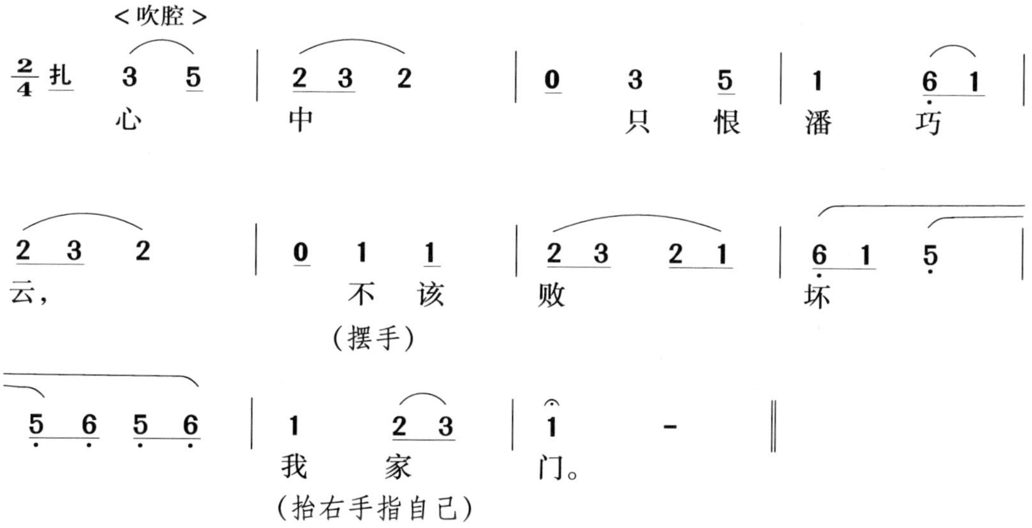

〔幕内鸡叫声。

时　迁　（念）谯楼鼓起声高！

〔时迁从椅子上“双飞燕”跳到“大边”台口。**【小锣、镲锅抽头】**九步从“大边”台口快速下楼，至台正中。

时　迁　东瞧，**【小锣、镲锅一击】**（抬右手扬水袖望“下场门”）西望，**【小锣、镲锅（另才）】**（抬左手扬水袖望“上场门”）两三遭，又听得金鸡报晓，（抬左手指“下场门”）将他窃取**【小锣、镲锅收头】**（双手向外同翻）权当酒肴。（右手比画圆形示为酒杯）哎呀慢着。（左手向外翻，眼睛四周巡视）二位哥哥喝酒正没有酒菜哪，不免偷他的鸡，有何不可！

〔**【撕边、小锣、钗锅一击】**时迁敏捷干净地走“旋子”，**【小锣、镲锅抽头】**时迁“走矮子”，至“下场门”内偷鸡。时迁左手抱鸡探头巡视四周，转身用右手关好鸡窝门，向左侧转身至舞台正中。

时　迁　（念）<扑灯蛾>

金鸡用火烧，金鸡用火烧，钢刀宰杀毛先燎，钢刀宰杀【小锣、镲锅收头】毛先燎。（把鸡放在地上，用右腿踩住鸡脖子）“哏儿、哏儿”我叫你狗儿日的活一会儿。（左手抱鸡，右手用水袖遮住鸡，转身望“下场门”）鸡是有啦，生着怎么吃啊？（望“下场门”厨房【风锣】）有咪！不免厨房取火，做个煨鸡吃吃！

〔【二更鼓】【撕边八大仓】时迁拿着鸡从“小边”台口翻“踝子漫子”至“下场门”暗下。

石　秀　呀，想俺石秀乎！（右手拍桌子忧愁地）

<吹腔>

2/4 扎 3 5 | 2 3 2 | 0 3 5 | 1 6̣ 1 |
只 为 不 忿 抱 不

2 3 2 | 0 1 1 | 2 3 2 1 | 6̣ 1 5̣ |
平， 酒 楼 借 刀

5̣ 6̣ 5̣ 6̣ | 1 2 3 | 1 – ‖
杀 浮 僧。

（抬右手做杀人动作）

〔【小锣、镲锅抽头】时迁手托红木盘，盘内放着点着的灯台、鸡、一个鸡爪、一酒壶、一酒杯、一把小刀和数张三寸见方的火纸，从“上场门”上。

时　迁　（念）金鸡用火烧（重复一句），

钢刀宰杀毛先燎，【小锣、镲锅收头】（边念边从“小边”台口至“大边”上楼，至桌前）（把红木盘放在桌上）

二位哥哥，吃鸡。

杨　雄
石　秀　（同）哪里来的？

时　迁　买来的。

杨　雄
石　秀　（同）我们不用。（二人摆手）

时　迁　二位哥哥不用，我用。（坐在“小边”跨椅上，先自斟一杯酒，随后拿小刀在木盘里切割鸡肉，便拿起三寸见方的火纸，卷成一个喇叭形的火纸筒，向杨雄、石秀举起）二位哥哥吃这个。

杨　雄
石　秀　（同）这是什么？

时　迁　鸡翅膀子，它还有个名儿。

杨　雄
石　秀　（同）叫什么？
时　迁　凤凰单展翅。
杨　雄
石　秀　（同）好名堂。

〔时迁把卷好的火纸筒在灯台上点着，用手指捅捅火纸灰，立即放进嘴里“吃火”，随之从嘴里吐出黑烟，故作咀嚼鸡肉美滋滋的神态，又端起酒杯喝酒。放下酒杯又拿起小刀切鸡肉。时迁又拿起一张火纸，卷成喇叭筒举起来。

时　迁　二位哥哥吃这个。
杨　雄
石　秀　（同）这是什么？
时　迁　鸡胸脯，也有个名儿。
杨　雄
石　秀　（同）叫什么？
时　迁　当朝一品。
杨　雄
石　秀　（同）我们不用。
时　迁　二位哥哥不用，我用。

〔时迁右手拿着火纸卷成的喇叭筒，在灯台上点着，用左手指把火纸灰捅进火纸卷成的喇叭筒里，立刻放入嘴里，吐出一串燃烧的红火纸灰，随后又拿着小刀在盘里切几下，又用火纸卷成喇叭筒，向杨雄、石秀讲。

时　迁　二位哥哥吃这个。
杨　雄
石　秀　（同）这又是什么？
时　迁　鸡屁股，也有个名儿。
杨　雄
石　秀　（同）叫什么？
时　迁　后军都督府。
杨　雄
石　秀　（同）我们不用。（抬右手向时迁摆动）
时　迁　我用。

〔时迁又拿着火纸卷成的喇叭筒，在灯台上点着放到嘴里，立刻闭住嘴假装嘴里嚼鸡肉，脸上表现出美滋滋的神态，突然把嘴又张开，只见火纸仍在嘴里燃烧，他又从嘴里把燃烧的火纸拿出来，看了看立即又放嘴里。

时　迁　有味没味吃个热乎劲儿。[①]（端起酒杯又喝了一杯）二位哥哥吃这个。
杨　雄
石　秀　（同）又是什么？
时　迁　（从红木盘里拿出一个真鸡爪）鸡爪子，这也有名儿。

---

① 时迁三番“吃火”各不相同，叶盛章扮演时迁“吃火”是绝技，颇受观众称赞。

杨　雄
石　秀　（同）叫什么？

时　迁　独立朝纲。

杨　雄
石　秀　（同）我们不用。

时　迁　二位哥哥不用，我用。

〔时迁拿着鸡爪子咬了几下。

时　迁　嘿，塞牙，不吃啦。（把鸡爪子扔到台正中，转身把盘里的酒壶、酒杯和小刀等物，送到“上场门”内，又坐在“小边”跨椅椅子背上）

杨　雄
石　秀　（同）三弟此番到了梁山，你有何本领？

时　迁　若问小弟的本领，二位哥哥听了！

〔**【小锣、镲锅抽头】**时迁站在椅子上，拉“山膀”，转身从椅子上翻“单提”下来，在舞台正中。下列每句念白、动作之后，加小锣**【二、三锣】**

时　迁　练就飞檐走壁，（转身上右脚，跨左腿双手“云手”耍水袖至“大边”台口，前弓后箭伸右臂前指）玉皇殿前施身无影；（转身退右腿，舞水袖，“单漫子”）天孙织女，我偷她三尺真绒；（扬左手水袖，右手做偷盗的姿态正场亮矮相）骊龙颌下珠藏入，（长身双手快速在胸前交叉，右腿“金鸡独立”左腿提起左右摆动）犀牛出现锯角作弓。（向右转身双手舞水袖）老君怕我，（向正场迈右腿前弓后箭，左手前指）他把那仙丹来送！（收右腿，提左腿“金鸡独立”，双手上下舞动水袖，随着舞动左右手水袖，高矮相反复三次提左腿站住亮相）**【小锣、镲锅三击】**

杨　雄
石　秀　（同）好本领！（二人同伸右手挑拇指夸赞）天到什么时候了？

时　迁　我听听什么时候啦。

〔时迁向左转身，抬右胳膊伸出手指向“上场门”数三更。鼓锣打**【三更】**

时　迁　二位哥哥，三更天啦。

杨　雄
石　秀　（同）天时不早，我们要安歇去了。

〔杨雄把桌上灯台拿走，石秀拿棍二人从“下场门”下。时迁目送杨雄、石秀，用左手放在嘴边有意地向楼下高喊。

时　迁　睡觉喽——

〔**【撕边、小锣、镲锅一击】**时迁摘掉头上白毡帽。向右转身，“飞脚”上桌子，仰面朝天躺在桌上。

〔**【小锣五击】**店家左手端蜡灯，从“上场门”上。

店　家　金鸡不叫，<数板>金鸡不叫好心焦——

〔此时时迁从桌上悄悄下来，走“矮子”至“大边”台口，走“矮子”下楼，一直跟随店家身后走“矮子”，至店家左侧。

店　家　（接念）拿灯去照，门户却好。（走至“下场门”再返回舞台正中）明日里当官去告，打量客官难逃，客官难逃。（把蜡灯交到右手端着）哎呀慢着，**【小锣一击】**天都三更啦，鸡怎么不叫哇，我瞧瞧去。

「店家走至“下场门”时迁仍走“矮子”紧紧跟踪。

店　家　我拿灯照照。

「**【小锣一击】**时迁把店家右手里的灯吹灭。

店　家　（惊奇地）啊?!没风灯怎么灭啦？柜房儿里点去。

「店家向左转身要去“上场门”柜房点灯。时迁揪店家衣下角不放。

店　家　什么东西?

「时迁学狗叫。

店　家　花子。

时　迁　四眼。

店　家　花子，是我！（低头向腿下看）

时　迁　咬的就是你！

店　家　（惊奇地）狗怎么会说话啊？灯不点啦。

「店家把蜡灯扔向“下场门”，店家小心翼翼地在舞台正中双手扬水袖走摸黑圆场。**【撕边】**时迁随着店家走圆场，两圈“旋子”。二人配合严紧。**【大锣一击】**

「店家扬水袖从“大边”轻轻摸黑至台中，用水袖与时迁一遮、两遮，时迁与店家对脸，店家抬右手猛打时迁，时迁机警地躲在左侧，奔“上场门”，**【撕边大锣一击】**店家扑空险些跌倒。时迁在“九龙口”处双手抖水袖，店家转身发现白光，点头判断时迁在那里，于是猛扑向“九龙口”处，时迁走“高毛”，蹿过店家头顶，至“大边”台口“拿顶”，店家至“九店口”扑空，左转身发现“大边”台口有人影，于是悄悄扑过去，时迁灵巧地“拿三角顶”，收回双腿，从店家裤裆里穿过去。时迁走“矮子”快速上楼，躺在“大边”台口楼门口处头朝外假意睡觉。

时　迁　一呼。（表示“打呼噜”声）

店　家　（四周观察）楼上瞧瞧去。**【撕边小锣、镲锅一击】**

「店家提褶子上楼，突然发现时迁在楼口睡觉。

店　家　这小子枕着楼门口睡啦，我躁狗儿的脑袋。（注：狗字按第二声念）

「**【撕边小锣、镲锅一击】**店家抬左腿踩时迁头，时迁机敏地起来，直奔正中桌子上拿起一把顶。使店家踩空。

时　迁　（在桌上拿顶喊）二呼。

「店家此时悄悄摸黑走到桌子旁边，双手正摸到时迁双腿，此刻时迁用双脚把店家头上的蓝毡帽轻轻夹起来。**【撕边小锣、镲锅一击】**

店　家　（自言自语地)这小子拿着大顶就睡啦。我咬狗儿的鼻子。（注：狗字按第二声念）

「这时时迁轻轻放下腿，站在桌上把店家的蓝毡帽放在怀里，趁店家走过来，把自己的白毡帽戴在店家头上。

「**【撕边、小锣、镲锅一击】**店家站在桌旁左右扬水袖摸时迁，时迁轻快地围着桌子四角，配合店家摸左右跳来跳去。最后打店家嘴巴，躺在桌上睡觉。

时　迁　还是二呼。

「店家突然在台中间发现鸡爪子。

店　家　鸡爪子有啦。（向“上场门”喊）伙计们，拿贼呀！

「**【冲头】**杨雄、石秀从“下场门”上，站“大边”。

杨　雄
石　秀 （同）店家，哪里有贼？

店　家 二位客官少管闲事。天不早啦，你们该趱路啦。

杨　雄
石　秀 （同）店钱在此。（把钱交与店家）三弟醒来，就说我二人在前面等候于他。

店　家 是啦。（作揖）

〔【冲头】店家领杨雄、石秀下楼，小圆场店家正场开店门后站“小边”，让杨雄、石秀出门，杨雄、石秀从“下场门”下。店家反圆场，上楼后，站在“大边”楼口。

店　家 我把楼梯撤啦！

〔店家站“大边”台口，双手搬楼梯【撕边】，往正面“小边”台口一扔。【大锣一击】店家走近正场桌，拍打桌子。

店　家 醒醒，醒醒！（站“大边”）

时　迁 （躺在桌子上）店家呀，好冷啊，你给我盖上点儿。

店　家 你带着被褥来了吗？

时　迁 带来了。被窝当票。

店　家 又当票了。没有！我看你没被窝怎盖？

时　迁 没有？我说盖就盖，盖上啦！

〔【撕边、小锣、镲锅一击】时迁用双腿往头部一合。

店　家 他用腿当被窝。我看你怎么翻身。

时　迁 这就不能翻身啦？说翻身就翻身，翻身啦——

〔【撕边、小锣、镲锅一击】时迁躺在桌上，双手抓住头部两侧桌边，双腿慢慢挺直往后翻，从桌上“倒毛”翻下来，躺在“小边”跨椅上又故意装睡着了。

店　家 这小子坐着又睡啦。醒醒，醒醒！

〔【撕边、小锣、镲锅一击】店家走近时迁推他，仍不醒，用力把时迁往前一推，时迁从椅子上翻“小毛”变“扑虎”，面朝地又装睡觉。

店　家 这小子火龙的脑袋——一擦就着。我造狗日的脖子！

〔【撕边、小锣、镲锅一击】店家用右脚狠造时迁脖子，时迁缩回身子走“倒毛”、“入洞儿”坐在地上。

时　迁 （有意识地）店家呀，好咬，好咬。

店　家 好偷哇，好偷。

时　迁 这小子溜溜的搅了我这么一宿。

店　家 这小子溜溜的偷了我这么一宿。

时　迁 （四处巡视）我俩哥哥哪？（站起来问店家）

店　家 走啦。

时　迁 哈哈好孱头哥哥，一声不言语就走啦。

店　家 这小子连他们哥儿俩他还骂哪。

〔时迁转身至桌后，拿行李卷扛起欲走，被店家拦住。

店　家 哪儿去？

时　迁 下楼找我俩哥哥去。

店　家　（抬左手挡住时迁）等等，我又丢了东西啦！【小锣、镲锅一击】
时　迁　你又丢了什么啦？
店　家　鸡！【小锣一击】
时　迁　鸡啊，我吃啦。
店　家　啊！（生气地）那是我的宝贝鸡！
时　迁　宝贝鸡还塞牙？
店　家　宝贝鸡就不塞牙啦？
时　迁　宝贝鸡有什么好处？
店　家　（抬右手比画一字）打一更叫一声。
时　迁　（抬左手比画二字）二更？
店　家　二声！
时　迁　（抬左手比画出三手指）三更？
店　家　三声！
时　迁　（左手继续比画出四手指）四更？
店　家　四声！
时　迁　（左手出五个手指）五更？
店　家　五声！
时　迁　（左手比画八字）八更？
店　家　没那么些个更。（向时迁抖右手水袖）就把你打死给我的鸡抵偿，你都不配！
时　迁　要说别的能让你三分，要是讲打，太爷能打三天三宿，不吃饭、不喝水、不睡觉、不拉屎！说打说打！【小锣、镲锅一击】

〔时迁立刻抱着小行李卷乱跳，店家忙拦。

店　家　慢着，慢着。留神我的楼板。你这是怎么个打法？
时　迁　太爷有这个憋劲。（右手抚摸肚子）哪儿打去？
店　家　楼底下。（伸右手指楼下）
时　迁　走！

〔【撕边、小锣、镲锅一击】时迁扛着行李卷，转身奔“大边”楼口，走至楼口正迈步因店家把楼梯撤掉，时迁险些掉下楼去。

时　迁　哎，店家，你怎么把楼梯给撤啦？
店　家　怕你这小子跑了。
时　迁　那我怎么下去？
店　家　那就不能下去啦，你瞧着！（时迁退后，店家站在楼口）

〔【撕边、大锣一击】店家从“大边”台口向“小边”台口打“飞脚”（有打一个的，也有打“串飞脚”的）表示下楼。

店　家　那小子你下来呀。
时　迁　（看了看店家，便坐在楼口）店家呀，我这儿等你，你爱上来不上来。
店　家　（站“小边”台口，抬左手指时迁）这小子没主意啦，看你怎么下来？
时　迁　这就不能下去啦？店家呀接着，——仨花儿、俩花儿还有一单儿。

〔时迁背对店家，站在“大边”台口，把小行李卷在左边一甩，右边一甩，从头上把行李往背后楼下一扔，店家接小行李卷。【撕边、小锣、镲锅一击】时迁从“大边”向后翻“串小翻挂提”表示下楼。店家把行李卷送到“上场门”后，站“小边”。

店　家　你讲文打，还是讲武打。

时　迁　文打怎么说，武打怎么讲？

店　家　文打呀，穿着衣裳，戴着帽子；武打脱了衣裳，摘了帽子，我一拳！（伸右手打时迁）

时　迁　我一腿！

〔**【小锣、镲锅一击】**时迁机敏地用左手一搪店家上面一拳，立即用左腿踢店家一脚，店家忙挡。

店　家　这小子好快的腿啊。

时　迁　你的拳头也不慢哪。我算算文打、武打。文打穿着衣裳，戴着帽子；武打，脱了衣服，摘了帽子。

店　家　武打！我脱衣裳。

时　迁　我摘帽子。

〔时迁摘自己头上的帽子，突然发现自己的白毡帽在店家头上戴着，假装生气地一把抓住店家的脖领。**【小锣、镲锅一击】**

时　迁　（故意地高喊）哈哈，好哇！店家你偷了我啦！

店　家　（莫名其妙地）我怎么倒会偷了你啦？

时　迁　你戴的是什么毡帽？（抬右手指脑袋）

店　家　我戴的是蓝毡帽。

时　迁　你摘下来瞧，你戴的是什么毡帽。

店　家　（摘下帽子）哟！怎么会是白的，（把白毡帽扔在地上）我柜房戴出来的是蓝的，怎么会是白的，这是谁的哪？

时　迁　是我的。（弯腰从地上捡起白毡帽掸了掸）

店　家　我的蓝毡帽哪？（伸左手向时迁要帽子）

时　迁　在这儿哪。（从怀里取出蓝毡帽，交给店家）

店　家　你拿过来吧！（从时迁手里抢过蓝毡帽）你什么时候偷的？

时　迁　睡着了，撒呓症。

店　家　这小子睡着了都偷人。咱们脱了招伙招伙。

时　迁　好。

〔店家脱了外边黑缎子褶子，抖开铺在“大边”靠近“下场门”地上。时迁进“上场门”内脱去蓝布大袖、腰包，穿斜膀子黑绸子坎肩上，至台正中与店家比试。时迁故意装作矮小无精神的样子。

店　家　（抬右手指时迁）就瞧你这个样，不要说是打，就我这么一扒拉，你就一筋斗。

〔**【撕边、大锣一击】**店家用右手扒拉时迁后背，时迁朝着店家铺好黑褶子处走“小毛”，“小毛”起来，便把店家黑褶子穿好，时迁前面跑，店家后面追，圆场归正场。店家站“大边”，时迁站“小边”，店家抓住时迁。

店　家　嘿，嘿，嘿，你穿着合适吗？

时　迁　（顽皮地）哈哈，我说穿着长点儿哪。（看看穿着不合身）

店　家　脱下来，你也配穿我的衣裳。（店家从时迁身上脱黑褶子，放到“下场门”内）招伙招伙！

时　迁　着打吧。

〔【急急风】时迁与店家打手把子“斗虎扯”，时迁踢店家“抢背”,【四击头】亮相。

时　迁　（念）店家无礼把我欺！

店　家　（念）你不该偷我的宝贝鸡。

〔【急急风】时迁与店家继续手把子对打，“一过合、两过合”，“幺二三，搭叉转身”，“往外一盖，往里一盖”时迁打店家三拳，轰起来向外双转身，抓店家左手腕。时迁用头顶店家胸部，店家双手捂胸部，时迁“过合”跳跃“下场门”前面横摆的桌子上，店家调到“小边”。

店　家　（被时迁用头撞疼）这小子好厉害的羊头啊！

时　迁　（站在“下场门”桌子上念）这小子好厉害的脯子,好厉害的艾子,好厉害的蒲棒！

店　家　听这一套。哪去啦？（站起来找时迁）

时　迁　（站在桌上）在这哪！

店　家　你下来。

时　迁　你上来。

店　家　你不下来，我拿砖头打你。（满地找砖头）

时　迁　我揭你的瓦！（站在桌上伸右手抚摸桌子，以示房檐）

店　家　哎，别揭！（双手向时迁摇摆）

时　迁　你这是土房没瓦。

店　家　说了半天你是谁呀？

时　迁　太爷，时迁！（左手叉腰，右手挑大拇指）

店　家　（惊奇地）时迁是个飞贼呀。（抬右手指前方）

时　迁　大概偷过人。

店　家　你不该偷我的鸡吃呀？（抬左手指时迁）

时　迁　有位皇帝老子偷鸡。

店　家　哪朝哪代？（抬左手质问时迁）

时　迁　五代残唐。

店　家　你且讲来！（抬左手指时迁）

时　迁　你且听了！

〔【小锣、镲锅扑灯蛾】时迁站在桌上“拉山膀”。

时　迁　（念“数板”）昔日有个刘知远，马王庙里去降香，偷过鸡，时运至，后来登基作皇上。（右手拍腰部）

〔【急急风】时迁从桌子上“台漫”翻下。与店家打手把子“幺二三，搭叉转身”“过合”，“双推胸脯”，【撕边大锣四击头】亮相。

店　家　你等着我的！

〔【急急风】店家从“下场门”跑下。

时　迁　放火烧狗儿的房子。

〔【急急风】时迁从“上场门”暗下，拿火把取双刀上来放火。此时店家从“下场门”拿长枪快上，与时迁对打“双刀枪”[①]。最后，【四击头】时迁夺店家枪、踢店

① 叶盛章开打“双刀枪”速度特别快，削店家头时也快，往里外双盖都是蹿起来，削头十分精彩，打得天衣无缝，颇有艺术魅力。

家“肘棒子”亮相。店家败逃，从“下场门”跑下。

〔【急急风】转【大锣五击】时迁把长枪夹在袉里，左右手耍单刀，连续打【紧碎锤】袉里的长枪左右摆动，双脚蹦着快步，滑稽幽默地走进“下场门”。

第二场

〔空场。

〔【急急风】四庄客手拿单刀从“上场门”上，“站门”，【四击头】草鸡大王手持黑红两色四方大棍[①]上，边上边吹“丑三”，至台口正中。

草鸡大王 （念）一蹬儿两蹬儿，上头挂着个红杏儿。俺，草鸡大王是也。（**嘟 仓 匝 0**）（左手抚摸胸脯）今当查庄之期，来呀——（抬左手）【**撕边**】

四庄客 有！（仓）

草鸡大王 查庄去者！

四庄客 啊。

〔【冲头】四庄客欲走，店家狼狈慌张地从“上场门”跑上。站“大边”，双手作揖。

店 家 时迁放火烧庄！

草鸡大王 还赶得上赶不上啦？

店 家 要赶就赶得上，要不赶就赶不上啦。

草鸡大王 怎么还不赶哪，来呀！

四庄客 有。

草鸡大王 快给我赶！

四庄客 啊！

〔【急急风】四庄客举刀领起来，至“大边”站“一条鞭”，店家从“下场门”溜下。草鸡大王举大棍迎战时迁，时迁拿单刀从“上场门”上，“漫草鸡大王头”，开打，四庄客分别叉翻上，“六人攒”，时迁夺刀【四击头】亮相。抓四庄客帽子从“下场门”下，四庄客追时迁下。

〔【急急风】草鸡大王耍滑稽下场，【四击头】亮相，随后【急急风】从“下场门”下。

第三场

〔场上靠天幕正场摆一张桌。

〔【大锣水底鱼】杨雄、石秀从“上场门”急上，石秀站“大边”，杨雄站“小边”，至舞台正中。

---

① 草鸡大王一般演出拿花杆长枪。我看叶盛章演出此剧，草鸡大王的扮演者刘斌升先生就拿棍，故此就以刘斌升先生演出为例。

杨　雄
石　秀　(同) **【叫头】**且住，这般时候怎么还不见三弟到来，如何是好？(杨雄、石秀对面双双拍手焦急)

「**【冲头】**时迁从“上场门”持单刀上，站“小边”，杨雄站台正中。**【乱锤】**四庄客边追边喊：“给我们帽子！给我们帽子！”

「时迁转身向四庄客扔帽子，(**八大仓……**) 四庄客接帽子从“上场门”下。

杨　雄
石　秀　(同白) 贤才为何来迟？

时　迁　二位哥哥，店家让我打出三样宝贝来。(左手伸三个手指比画三字，右手提着单刀)

杨　雄
石　秀　(同) 哪三样宝贝？

时　迁　(讥笑地) 尿、屎、屁。

「幕内草鸡大王高喊：“哪里走！”

时　迁　二位哥哥前面等我，我对付对付他。

杨　雄
石　秀　(同) 不要与他们致气，趱路要紧。

时　迁　我随后就到。

杨　雄
石　秀　(同) 多加小心！(分别抬左手嘱咐)[①]

「**【急急风】**杨雄、石秀从“下场门”下。时迁至“大边”台口出刀，草鸡大王拿大棍从“上场门”上，“漫时迁头”与时迁滑稽开打，“幺二三，搭叉转身”，“往外一盖、两盖”，“往里一盖、两盖”，草鸡大王打时迁“上、下”，随后架住，草鸡大王得意地用力往下压，时迁突然把刀往右一闪，灵巧地跑到正场桌子上。草鸡大王被时迁捉弄一番，“扑虎”摔倒在地上，慢慢爬起来四处寻找时迁，没见着人，得意地大笑。

草鸡大王　**【大锣叫头】**哈哈，(先抬左手，右手举棍子向“大边”发笑) 哈哈—— (把棍倒在左手，抬右手发笑) 啊哈哈哈…… (从台正中边笑边向后退，一直退到正场桌前，贴近时迁，再把棍交到右手)

「**【撕边大锣一击】**时迁站在桌上立即摘掉草鸡大王头上的额子，戴到自己头上。**【大锣三击】**时迁又拔掉草鸡大王背后插的两棍靠旗，分别一手拿一个，立即踩在草鸡大王肩膀上。这时草鸡大王惊奇地把手里大棍竖立。

时　迁　(站在草鸡大王肩上，头戴额子，手拿靠旗) 咦嘻嘻，哈哈哈，哇呀，哇呀，哇呀呀……

「**【撕边】**草鸡大王在台正中旋转三圈。**【大锣一击】**随后倾身，时迁从草鸡大王肩膀上跳下，**【急急风】**二人开打，时迁以双手靠旗作为单刀，半套“大刀双刀”把草鸡大王打倒在“小边”台口。

草鸡大王　别打了，别打了。你到底是谁呀？

时　迁　太爷时迁，你叫什么东西？

草鸡大王　太爷是草鸡大王。

---

① 此处另种演法：该剧压大轴，为结尾火爆，杨雄拔腰刀，石秀使棍配合时迁与庄客大开打。

时　迁　我专揍你这个草鸡大王！

〔**【大锣三击】**时迁扒草鸡大王靴子，揪他的胡子，疼得草鸡大王坐在地上追时迁走。**【撕边大锣一击】**

时　迁　**【叫头】**咦嘻嘻，啊哈哈，哇呀呀……

〔**【大锣三击】**时迁把靴子扔给草鸡大王。**【大锣四击头】**时迁走“扫堂旋子”亮相。从“下场门”下。

〔唢呐吹奏<尾声>草鸡大王抱着靴子，拿着两棍靠旗狼狈地从“上场门”下场。

——剧　终

赵纪鑫 **整理** 王茂林 **记谱**

佛 手 橘

叶盛章演出本

京剧大型武丑戏《佛手橘》又名《盗银壶》。写南宋时，皇后染病，太医用药需北国佛手橘为药引，特命待制周必大前往北国购买佛手橘。北主阿尔萨不允，反将周必大押入狱中，并派番将粘龙、木虎乔装入宋刺探消息，兼买美女。

元戎杨存中偶得一梦，请张定详梦，赐以酒宴。宴罢张定提着杨府银壶回家，不料被飞贼“海空飞”邱小义盗去。张定丢失银壶无力赔偿，只得将女儿鸾才卖与番将粘龙、木虎。正巧张妻携女来到太保庙拜佛，得知此事悲痛万分。邱小义闻听，挺身而出，毁掉卖契，斥走番将，并随张定同至杨府还壶。杨存中命邱小义再盗此银壶，以觇其技。邱小义乘杨存中打子之机，将壶盗走。杨存中遂令邱小义入北国盗取佛手橘。

此时，周必大之女蕙英改扮男装暗访其父消息，在酒馆中遇到杨存中之子元玉和邱小义。三人游太保庙正遇粘龙、木虎纠合公差强抢张鸾才，杨元玉、邱小义上前救鸾才，打死粘龙一行人等。

杨存中闻得元玉打人致死欲斩其子时，张鸾才为之喊冤，周蕙英与邱小义劫法场，救走元玉，同返北国，盗回佛手橘，救出周必大。蕙英、鸾才二女均许配杨元玉为妻。

早年京剧传统剧目只有《盗银壶》。当时梨园界把几出武丑偷盗剧目归纳为“五盗一偷”，另一说“六盗一偷”，就是《盗甲》、《盗杯》、《盗钩》、《盗戟》、《盗银壶》、《盗王坟》和《偷鸡》。

《盗银壶》早在清末民初已是舞台上经常演出的武丑戏。当时红极剧坛的武丑名家张占福（艺名张黑）擅演此戏。他是河北南皮人，自幼随马戏团练功学艺，又擅长于武术，后坐科梆子班，多年苦练武功，身怀绝技。他饰演的邱小义，跌扑滚翻灵巧自如，迅疾异常。据前辈艺术家介绍，他念白不仅嗓音清脆，口齿爽利，擅长于以武功巧妙地与剧中人物紧密联系，突出刻画人物性格，有“鼓上蚤”之美誉。在太保庙烧香那场戏里，他运用梆子腔和蹿佛桌翻筋斗下桌等绝技，刻画邱小义盗壶害了张定卖女儿的不安心情，既运用高难武功技巧，又突出人物内在情感，演得十分火爆。当时叶盛章年仅11岁，看了张占福先生的演出异常崇拜，颇受影响。

自1936年叶盛章先生组建金升社，以武丑挑大梁开创了梨园新局面。叶盛章为了享名剧坛，曾从三方面入手。首先把在科班向众多位前辈老师学的文武丑传统剧目，认真加工整理排练，精益求精。像老《三岔口》这样的剧目，演得出神入化，精彩叫绝。另一方面，又大胆创新，以新颖的艺术手法、出色的武功技巧，编写新剧如《酒丐》、《智化盗冠》、《徐良出世》、《白泰官》、《藏珍楼》、四本《欧阳德》、《智破冰山冷村》等。再就是把传统武丑戏重新改编，加强全剧的戏剧矛盾冲突，使故事性更完整，人物更加丰满，做到“老戏新演”。比如根据古典小说《水浒传》第五十四至五十六回情节及“雁翎甲”传奇，把一出小型的《时迁盗甲》经过加工新排变为一出大型武丑戏《雁翎甲》。把《五人义》加工改编为《十三太保闹苏州》，把小戏《黑狼山》又加入《蒋平闹舟》接《铜网阵》。同时他把《盗银壶》增益为大型剧目《佛手橘》。

过去梨园界曾流传一种说法：“戏在人演。有的人是唱好戏的，有的人是好唱戏的。一出很好的戏，就因为演员基本功演技不行，把好戏演得平平淡淡，使台下观众像掉进凉水盆里，十分冷淡。也有的一出平常的小戏，就由于演员表演艺术精湛，把戏演得特别精彩。”叶盛章就是位“好唱戏”的，不管是《时迁偷鸡》还是这六出“盗剧”，以及《打瓜园》、《三岔口》和“八大拿”戏里的朱光祖，就是一出《巴骆和》叶先生扮演胡里一个配角，表演得也是活灵活现，令人拍手叫绝。

叶盛章之所以成为20世纪40年代的“武丑大王”，不仅在于他刻苦练功，身怀绝技，更重要的是他能广泛吸取前辈艺术家的精华，融会贯通，而又不墨守成规，勇于突破前人戏路，大胆创新。《佛手橘》这出戏，就是叶盛章先生在前辈名家张占福演出《盗银壶》的基础上，既保留了张扮演邱小义上高台等艺术绝技，又从剧本情节和人物性格发展上刻画得更加细腻逼真，尤其是潜入北国搭救周必大，攀树摘取佛手橘，都运用高难技巧，创编了新式开打，为京剧武丑表演艺术另辟新路，做出了新的贡献。

赵纪鑫

人物行当

邱小义	武丑	粘　龙	武净
杨存中	老生	木　虎	武净
杨元玉	武小生	酒　保	丑
张　定	丑	勇　儿	旦
张鸾才	青衣	二家将	武生
周蕙英	武旦	二番将	武净
丁　氏	彩旦	二差役	丑
周必大	净	四番兵	武行
阿尔萨	武净	四刀斧手	武行
杨夫人	老旦	四龙套	杂
看壶童	丑	四官兵	武行
中　军	净		

服装扮相

邱小义　丑扮。淡红色打底，勾粉白鼻梁、左右眼角下分别勾两个粉白蝙蝠形内画黑点，粉白套油红外套黑色圆形嘴，白鼻梁正中勾黑蝙蝠、两道弯曲黑眉、黑三角眼窝。头戴特制黑缎子绣粉白蝴蝶软头包、打成斜式前后细长的结、茨菇叶上带有小白绒球、左耳边戴黑白两色绒球，黑缎子绣粉白蝴蝶侉衣、侉裤、护领、腰系白绸子绣黑蝴蝶腰巾，白布袜、鱼鳞靸鞋。在开酒馆时，外穿蓝布大袖没水袖，带黑腕金边的手箍。后改换头戴缨帽、黑缎子小短箭衣、白边黑底白穗小大带、黑褶子，黑白斜道裹腿、薄底鞋。

杨存中　俊扮。黪三、忠纱帽，蓝色绣团寿字帔、内衬红帔，黑彩裤，厚底靴。后改换红蟒、玉带、红彩裤。

杨元玉　俊扮。头戴武生巾，湖蓝色绣花褶子，粉彩裤，厚底鞋。后改换戴将巾、湖蓝色绣花箭衣、绣花湖蓝色褶子、挂宝剑，粉彩裤，绣花大带。后改扮女装，梳大头、蝴蝶盔，扎粉女靠、花薄底。

张　定　丑扮。黑八字吊搭儿、黑矮方巾，黑缎褶子外罩古铜色大坎肩、系紫色绦子，黑彩裤，白布大袜、皂鞋。

张鸾才　俊扮。梳大头、线尾、戴银锭，黑缎女褶子、系素白裙、白绸腰巾，粉彩裤，彩鞋。后面外打腰包。

周蕙英　俊扮。先出场为男装打扮，戴皎月色将巾、牵巾，皎月箭衣、大带、挂宝剑、外穿皎月褶子，皎月色彩裤，厚底靴。后改换七星额子、翎子、狐尾，女软靠、宝剑，绣花薄底鞋。

丁　氏　丑扮。黑女网子、平三套、黑缎帽条、戴淡粉蓝头花、一对耳环，彩旦褂套黑缎坎肩、白绸绣花腰巾，黑绸彩裤，白布矮袜、彩旦鞋。

周必大　勾粉三块瓦脸。髼满、髼发髻、蓝色绸条、戴相貂，红蟒、玉带，红彩裤，厚底靴。后改换红褶子、外面打腰包。

阿尔萨　勾黑碎脸，红嘴岔。戴黑绒球白点的大额子、左右两侧垂挂黑穗流苏、后扇、蓬头发髻，牵巾，黑蟒、玉带，黑彩裤，黑底靴。后改换大辫子、鞑帽，平金黑箭衣、马褂、黑大带。

杨夫人　俊扮。髼老旦网子、老旦冠、蓝绸条，蓝色缎子绣圆寿字帔、绿腰包，黑彩裤，福字履。

看壶童　丑扮。抹粉白脸、大圆黑眼窝、两道孤形下垂眉、红圆嘴外套黑色。黑缎子软罗帽用白绳将罗帽前面捆住，黑缎子褶子、黄大带，黑彩裤，白布袜、皂鞋。

中　军　勾白三块瓦脸。黑满、戴中军盔，紫开氅，黑彩裤，厚底靴。

粘　龙　丑扮。抹白底勾花眉、蝙蝠形眼窝、正中勾火焰、红嘴岔、连鬓胡、大辫子。缨帽、牵巾，黑缎子箭衣、紫披肩、紫大带，黑彩裤，黑虎头靴。后改汉装梢子帽，黑缎子侉衣、腰系小蓝大带，褶黑褶子。

木　虎　丑扮。抹红底勾黑花眉、左眼上挑、右眼下垂黑眼窝、上挑下垂黑色套白粉两道纹、黑鼻窝、粉白嘴岔、下巴颏抹胡须。大辫子、缨帽、牵巾，黑缎子箭衣、紫披肩、紫大带，黑彩裤，黑虎头靴。后改换汉装梢子帽，黑缎子侉衣、腰系小蓝大带，褶黑褶子。

酒　保　丑扮。蓝毡帽，蓝布大袖、白绸子小腰包，黑彩裤，白布袜、皂鞋，肩搭毛巾。

勇　儿　俊扮。先男装头戴孩发，半长蓝色圆领大袖、腰系蓝绦子，黑彩裤，矮腰白布袜、皂鞋。后改女装贴片子、皎月头布，打衣，打裤，皎月薄底鞋。

家　将　俊扮。扎巾盔、牵巾，扎红绿两色软靠，红彩裤，厚底靴。

番　将　抹黑底红脸额、蝙蝠眉、长宽眼窝、鼻窝、嘴岔勾红白黑色画纹、下巴颏抹黑胡、大辫子。缨帽、牵巾，黑缎子箭衣、紫披肩、紫大带，黑彩裤，黑虎头靴。

差　役　丑扮。梢子帽，蓝布箭衣、黄大带，黑彩裤，薄底鞋。

六番兵　丑扮。揉脸淡黑色底、红色脸额、黑色勾画眉、眼口、鼻窝、再用白色勾画界纹、大辫子。缨帽、牵巾，黑箭衣、蓝扣带板，黑彩裤，薄底鞋。

四刀斧手　丑扮。揉脸。红色大板巾、小额子插一支翎子，素红布沿黑边短上衣两下侉，红彩裤，薄底鞋。

四龙套　俊扮。红龙套衣，红彩裤，薄底鞋。

四官兵　俊扮。官兵服，红彩裤，薄底鞋。

道具

堂桌	两张	椅子	四把
香炉	一个	蜡扦	一对
银壶	一把	酒壶	一把
酒杯	三个	圣旨	一道
石桌	一张	石凳	一个
托盘	一个	文约	一张
锁链	一条	银锭	五锭
火把	一个	木夹	两个
竹篮	一个	书信	一封
马鞭	八把	手铐	一个
印盒	一份	绳子	一条
纱灯	一盏	锁链	一串
宝剑	两口	单枪	六杆
单刀	十六把	大枪	一杆
陶壶	一把	黄布包	一个
银子包	一个	佛手橘	一篮
木托盘	一份	佛桌帘	一个
佛手橘树	一棵	文房四宝	一份
大银子包	一个	竹竿（可收缩的）	一根

紫色桌围、椅披　　两套

家法（体罚打人的板子）　　一个

高台　　一座（三张桌一把椅摞在一起）

第一场

「空场。

「**【原场大缓锣】**打住

「周必大内白:“趱行者!”众内应:“啊!”**【冲头】**接唢呐曲牌<六幺令>前半段。

「四红龙套举标子、二家将右手持马鞭从“上场门”上至舞台左侧台口“大边”,站“斜一字”。随之,周必大左手拿圣旨,右手持马鞭至舞台正中,挥鞭勒马。

周必大 老夫,**【大锣一击】**周必大。**【住头】**(放马鞭,拱手)宋室为臣,官拜待制。(右手托胡须)只因后宫娘娘染病在床,太医陈言奏道,必须金邦佛手橘方能调治。为此圣上命老夫(右手托胡须)前往摘取。左右!**【大锣一击】**开道!

众 啊!

「曲牌<六幺令>后半段。

「四红龙套举标子从台左侧向右侧走孤形又返回右侧,从“下场门”下,二家将、周必大捧圣旨挥马鞭随下。

第二场

「台正中紫桌围、椅披,“大座”。

「**【冲头】**四番兵抱单刀“站门”,二番将、粘龙、木虎拉山膀、提箭衣下角分别从“上场门”上“站门”。

「**【四击头】**阿尔萨从“上场门”提黑蟒左侧下角上。**【一锤锣】**至“九龙口”抖袖、整冠、捋牵巾,环视两厢后至台前正中,抖袖。

阿尔萨 <点绛唇>金宋争雄**【小锣二击】**,儿郎奋勇**【小锣三击】**,施威武,**【小锣二击】**各立奇功,(双手挑大拇指)**【小锣三击】**哪管(**嘟仓**)生灵痛!(抬左手扬水袖,右手向前指)

「**【一锤锣、归位】**阿尔萨向左侧转身至“大座”。粘龙、木虎、二番将和四番兵抱单刀至堂桌两侧站立。

阿尔萨 (诗)旌旗对对起空中,(抬左手指空中)
将士纷纷立战功。(抬右手挑大拇指)**【小锣二击】**
叹尔生民如春梦,(双手平分两侧)
刀兵一动**【小锣一击】**(扬左手水袖,右手做杀势)血流红。(左右手向前方抖袖)**【收头】**

阿尔萨 (左手向胸部扬水袖,右手抓水袖一角)某,**【大锣一击】**金邦大将阿尔萨。**【住头】**(双手抖袖)奉命镇守黄龙府。(抬右手平指)今日升帐,左右,(环视左右)伺候了!

众番将 啊!

「一番兵从“上场门”**【冲头】**上,走到台正中“挖门”进帐,站“小边”双手作揖。

番　兵　宋朝使臣到。

阿尔萨　哦，（右手捋右侧牵布）宋朝使臣来了，唤他进来。

番　兵　啊。（转身至舞台正中，左手拉山膀，右手向前指）宋朝使臣进帐！

〔周必大"上场门"幕内白："来也！"**【长锤】**周必大左手捧圣旨、右手端玉带从"上场门"上，至"九龙口"抖袖。

周必大　**【凤点头】**

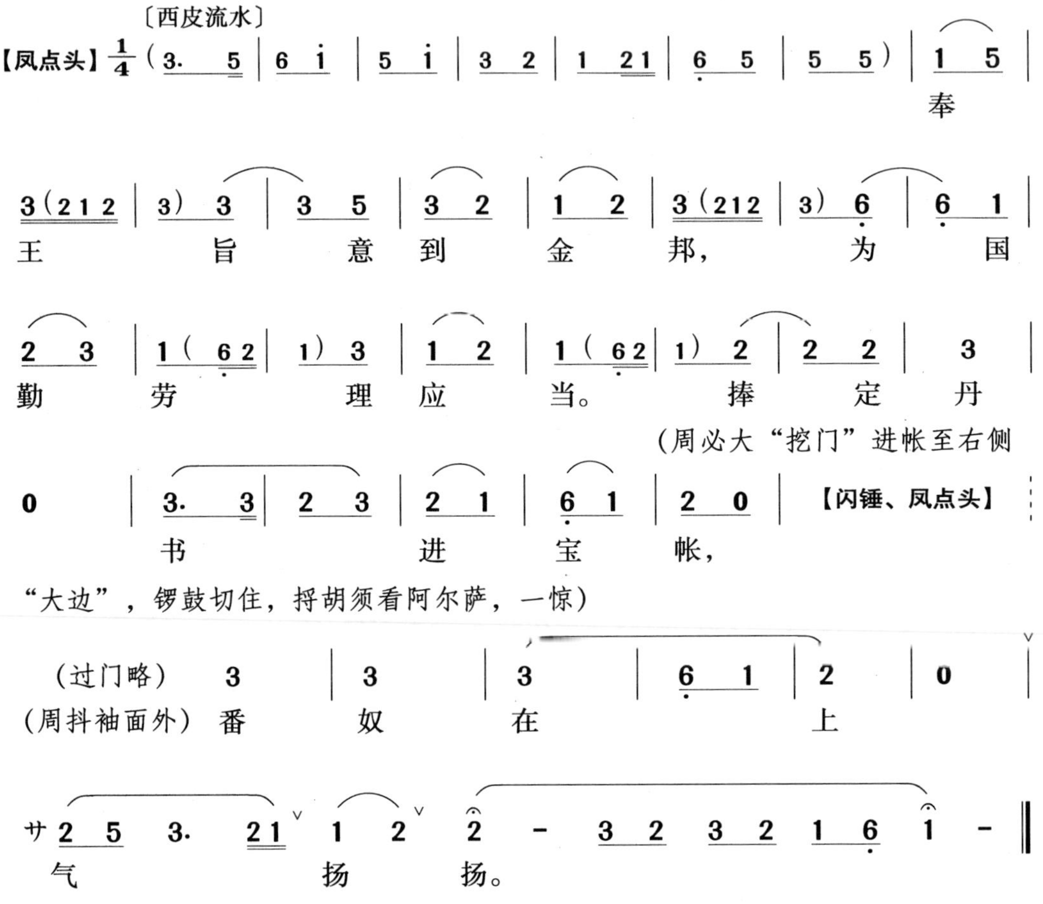

（用右手指阿尔萨）

周必大　番将接旨！**【大锣一击】**

阿尔萨　（看周必大，抬左手怒指）你是何人，叫某接的什么旨？

周必大　（右手托胡须）老夫周必大，奉宋王旨意，（拱手）到此摘取佛手橘。（右手指斜前方）

阿尔萨　（气怒地）住了！**【大锣五击】**佛手橘乃我国至宝，你要摘取，必须一件！（高抬右手挑食指）

周必大　哪一件？

阿尔萨　奉上十万金珠。

周必大　我奉旨前来，不曾带有金珠。似你这样贪婪无厌，（伸右手怒指阿尔萨）真乃匹夫之辈！（抖袖）**【大锣一击】**

阿尔萨　不与金珠，还要辱骂。（怒指周必大）儿郎的！（抬左手扬水袖）

众番兵　（齐应）啊！

阿尔萨　将他监禁后营！（右手怒指周必大）

〔舞台右侧两名番兵将刀至周必大跟前，粘龙从周必大手里抢过圣旨后，放在桌上。两番兵捆绑周必大。

周必大 罢了哇，**【大锣一击】**罢了！

〔**【冲头】**二番兵押周必大出帐，从“下场门”下。

阿尔萨 哎呀且住！**【大锣五击】**我想宋兵也还骁勇，必然因此之事惹起干戈。粘龙、木虎。（抬右手扬水袖）**【大锣一击】**

〔粘龙、木虎转身向阿尔萨作揖。

粘　龙
木　虎 （同）在！

阿尔萨 命你二人扮做贩马人模样，去往宋朝，探听军务！

粘　龙
木　虎 得令！（拱手转身二人欲出帐）

阿尔萨 转来！（抬右手招唤）**【大锣一击】**

粘　龙
木　虎 （二人双往里转身作揖）在！

阿尔萨 （满脸笑容低声地）倘有美女买一个来。

粘　龙
木　虎 （连连点头，作揖）得令啊！

〔**【冲头】**粘龙、木虎出帐分别拉山膀，“下场门”下。

阿尔萨 儿郎的！（抬右手扬水袖）**【大锣一击】**

众番兵 啊！

阿尔萨 吩咐操演人马，提防对敌！

众番兵 啊！

〔阿尔萨走出“大座”，番兵、番将“扯斜”**【回头】**阿尔萨从舞台左侧提蟒至“下场门”下，番将、番兵一对对合身“下场门”下。

第　三　场

〔舞台左侧摆放一块座石。

〔**【一锤锣】**二番兵手持单刀从“下场门”押周必大上。周必大改换黲发鬏、红褶子，外系大白腰包，带手铐铁链，走至舞台左侧前方。

周必大 （气愤地念）无故被他来囚禁，怎能脱身回帝京。

〔**【住头】**转身向站在两边的二番兵温和地言讲。

周必大 二位上差，烦劳将我的家将唤来。

二番兵 （摇头）我们管不着！

周必大 我本想多多酬谢二位上差，怎奈盘费现在家将那里，只好唤他们前来，才能多把银钱与你。

二番兵 （立即脸上显露出笑容）你怎么不早说啊，要知道你的盘费银钱都在家将手里，我早就把他俩唤来了。有钱就能办事。你等着，先在这儿坐会儿。（把周必大搀扶在石头上坐下）我给你叫去。

〔【小锣五击】一番兵向“上场门”招手。

一番兵 周府家将快来！

〔【大锣五击】二家将从“上场门”走至台中。

家　将 （满脸带笑地）大哥，唤我何事？

一番兵 你们相爷唤你哪。按着我们万户的口喻是任何人也不许进入，看在——（伸右手表示要银子）

〔家将立即从怀里取出银锭，放在番兵手上。番兵见银锭。【小锣一击】

一番兵 （高兴地）哈哈哈……快进牢里看看。

家　将 多谢大哥。（双手作揖）

〔番兵引家将进牢门。【小锣五击头】

家　将 拜见相爷！（向周必大跪拜）

周必大 （赶忙从石凳上站起）免礼。

〔另一守卫的番兵有意识咳嗽，周必大暗示家将给银子。

家　将 （陪笑地）啊大哥，这儿有些银两，聊当一茶之敬。

番　兵 （一边收银锭，一边笑着）你好好劝劝相爷，叫他安心在这呆着吧。

周必大 二位大哥，可有纸墨笔砚？借我一用。

二番兵 我们这里哪有纸墨笔砚哪！

周必大 二位大哥，我是不白用的。家将，快送银两与这二位大哥。

家　将 遵命。

〔【小锣一击】家将又从怀里取出银锭分别送给二番兵。

家　将 二位大哥，行个方便吧。

二番兵 （接银锭兴奋地）老丞相要用纸笔墨砚，我给你取去。

〔一番兵收起银锭，快步至“下场门”取纸笔墨砚，拿托盘上。【小锣五击】

番　兵 纸笔墨砚到。

周必大 有劳了。待我修书一封。

〔家将手托红木盘把纸铺在石头上，唢呐奏<急三枪>曲牌，周必大握笔修书。

周必大 家将快将这封书信（看看番兵，暗示低声）带回南朝，附耳上来。

〔周必大与家将耳语。（匝匝匝匝）【小锣一击】

家　将 遵命。

〔家将把信放入怀里欲走，二番兵忙拦住。

二番兵 慢喳！【小锣一击】

家　将 为何拦阻？

二番兵 你可不能走，等我们去禀知万户，再做定夺。

周必大 家将——（暗示快送银两）送——

〔家将又从怀里取出两个银锭；分别送给两番兵。

家　将 二位大哥行个方便吧。

〔【小锣一击】二番兵接银两，二人对笑示意。

二番兵 你就快走吧！

〔【小锣五击】番兵开牢门，家将弯腰出门下。

周必大 （斜视二番兵）唉！有钱能使鬼，妙计可通神。我今日才知道银子是好东西，哈哈哈……

「**【一锤锣】**周必大从“下场门”下。二番兵随下。

第 四 场

「一桌两椅，灰色桌围椅报。“小座”跨椅。

「**【撤锣·小锣五击头】**张鸾才从“上场门”上，至“九龙口”抖袖、扶鬓至台正中，抖袖。

张鸾才 （引子）家道清贫，（**多多**）守闺门，（**多罗.**）侍奉双亲。

「**【小锣归座】**张鸾才向右侧转身至“小座”前，再向右边转身坐下，抖袖。

张鸾才 （念诗）自幼生长在蓬门，

父母膝前奴一人。（抬右手出食指，表示一字）

有女应当行孝敬，（拱手）

承欢顺志奉双亲。（**扎**）

奴家，（双手指胸前）张鸾才。临安人氏。爹爹张定，（拱手）母亲丁氏，膝下无儿，只生奴家一人。（双手指胸前）爹爹卖卜为生，母亲贩卖珠花。今日被周相爷府中唤去，这般时候，（抬头眼睛向右上方看）还未见回来？

「**【小锣五击头】**丁氏从“上场门”上，至舞台“小边”台口。

丁　氏 每日贩珠花，往来千万家。（抬右手指前方）

「**【小锣一击】**丁氏进家门。张鸾才赶忙站起来迎接丁氏。

张鸾才 母亲回来了。周府小姐唤母亲前去，买些什么？

丁　氏 周府小姐周蕙英不过买些珠花。你爹爹去到杨府，怎么还不见回来？

张鸾才 酒饭已备好，就等候爹爹回来，一同进餐。

「张定幕内：“走哇！”**【小锣抽头】**张定从“上场门”手里提着一把银壶，带有几分醉意，摇摇晃晃走着。

〔西皮摇板〕

张　定

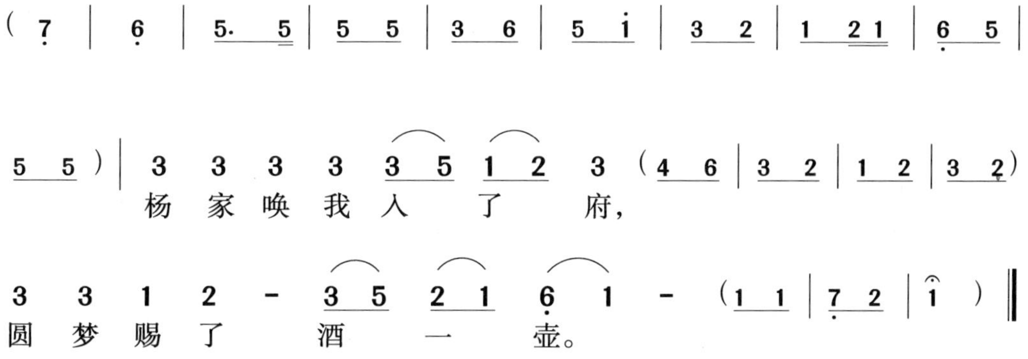

「张定左手提银壶，右手擦了擦嘴，醉醺醺地走进家门。

张鸾才
丁　氏 （同）爹爹/老老回来了！

张　定 回来了。**【小锣一击】**（坐“小座”）

丁　氏　（站“大边”问）老老，杨府唤你为了何事？

张　定　昨天晚上杨大人得了一个梦，梦见一匹马配着双鞍。我说此梦应在少老爷头上。（抬右手指前方）他说怎么应在他们少老爷头上？我说马配双鞍，以后少老爷必娶两位夫人。（伸食指、中指表示二字）杨大人一听，十分高兴，便赏我好些银子，大快的肉，还有一壶酒，你们瞧！**【小锣一击】**（抬左手提银壶让丁氏、鸾才看）还有一把银壶。

丁　氏　你说此话可能应验？

张　定　（兴奋地）哈哈哈……求签问卦，（低声地对丁氏白）不过是哄人之法，不可深信也！（抬右手摇摆）**【小锣一击】**

「舞台“小坐”椅，改“八字椅”，张定、丁氏分坐下。

丁　氏　（低声地）老老！

〔西皮散板〕

【大锣凤点头】（过门略）2 2 3 2 1 2 3 2· （7 6 1 2 －）1 2

老 老 低 声 要 谨 言，（仓）被 人

（抬左手放在嘴边，摆动）（抬右手向外指）

3 2 3 2 1 6 1 －（仓）3 2 1 1 6 2 1 － 1 2 3

听 见 打 你 卦 摊。我 的 儿 把 酒 来 斟

2 （7 6 1 2 2）1 3 2 1 1 2 － 3 2 7 6 6 6 1 －‖

满，一 家 吃 个 快 活 三。

（张鸾才上前拿银壶分别给父母斟酒）

「张定举酒杯与丁氏对饮后，张定摇头醉酒。丁氏和张鸾才马上搀扶张定。**【小锣一击】**

丁　氏　老老，酒不能再喝了，你累了，早点歇息吧。

张　定　（醉醺醺地）是啊，今天多喝了几杯，酒有些过量，天色不早，（抬右手向外指）快把门关上，安歇了吧！

丁　氏　（搀扶张定，用左手指张鸾才）鸾才快把门关上，早点歇息吧。

张鸾才　是。

「**【小锣五击】**张鸾才至台正中，关门。丁氏搀扶张定从“下场门”下。张鸾才关门后，随下。

「拉二幕撤桌、椅，“下场门”放一张桌以表示院墙。

「**【一更鼓。镲锅四击头】**邱小义从“上场门”快步直冲上至“大边”台口，“亮相”。“走边”①。

「**【归位】**邱小义至舞台正中，“拉山膀”亮相。

邱小义　（念）风高（双手向上左右摇动，退两步）月黑（上左腿，“卧鱼”双手“云手”指斜上方，表示指夜空）夜行程，（撤右腿起身，归台正中）

---

①　叶盛章这里“走边”里加“飞脚”、“骗腿儿”、“单蛮子”。他的表演特点是：轻、快、脆、帅。

久闯江湖（上右腿向左前方“飞脚”落地，亮相，手指左前方“小边”）第一人。（右手指腰间，挑大拇指）【小锣二击】行事满腔（双手同拍左右脚“双飞燕”“单提”筋斗）揣侠义，不图名利（向舞台右侧走“旋子”。亮相）走风尘。【夺头】（归台正中）

俺，（抬右手拍腰部）【小锣一击】邱小义。【住头】常在北国盗马，人称我“海空飞”。【住头】今日在大街，路遇张先生提着一把银壶，（抬右手表示提壶的姿态）打动我心。（用左手拍胸间）是我去到太保庙取来瓦壶一把，（从右侧腰里挂着一个黄布小包，摘下向左侧前方展示）今夜我要抵换他那把银壶，就此走遭也！（又把黄布包挂在右侧腰间。【水底鱼】“圆场”至“小边”台口，指“下场门”口摆放的堂桌）来此已是张先生家的院墙，待我越墙而入。

〔【夺头】邱小义从“小边”台口翻“小翻提”筋斗过“下场门”前的横桌，表示越过院墙。邱小义向舞台左侧走至台正中，以手抓门。【小锣一击】

〔拉二幕，摆“大座双跨椅”桌上放银壶。

邱小义 我不免将他惊醒，再来下手。

〔邱小义蹲在台左侧学猫叫。起二幕。

〔【小锣一击】张定从“下场门”伸懒腰打哈欠上。

张　定 今儿个多喝了几杯，肚子里不得劲，我要在屋里吐，老婆子醒了，是个麻烦，我到院里去吐。（双手开门，出屋至“上场门”旁做吐酒状）

〔（大大大）【小锣一击】邱小义趁张定开门时，“走矮子”入门内，至桌前轻轻摸银壶，拿走银壶，从腰里拿下黄布包打开把瓦壶放在桌上。走“矮子”快速出门，至舞台“大边”欲走，张定转身回来进门，邱小义躲在一旁。

张　定 （自言自语地）我也吐完啦。他那儿大概也完啦。年年防旱，夜夜防贼。我给他来个贼走关门。（双手关门）【小锣一击】（打哈欠，“下场门”下）

〔【撕边】邱小义从台“大边”快步至台正中，抬右手。

邱小义 【叫头】哎呀妙啊！【小锣镲锅一击】幸喜银壶到手，待我走了吧。正是：（扎）

银壶我盗去，（抬左手亮银壶）

谅他也不知。（摇动右手）

是俺盗得妙，（左手平放，右手从左手下向前做偷的手式）

怪他时运低。

〔【夺头】邱小义向“小边”台口打“飞脚”，从“小边”台口边走“矮子”边看银壶，面部向观众表示得意洋洋。“矮子”开始慢慢高抬腿走得慢，逐步加快走进“下场门”。

〔【更鼓五击】张定“下场门”伸着懒腰上。

张　定 （抬头看天）天亮啦。我不免去到杨府还壶。（向左侧转身至桌前；突然发现银壶不见，大吃一惊）

张　定 （惊奇地）啊！【小锣一击】（转身奔向“下场门”呼唤）妈妈、女儿醒来！

〔【小锣五击头】丁氏、张鸾才从“下场门”急步上。

〔丁氏内白：“何事？”

〔张鸾才内白：“何事？”

张　定 （惊慌地）可了不得啦！

丁　氏
张鸾才　（白）何事惊慌？

张　定　（指堂桌上）昨天我拿的可是一把银壶！

张鸾才　（点头）正是一把银壶。

张　定　银壶它是妖怪！**【小锣一击】**

丁　氏
张鸾才　（白）怎么是妖怪？

张　定　一宿的工夫怎么变成了（指瓦壶）瓦壶啦！**【小锣一击】**

丁　氏
张鸾才　（白）想必是被贼人盗去。

丁　氏　（拉住张定）老老，你在八卦之中算它一算。

张　定　你报个时辰。

丁　氏　（想）子时！

张　定　（伸左手指算）“大安”，“速喜”，我算不出来。唉，我的八封本是哄人的哟！

张鸾才　爹爹呀！（双手扬水袖拱请式）

〔西皮摇板〕

【小锣凤点头】（ 7 | 6 | 5 5 | 5 5 | 5 i | 3 2 | 1 2 | 6 5 | 5 5 ）

i　i. 65　3　6　5　5　6　3　5　6（过门）3　6　5　3　i
爹　爹　　不　必　太　发　　　急，　　快　　到　杨
（抬右手向右侧指）

6 5　4 3　2 3　5（过门）i　5　7　7　5　6　0
府　去　报　知。　　他　领　兵　马

5　6　3　5　6（过门）3 6　5　6　6　6（ 5 |
有　权　　　势，　　访　　拿　贼　寇
（抬右手攥拳）

3 5 | 6 ） 5. i　6 5　6　6　5　–（ 5 5 | 3 6 | 5 ）‖
　　　　似　　擒　　鸡。

张　定　（愁苦地）哎，此时只好去杨府请罪。

〔张定从桌上拿起黄布包将瓦壶包好，开门，出门，**【小锣五击头】**从“下场门”下。

丁　氏　儿呀，看来此事只好求神佛保佑。

张鸾才　哪里去求神佛啊？

丁　氏　此地有座地祇太保温天君庙宇，你随我去到那里烧香祷告。

张鸾才　这个？要去母亲自己前去吧，女儿不去了。（双手摇动）

丁　氏　为何不去？

张鸾才 土木神灵，有什么应验？

丁　氏 管它灵不灵的，拜告一番，聊尽我心，跟我走吧。

张鸾才 就依母亲。

〔**【小锣下场】**丁氏、张鸾才出门，关门，“下场门”下。

第 五 场

〔空场。可放二幕外。

〔**【水底鱼】**张定手提黄布包从“上场门”上，至台正中，抬头看看。

张　定 来此已是辕门，（向“下场门”内作揖）有请中军老爷！

〔**【大锣五击头】**中军“下场门”上，出门。

中　军 张先生送壶来了？

张　定 啊中军老爷，银壶是个妖怪！

中　军 （奇怪地）怎见得是个妖怪？

张　定 我昨天拿走的银壶，一宿的工夫，你瞧瞧，（打开黄布包露出瓦壶）变成了瓦壶啦！

中　军 嘟！**【大锣快五击头】**（怒指张定）想是你这老狗吃酒赌钱，将银壶折卖。限你三天日期，（抬右手出三指头表示三日）有了银壶便罢，若无银壶，将你两腿打烂！

〔**【大锣五击头】**中军甩水袖，提开氅“下场门”下。张定追着中军呼喊。

张　定 中军老爷！中军老爷！哎呀慢着！（抬左手以水袖遮住杨府辕门走至“小边”台口）中军老爷说道，限我三天，有了银壶便罢；若无银壶，将我两腿打烂！（双手扶摸屁股）这！这！这！（以手摸头，原地转悠）**【小锣一击】**有啦，我不免回家卖老婆。（向左侧上步，抬左手指前方）**【小锣一击】**（摇头腿步思索）不行！我那妈妈岁数太大，谁也不买母亲，卖不出去。（眼睛一转，突然双手合掌）哦哈，有啦，现有个客人，挑买美女，我不免将我女儿卖上几百纹银，（抬右手指斜前方）亦好包赔银壶。女儿呀女儿！（扬水袖愁苦地面容）别怪爹爹心狠，这也是万般无奈没法子的事哟！（抖水袖，摇头，全身颤抖，“上场门”**【小锣五击头】**下）

第 六 场

〔正中佛桌上摆放香炉、蜡扦。佛桌后再加一张桌，为邱小义表演用。

〔邱小义内白：“走哇！”**【镲锅五击头】**邱小义从“上场门”上，至“九龙口”亮相。

邱小义 （高兴地大笑）哈哈哈！

1/4（衣大 | 衣 | 才 | 才 | 才 | 另才 | 乙台 | 才 6 | 5 i | 6 i | 5 3 | 2 3）

〔梆子腔〕

i | 5 | 0 i | i 5 | i | 5 | i 0 | 0 i | i 5 |

昨　口　去　把　银　壶　盗，　走　起

（抬右手挑大拇指到头部）

i | i | i 5 | 6 i | 5 | 6 | 6 6 | 6 | 6 |

路 来 摆 又 摇。不 走大 路

（得意洋洋摇动双肩，从“大边”往舞台正中挖到“小边”台口）

（6 6 | 3 6）サ 6 6 2 － ⁝ 1/4（才 台 | 台 台）（切住）（衣 大 | 衣 |

走 小 道，

才 | 才 | 才 | 令 才 | 衣 台 | 才 0）| 0 i | i 5 | i | 0 |

不 觉 来

（抬左手指正上方太保庙匾）

i | 0 | i 5 | 6 i | 5 | 5（6 | i 5 | 6 i | 5 0）‖

到 太 保 庙。

邱小义 来此已是太保庙，待我进庙烧香还愿。

［邱小义进庙门，站舞台正中面向里，朝佛桌，双手合十跪拜叩头。**【撕边，小锣、镲锅五击头】**

〔梆子腔〕

サ 6 6 6 6 6 6 6 2 － ⁝ **【撕边大锣三击】**

邱 小 义 来 把 头 叩，

（向佛桌叩一头，随锣经先摇左肩，再摇右肩向前跪蹉）

1/4 0 i | i 5 | i | 0 | i | 0 | i 5 | 6 i | 5 0 ‖**【撕边大锣一击】**

太 保 爷 爷 听 从 头。

（警惕地看四周有人无有）

【撕边大锣二击】 6 | 6 | 0 i | i 5 | i | 5 | i |

耳 边 听 到 有 人 走，

（向庙外张望，抬右手指庙外，翻“单提”筋斗，跪佛桌前[①]）

0 i | i 5 | i | 0 | i | 0 | i 5 | 6 i | 5 ‖

想 是 差 官 把 我 勾。

邱小义 （站起身）且住！听庙外有人行走，待我藏在佛案之下，观察动静便了！

［**【撕边大锣一击】**邱小义走“旋子”藏在佛桌下。

［**【小锣抽头】**丁氏、张鸾才愁眉苦脸地从“上场门”上。

〔西皮摇板〕

丁　氏 （过门略）2 1 2 2 5 3 1 2 3 2 1 1 2（3 5 2 1 6 1 2 1 6 5 5 5）

恨 贼 人 盗 银 壶 将 我 害 定，

（抬右手向前方怒指）

---

① 叶盛章以翻“单提”，空中变身，落地面向佛桌跪拜。十分精彩。

张鸾才 i i 6 5 5 6 6 3 6 5 6 5 6 6 5 – （过门）
家 贫 穷 又 招 来 大 祸 临 身。

丁 氏 2 1 2 3 3 2 1 2 2 1 2 2 1 1· 3 2 （3 5 2 1 6 1 2 1 6 5 5 5）
小 女 儿 跟 定 我 把 太 保 庙 进，
（拉张鸾才同进庙内，母女同跪在佛桌前）

张鸾才 i 3· 6 5 5 3 5 6 – 3 6 5 6 5
尊 一 声 太 保 爷 细 听 分
（丁氏、张鸾才叩头，邱小义从佛桌后出来，看丁氏和张鸾才）

3 5· 5 （3 5 2 1 6 1 2 1 6 5 5 5）
明。

丁 氏 2 1 2 2 5 3 1 2 – 2 2 1 3 2 –（3 5 2 1 6 1 2 1 6 5 5 5）
但 愿 得 显 神 灵 将 贼 拿 定，（邱小义快步急藏）

张鸾才 5 i i· 6 5 5 3 3 5 6 3 6 5 6 5 6 6 – 5 –‖
到 将 来 修 庙 宇 再 塑 金 身。

〔邱小义从佛桌后，跃上佛桌，正赶上丁氏和张鸾才叩头。

〔**【小锣五击头】**张定引改扮宋朝贩马服装的粘龙、木虎从“上场门”上，至舞台“小边”台口。

张 定 （向粘龙、木虎）二位在庙外边等等。我到庙里看看妈妈和女儿，是不是来这儿烧香拜佛。

粘 龙
木 虎 （同）好。张先生你可快着些啊。

张 定 是，是。

〔**【小锣一击】**张定悄悄走进太保庙偷看，发现丁氏、张鸾才，**【撕边小锣一击】**转身出庙，向站在“小边”的粘龙、木虎。

张 定 二位，我妈妈和女儿果然在庙里拜佛进香，来，进庙见过。

粘 龙
木 虎 （同）好。

〔**【小锣三击】**张定引粘龙、木虎进庙，挖到舞台右侧“大边”台口。

张 定 妈妈，女儿来，来，来，快见过二位大爷！

丁 氏 （莫名其妙地看看粘龙、木虎）女儿上前见过。

张鸾才 （上前拜揖）二位大爷，奴家有礼！

〔【小锣一击】粘龙、木虎偷看张鸾才，二人暗示点头。

粘　龙
木　虎　（同）长得不错。张先生，咱们店房一叙。

〔【小锣三击】粘龙、木虎出庙，“下场门”同下。张定欲出庙，突然被丁氏一把抓住衣襟。

丁　氏　老老站住！你叫女儿与那二人见礼，他是甚等样人？

张　定　（不知所措地）这？你拿耳朵来。

〔【扎扎扎，小锣一击】张定与丁氏耳语，摇手暗示噤声。转身出庙向“下场门”跑去。

丁　氏　（惊叫地）老老不行啊，你回来！

张鸾才　母亲，（抓住丁氏）方才叫女儿与那二人见礼，他是何人？

丁　氏　（气愤地）儿呀，你家爹爹失落杨府银壶，无钱包赔，他把你卖了！

张鸾才　哎呀！

〔【大锣一击】张鸾才异常惊愕，向后退步。【叫头】

张鸾才　（哭泣地扬水袖）母亲！老娘！哎，娘啊！

〔西皮导板〕

张鸾才　【大锣凤点头】サ（0 6 5 i 3 2 7 6 2 1 －）i 3. 6 5
听　一　言

5 7. 6 5 6 2. i 6 i 3. 2 i 2 － 2 － i －
吓　得　我　神　魂　飘　荡，
（抖水袖，抬左手扶摸胸部）

〔西皮散板〕

【凤点头】（0 6 5 5 3 2 6 2 1 －）3. 6 5
不　如

5 3 5 6 － 5 6 5 3 5 3 5 －
碰　死　在　庙　堂。
（扬右手水袖，上前一步欲碰庙门，丁氏忙拦阻）

〔【撕边大锣一击】此时邱小义跳上佛桌，见张鸾才欲碰死庙内，在桌上着急跺足，双手互相搓摸，随之，从佛桌上翻“台蛮”筋斗，正落到丁氏和张鸾才面前，二人惊呆。

丁　氏
张鸾才　（惊叫地）打鬼！（**嘟仓**）打鬼！（**嘟仓**）（往后退步，扬水袖）（**嘟仓**）

邱小义　（站“大边”摇手）别害怕！我不是鬼，我是人。

丁　氏　（上下打量邱小义）是人你也不是好人，是个贼！【小锣一击】

邱小义　不错，我本是贼人。你家银壶被我盗去，你母女不要寻死，我将银壶还回就是。

〔【大锣一击】丁氏、张鸾才顿时惊喜，立即上前跪拜。

丁　氏
张鸾才 （同跪拜道）大爷请上，受我一拜！

〔【大锣一击】邱小义双手搀起丁氏。张鸾才自己站起。

邱小义 不要拜啦。起来，起来！我去到店房，打退了这桩买卖，把银壶还给你们。

丁　氏 （激动地）请问爷爷尊姓大名？

邱小义 提起我的姓名，不要害怕！（摇手）

丁　氏 请您说吧。

邱小义 听了！（拉“云手”亮住）

〔西皮散板〕

【大锣凤点头】（过门略）サ 1　2　2　3　3 2 2　2 1 6̣ 1 2　2 －（仓）

海　空　飞　邱　小　义　是　我　名　号，

（抬右手拍腰间，“飞脚”落地“前弓后箭”，抬右手牵马动作）

3　2 5　3　1　2　2　2 1　6̣　1　1　－ ‖【住头】

江　湖　上　人　称　我　盗　马　英　豪。

〔丁氏、张鸾才立即跪拜，邱小义“高毛”筋斗，从二人头顶跃过，出庙，“上场门”下。

〔丁氏、张鸾才起身寻找邱小义。

丁　氏 邱义士哪里走了？

张鸾才 真是侠义之人。

丁　氏 这就好了。咱们赶快回去把此事告知你爹爹。

张鸾才 咱们回去吧。

〔【小锣打下】丁氏领张鸾才从“下场门”下。

第　七　场

〔正中一桌一跨椅。

〔张定内白：“二位随我来！”【小锣五击】张定引粘龙、木虎“上场门”上，至台正中。张定抬头看店房匾额。

粘　龙 （念）只要他心肯，（指张定）

木　虎 （念）豁上百两银。

张　定 （摇头念）卖了亲生女，不算丧良心。

二位请至店房。

粘　龙
木　虎 （同）好。【小锣一击】

〔张定领粘龙、木虎进店房。

粘　龙
木　虎 （同）张先生，你的女儿见着啦，要多少银子？

张　定 要五百两银子。

粘　龙
木　虎　(惊讶地）啊！一个活人，哪值五百两银子？
张　定　活人不值五百两银子，难道死人倒值五百两吗？
粘　龙
木　虎　(同）太多了。我们只给三十两。（用右手出三个手指）
「【小锣一击】张定见粘龙、木虎出三十两，摇头后退。
张　定　呃！三十两不够本。（扭头转身不理粘龙、木虎）
粘　龙
木　虎　(同）你自己女儿，有什么本儿？
张　定　从小养大，（用右手表示从矮到高）哪一天不吃不喝，并非容易。
粘　龙
木　虎　(同）与你五十两。（二人对视表示五十两）
张　定　五十两不卖。
粘　龙
木　虎　(同）给你一百两银子吧。再多啦，我们就不要啦。（用手表示一百两）
张　定　(愁苦地看看粘龙、木虎的手指表示的一字）二位大爷，（哭泣地）我的儿呀！【小锣一击】（用右手水袖揾泪）
粘　龙
木　虎　(同）嘿嘿！（甩袖）谁是你儿子！别开玩笑。
张　定　嗐！我就舍了吧。
粘　龙
木　虎　(同）还得写一文约。
张　定　那总得写的。
粘　龙
木　虎　请一位代笔先生。
张　定　我自己写吧，待我取笔墨纸砚。
「【小锣五击头】张定出门至“下场门”取文房四宝，放在桌上，坐“跨椅”写文约。
「【镲锅小锣五击头】邱小义从“上场门”上，至“小边”台口，向店房内。
邱小义　(向“下场门”内）列位请啦！
「“下场门”内应：“请了。”
邱小义　张定先生在你们店房吗？
「“下场门”内应：“现在店房。”
邱小义　有劳啦。（双手向“下场门”拱揖。随【小锣一击】进店房，见张定正写好文约，邱小义立即从张定手里抢过文约。【小锣一击】粘龙、木虎、张定一惊，打量邱小义）
张　定　(哀求地作揖）大爷，不要打散我的买卖。
邱小义　你为什么卖你的女儿？
张　定　(哭丧着脸）因为丢了元戎杨存中大人府里的银壶，卖我女儿好赔他。
邱小义　若是有了银壶，你还卖不卖啦？
张　定　(兴奋地）若是有了银壶，我就不卖啦。
邱小义　你看！

「【镲锅、小锣一击】邱小义从怀里取出银壶，递给张定。

张　定　（如获至宝，喜出望外）啊！有了银壶，我就不卖了，不卖啦！

「【小锣一击】张定从邱小义手里抢过银壶，边说边出店房门。

张　定　有了银壶，我就不卖啦。

「【小锣一击】张定朝着邱小义深施一礼，立即出店门从“下场门”下。

粘　龙
木　虎　（生气地）回来！回来！【小锣一击】你的女儿不是卖给我们了吗？

「【小锣、镲锅一击】邱小义上前用手拦住粘龙、木虎。

邱小义　慢喳！他女儿卖给你了，有何为证？

粘　龙
木　虎　（同）现有文约。

邱小义　在哪儿哪？拿来我瞧瞧！（伸右手向粘龙要文约）

粘　龙
木　虎　（同）文约你拿去啦。

邱小义　（故意地）在哪儿哪？

粘　龙
木　虎　（同）在你手里哪。

邱小义　（把文约交到左手，伸右手）你看！【小锣一击】

粘　龙
木　虎　（惊奇地）没有？那只手。（指左手）

邱小义　（抬左手展示文约）这就是文约？我念念，你听听：“立字人张屁股……”

粘　龙
木　虎　（同）张定。

邱小义　屁股和定不是一样吗？

粘　龙
木　虎　（同）“定”字好听嘛。

邱小义　（瞟了一眼）“定”字写得不好，我撕了吧！（把文约撕了）

粘　龙
木　虎　（气怒地用右手指邱小义）嘟！【大锣一击】撕坏文约，该当何罪？

邱小义　你们说，私买人口，又该当何罪？（双手张开怒斥粘龙、木虎）【大锣一击】我写二指大的帖儿，把你二人送到衙门，（伸右手指前方）叫打你们三十，连二十九也不能打你们！【大锣二击】（怒指粘龙、木虎）

粘　龙
木　虎　（同）讲说此话，你叫什么名字？（怒指邱小义）

邱小义　（右手拍腰间）大太爷邱小义！【大锣一击】

粘　龙
木　虎　（惊奇地）啊！常在北国盗马，人称“海空飞”就是你吗？（二人怒指邱小义）

邱小义　那是大太爷的绰号。

粘　龙
木　虎　（同）什么绰号不绰号的！今天碰着我们哥儿俩，你走不了啦！

邱小义　(满不在乎地)怎么喳,就遇到你们这两块料,大太爷就走不了啦？哈哈——(冷笑)
粘　龙
木　虎　(挥动拳头，同）走不了！【大锣一击】
邱小义　(轻视地）什么走不了啦?(边说边退至“下场门”，得意地)这不是走了吗?【小锣一击】
木　虎　(目瞪口呆地）嘿，好一个绝色女子，被邱小义打散啦。
粘　龙　不要着急。此地不落网，别处再下钩。
木　虎　(垂头丧气地）哎——【小锣下场】
　　　　〔粘龙、木虎从“上场门”同下。

第　八　场

〔正场堂桌、两把椅、“下场门”前三张半高台①。
〔【撤锣、小锣五击头】张定提着银壶引邱小义从“上场门”上至舞台“小边”台口。
张　定　(念）多谢侠义恩，（双手向邱小义作揖）
　　　　　　陪我见大人。（抬左手指右侧）
邱小义　(念）大胆说真情，（扬左手）
　　　　　　有祸我担承。（用右手拍腰间）
张　定　大爷，来到杨府。
邱小义　大胆禀告，有我承当。
张　定　(向“下场门”作揖）有请中军老爷!
　　　　〔【大锣五击头】中军从“下场门”上，提开氅出府门。
中　军　你还壶来了?
张　定　还壶来啦。（很得意的神态）
中　军　我道是你这老狗抵换，果然不差。
张　定　(赶忙摆手)我哪儿敢做那宗事？银壶(左手提着银壶特地让中军看)被这位大爷偷去啦，如今他来还壶。
　　　　〔【撕边大锣一击】中军捋胡须看邱小义。
中　军　(奇怪地）银壶可是被你盗去的?
邱小义　(向前迈步走在舞台中间，张定后退）正是小人盗去。
中　军　你叫什么名字?
邱小义　小人叫邱小义。【小锣一击】
中　军　常在北国盗马，人称“海空飞”，莫非就是你吗？（左手捋胡须，右手指邱小义）【小锣一击】
邱小义　乃是小人绰号。（抬右手指自己）
　　　　〔中军转身向“下场门”招手，上差役从“下场门”上，手拿锁链，站“大边”。
中　军　(又瞟了一眼邱小义）什么绰号？来，带了!
　　　　〔【大锣一击】二差役立即用锁链把邱小义锁上。

---

① 三张桌摞一起，上摆一把椅，俗称三张半高台。

张　定　啊！（吃惊地）大爷……

邱小义　（向张定）别害怕，你去你的，没你的事。

张　定　大爷……（上前拉邱小义）**【小锣一击】**（邱小义向张定摆手）

　　〔张定慢慢退步，从“上场门”下。中军进门向“下场门”拱请。

中　军　有请大人！

　　〔**【大锣五击】**杨存中“下场门”上，至台正中。

杨存中　眉锁江山恨，心怀社稷恩。（拱手式）**【住头】**何事？（转向“大边”中军）

中　军　（弯腰拜揖）邱小义前来还壶。

杨存中　（捋胡须惊奇地）噢！他前来还壶？带到二堂。**【大锣五击】**（转身至台正中“小座”）

差　役　（拱手弯腰从“大边”“挖门”告进）报！邱小义告进！

　　〔邱小义从“小边”随差役“挖门”时，**【撕边、大锣一击】**“小毛”筋斗跪在杨存中跟前，二差役转身找邱小义，才发现他已跪在那里。

邱小义　叩见大人。

杨存中　邱小义你盗去他家银壶，又来还壶，是何理也？

邱小义　大人容禀！**【大锣五击】**（念）小人自幼练就飞檐走壁，偷富济贫，行侠作义。昨夜盗走张家银壶，谁知大人降罪，张定为还银壶被迫卖掉爱女。是我得知此事，不忍他父女分离，故尔亲自还壶，罪责一人承担，死而不屈。

杨存中　听你讲话，倒是个义贼。（抬右手下指邱小义）

邱小义　（双手拱拳）大人夸奖啦。

杨存中　邱小义，我将壶放在府中，你可能盗去？

邱小义　小人能盗。但不知将银壶放在何处？（抬右手指斜上方）

杨存中　放在本帅案上。

邱小义　小人能盗。但不知何人看壶？

杨存中　命书童看壶。

邱小义　小人能盗。（向杨存中叩头）

杨存中　好。中军，送他出去。（抬右手指邱小义）

中　军　是。（双手拜揖）邱小义，随我来！

　　〔邱小义站起来，**【撕边大锣一击】**中军出门，邱小义快步出门。

中　军　邱小义，你可能盗壶？

邱小义　小人能盗。（抬右手挑大拇指，反指自己）但不知到底是何人看壶？

中　军　书童看壶。

邱小义　小人能盗。

中　军　好。只要你盗得准！（指邱小义）

邱小义　只要他看得稳！（抬左手指正场）

中　军　只要你盗得妙！（指邱小义）

邱小义　只要他看得到！（**【撕边大锣一击】**邱小义抬左手从中军背后抓走中军盔，放在胸前，快步至“上场门”欲下。中军转身欲进府，发现自己的中军盔丢了，急转身叫邱小义）

中　军　（焦急地呼叫）邱小义回来！**【大锣一击】**

　　〔邱小义将中军盔戴自己的头上，转身至台正中。

邱小义　中军老爷！

中　军　（指邱小义的头）我的帽子，你怎戴上了？

邱小义　（从头上摘下中军盔）**【撕边大锣一击】**这是你的？给你！

〔邱小义将中军盔递给中军，转身急从“上场门”下。**【冲头】**此时家将从“下场门”上，中军戴好盔头，与家将见面。

家　将　（向中军拱手）烦劳回禀，周丞相差人前来下书。

〔中军接书信。

中　军　请稍候。**【大锣五击】**（中军进门，向杨存中禀报，拱手）启禀元帅，周丞相差人下书。

杨存中　书先进，人落后！

〔**【大锣一击】**中军出门，向站在“大边”的家将白。

中　军　书先进，人落后。

〔家将从怀中取书信递交给中军，中军接书信，进门，家将转身从“下场门”下。**【大锣五击】**

中　军　书信呈上。

杨存中　（站起身接书信）中军，吩咐掌灯！

中　军　书童掌灯！

〔书童手拿蜡灯从“下场门”上，站“大边”，中军从“上场门”溜下。

杨存中　（拱手式）周丞相有书信到来，待我拆开一观。书童！

书　童　有。

杨存中　仔细看守银壶。

书　童　是！（书童站在桌的右侧，瞪大眼睛双手叉腰看守放在桌上的银壶）

〔**【软撕边，软四击头】**邱小义“下场门”跑上，十分灵敏地登上正场堂桌后面摞起的三张半高台，在椅子上拿一把顶。

〔**【夺头】**杨存中拆书信一观。左手持书信，右手捋胡须。

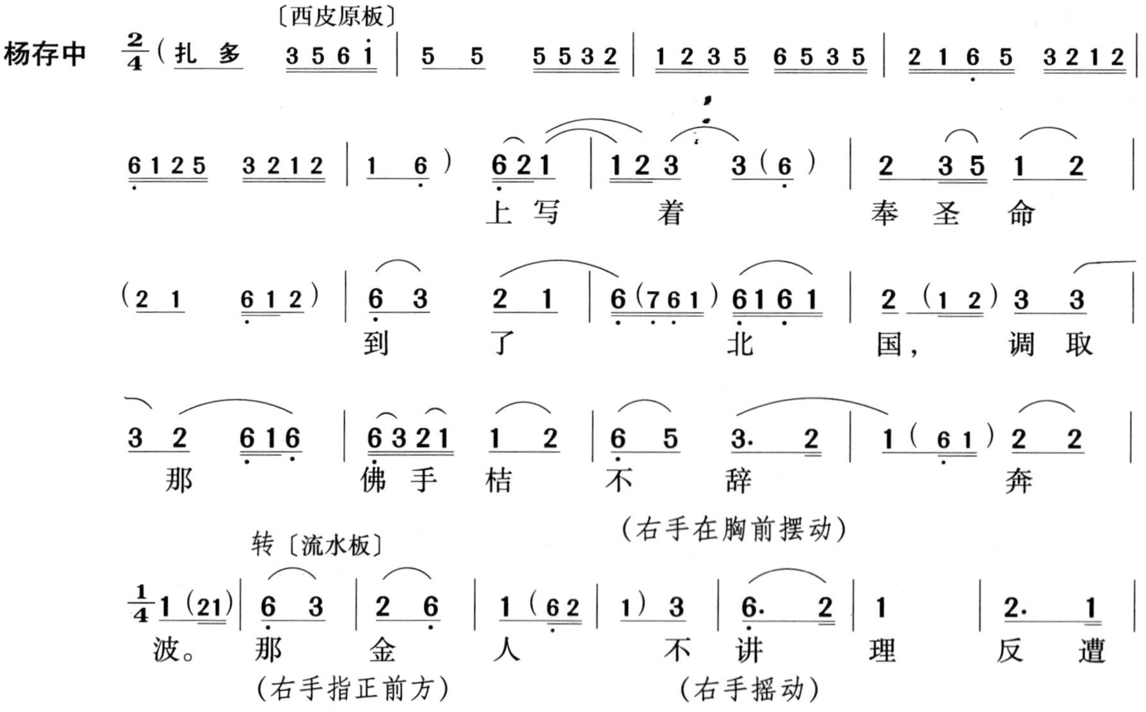

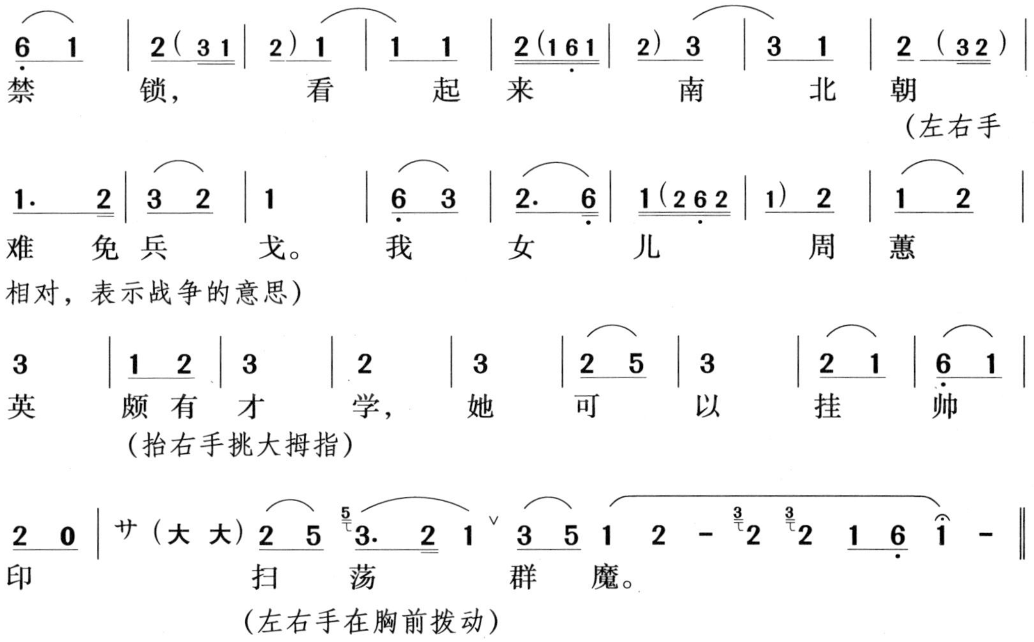

［邱小义在高台上观察大厅里杨存中、书童的动静。

邱小义　（着急地）**【叫头】**哎呀且住！杨大人灯下看书，书童瞪着两只大眼睛死盯着银壶，我可怎么下手呢？（双手向外合翻，眼睛一转，计上心来）咳！有啦。**【小锣五击】**我不免在天井上面，带来长长的竹竿，趁机再下功夫！

［**【撕边、大锣一击】**邱小义从高台上翻“台蛮”筋斗下。

杨存中　周丞相在北国遇难，必须立即想一良策，解救与他！（抬右手向前方指）

［幕内传点声，**【大锣边一击】**中军溜上。

杨存中　何人传点？

中　军　（向“上场门”呼问）何人传点？

［幕内“上场门”内杨夫人：“夫人传点。”

中　军　启禀大人，夫人传点。

杨存中　请夫人出堂！

中　军　二堂传唤，请夫人出堂！

［**【小锣五击】**杨夫人从“上场门”走至“小边”台口，抖水袖。中军摆“八字椅”。

杨夫人　（念）一门皆将种，

夫婿是英雄。（抬右手挑大拇指，微笑，随后“挖门”）

杨存中　（站起迎接）夫人到了，（抬右手让座）请坐。

杨夫人　（向杨存中拜揖）有坐。

［**【小锣住头】**杨存中、杨夫人入座“八字椅”。

杨存中　夫人不去安歇，出堂何事？

杨夫人　只因我儿元玉入山射猎，这般时候，未见回府，妾身放心不下。

杨存中　吩咐中军，寻我少爷！

中　军　是。

［中军拱手转身欲出门。幕内杨元玉喊：“走哇！”**【大锣水底鱼】**四官兵引杨元玉

挥马鞭"上场门"上，至"小边"台口"一条鞭"。

杨元玉 （勒马念）行围去射猎，方显是豪杰。（转身下马）

〔【冲头】杨元玉下马把马鞭交给官兵，四官兵"上场门"下。杨元玉"挖门"站台正中，向父母拜揖。

杨元玉 参见爹爹、母亲！（跪在正中）

杨存中 （怒指杨元玉）嘟！【大锣一击】你这奴才，游猎须有节制，你每日郊外行围射猎，若不打你，（伸右手挥拳式）焉能改过？书童！

书　童 有！

〔【撕边、软四击】邱小义手持竹竿上高台亮相。

杨存中 看家法！

书　童 是啦。

〔书童转身至"下场门"幕内拿家法（竹夹板）给杨存中，立即看守银壶。邱小义站在天井高台上，手持长竹竿亮相，勾银壶，未能勾到。书童忙转身看壶。

杨存中 （气愤地）奴才！

〔【大锣凤点头】杨存中手持家法，怒打杨元玉，杨夫人忙拦阻。

〔西皮散板〕

杨存中 サ（0 6 5 5 3 2 6 2 1 －）3 3 4 3 1 2 3 3 －
奴 才 终 日 回 家 晚，
（左手怒指，右手拿家法打杨元玉）

（6 1 2 3 3）3 2 1 2 2 3 1 －（0 0 5 5 3 2 6 2 1 －）
（仓） 不 读 诗 书 尽 贪 玩。 （仓）

3 2 2 1 1 － 1 1 2 1 3 2 1 1 2 － 2 5 3. 2 1
今 日 我 将 你 教 管，看 你 还 敢 游 手
（怒指杨元玉，杨夫人拦阻） （抖左手

1. 2 3 5 3 2 － 3 2 3 2 1 6 1 － ‖【住头】（杨元玉用水袖遮脸哭）
好 闲。
水袖）

杨夫人 （向杨存中苦苦哀求）啊老爷，你就饶恕孩儿吧。

杨存中 （看看杨夫人，又怒视元玉，抖水袖）哼！念在夫人讲情，饶恕你这个奴才。书童！

书　童 有！

杨存中 接家法！

书　童 是！

〔【长软撕边】书童跪到舞台正中，接杨存中手里的家法。邱小义双脚勾住高台上的椅子背，下腰做"金钩钓鱼"姿势伸下长竹竿将桌上摆放的银壶勾走。书童急转身双手捧着家法至桌前，【大锣一击】发现银壶不见，呆愣。

书　童 （惊叫）啊！

杨存中 （回身问）书童，看壶！

书　童 壶没啦！

〖**【大锣一击】**杨存中、书童惊奇。邱小义站在高台上。

邱小义 杨大人，邱小义还壶！

〖**【大锣一击】**杨存中、杨夫人、杨元玉、书童、中军抬头看天井上的邱小义。**【软撕边、大锣一击】**邱小义手持银壶从高台上翻“折腰”筋斗，落在舞台正中间。

邱小义 邱小义叩见大人，（叩拜）前来还壶！（双手捧着银壶呈与杨存中）

〖中军立即将银壶递给杨存中。杨存中惊讶地看壶。**【撕边大锣一击】**

杨存中 （惊奇地）邱小义你几时进府？

邱小义 三更入府。（抬右手伸三个手指，表示三更）

杨存中 几时盗壶？（伸左手点邱小义）

邱小义 在打少爷的时候，小人盗的银壶。**【小锣一击】**

杨存中 （捋胡须一惊）在哪里来盗？

邱小义 在天井上面。（双手“云手”指高台）**【撕边大锣一击】**

杨存中 （站起身来抬头望高台）噢！果然武艺超人。

杨元玉 爹爹，如今朝内要用佛手橘，非此人不可。（伸右手指邱小义）

杨存中 （双手击掌）是啊。不是我儿提起，险些错了机会。（转向跪在正中的邱小义）邱小义，你会做何生理？

邱小义 小人会做五味高酒。

杨存中 好，好。起来讲话。

邱小义 谢大人。**【大锣五击】**（邱小义起身站“小边”）

杨存中 中军。

中　军 有。

杨存中 快取五百两银子。**【小锣一击】**

中　军 是。

〖中军至“上场门”内取银包。

中　军 银子取到。

杨存中 这儿有五百两银子，你在府外开一酒馆，每日府下送酒。

邱小义 多谢大人！（双手拜揖）

〖**【大锣五击】**中军把银包递给邱小义，邱小义接过银包，出门。书童追出门来。杨存中、杨夫人和杨元玉、中军“下场门”下。

书　童 小义哥，真有你的，（抬右手指邱小义）我两只眼睛死盯着银壶，还叫你盗去啦。

邱小义 谁让你不留神啦。

书　童 小义哥，听说你要开酒馆？

邱小义 不错。我要开酒馆请你喝酒。（抬左手指书童）

书　童 好，我扰定了你啦。

邱小义 我一定请你。（抬左手指书童，趁此机会将书童帽子抓去，急步向“上场门”走去）

〖**【软撕边小锣一击】**邱小义顺手拿着书童帽子，不想书童黑软罗帽系着长长一条绳子，邱小义快步往“上场门”走，绳子拉得长长的，最后把书童拖住追邱小义。

书　童 小义哥，你回来，你回来！我早就防备你这手呢。

邱小义 真有你的。

〔邱小义把罗帽扔给书童，**【小锣五击】**“上场门”下。书童拿着绳子戴好罗帽，进府，“下场门”下。

第九场

〔一桌三椅。

〔周蕙英内白：“勇儿带路！”勇儿应白：“是啦！”**【大锣纽丝】**勇儿引周蕙英“上场门”上，“站门”，周蕙英男装打扮，腰挂宝剑，左手提褶子敞开，“上场门”上。周蕙英至“九龙口”右手抖袖。锣鼓收住。

〔西皮散板〕

周蕙英 サ(0 6 5 5 3 2 6 2 1̇ -) 1̇ 1̇. 6 5 3. 6 5 7 6 6 3 5
闺 阁 女 流 志 愿
(右手指胸部后往外翻手掌)

6. (4 3. 5 6 6) 1̇ 5 6 6 5 6 5 3 5 - ‖**【住头】**
广， (仓) 乔 装 游 戏 变 行 藏。
(右手抖袖至舞台正中)

周惠英 奴家，（抬右手扶摸胸部，以警惕的目光环视四周）周蕙英。**【大锣二击】**爹爹周必人，（拱手）宋室为臣，官居丞相。只因后宫娘娘染病，我父奉旨，去往金邦调取佛手橘，（右手向前方指）不想被金人囚禁，是我父买通看守人，（左手放褶子指右前方）差家将回朝报信，要与杨元帅一同发兵搭救。（右手指前方）闻得杨元帅收了“海空飞”邱小义，命他开设酒店。我想要取佛手橘非邱小义不可。（抬右手挑大拇指）为此带了侍女勇儿，（伸左手指右侧站在“大边”的勇儿）主仆二人换了男装，去到酒店（抬右手指左前方）看看邱小义是何等样人。勇儿带路！（抬左手指勇儿随之抖水袖）

〔西皮摇板〕

周蕙英 **【凤点头】**(过门略) 3 6 5 7 7 5 6 (6 5 3 5 6 6) 7 6 3 5 - 5 6 -
勇 儿 随 我 酒 店 往，
(抬右手指前方，眼睛看勇儿)

〔**【纽丝】**勇儿向右转身“圆场”引周蕙英到“小边”台口。

周蕙英 (过门略) 3 6 5 5 1̇ 6 5 1̇ 6 5 3 5 3 5 - ‖**【住头】**
只 见 酒 旗 空 中 扬。
(抬左手指台正中酒店)

来此已是。酒家哪里？

〔酒保从“下场门”上，肩上搭着一条毛巾。

酒　保 啊哈——**【小锣五击】**（至“小边”台口）好酒千家醉，开坛十里香。（出门，满脸陪笑地迎接周蕙英）客官，您是吃酒的吗？

周蕙英 （点头）正是。

酒　保 （热情地）请到里面。

〔【大锣五击】酒保引周蕙英、勇儿进门，“跨椅”。周蕙英坐正场“大座”，勇儿坐“大边跨椅”。

酒　保 客官您用些什么？

周蕙英 好酒取来。

酒　保 是啦。（转身向“下场门”高喊）伙计们，好酒一壶啊！

〔酒保向“下场门”，取出托盘、酒壶、两酒杯。返回放在周蕙英面前。【小锣二击】

酒　保 客官酒到！

周蕙英 唤你再来。

酒　保 是啦。

〔酒保转身从“下场门”下。

〔杨元玉内白:“走哇！”【小锣抽头】，从“上场门”上，至“九龙口”抖水袖。

〔西皮摇板〕

杨元玉 （7 | 6 | 5· 5 | 5 5 | 3 6 | 5 i | 3 2 | 1 21 | 6 5 | 5 5）

3 6 5 5 7 6 7 6 5 5 5 5 6 - ┊（【小锣一击】“行弦”）

闲　来 无　事 酒 店　往，

（站“小边”台口，翻水袖看酒馆）

〔酒保出门迎接杨元玉。

酒　保 公子里面请。（热情地抬左手往门里让）

〔【小锣凤点头】杨元玉进门，站“大边”。

杨元玉 （过门略）3 6 5 i 6 5 6 6 3 5 -（5 5 3 6 5 0）‖

快　请 邱 爷 叙 衷　肠。

（抬左手对酒保白）

酒保，请你家邱爷！

〔舞台“大边”设旁桌“大座外跨椅”。酒保弯腰让杨元玉坐。随后转身向“上场门”请邱小义。

酒　保 （双手作揖）有请掌柜的。

〔邱小义在“上场门”幕内：“啊咳！”【小锣五击】从“上场门”上，至“小边”台口。

邱小义 （念）一生行侠义，（抬左手挑大拇指向斜上方）

　　四海有人知。（双手在胸前从里向外弧形伸展）

（问酒保）什么事？

酒　保 公子来啦。

邱小义 待我出迎。

〔【小锣二击】邱小义“挖门”见杨元玉，双手作揖。

邱小义 公子请坐。

杨元玉 请。

〔【小锣五击】杨元玉坐“大边”斜桌“大座”，邱小义坐“跨椅”。【单鼓点小锣一击】杨元玉、邱小义同看正座的周蕙英。

杨元玉 哎呀且住！【小锣一击】上面那一酒客丰神秀雅，待我问他一问。

〔杨元玉出座向周蕙英拱手搭话。

杨元玉 座上客官请了！

周蕙英 （立即起身热情地拱手）请了！我与足下素昧平生，不知尊姓大名？（随后走出堂桌至台左侧）

杨元玉 俺乃杨元帅之子元玉是也。请问客官上姓？

周蕙英 俺乃益国公周丞相之子周英。

杨元玉 既是通家，小弟要做个东道主人。

周蕙英 （拱手）岂敢！

杨元玉 （转向“大边”）邱店主见过周公子。

〔【小锣五击】邱小义向周蕙英双手作揖。

邱小义 周公子，有礼啦！

周蕙英 （向杨元玉问）此位是？

杨元玉 店主邱小义。（抬左手指邱小义）

周蕙英 （顿时一惊）原来是四海闻名的邱侠士，失敬了！（向邱小义拜揖）小弟独饮无趣，何妨洗盏共酌？（抬左手向正场堂桌指）

杨元玉 （上前忙拦）且慢！【小锣一击】今日地祇太保温天君庙中盛会，你我何妨到那里游玩一番？（抬右手指前方）

周蕙英 （双手拜揖）小弟奉陪。

杨元玉
周蕙英 （相互拱手）请。正是：（扎）相逢新友如故旧，

邱小义 不料英才尽少年！（挑大拇指，转向酒保）酒保，好好做买卖，我这就来。

酒　保 是。

〔【原场】杨元玉、周蕙英、邱小义三人互拱手出门，“下场门”同下，勇儿随下。酒保收拾酒壶、酒杯拿托盘“下场门”下。

第　十　场

〔空场。

〔【乱锤】张定领张鸾才“上场门”，焦急地跑上，不时回头张望。

张　定 女儿快走，他们追来了。

张鸾才 爹爹，我两腿抖颤难以行走。（扶摸双腿）

〔幕内粘龙、木虎高喊：“张先生，张生生！”随后【急急风】粘龙、木虎从“上场门”带领改装汉装打扮的四番兵追上。张定拉着张鸾才急跑，粘龙、木虎追，“圆场”。张鸾才突然滑倒，“屁股坐”。粘龙上前抓住张鸾才，张定赶忙阻拦。四番兵将张定围住。

张　定 你们青天白日敢抢民女，难道就不怕王法！

粘　龙　我们花银子买你的女儿，怎说抢劫民女？

张　定　现在我不卖啦。

〔张鸾才哭泣地扑向张定。

粘　龙
木　虎　（同）那一女子不用哭泣，我实告诉你，我们是金邦来的。你要是跟我们回去，保管富贵不小。

张　定
张鸾才　（大吃一惊）啊！【大锣一击】金邦来的？！即是金邦之人，越发不该无理了！

粘　龙　我们花银子买你，讲什么无理不无理。快快将这女子带走！

四番兵　啊！

〔【乱锤】木虎与四番兵抢抓张鸾才。

张鸾才　（哭叫地）爹爹！爹爹

张　定　鸾才！女儿——

〔张定向前欲抓张鸾才，被粘龙一脚踢倒，张定"抢背"摔倒在"小边"台口。木虎与番兵抓走张鸾才，从"下场门"下。粘龙怒斥张定。

粘　龙　好不识抬举！

〔【冲头】粘龙从"下场门"下。【撕边】张定爬起"跪步"至"下场门"口。【大锣一击】

张　定　强盗啊！

〔【水底鱼】邱小义、杨元玉、周蕙英、勇儿"上场门"急上，见张定哭泣。

杨元玉
邱小义　（同）张先生为何啼哭？

张　定　（立即抓住邱小义）邱大爷、杨公子，那伙强人把我的女儿抢走了。

邱小义
杨元玉　（同）竟有这等事，大家赶上！

〔【小回头、原场】杨元玉、周蕙英上步"跨腿""拉山膀"，同奔"下场门"下，勇儿随下。邱小义至"小边"台口，【半拉夺头、四击头】走"扫堂"、"旋子"亮相。【急急风】从"下场门"快步而下。张定擦泪追下。

第十一场

〔空场。

〔【急急风】粘龙拉张鸾才，木虎与四番兵随后护卫，"上场门"快速而上。

〔突然幕内传来杨元玉、周蕙英的呼喊声："狂徒休走！"

粘　龙　快走！他们追来了！

木　虎　（挥右手向番兵招呼）快走！

〔【急急风】粘龙拉张鸾才等人"圆场"至"上场门"，杨元玉、周蕙英、勇儿上，追粘龙、木虎等人，又一"圆场"，至"九龙口"，邱小义突然冲上，"一拦、两拦"挡住粘龙去路。勇儿冲上，抢张鸾才拉往"下场门"下。邱小义与粘龙对打；杨元玉与木虎对打；周蕙英持宝剑与四番兵对打；此处开打均是"手把子"

“斗虎扯”。踢倒粘龙、木虎“抢背”亮相。周蕙英持宝剑追四番兵“下场门”下[①]。

〔邱小义在与粘龙开打时，用头部顶撞粘龙，趁其不备，伸手将粘龙腰里挂的木夹子盗过。邱小义打死粘龙“亮相”，追下。

〔**【急急风】**番兵从“上场门”翻筋斗“出场”，至“大边”台口。周蕙英持剑“五股档”，分别杀死四番兵。随后木虎从“上场门”翻“串小翻”挂“提”，杨元玉持刀跟着“串飞脚”或翻筋斗追上，二人对打“夺刀”，杨元玉一刀将木虎毡帽削掉，露出大辫子，杨元玉抓住木虎辫子，木虎想跑，几番争夺，木虎“旋扑虎”起身，被杨元玉一刀劈死。

〔**【急急风】**杨元玉“单刀耍下场”，**【夺头、四击头】**走“飞脚”、“骗腿”、“旋子”，“下场门”下。

第十二场

〔正场堂桌，桌上摆放印盒、文房四宝。惊堂木。

〔**【急急风】**转**【大锣五击头】**四红龙套手持“开门刀”、中军从“上场门”急上，“站门”。杨存中满脸怒气冲冲，双手提着红蟒“上场门”上，“九龙口”瞬间停顿，“踮步”至舞台正中放下蟒，双手抖水袖，向左转身至堂桌内，坐“大座”。

杨存中 （念）奴才惹人命，（右手指前方）
王法不徇情。（拍惊堂木）
本帅，（左手扬水袖，右手抓住）杨存中。**【住头】**方才有人报道，我儿杨元玉打死贩卖商，为此升堂。来呀！**【大锣一击】**

四龙套
中　军 （同）有！

杨存中 （愤怒地）吩咐刀斧手，将奴才押上来！

中　军 （双手拜揖）是。（至舞台正中）下面听者：将少爷押上来！

〔**【冲头】**四刀斧手押杨元玉从“上场门”上，“挖门”杨元玉背手捆绑，跪在台中，刀斧手左右分别站立。

杨元玉 爹爹！

杨存中 （拍惊堂木）奴才你可知罪？

杨元玉 孩儿身犯何罪？

杨存中 方才有人报道，你打死贩卖商，可是有的？

杨元玉 那是孩儿因那伙强人擅抢民女，孩儿路见不平，方将他打死。

杨存中 住了！

〔西皮散板〕
【快纽丝】サ（0 6 5 5 3 2 6 2 1）3 3 3 3 1 2 3 －（6 1 2 3）
奴 才 忒 欺 心，（仓）
（怒指杨元玉）

---

① 这里叶盛章扮演的邱小义与武净粘龙打一套“大双拍腿”。邱小义“扫堂腿”“绞柱”踢粘龙“肘棒子”，亮相。开打锣鼓根据武打动作灵活运用。

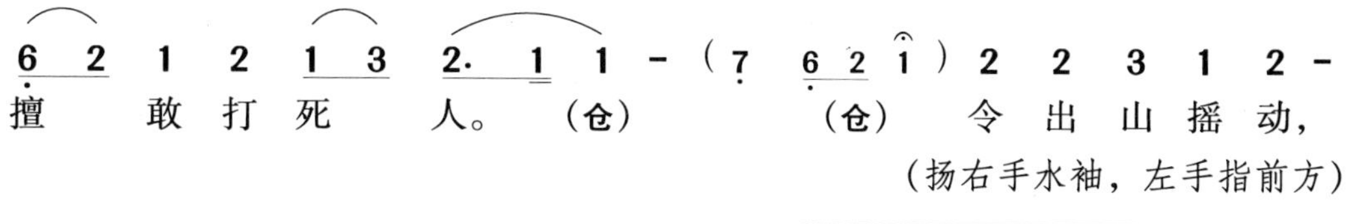

杨存中 中军,命你监斩,不得有误!(拍惊堂木)

中　军 (大吃一惊)这?【大锣一击】

〔杨元玉跪着走“反屁股坐”,惊呆。

杨存中 斩!

中　军 是。

〔【冲头】四红龙套分别两边下,杨存中“下场门”下。四刀斧手手持钢刀搀扶杨元玉至“大边”台口,坐在“门椅”上。中军垂头丧气站在杨元玉背后,四刀斧手站左右两边。

〔杨夫人幕内喊:“刀下留人!”【快纽丝】“上场门”上,至“九龙口”,焦急地扑向杨元玉,抖袖。

〔西皮散板〕

杨夫人

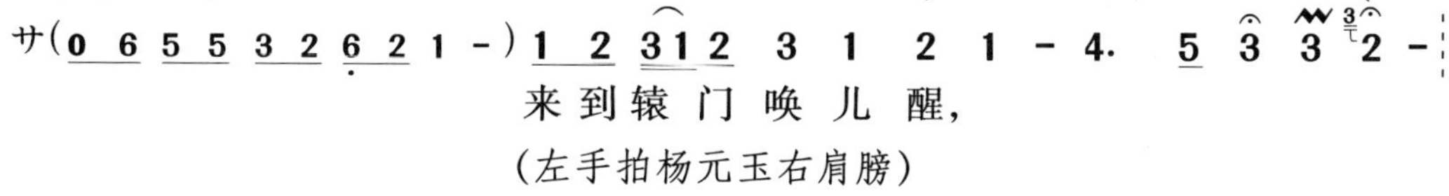

〔【乱锤】转【凤点头】杨夫人哭泣地双手颤抖唤杨元玉。

杨夫人

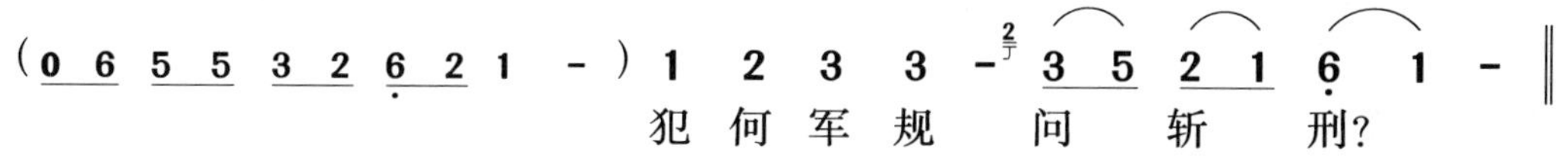

杨元玉 (哭泣地对杨夫人)母亲!

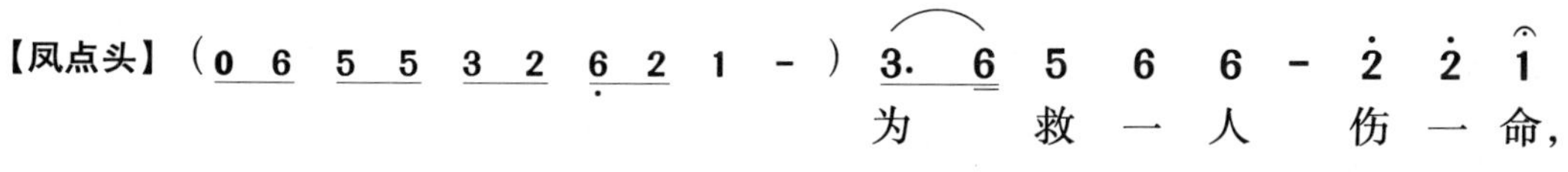

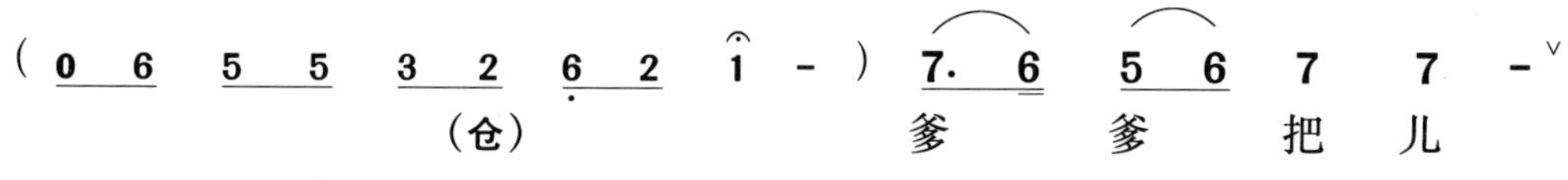

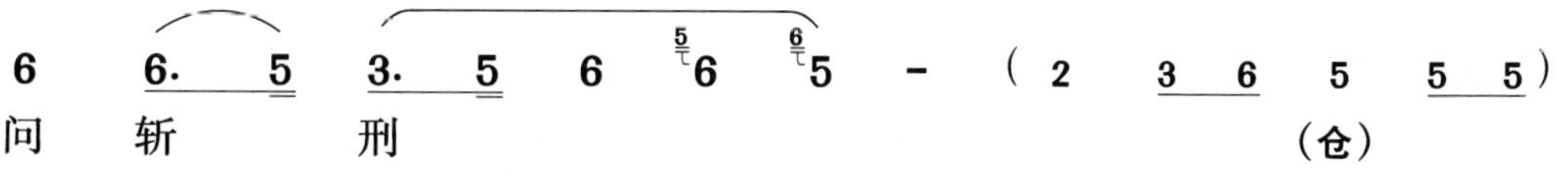

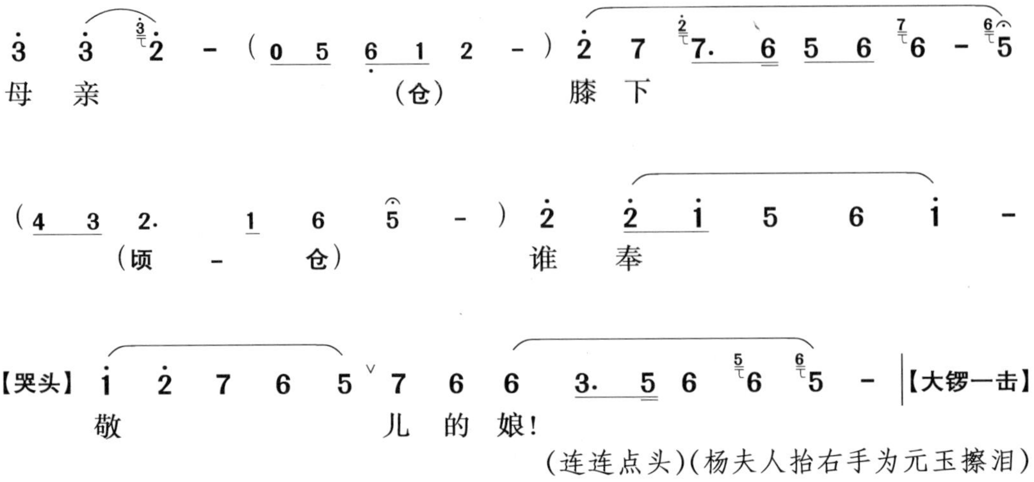

〔张鸾才内白:“走哇!”【快纽丝】“上场门”上,直接扑向捆绑在“门椅”上的杨元玉,杨夫人至右侧。张定、丁氏随之也从“上场门”焦急而上,站台正中。

张鸾才

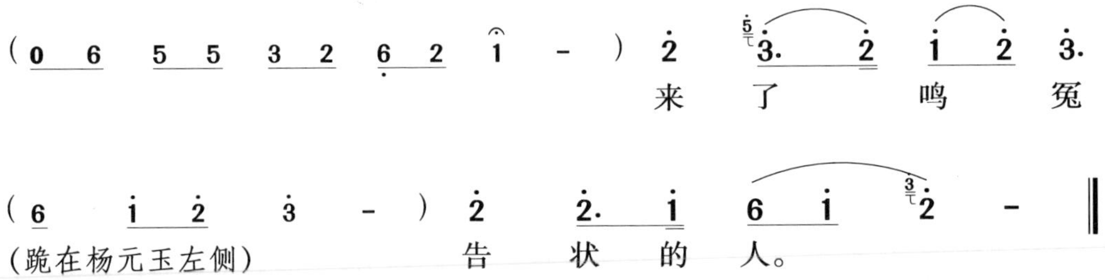

杨夫人 (惊奇地)你是何方女子,前来替我儿喊冤哪?

张　定
丁　氏 (走至杨夫人面前)叩见夫人!(向杨夫人拜揖)

杨夫人 (至舞台正中问张定)张先生,你夫妻也来了?

张　定 来啦。

丁　氏 来啦。

杨夫人 这女子是你什么人?

张　定 小人之女。

杨夫人 张姑娘前来,她有何冤枉?

张鸾才 夫人,(向杨夫人拜揖)我无冤枉,是为公子喊冤。【大锣一击】

杨夫人 (惊喜地把张鸾才搀扶起来)啊!?既是为我儿喊冤,张姑娘你快快随我同去帅府。

张鸾才 小女子遵命。

杨夫人 张先生,你夫妻也随我一同进府!

张　定
丁　氏 (同)是。

〔【冲头】杨夫人领张鸾才,张定、丁氏随后“下场门”下。

中　军 大人有命,将公子押赴刑场!

四刀爷 啊!

〔四刀斧手持刀欲押杨元玉赴刑场。【急急风】勇儿引周蕙英手持宝剑、邱小义手握单刀“上场门”急上。

邱小义
周蕙英 （同）慢动手！【大锣一击】

中　军 （惊讶地）邱小义？！你为何阻拦杨大人的军令？

邱小义 杨大人错杀无辜，我邱小义抱打不平就要阻拦！【大锣一击】

中　军 杨公子打死贩卖客商，杨大人大义灭亲，怎说错杀无辜？

邱小义 那两个贩卖牛马之人并非什么客商，乃是北国番将乔装改扮来到中原，为他主子挑选美女的。

中　军 （惊奇地）噢？！【大锣一击】邱义士你如何知晓呢？

邱小义 只因杨大人（拱手）夜作恶梦，请张定先生进府圆梦，赏赐上等酒宴。（双手在胸前从里向外划）宴罢之后，又因张先生好酒贪杯，把银壶美酒带回家中去饮。是我见银壶出奇，深夜潜入他家将壶盗走。惹得张先生无法还壶，被迫卖女抵壶。是我在太保庙拜佛进香，藏在佛案之下，听到张家母女为此事痛哭不止，便把银壶交还与他。（抬左手做交壶的手势）张先生有了银壶遂不卖女。那买美女的番将闻听大怒，光天化日竟敢抢劫张鸾才，将张定踢倒在地。（把手里单刀交到左手，抬右手怒指左前下方）此时我与杨公子和周家公子赶到，上前好言相劝，两名番将带领番兵强行无理，（右手示拳）虽说他们人多势众，却难以胜过我三人武艺。杨公子（突然向右侧“大边”杨元玉身边上步，护住他身）为搭救张家小姐一命，万般无奈，才把番将杀死，此乃是正义救人，怎能把他斩首？（双手对拍）中军老爷你虽然奉大人之命，（转向中军）身不由己，但也决不能错杀无辜！倘若杨大人弄清此事，你竟敢把公子斩首，到了那会儿，中军老爷，（抬左手把刀交到右手，在中军面前摇晃单刀）您的脑袋也就保不住啦！合斩合留你就快点儿拿主意吧！（双手合拍，跺右脚威逼中军）【大锣一击】

中　军 （退步吃惊，扬右手水袖，扶摸头部）啊？邱义士，事已至此，我如何处置？

邱小义 这？拿耳朵来。

〔邱小义与中军耳语，（扎、扎、扎）中军连连点头。

中　军 就依邱义士。

邱小义 （转向周蕙英）周公子、勇儿动手。

〔【急急风】邱小义、周蕙英向前用刀将杨元玉绑绳砍掉，中军向四刀斧手扬水袖哄众人“下场门”下。邱小义左手抓住杨元玉，右手假意舞动几下单刀。

〔【乱锤】中军也虚张声势地从“下场门”跑下。杨元玉向邱小义、周蕙英作揖。

杨元玉 多谢二位仁兄搭救！

周蕙英 搭救来迟，仁兄恕罪！（向杨元玉拜揖）

杨元玉 虽然暂且得了活命，只怕家父未必饶恕。（拱手）

邱小义 适才张家小姐来到府前高声大喊，替公子鸣冤，被杨夫人领进府去见大人，定能说明真相，大人一定赦免公子。（抬右手指元玉）

周蕙英 是啊。明天我舍妹发兵征战金人，搭救家父。仁兄扮作女子模样，混在女兵队里，同往金邦，救得家父回来，到那时，仁兄征战有功，他老人家也就无话可讲了。（双手伸出）

杨元玉 也只好如此。【小锣一击】

周蕙英 我还有事要跟仁兄商量。（抬右手指杨元玉）

杨元玉 有何金言？（双手作揖）

周蕙英 我家舍妹蕙英，文武全材，我有意——（羞臊地挡脸）**【小锣一击】**

杨元玉 有意怎么样？（双手张开，伸为弧形）**【小锣一击】**

周蕙英 这个？

邱小义 （看一眼周蕙英逼问地）周公子，您倒是说呀！**【小锣一击】**

周蕙英 有意将她许配仁兄，料无推辞了！（立即挡脸羞臊神态）

邱小义 （又瞟一眼周蕙英，向右侧背白）这真奇怪。（抬右手指周蕙英）怎么给妹妹提亲，大舅子会害臊？（走到杨元玉跟前）我说杨公子，这段姻缘，不可错过！**【小锣一击】**

杨元玉 既蒙见爱，小弟依允就是。

周蕙英 你答应啦。我可不陪你啦。

〔**【小锣长丝头】**周蕙英羞臊地从“上场门”跑下，勇儿跟下。邱小义望着周蕙英背影，杨元玉也在发呆。

杨元玉 （莫名其妙地）这是什么缘故？

邱小义 是啊，这是什么缘故？我也不知道。

杨元玉 奇怪呀，奇怪！（双手合掌，抖水袖）

邱小义 杨公子先到我酒馆暂避一时，等待时机再与大人说明。

杨元玉 只好如此。（垂头丧气地）

邱小义 公子，走吧！（左手握刀，右手让杨元玉先行）

〔**【大锣回头】**杨元玉扬水袖回身望府门，跺足长叹，双手抖袖外卷背手，从“上场门”下。邱小义涮刀亮相，也从“上场门”快步而下。

第十三场

〔一桌二椅，摆“小坐跨椅”。

〔**【长锤】**书童“上场门”上，“站门”站“大边”。杨存中从“上场门”上，至“九龙口”抖袖。

〔西皮摇板〕

杨存中 （过门同前）1 3 2 2 2· 1 1 6̣ 2 1 3 - 2（3 2 1 6̣ 1

掌 兵 权 顾 不 得 父 子 情 分，

（向舞台正中走）

2 1）5̣ 6̣ 2 3 1 3 ³2 1 3 2 1 6̣ - 1̇ - ‖（从舞台正中向右转身归“小座”）

虽 然 是 严 法 纪 到 底 寒 心。

〔**【小锣抽头】**杨夫人从“上场门”上，至“九龙口”抖袖。

〔西皮摇板〕

杨夫人 （过门同前）3 2· 1 1 - 1 3 ³2 1 2 1 2 2 -（3 2 1 6̣ 1 2 1

适 才 间 遇 秀 女 喜 之 不 尽，

6 5) 5 6 2 1 2 1 3 2 7 6 7 2 6 6 1 - ‖【住头】
眼见 得我的 儿有 了救 星。

「杨夫人从“小边”“挖门”至正场。书童把“小座”改“八字椅”。

杨夫人 老爷！（拱双手）

杨存中 夫人！（伸右手让坐）

「**【小锣五击】**杨存中坐“大边”椅，杨夫人坐“小边”椅。

杨夫人 （气怒地）老爷，你枉掌兵权，把我娇儿错杀了！（抬右手向斜前方指）**【大锣一击】**

杨存中 （惊讶地）啊？（捋胡须）怎样错杀了？

杨夫人 有人替我儿鸣冤。（抬左手指外面）

杨存中 既是有人鸣冤。书童，快快去至辕门，吩咐暂且停刑。（抬左手指派书童）

书　童 遵命。（双手作揖）

「**【小锣一击】**书童出门，“下场门”下。

杨存中 唤鸣冤人！（抬右手指派杨夫人）

「**【小锣一击】**杨夫人至台正中，向“上场门”抬右手呼唤。

杨夫人 张姑娘，我家老爷唤你！

「张鸾才幕内：“来了！”**【冲头】**张鸾才从“上场门”上，至台中“挖门”进去。

杨夫人 张姑娘，见过我家老爷。（抬左手指）

张鸾才 （跪拜）大人在上，小女叩头！

杨存中 （双手向前）起来，起来。

张鸾才 谢大人！

「**【住头】**张鸾才站起来，至“小边”站立。

杨存中 这一女子，我来问你，敢是与我儿鸣冤的么？

张鸾才 正是为公子鸣冤。（双手作揖）

杨存中 噢？（捋胡须）**【小锣一击】**我儿的冤枉，你怎么知道？

张鸾才 公子的事，因小女子所起，（双手扶胸部）故尔知道。

杨存中 你既然知道，快快讲来？（抬右手向张鸾才连连指点）

张鸾才 （拱手）大人、夫人容禀！（抖袖）

〔西皮导板〕

【大锣导板】サ（6 6 6 6 6. 5 3 3. 5 6 6 6 6 6 6 5 5 5 i i i i 3 3 2

2 7 6 2 1 1 1 1 ）2 i i 2. （7 6 3 6 5）i i 6 6. i 5. 6 3 3. 5 2
提起了 公子事
（抬右手指前方，左手扶右手水袖）

（2 6 5 5 216 6 1 2 2 2 2 ）2 2 1 6 i i （八大.）2 - 2 2 i -
一言 难 尽，

〔西皮散板〕

【大锣凤点头】（7 4 3 3 3 3 3 3 122 2 5 5 6 3 3 1 2 21

7 2 1 1 1 1) 2 i i. 6 5 5 6 6 4 3 4 6 2 3 5 -
尊大人　且听奴表　诉　原　因。

(0 2 3 6 5 -) i 6 5 5 5 3 i 6 7 6 6 3 5 6. (4 3. 5 6 -)
（仓）　家住　在浙　江省临安县　境，（仓）

杨存中夹白：“家住哪里”？（抬右手指前方）

杨存中　姓甚名谁？

张鸾才　3 3 6 5 i i 6 (6 7 6 5) 3 5 i 6 5 3 3 5 - ‖
奴　名　叫　张　鸾　才，　小　户　蓬　门。

（双手扶胸，后抬右手指前方）

〔【住头】张鸾才抖右手水袖。

杨存中　原来是张定之女。你怎么认得公子？（抬左手向外指，右手捋胡须）

张鸾才　哎呀大人啊！（双手扬水袖拜揖）

〔西皮二六〕

【大锣夺头】(6 2) | 2/4 5 5 i 3. 5 i i | 6 6 3 3 5 (5 3 6 | 5 i 3 5) i. 6 5 6 |
奴　与　公

（双手扶胸部）

i. (6 i i 6 7 6 5) | 3 5 3 6 5 (6 3 6 | 5 2 3 5) i. 6 i i | 6 (7 6 5) i 6 i |
子　不　相　认，　公　子

（抬右手摇晃）（双手拱请式）

i (7 6 5) 6. 5 6 6 | 4 6 3 3 2 (3 2 6 2 1 3 | 2) 2 2 7 7 2 2 | 7. 6 5 6 7 6 2 7 |
为　奴　遇　难

6 6 3 6 5 (3 i 3 | 5 i 6 5) 3 5 2 1 | 3. 5 3 5 6 (7 6 5) | 3 5 2 3 i 6 i |
星。　若　问　难　星

i (2 6 5) 6 5 6 i | 5 (i 3 5) 6 i 5 (3) | 6 (7 6 5) 3 5 3 2 | 3 i (6 6 5) |
因　何　起，　却　是

（右手指前方）

6 6 6 5. 6 5 3 | 2 (3 2 1 6. 1 6 1 2 3) | 1/4 5 i | 6 5 | 3 5 3 | 5 3 ‖
大　人　害　死　了　人。

（抬左手指杨存中）（双手愁苦地拍打）

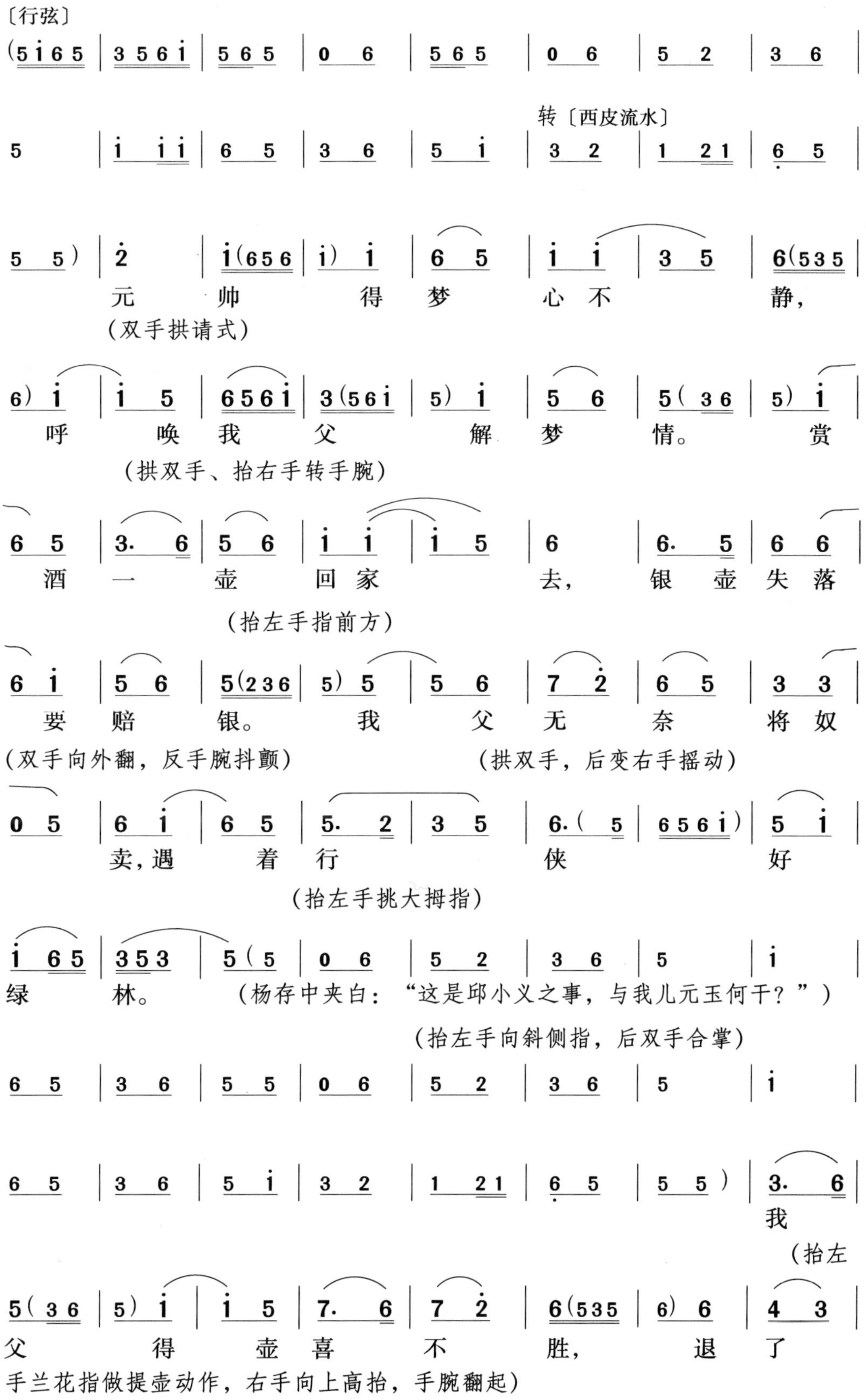
〔行弦〕
转〔西皮流水〕
元 帅 得 梦 心 不 静，
（双手拱请式）
呼 唤 我 父 解 梦 情。 赏
（拱双手、抬右手转手腕）
酒 一 壶 回 家 去， 银 壶 失 落
（抬左手指前方）
要 赔 银。 我 父 无 奈 将 奴
（双手向外翻，反手腕抖颤） （拱双手，后变右手摇动）
卖，遇 着 行 侠 好
（抬左手挑大拇指）
绿 林。 （杨存中夹白：“这是邱小义之事，与我儿元玉何干？”）
（抬左手向斜侧指，后双手合掌）
我
（抬左
父 得 壶 喜 不 胜， 退 了
手兰花指做提壶动作，右手向上高抬，手腕翻起）

2 3 | 4 6 | 4643 | 2123 | 5(36i | 5) i | 5 6 | i |
文 约 不卖 奴的 身。 金 国 奸
（双手扶胸部） （抬右手

6 5 | i i | i 5 | 6 7 | 6 5 | 5 65 | 3 i | 5.(6 |
细 真可 恨，太 保 庙 前
向前方怒指）

5i65) | i i | 5 6 | 3 | 0 i | 6 5 | 5. 2 | 3 5 |
敢胡 行， 打 死的 本 不
（双手对杨存中摆动）

6.(5 | 6 i) | 5 i | 6 5 | 353 | 5(3 | 2/4 5i65 356i |
是 我 朝 平 民。

565 06 | 5 2 3 6 | 5 4 | 2 1 1 2 |
杨存中夹白：“你道不是我朝平民，有何为证？”（双手张开，表示追问）

转〔散板〕
サ 4 - 6 6 5 - i 3 2 7 6 2 i -)

7 65 36 5 - 5 6. i 35 6 - (4 3. 5 6) 2 i
大人 若 是 不 肯 信， （仓） 现 有
（从胸里取出木夹，献给杨存中）

i 2 5 - 3 - 2 - 7. 2 65 3i 65 66 5 - ‖
木 夹 作 证 凭。

〔杨存中接过木夹仔细观看。

杨存中 （恍然大悟）噢!

〔西皮散板〕

【凤点头】サ(65 53 2 62 11) 3 3 3 4 3 - 35 12 3.
一 见 木 夹 果 是 真，
（左手拿木夹，右手指木夹）

(6 12 3 -) 3 2 2. 1 1 2 2 35 2. 1 1 - ‖
（仓） 原 来 打 死 金 邦 人。
（右手抖袖）

〔【冲头】中军从“上场门”上，至台中“挖门”，站正中。

中　军　（双手拜揖）启禀大人，有人救去公子。

杨存中　晓得了。你且退下。

中　军　啊！

［**【大锣五击】**中军“出门”“下场门”下。

杨存中　啊夫人，我看此女，（右手指张鸾才）倒也庄静，冒死救我儿一命，实为可敬。我有意订她做为儿媳，你意如何？（双手张开）

杨夫人　就依老爷。（转向张鸾才）啊，张姑娘，我家老爷有意订你做个儿媳，你意如何？

张鸾才　此事必须告知父母。（拱手）

杨夫人　那个自然。你且拜见公公。（抬左手以水袖挡住，右手指点张鸾才）

［**【小锣一击】**张鸾才上前跪拜杨存中、杨夫人。

张鸾才　公婆请上，孩儿拜见。

杨存中　（欢笑地）好哇！

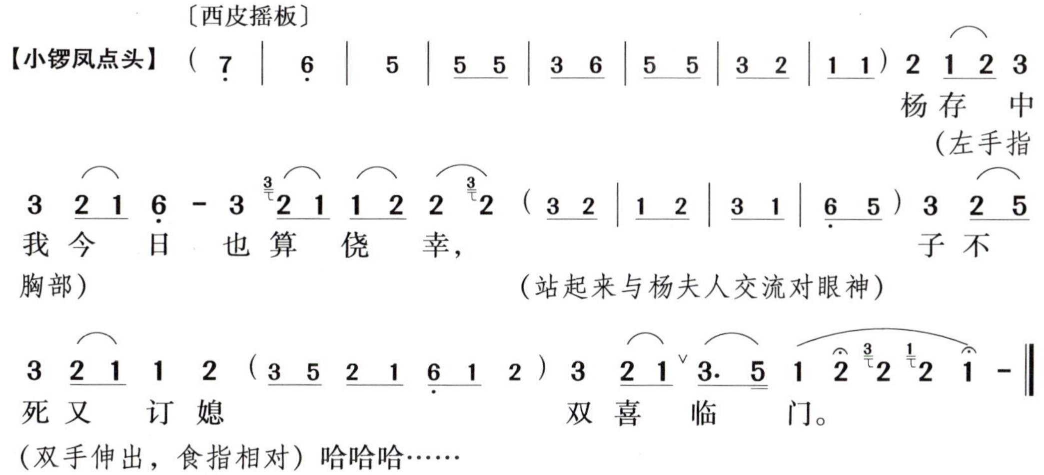

［**【小锣打下】**杨存中退步，眼睛看张鸾才，满意地点头；张鸾才上前搀扶杨夫人，同由“下场门”下。

第十四场

［大帐、堂桌、“大座”，桌上摆放印盒、文房四宝、用红桌围、椅披。

［幕启：杨元玉女装打扮与勇儿同扎女靠；**【急急风】**杨元玉从“下场门”上，勇儿从“上场门”上，至台正中，同放靠腿向里同转身，“拉山膀”。**【住头】**

杨元玉　（念）兴兵打金邦，（伸右手指前方）

　　巧扮女娘行。（左手兰花指，扶鬓）

勇　儿　（念）搭救周丞相，（拱手）

　　披挂赴北疆。（右手“拉山膀”左手指前方）**【住头】**

杨元玉　勇儿，你看我扮得可像？

勇　儿　公子貌美，一扮就像。

杨元玉　（指勇儿）瞧你把我夸的。

勇　儿　（拱双手）姑娘升帐，你我两厢伺候！

杨元玉　请。（与勇儿拱手，二人分别向左右两侧暗下）

　　〔唢呐吹<水龙吟>四女兵“上场门”一对对“站门”，周蕙英扎红蟒、翎子、狐尾、七星额，**【四击头】**从“上场门”上，至“九龙口”亮相，整冠、捋穗、抖袖带至台中，抖袖掏翎子向左转身至堂桌后“大座”。杨元玉“下场门”，勇儿“上场门”分上，至台中互相拱手入帐，向周蕙英拱手拜揖。

杨元玉
勇　儿　（同）参见元帅！

周蕙英　罢啦，站立两厢。

　　〔**【大锣四击】**杨元玉与勇儿向内转身，分别站立左右两侧。

周蕙英　（念）巾帼出英雄，（抬右手指自己）
　　　　威显立战功。（抬左手挑大拇指）**【小锣二击】**
　　　　金兵虽骁勇，（双手在胸前抖动）
　　　　马到便成功！（抖左手水袖）

　　本帅，（翻左手水袖）周蕙英。**【住头】**统领人马伐金救父。（拱手）来呀，（扬左手水袖）邱小义进帐！（伸右手指前方）

众女兵　（齐）邱小义进帐！

　　〔内应:“来也！”**【大锣五击】**邱小义番邦打扮“上场门”上，健步走至“小边”台口。

邱小义　（念）将相本无种，男儿当自强。（抬右手挑大拇指，指自己，转身“挖门”）

　　〔**【冲头】**至台正中拜揖。

邱小义　参见元帅！

周蕙英　罢了。**【撕边大锣一击】**（上下打量邱小义）你为何番邦打扮？

邱小义　小人扮做番人，（双手在胸前左右摆动）方能成功！（抬右手挑大拇指）**【小锣一击】**

周蕙英　你纵然番邦打扮，（抬右手指邱小义）那金人全凭木夹为证，你没有木夹，也不能混进番营。（伸左手指前方）

邱小义　小人从番将身上得了木夹，定能混进番营。（左手山膀，右手怒指）

周蕙英　既有木夹，你且先行，本帅大兵随后。（右手指前方）

邱小义　（双手拱揖）得令！

　　〔邱小义出门，**【撕边大锣一击】**邱小义右手抓大带，左腿踢褶子，亮相。**【冲头】**“下场门”下。

周蕙英　（扬左手水袖，右手向前指）起兵前往！

众女兵　啊！

　　〔奏曲牌<小朱奴儿>**【一锤锣】**周蕙英进“下场门”脱女红蟒复上，“出门”四女兵站台中一横排，分别给周蕙英、杨元玉、勇儿带马鞭，三人上马，四女兵领起，“下场门”下，杨元玉、勇儿、周蕙英挥鞭随下。

第 十 五 场

〔舞台右侧石凳。

「【大锣五击】二番兵押周必大从“下场门”上。

周必大 （念）眼望中原空长叹，（双手戴手铐，望远方）

不知何日返故园！（伸右手指前方，垂头丧气坐在石登上）

「【冲头】邱小义腰挂木夹，左手托红木盘上面放着两酒杯、酒壶，至台中，二番兵低头出狱门，抓住邱小义。

二番兵 拿住奸细啦。

邱小义 （挣脱）我不是奸细，我是万户派来给你们送酒来的。

二番兵 可有木夹？

邱小义 你们看！（亮腰中的木夹）

二番兵 （看邱小义腰间）果然是木夹。酒在哪儿哪？

「【撕边一击】邱小义一转手里的木盘，二番兵被美酒吸引的随着邱小义的托盘转。邱小义故意戏弄二番兵。

邱小义 酒在这儿，你们喝吧。

「【小锣二击】二番兵从邱小义手里抢过酒盘。【撕边小锣一击】二番兵饮酒。

二番兵 （得意地）一口两口。好酒好酒。

邱小义 （背着双手站在二番兵身后，讥讽地）好酒好酒，死了喂狗！【小锣一击】（邱小义怒指二番将）

二番兵 （二人突然肚子痛，捂肚子）哎哟！肚子痛，不好——

「【撕边小锣一击】二番兵捂着肚子，双双向里翻“吊毛”，倒在地上，被药酒毒死。邱小义快步进牢房，见周必大。

邱小义 （叩拜）叩见老爷！

「【大锣一击】周必大惊喜地向前抓住邱小义。

周必大 （上下打量）你，你，你是何人？（将邱小义搀扶起来）

邱小义 小人邱小义，奉了小姐之命，来救相爷！【大锣一击】

周必大 哎！【大锣住头】你纵然救我出去，佛手橘不能到手，也是枉然。

「【撕边大锣一击】周必大又把邱小义放开，坐在石凳上。

邱小义 （精神抖擞地）相爷不必忧愁。（摇动左手）小人一来搭救相爷，（双手拱揖）二来盗取佛手橘！（伸右手向前指）

周必大 佛手橘有兵将把守，（从石凳上站起来，抬左手向外指）焉能到手？【大锣一击】

邱小义 小人早有妙计。（抬右手拍腰部）

周必大 有何妙计？

邱小义 小人前去放火，引那守兵救火，给他来个调虎离山之计。

「【撕边大锣一击】邱小义打“飞脚”、“骗腿”、“单蛮子”亮矮相。

邱小义 我再把佛手橘盗走！（双手虚抱橘子的神态）

周必大 （兴奋地点头）好，好，小心了！

「【快叫头】邱小义引周必大出监牢，周必大站“大边”。

邱小义 （双手向周必大拱揖）相爷在此等候，我去去就来！

「【夺头、大锣四击】邱小义从“大边”台口翻“串小翻挂提”筋斗至“上场门”下。

周必大 （一望，两望【撕边大锣一击】挑大拇指，称赞地）此人好胆量也！

〔西皮散板〕

【凤点头】サ（6 5 5 3 2 6 2 1 1）5 3 3 3 3 2 3 4 - 3 -
我看此人好胆量，
（抬右手挑大拇指）

〔【急急风】邱小义手举火把快步从"上场门"过场，至"下场门"下。四番兵、番将手持单刀、长枪引阿尔萨持大枪焦急过场追下。【乱锤】"下场门"内众人呼喊。"着火了，快救火啊！"

〔周必大至"下场门"观望。

周必大 看那边大火熊熊，好哇！

【快纽丝】（0 6 5 5 3 2 6 2 1 1）2 2 1 3 2 1 6 1 1 0 ‖
耳边又听闹嚷嚷。

〔【长尖】邱小义牵马从"下场门"急上，至周必大面前。

邱小义 相爷，番兵、番将救火去了，（右手拉马，左手指"下场门"）小人顺手牵了一匹马，相爷骑上随我来。

周必大 好！

〔【大锣四击头】邱小义拉马至台中，前弓后箭式为周必大带马，周必大接马鞭翻身上马。【撕边、水底鱼】邱小义牵马"圈旋子"。

〔"下场门"口摆佛手橘树（或从天幕吊棍上，垂下佛手橘树）

邱小义 佛手橘！（双手指树）待我上树摘取。

〔【夺头撕边大锣四击】邱小义敏捷灵巧地爬上树去，抓住垂下来的树干像"纣棍"似地表演"旋转空中筋斗"、"金钩钓鱼"，"探海"摘佛手橘后，从树上翻"台提"或"折腰"筋斗下。提着佛手橘至周必大跟前。

邱小义 相爷，佛手橘到手。

周必大 那边番兵来了，快走！

邱小义 快上马！

〔【急急风】邱小义一手提着佛手橘，一手给周必大带马，圆场至"大边""斜一字"，望"上场门"内。（扑、扑、仓）

邱小义 （抬右胳膊指"上场门"）相爷，前面救兵也来啦！

〔【急急风】周蕙英、杨元玉、勇儿领女兵和官兵、家将从"上场门"冲上，把邱小义和周必大围在里面，趁机从"上场门"下。此时阿尔萨率四番兵、番将从"下场门"上，"二龙出水"会战。周蕙英与阿尔萨双枪架住。

阿尔萨 来将通名？

周蕙英 你姑娘周蕙英。你乃何人？（推阿尔萨大枪）

阿尔萨 金邦大将阿尔萨。你竟敢差人潜入我邦，放火烧我军营，盗去佛手橘，是何道理？

【大锣一击】

周蕙英 住了！【五击】你将周丞相押入监牢囚禁，又是何道理？

阿尔萨 这……休走看枪！

〔【撕边大锣一击】阿尔萨持大枪刺周蕙英一枪，周蕙英灵敏地绕大枪压住。

周蕙英 杀！（率众女兵向阿尔萨"一欺两欺"，一刺）

众女兵 啊！（众女兵、女将高举刀、枪）

「**【急急风】**众女兵举刀与番兵、番将两军“钻烟筒”女兵由“上场门”下；番兵、番将从“下场门”下。

「**【急急风】**周蕙英与阿尔萨对打“小快枪”，亮相，阿尔萨败下，周蕙英要“下场”**【大锣四击】**亮相，追下。

「**【急急风】**众官兵从“上场门”急上，“站门”，引二家将持枪上。

二家将 （向官兵招手）杀！

「**【急急风】**众官兵领起与番兵、番将从“下场门”上，“二龙出水”群股档开打。叉翻筋斗，家将与番将对打“大快枪”。

「**【急急风】**杨元玉持枪冲上，番兵翻筋斗上，单刀对长枪“五股档”。杨元玉持枪分别刺死番兵，“要下场”追下。

「**【急急风】**邱小义手持双刀从“上场门”冲上，番将从“下场门”翻“虎跳前扑”上，与邱小义对打“双刀”，另一番将从“上场门”翻“踝子蛮子”筋斗，共打“三丁”。邱小义劈死二番将，**【大锣四击】**邱小义“扫堂旋子”亮相。

「邱小义至“小边”双出刀，**【急急风】**阿尔萨手持大枪从“下场门”冲上，与邱小义对打“双刀枪”[①]。

「**【大锣四击头】**邱小义刀劈脚踢阿尔萨摔“肘棒子”，邱小义双刀花串翻身亮相。阿尔萨下场，番兵与官兵分别从“上下场门”叉翻筋斗，一对对“插拳”，番兵、官兵正场翻筋斗，“旋扑虎”，正场横翻“串小翻”、“大档子”，群体**【大锣四击头】**亮相。**【冲头】**番兵、番将败下。周蕙英引杨元玉、勇儿从“下场门”上，邱小义从“上场门”引周必大上，两队人马会合。周蕙英下马拜见周必大。

周蕙英 参见爹爹！

周必大 儿啊免礼。你看佛手橘已经到手。（双手举竹篮内装佛手橘）

周蕙英 佛手橘到手，（指邱小义）乃是邱小义之功！**【小锣一击】**

周必大 是啊。回朝之后，定要给邱义士请功！

邱小义 多谢相爷！（叩拜）

周必大 劳苦功高，不必拜谢。

周蕙英 来，（对杨元玉）见过我父。

杨元玉 参见相爷！（叩拜）

周必大 罢了，起来。适才我在山顶观战，只见女兵队里有一人，却是杨家枪法，莫非就是你么？

周蕙英 他乃是杨元帅之子名唤元玉，男扮女装随我出战。

「**【小锣五击】**杨元玉羞臊挡脸从“下场门”跑下。

周必大 太顽皮了！（指杨元玉身影。转向周蕙英）儿啊，你与杨家之事，邱义士已然对我言讲，我要与你们完成花烛。

---

① 这里叶盛章扮演的邱小义与高盛虹扮演的阿尔萨对打异常出色。叶盛章武功出奇，单刀把子手里过硬，膀子张得开像蝴蝶一样，脚底下敏捷干净，他与高盛虹几十年老搭档配合十分娴熟，这套“大刀双刀”也打得特别严谨，充分显示出“叶派”武丑开打的冲、脆、帅、快的武功特色。他们二位的开打，犹如在战场上真杀真砍，生动逼真，非常激烈，把武打场面推向高潮。

〔【小锣五击】周蕙英羞臊挡脸从“下场门”跑下。

周必大 （欢笑）哈哈哈……歇兵三日，班师回朝！

众官兵 （齐应）啊！

〔唢呐奏<尾声>众官兵、官将扯“斜胡同”，周必大向邱小义招手，邱小义连续三次跪拜，周必大三次退步，伸右手接礼。众人从“下场门”同下。

——剧　终

赵纪鑫　**整理**　　王茂林　**记谱**

九龙杯

叶盛章演出本

京剧武丑戏《九龙杯》取材于贪梦道人小说《彭公案》第二十七至三十回。该剧描写清朝圣祖玄烨出猎游玩，偶遇猛虎，在危急之时，绿林镖客黄三太闯入围场，镖打猛虎救驾有功，圣祖赐以黄马褂，顿使黄三太在绿林之中名声大噪。绿林老英雄杨香武不服，便夜入畅春园盗走康熙皇上的九龙玉杯。康熙大怒，命黄三太即刻追拿盗杯之人，不然抄杀满门。黄三太定下一计，借祝寿为名，邀请各路江湖绿林好汉聚会府下，计全在酒席宴上借夸耀黄马褂之机，希图引出玉杯的下落。果然，杨香武挺身而出，承认盗杯之事。黄三太闻听此言喜出望外。没料想杨香武中途住店，玉杯又被店主王伯彦盗走，辗转把玉杯送与紫霞庄主金翅大鹏周应龙。杨香武为解三太之难，乘周应龙寿诞之期前去拜寿，欲讨回玉杯。周应龙不允，逼得杨香武用薰香将周应龙之妻迷倒，骗得周应龙放杯探视。杨香武乘机将玉杯盗走。周应龙率庄丁追赶，此时黄三太中途接应，双方打斗起来。周应龙战败，杨香武解围，重归旧好。

《九龙杯》这出戏最早起源于徽剧，后经前辈武丑名师王长林和张占福（张黑）各位名家加工整理，演出京城。后又经叶盛章精心整理，巧妙地运用京剧表演的唱、念、做、打，努力刻画了杨香武这位侠肝义胆、武艺高强、以友情为重的绿林好汉。该戏以九龙杯为全剧贯穿线，层层深入展开矛盾，直到主人公不惜一切挺身而出，冒险探庄盗杯，最后激化矛盾，发展到双方格斗。这一系列的艺术处理，都体现出叶盛章先生的改革创新思想。

就拿杨香武头场扮相来说，叶盛章打破陈规，专门设计一件黑缎子上面绣白色圆球的褶子，每个球上都镶上白穗，演员一表演全身丝线穗均抖动，十分醒目。再看头上盔头，本来是简陋的黑鬃帽，并不起眼。他煞费苦心地研究，在鬃帽外面加上一个铁丝架子，再镶白珠子配白绒球，下面加小额子叫“鬃帽罩”，套在鬃帽上。就连头上的茨菇叶也镶一个小白绒球。足蹬鱼鳞靸鞋。杨香武这一出场，就显示久走江湖，精明强干的绿林老英雄形象，再加上锣鼓伴奏和叶盛章面部表情，特别是两只传神的眼睛，立即把全场观众目光全吸引到他的身上，使人突然一振，顿时掌声四起。

他还在庆贺黄马褂这场戏里，增加了三大段叙述性的念白，目的是介绍剧情前面所发生的事，揭示矛盾，为后面做铺垫；同时通过念白展示功力，改变原来武丑行当只重于翻、跃、扑、打的武技表演，而忽略用唱、念去着力刻画人物的艺术手段。比如在庆贺黄马褂这场时，他念那段：“哎呀计全哪！你三叔的英名谁人不知，哪个不晓……”还有后边这段：“你这小子的话是越说越敞啦……”连着三段念白，以他伶俐的口齿、清脆响亮的嗓音和多年练就的嘴皮子功夫，随着人物瞬间的心理变化，念得一段比一段紧凑激越，干净利索，响堂打远，悦耳动听，而且快慢有序，顿挫有节，既讲究韵律，又富有极强的节奏感，真正称得上字字铿锵、珠落玉盘。使观众从中得到艺术美的享受。

据说叶先生过去只演《九龙杯》紫霞庄盗杯一折。曾听他的老搭档、著名武净高盛虹先生讲：“盛章在台上总是讲火爆、飞快，无论表演和开打总是追求干净利索快，就怕把戏演温了。尤其他上高翻筋斗飞快，所以有时在台上容易出事故，他身上很多处摔伤。原来想排《三盗九龙杯》来的，因为好多技巧都在不同戏里使过了。上‘纣棍’《酒丐》里用了，‘空中飞人’好多戏也有了。盛章说没有新玩意儿高招，演‘三盗’不如演紫霞庄一盗，等咱想好新的手法再排。”

当年我曾多次看过叶先生演的《九龙杯》，在剧中扮演黄三太的是著名花脸孙盛文先生，另一位是宋富亭先生，计全是黄元庆扮演，周应龙是高盛虹先生扮演，王伯彦是曹世才先生扮演，几位出色的配演，与叶盛章的杨香武那真是珠联璧合，精彩绝伦。

这次我为整理叶先生生前演出剧目，曾采访了几位与他当年同台合作过的老艺术家和叶先生的公子叶钧同志，得到很多重要材料。

我虽不是武丑演员，但我十分崇拜叶先生的表演艺术。据叶钧同志介绍，其父在“文革”初期遭受迫害致死，只有叶钧一个人用一块旧床单包住这位一代“武丑大王”，送往火葬场，听到这里怎不使人痛心落泪啊！

由于历史的局限，那时候没有高科技的录像，叶盛章先生自己便购买了一台录音机，在家中想把过去演出的文武丑戏录下来。据叶钧同志介绍，这盒极其珍贵的录音在“文革”初期抄家时已丢失。这次搞音配像只有叶盛章一出《打渔杀家》里的教师爷录音。幸好最近听著名旦角表演艺术家李慧芳老师讲，她找到一盘与叶先生合演的《秋江》现场录音，真是难得的珍贵资料，但愿能早日搞成音配像，流传于世。

这次整理《九龙杯》，是赵德普先生的珍藏本。承蒙著名戏曲家钮骠教授大力支持和多年扮演该剧黄三太的名净钱鸣业先生给予指导，在此深表感谢！

赵纪鑫

人物行当

杨香武	武丑	杜　清	武生
黄三太	净	杜　宏	武净
计　全	武生	常　六	武生
周应龙	武净	刘　珍	武老生
王伯彦	丑	蔡天化	武净
李　煜	武老生	黄　用	丑
李七侯	武老生	院　子	丑
武万年	武净	四英雄	武行
贺兆熊	武生	四庄丁	武行
濮大勇	武净		

服装扮相

杨香武　丑扮。淡红打底、勾粉白鼻梁、黑眼窝、左右眼角勾粉白小蝙蝠型内加黑色、白鼻梁正中勾黑蝙蝠、两道八字重眉、红色嘴唇、嘴角两道白粉外加黑、髯上八字胡。黑鬃帽外戴鬃帽罩、左侧耳边插白绒球、正中茨菇叶（上镶三个小白绒球），内穿黑缎子绣白蝴蝶侉衣裤、背白绦子、腰系白大带、腰左侧搭白绸腰巾（上绣黑蝴蝶花），黑白道裹腿、黑袜子、鱼鳞靸鞋。外穿黑缎子褶子绣白圆球，每个球上都镶挂白丝线穗。

黄三太　勾粉红老三块瓦脸。髯满、头戴橘黄色硬鸭尾巾、黄铲、古铜色绸条，橘黄色绣团花开氅，内穿橘黄色抱衣抱裤、黄大带、背橘黄色绦子、腰间左侧挂白色镖兜（上绣黑色“镖”字），厚底靴。

计　全　俊扮。花白硬罗帽、左侧耳边插白花绒球，内穿白色绣花抱衣抱裤、背白绦子、白大带、腰间左侧搭湖蓝绸子绣黑色花的腰巾，外穿白色绣团花开氅，厚底靴。开打时换软白花罗帽、脚下换白绣花薄底。

周应龙　勾蓝色花三块瓦脸。黑满、头戴橘黄色绒球大扎巾盔、额子、翎子尾、牵　巾，内衬红褶子、外穿蓝色绣草团龙开氅，红彩裤，厚底靴。后开打改为蓝色绣草团龙箭衣、橘黄色大带、背橘黄色绦子。

王伯彦　丑扮。黑一撮胡、头戴黑鬃帽外系水纱、正中茨菇叶，黑褶子、紫绦子，黑彩裤，薄底。

李　煜　俊扮。古铜色硬鸭尾巾、髯三、古铜色铲头系古铜色绸条，古铜色绣团花开氅，内穿古铜色抱衣抱裤、背古铜色绦子、古铜色大带，前穿厚底靴，后换薄底。

李七侯　俊扮。髅三、香色硬鸭尾巾、香色铲、头系香色绸条，香色素抱衣抱裤、背香色绦子、香色大带、系白腰巾、外穿香色素褶子，先穿厚底靴，开打换薄底。

武万年　揉黑脸。黑满、硬黑缎子罗帽、牵巾、正中茨菇叶，黑色绣团花褶子、内穿黑缎子绣团花抱衣抱裤、背黑绦子、黑大带、腰间左侧搭白绣黑花腰巾，先穿厚底靴，后换薄底。

贺兆熊　勾紫三块瓦脸。黑满、紫色绣花硬罗帽、牵巾、正中茨菇叶，黑色绣团花开氅，内穿黑缎子绣团花抱衣抱裤、背黑绦子、黑大带、腰搭湖蓝色绣花腰巾，先穿厚底靴，后换薄底。

濮大勇　勾蓝三块瓦脸。黑满、蓝色绣花硬罗帽、牵巾、正中茨菇叶，蓝色绣团花开氅，内穿蓝缎子绣团花抱衣抱裤、背蓝绦子、蓝大带、腰搭湖蓝色绣花腰巾，先穿厚底靴，后换薄底。

杜　清　俊扮。头戴红色绣花硬罗帽、牵巾、茨菇叶，红色绣团花开氅，内穿红色缎子绣团花抱衣抱裤、背红绦子、红大带、腰搭粉红色绣花腰巾，先穿厚底靴，后换薄底。

杜　宏　揉红脸，两道黑重眉、印堂正中勾黑色蝙蝠、鼻窝抹黑、红嘴岔套粉白外加黑。头戴绿色绣花硬罗帽、牵巾、正中茨菇叶，红色绣团花开氅，内穿红缎子绣团花抱衣抱裤、背红色绦子、红大带、腰搭粉红色绣花腰巾，先穿厚底靴，后换薄底。

常　六　俊扮。皎月绣花硬罗帽、牵巾、正中茨菇叶、左侧耳边插皎月绒球，外穿皎月绣团花开氅，内穿皎月抱衣抱裤、背蓝绦子、蓝大带、腰搭白色绣花腰巾，先穿厚底靴，后换薄底。

刘　珍　俊扮。黑三、头戴宝蓝色鸭尾巾，外穿宝蓝褶子，内穿素抱衣抱裤、背蓝绦子、蓝大带、腰搭紫色绣花腰巾，先穿厚底靴，后换薄底。

蔡天化　勾油白花三块瓦脸。戴白色贼盔、牵巾、正中茨菇叶、左侧耳边插红石榴花，外穿白色绣团花开氅，内穿白绣团花抱衣抱裤、背黑绦子、黑大带、腰搭黑绸绣花腰巾，穿薄底。

黄　用　丑扮。勾老丑脸、白五嘴。白毡帽，老斗衣、橘黄大带，黑彩裤，白大袜、方口皂鞋。

院　子　丑扮。黑缎子软罗帽，黑褶子、橘黄色大带，黑彩裤，白大袜、方口皂鞋。

四英雄　（两人）揉黑脸。头戴黑、紫硬罗帽，牵巾、正中茨菇叶，内穿黑、紫绣团花箭衣，黑、紫大带，外穿黑、紫色绣团花开氅，红彩裤，薄底。

（两人）分别勾绿、红花三块瓦脸。戴绿、红色硬罗帽、牵巾、茨菇叶，内穿绿、红绣团花箭衣，橘黄大带，外穿绿、红色绣团花开氅，红彩裤，薄底。

四庄丁　揉黑底红脸额，勾重眉大眼窝。包头布，黑侉衣、橘黄色短大带，黑彩裤，薄底。

道具

桌子	三张	椅子	十二把
蜡扦	一对	云帚	一把
酒壶	两把	酒杯	十二只
礼单	一份	马鞭	十四条
香炉	一个	单刀	二十四把
长枪	十杆	朴刀	一把
锏	一对	供香	一股
九龙杯	一只	小帐子	一套
黄龙马褂	一件	三张半高台	一座
红桌围椅披	一套	紫桌围椅披	一桌两椅

第　一　场

「一桌二椅，摆“小座”。

「**【开场缓锣】**黄三太在“上场门”内白：“嗯咳！”

「**【大锣上场、归位】**黄三太从“上场门”上至“九龙口”面带愁容，摇晃头部，甩水袖至台正中。

黄三太　（引子）侠义英雄，（捋髯满）喜绿林，（伸右手向前方指）教子成名。（挑右手拇指）

「**【一锤锣】**黄三太向右侧转身坐“小座”。

黄三太　（念）年过花甲血气刚，

沙滩打虎美名扬。（抬右手挑拇指）**【小锣二击】**

封官不做归旧守，（抬左手向斜前方指）

谁人不知（扬左手水袖）**【大锣二击】**飞镖黄。（抬右手挑拇指，得意地轻轻摆动头部）**【大锣住头】**

「黄用从“下场门”暗上，站黄三太右侧。

黄三太　某，**【撕边一击】**黄三太。**【大锣住头】**乃浙江绍兴府人氏。自幼爱习拳棒，闯荡江湖。（双手从胸前平分）只因俺在京都小沙滩劫了饷银，（伸左手指斜前方）回转家下，中途路上，遇见贺兆熊。是他言道，（抬右手指斜前方）饷银是假。是俺一怒，（用右手捋胡须）二次奔往京都，在南苑海子大红门闯了万岁爷的围场，我就镖伤猛虎。（抬右手往外右侧甩）**【大锣住头】**好一有道明君，（双手拱请式）见俺三太是条英雄，不肯加害，恩赐绣龙黄马褂。（抬右手高举）是俺在圣驾台前夸下海口，（抬左手向外扬）朝中若失一草一木，有俺三太一人承当。（用右手轻拍腰间）**【大锣二击】**今有圣旨到来，（站起身，拱手）朝中失了九龙玉杯一盏，命俺三太寻找，有了玉杯，将功折罪，若无玉杯，要将我的全家问斩！**【大锣一击】**（抬右手抚摸头部，惊坐）也曾命计全约请水旱两路英雄，一来庆贺黄马褂，二来打探玉杯的下落。这般时候，（用右手捋髯，抬头向右侧斜看）还未见到来。（甩左手水袖）正是：**【大锣二击】**苍天若助三分力，（站起身双手拱请式，抬头望苍天）献出玉杯方称心。（慢慢坐下）

「计全在“上场门”内白：“走哇！”**【冲头】**从“上场门”上，至“小边”台口。

计　全　（念）只为玉杯起风波，（双手从胸前向两侧分）

不知苍天待如何。（抖右手水袖，进门）

「**【大锣五击】**计全“挖门”入内，站“大边”，双手拜揖。

计　全　参见三叔！

黄三太　罢了，（抬左手让坐）一旁坐下。

「**【住头】**黄用搬椅子，摆“大边”跨椅，黄用转至“小边”侍立。

计　全　谢座！（坐“大边”跨椅上）

黄三太 计全，命你聘请各路叔父、伯父，怎么样了？

计　全 众位叔父、伯父随后就到。

黄三太 少时你众位叔父、伯父到来，（抬右手向外指）看为叔眼色行事。（抬右手指眼睛）

计　全 是。（双手作揖）

黄三太 （转向左侧，向黄用）黄用，速将黄马褂悬挂祖先堂，等候众家英雄便了！（抖右手水袖）

〔黄用作揖，【大锣闪锤】从“上场门”下。

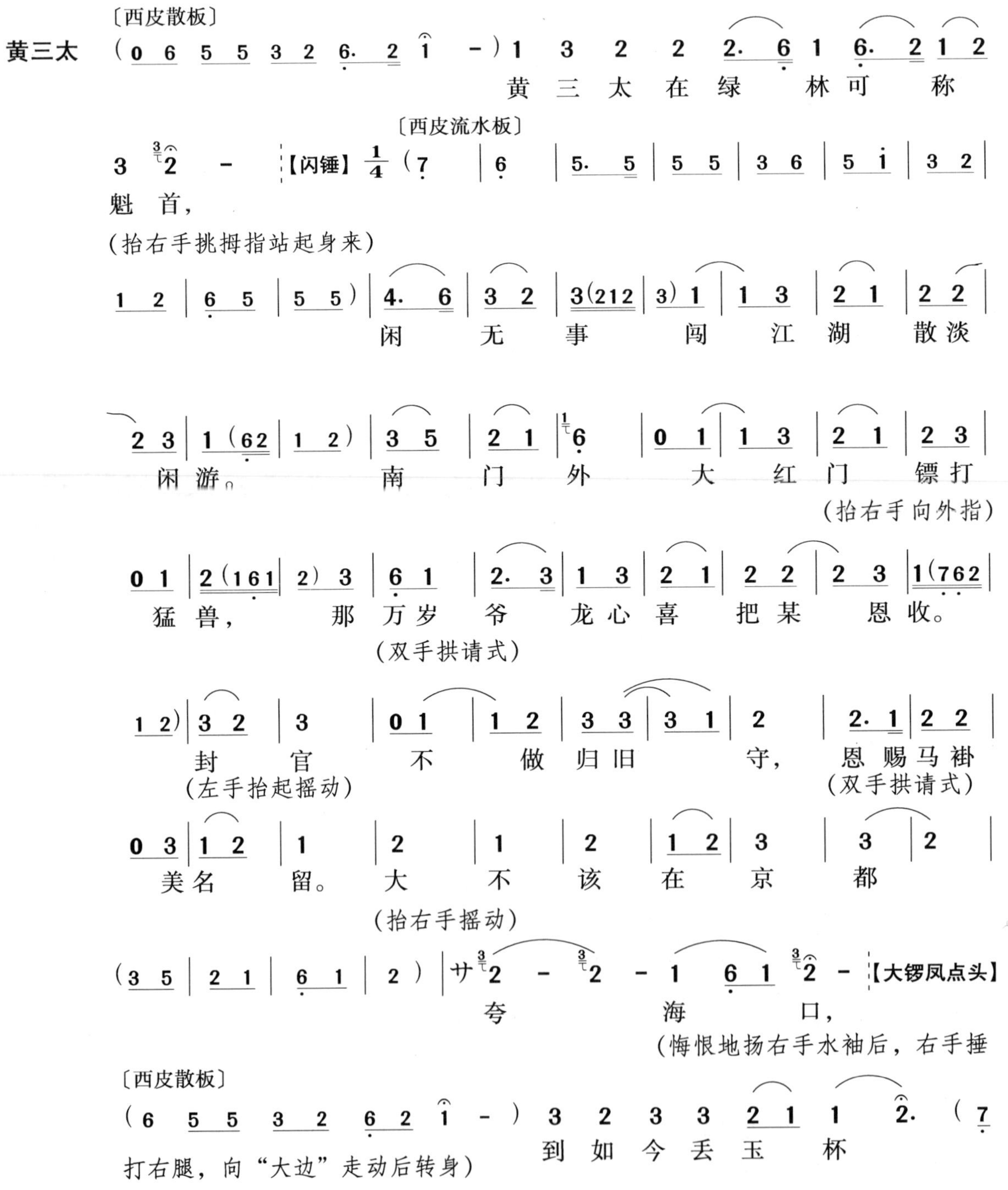

6̣· 1 2 –) ³2. 1 6̣ 1 2 – ³2 ¹2 – ²1 – ‖
要 斩 人 头。

〔黄三太抬左手攥拳右手做斩杀动作，全身抖颤慢慢退步，从“下场门”下，计全搀扶**【抽头】**转**【冲头】**同下。

第 二 场

〔**【急急风】**李煜手持马鞭从“上场门”上至“小边”台口，随之“趟马”，后续李七侯、武万年、贺兆熊、濮大勇、杜清、杜宏、常六、刘珍、王伯彦各持马鞭“编辫子”至正场一横排打马勒住亮相。

众　人　（齐念）生在绿林江湖上，
赫赫威名天下扬。

〔**【住头】**众人向后缓马鞭勒住。

众　人　（念）俺——

李　煜　李煜。

李七侯　李七侯。

武万年　武万年。

贺兆熊　贺兆熊。

濮大勇　濮大勇。

杜　清　杜清。

杜　宏　杜宏。

常　六　常六。

刘　珍　刘珍。

王伯彦　王伯彦。

〔**【住头】**李煜站正中，其他人站弧形。

李　煜　（双手拱请式）众位英雄请了。

众　人　（双手拱请式）请了。

李　煜　今有黄三哥相邀我等，不知为了何事。看天色不早，你我马上加鞭！

众　人　马上加鞭！

〔**【急急风】**李煜挥鞭打马领众人圆场“斜胡同”两排，**【大锣四击】**众人跨腿、踢腿转身甩马鞭反手腕抓马鞭，前弓后箭亮相。

众　人　嘚！马来！

〔**【大锣一击】**众人打马**【急急风】**同由“下场门”下。

第 三 场

〔舞台正中小帐杆悬挂绣龙黄马褂，正中和左右两侧各摆一张桌，共三张桌。正场桌上摆放香炉、一对蜡扦和供香，左右两侧桌上各放六只酒杯、两把酒壶。正场桌左侧放一把椅杨香武坐，其他“八字”桌，每桌后面放四把椅各外跨一把椅，共十二把椅、两把酒壶、十二只酒杯。此场红桌围椅披。

〔**【冲头】**黄用从“上场门”快步上，进门向“下场门”作揖。

黄　用　有请三太爷！

〔黄三太在“下场门”内白：“嗯咳！”

〔**【大锣五击】**黄三太捋胡须从“下场门”上，计全随跟上，站“大边”。

黄三太　何事？

黄　用　众位英雄到。

黄三太　有请！

黄　用　（站正中双手拱请式）有请众位英雄！

〔唢呐吹奏<工尺上>。黄三太、计全出门站“大边”，李煜、李七侯、武万年、贺兆熊、濮大勇、杜清、杜宏、常六、刘珍、王伯彦从“上场门”上，至台正中，见黄三太互相拱手，进门分列两侧，李煜站正中，黄三太与计全进门站“大边”。黄用从“下场门”暗下。

黄三太　众位贤弟！

众　人　（同拱手）三哥！

黄三太　众位英雄！（向众人拱手）不知众位贤弟驾到，未曾远迎，当面恕罪！

众　人　（同白）岂敢！我等来得鲁莽，三哥海涵！（双手拱请式）

黄三太　岂敢！

李　煜　相邀我等，为了何事？

黄三太　众位贤弟，看上面供的就是皇家国宝，（抬右手指黄马褂，众人转身同观）**【撕边、大锣一击】**乃是当今万岁恩赐，请众位贤弟到此，庆贺黄马褂。

李　煜　既是万岁恩赐皇家国宝，请三哥上香，我等依礼而拜。

黄三太　计全，香来！

〔计全桌上取香递给黄三太，众人分站两旁。**【大锣五击】**黄三太上香，站前面，众人分两排同拜，起身后站原位。

众　人　（同白）我等告辞！**【大锣一击】**

黄三太　（抬右手拦）且慢！备得有酒，与众位贤弟同饮。

众　人　到此就要叨扰！

黄三太　计全把盏。

众　人　（同白）摆下就是。

〔唢呐吹奏<工尺上>。众人至舞台正中站一横排，黄三太、李煜站正中，以下分站，王伯彦站“小边”最后。众人抖袖整冠捋髯转身分左右两桌入座。李煜坐右侧桌里面的跨椅，黄三太坐外面“大边”跨椅。桌内李七侯、杜清、杜宏、常六四人同坐。

左侧斜桌内武万年、贺兆熊、濮大勇、刘珍同坐一排。王伯彦坐跨椅“小边”。计全站“小边”，为众人斟酒，众人同举杯饮酒。（唢呐吹<急三枪>）

〔**【冲头】**黄用从“上场门”快步急上，进门，向黄三太作揖秉报。

黄　用　杨五爷到。

黄三太 五弟到了，快快有请！

黄　用 有请！

「唢呐吹<工尺上>。**【撕边、大锣五击】**杨香武从“上场门“左手提褶子阔步至“小边”台口。众人起身离位，黄三太出门迎接。

杨香武 （念）不辞登程路，

特来会宾朋。（拱手）

三哥在哪里，三哥在哪里？（向台右侧走）

「**【撕边大锣一击】**杨香武与黄三太会面。

杨香武 三哥！（相互拱手）

黄三太 五弟！（相互拱手）

杨香武
黄三太 啊哈哈哈……请！

「唢呐继续吹奏<工尺上>。黄三太抬右手让杨香武进门，杨香武双手作揖后进门，向众人拱手“小圆场”，黄三太挖进站“大边”。

众　人 （拱手）杨五爷！

杨香武 众位英雄俱已早到，待我杨香武先拈了香儿，回头再说话。

黄三太 计全，上香！

「计全上香，杨香武向正中黄马褂叩头，起身。

众　人 杨五爷请来上座！

杨香武 咱们都是自己哥儿们，依礼而坐，请坐！（向众人拱手）

众　人 请坐！

「**【冲头】**杨香武坐正场桌旁左侧椅，众人均按原座位入座。杨香武抬右手扬水袖一望，**【撕边大锣一击】**又抬左手扬水袖一望。**【撕边大锣一击】**

杨香武 众位英雄俱已早到，是我杨香武一步来迟，这么办，先罚我三杯！（抬右手出三个指头）

众　人 罚你三杯！

「计全拿酒壶，杨香武从桌上拿酒杯，连饮三杯酒，唢呐吹奏<急三枪>牌子。杨香武抬看黄马褂。

杨香武 众位英雄，（向众人拱手）看上面供的乃是皇家国宝绣龙黄马褂子，此乃你我绿林大大的祥瑞。我说三哥！

黄三太 五弟！

杨香武 您可称得绿林之中大大的魁首！（双手挑大拇指称赞黄三太）

黄三太 （双手拱揖，摇头）五弟夸奖了！请酒！

「黄三太与众人举杯请酒。唢呐吹奏<急三枪>，计全扬双手水袖。**【叫头】**

计　全 众位叔父、伯父，小侄有一言，不知当讲不当讲？

众　人 有话讲在当面。

计　全 众位叔父、伯父容禀！（抖水袖）**【大锣五击】**

只因我家三叔在京都小沙滩劫了饷银，回转绍兴府，**【小锣二击】**行至中途，（从“小边”至正场）偶遇贺兆熊叔父，言说饷银是假。怒恼了我那三叔，二次奔往京都。**【大锣二击】**（抬左手指斜前方）行至南海大红门，闯了万岁爷的围场，就镖伤猛虎。（扬水袖向外甩去）**【大锣五击】**好一有道明君，（双手拱请式）见我家三叔是条英雄好汉，不肯杀害，反赐绣龙黄马褂，带回绍兴，悬挂中堂。**【大锣二击】**想这一十三省，（双手在胸前分开）我家三叔可数得起出乎其类，（抬右手挑大拇指，走至“小边”台口）鳌里夺尊，天下第一的英雄好汉！（双手在众人面前挑大拇指）**【大锣五击】**

〔众人顿时气怒。杨香武气得转过身去，抬右手不住往上捋左面的上“八字”黪胡子。

李 煜 （拍案而起）嘟！**【大锣一击】**胆大计全，（抬右手指计全）你三叔的英名谁人不知，哪个不晓，何用你在酒席筵前夸了又夸，讲了又讲，真真大胆！（气怒地抖左手水袖）

〔**【撕边、大锣一击】**杨香武气怒地抬右手扬水袖。**【镲锅叫头】**

杨香武 哎呀计全哪！你三叔的英名谁人不知，哪个不晓，（抬右手指众人）何用你在酒席筵前夸了又夸，（双手在胸前平分开）讲了又讲？难道说在座的俱是无能之辈？据我香武看来，在座的俱是山南海北水旱两路的英雄，你知哪位英雄身带国家之宝，那时献将出来，羞辱三太，怕你这小子吃罪嘚儿不起！**【撕边、小锣加镲锅一击】**

计 全 （拱手）杨五叔，慢说是皇家国宝，就是皇家一草一木，（抬右手过头顶，出食指表示一字）也是难以得到！（双手击掌甩水袖）**【大锣一击】**

〔众人与杨香武被计全激怒，全站起身来。

众 人 （气怒地）啊！**【大锣一击】**

杨香武 你这小子的话是越说越敞啦！自古道：强中自有强中手，能人背后有能人。倘若我辈的英雄，盗去皇家国宝，你敢把他怎么样？**【撕边、大锣一击】**

计 全 非俺小量，就是你们在座的英雄，（走动至“大边”指点众人）连一个有胆量的也是无有！（用力甩水袖）

〔**【大锣一击】**杨香武气得用右手不停往上捋“八字”胡须。众人又一次气怒地站起来。

众 人 啊！

杨香武 哈哈！你这真是逼的哑巴要说话，待杨五叔告诉你！**【大锣五击】**你可知前者海子“畅春园”万岁爷（拱手）失了一盏九龙玉杯，（左手比作圆形表示杯，抬右手指左手）**【大锣一击】**你知道是谁盗了去啦？

计 全 （上前追问）是哪个？

杨香武 不才就是你杨五叔。（得意地用右手拍打腰部）

〔**【急冲头】**黄三太立即从座位站起，快步至杨香武跟前伸右手抓住杨香武左手腕，二人至台前。

黄三太 五弟，想俺三太为了玉杯，全家遭害，望五弟将杯子赏与俺三太，改日登门叩谢。（向杨香武跪拜）

〔杨香武立即将黄三太搀扶起来。

杨香武 唉！（抖右手水袖）三哥，三哥，杯子虽到我手，是我路过固城，搭救一辈客商，我这么一大意，我把它给丢了。

〔**【大锣一击】**王伯彦在“小边”一笑，黄三太大吃一惊，**【撕边】**全身抖颤，晕坐在椅子上，杨香武、计全忙搀扶。

黄三太 哎呀！（晕坐在椅子上）（**崩登仓**）**【冲头】【导板头】**

〔西皮小导板〕

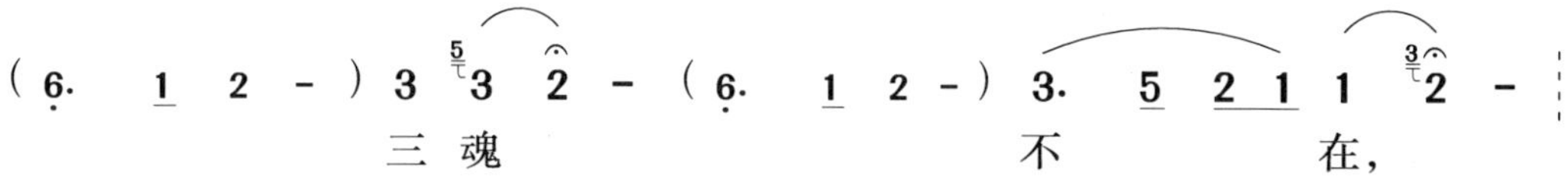

（双手虚拟地擦眼睛）

众　人 （同白）三哥醒来！

〔黄三太泪眼看看杨香武，长叹一声，抖袖。**【大锣风点头】**

〔散板〕

黄三太

（双手抖颤）

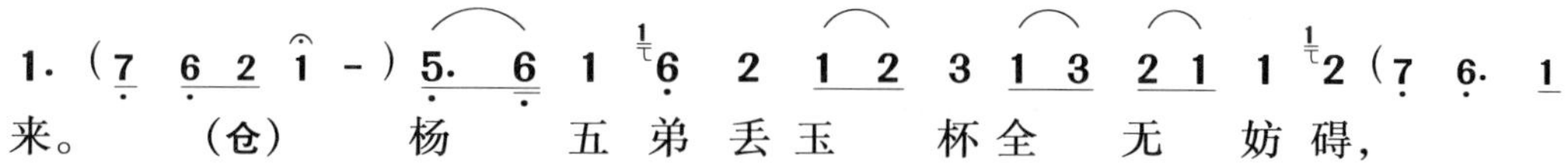

（对杨香武抬右手摆动）

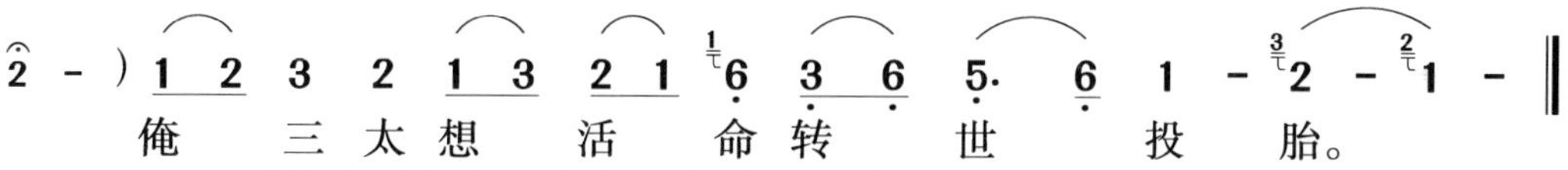

（抬左手拍自己胸部，右手抖水袖）

黄三太 （低沉地）众位贤弟，玉杯不见，你们大家散去了吧！（轻轻地摇动水袖）

李　煜 （焦急地）哪位贤弟若知玉杯下落，献将出来，也好搭救三哥性命。（敞开双手向众人要主意）

李七侯 哪家隐杯不献，真乃匹夫之辈！**【大锣一击】**

〔站在"小边"台口的王伯彦顿时一惊，忙至台中。

王伯彦 老七，你先别骂人。要问玉杯，我王伯彦一一尽知。（用右手拍打腰间）

〔**【撕边、大锣一击】**黄三太立即抓住王伯彦。

黄三太 （祈求地）贤弟，想俺三太为了玉杯，全家遭害。快将杯子赏与俺三太，改日登门叩谢。（欲要跪拜）

〔**【撕边、大锣一击】**王伯彦立即搀扶黄三太。

王伯彦 三哥，三哥，杯子我得着倒是得着啦，是我拿它没用，转送朋友啦。（抬右手向外指）

【大锣一击】

黄三太 （焦急地颤抖双手，抓住王伯彦追问）送与哪个？

王伯彦 提起此人，大大的有名！（抬右手挑大拇指）

黄三太 姓甚名谁？

王伯彦　金翅大鹏周应龙。（抬右手挑拇指称赞）

〔【撕边、大锣一击】黄三太顿时惊愕，双手下垂，向后退步，在场众人目光聚集投向黄三太，不知所措。

黄三太　呀！

〔散板〕

【纽丝】サ（0 6 5 5 3 2 6 2 1 –）3 2 5 3 4. 4 3
我 与 那 周 应 龙
（抬左手向外指）

3 5 1 2 3 3 – （6 1 2 3）3 2. 6 1 6. 2
早 有 仇 恨，【大锣一击】他 与 那 窦
（双手合并）

1 2 1 2 3 1（7 6 2 1 –）2 1 2 1 2
尔 墩 共 师 同 门。【大锣一击】大 不 该 李

3 2 6. 2 1 3 2（6 1 2）3 2 5 3 1 3
家 店 比 武 争 论，【大锣一击】这 才 是 对 头
（抖左手水袖，摇动头部）

2 2.（7 6. 1 2 –）2 5 3. 21 1. 2 3 –
到 大 祸 临
（双手上下抖动）

3. 5 2 3 2 1 6 1 1 – ‖【叫头】
身。（抬右手扬水袖）

天哪，天！俺三太一世英名，付与你二人之手！（抬右手颤抖地指杨香武和王伯彦，悲切地掸水袖，归“大边”跨椅入座，低头沉思）

〔【小锣一击】王伯彦悄悄出门站“大边”，抬右手水袖轻轻用左手向内哨出杨香武。杨香武出门。

杨香武　我说王字的。

王伯彦　我说杨字的。

杨香武　你怎么偷到我这儿来啦？

王伯彦　偷你才没乱子哪。

杨香武　咱俩人狼不吃狼。

王伯彦　狼吃狼，冷不防。

杨香武　又冷不防了哟！

王伯彦　老五，你还有什么主意没有？

杨香武　我是沾事则迷，一点主意没有？

王伯彦　我倒有个主意。

杨香武 你有什么主意？
王伯彦 本月二十一日，乃是周应龙寿诞之日。你备份寿礼前去拜寿，当面跟他要杯，他给你便罢——
杨香武 他要是不给哪？
王伯彦 说句没根基的话：偷也把它给偷过来。（抬左手挡住，伸右手向左手下面做偷的动作）
杨香武 盗杯在我。（抬左手指自己脸部）
王伯彦 接应在我。（抬右手指自己脸部）
杨香武 好，就这么办。
「杨香武转身进门，王伯彦随后进入仍归“小边”。
杨香武 三哥请过来！
「**【大锣五击】**黄三太从“大边”走至台正中。
杨香武 三哥，本月二十一日乃是周应龙寿诞之日，我备份寿礼前去拜寿，在酒席筵前跟他要九龙玉杯。三哥带领众家英雄，在紫霞庄外找一宽阔店房等候小弟佳音，事不宜迟，我就告辞啦！（向里正中拜揖，转身提褶子出门）正是：**【大锣二击】**
杨香武 是非只为多开口，
「计全出门送杨香武，众人“扯斜”。
计　全 送五叔！（双手拜揖）
杨香武 咳！（右手抖袖）**【大锣一击】**烦恼皆因强出头！（右手三抖袖，**【大锣一击】**左腿踢褶子左手抓住，右手抓水袖亮相，①**【冲头】**从“下场门”下）
王伯彦 （向黄三太拜揖）我也得先走一步。（快速出门也学杨香武踢褶子抓水袖快步**【小锣长丝头】**从“下场门”下）
黄三太 计全，刚才得罪你众位叔父、伯父，向前赔礼！
计　全 众位叔父、伯父，小侄无知，多有得罪！（左手扬水袖，右手抓住，向前半跪腿拜揖）**【撕边、大锣一击】**
众　人 （同白）哪个怪罪于你？
黄三太 大家用过酒饭，一同往紫霞庄去者！
众　人 （同向黄三太拱手）请！
「**【一锤锣打下】**众人从“下场门”下，黄三太抖袖长叹，将双手向后背去，低头愁烦而下，计全随后同下。

第　四　场

「一桌两椅，紫色桌围椅披，三把酒壶、七只酒杯。
「**【一锤锣】**周应龙抓开氅从“上场门”上，至“九龙口”。立定，大投袖、整冠、

① 叶盛章此处下场右手三抖袖转身左腿踢褶子，左手抓褶子，右手抓水袖亮相。身段动作干净利索敏捷，十分精彩，每次都能博得满堂彩。

捋髯，缓步至台口，提起开氅左下襟挡脸。【归位】

周应龙　＜点绛唇＞英雄胆壮，【小锣二击】武艺豪强。习拳棒，【小锣二击】盖世无双。谁敢【小锣二击】把某挡。（扔开氅下襟，抬右手出二指向前指）

〔【大锣归位】周应龙坐“小座”。

周应龙　（念诗）虎背熊腰胆包天，

绿林之中美名传。（双手在胸前拨动分开）【小锣二击】

练就一对镔铁锏，（双手弧形攥拳）

谁不闻名——（右手扬水袖，左手向前指）【大锣一击】心胆寒！【住头】（双投袖）

〔四庄丁分别从“上下场门”上，分别站立两侧。

周应龙　（左手扬水袖，右手抓住）某【撕边、大锣一击】姓周名应龙，人称金翅大鹏。【住头】自幼爱习拳棒，练就一对镔铁双锏。只因俺师弟窦尔墩，被那黄三太打得海走天涯，（抬右手向前方指）是俺心中不忿，（右手在胸前拨动）来在这紫霞庄招聚英雄。有朝一日遇着黄三太，定与我师弟报仇。【大锣一击】这且不言，（抬右手摇摆）今当某家寿诞之日，众家英雄必然前来拜寿。来！

四庄丁　有！

周应龙　伺候了！

四庄丁　啊！

〔从应声【冲头】蔡天化从“上场门”上，进门向周应龙拜揖。

蔡天化　启禀庄主，众家英雄前来拜寿。

周应龙　有请！

〔唢呐吹奏＜工尺上＞。四英雄从“上场门”上，周应龙、蔡天化出门迎接，互相拱手。

周应龙　众位英雄请！

众英雄　庄主请！

〔众英雄“挖门”，周应龙与蔡天化同进门，周应龙站正中。

众英雄　庄主在上，我等拜寿。

周应龙　这就不敢当了，啊哈哈哈……

〔众英雄横站一排，给周应龙跪拜叩头，周应龙拱手回拜。众英雄起身四人分列左右两侧。蔡天化站“小边”。

周应龙　天化，酒宴摆下，众位英雄请！

众英雄　请！

〔【冲头】院子内喊：“报——”从“上场门”手托礼单上，进门。

院　子　启禀庄主，杨香武拜帖呈上。

周应龙　呈上来。【大锣五击】（看拜帖右手捋髯左手托拜帖）“杨香武拜……”【撕边、一击】众位英雄，我与杨香武素无来往。他今此来，必有事故。

众英雄　想那杨香武诡计多端，庄主要留心一二！

周应龙　（点头）那个自然。

蔡天化　庄主英名在外，闻名拜访也未可知。

周应龙　好，有请杨五爷。

院　子　有请杨五爷！

〔唢呐吹奏＜工尺上＞。杨香武提褶子从“上场门”上，至舞台正中，周应龙、蔡天化出门右侧相迎。三人互拱手。

周应龙 杨五爷！

杨香武 庄主！

周应龙
杨香武 啊哈哈哈……

周应龙 （拱手）请！

杨香武 （拱手）请！

「杨香武“挖门”进入至“大边”，周应龙进门至“小边”。

杨香武 庄主请上，待我杨香武拜寿。

周应龙 不必拜了。（抬左手摆动）

杨香武 不拜我干什么来啦？我就磕下啦。

「唢呐吹奏<工尺上>。杨香武跪下磕头，周应龙拜揖，请杨香武入座。“八字”椅，杨香武坐“大边”，周应龙坐“小边”，四英雄分坐左右跨椅。

周应龙 众位英雄，见过杨五爷。

众英雄 （拱手）杨五爷！

杨香武 众位英雄！（向众英雄拱手）

周应龙 不知杨五爷驾到，未曾远迎，当面恕罪！（拱手）

杨香武 岂敢！（拱手）恕我杨香武来得鲁莽，庄主、众位英雄要多多的恕罪！（拱手）

周应龙 岂敢！杨五爷到此，尽为拜寿，还有别事？

杨香武 一来拜寿，二来有件大事相求。

周应龙 何事相求？

杨香武 闻听庄主有一盏九龙玉杯？（抬左手做弧形表示杯，右手指定）

周应龙 啊！（抬右手抚摸胡须一惊）**【撕边、大锣一击】**提它做甚？（抖左手水袖）

杨香武 是我有个朋友，为了玉杯，全家遭害。（双手平分开）我想周庄主（拱手）是个慷慨的英雄，何不将九龙玉杯送与小弟，（抬右手指自己）搭救我那朋友全家不死，（抬右手向周应龙摆手）日后我同我那个朋友登门叩谢。（拱手）我说周庄主，你是料无有推辞的啦！（拱手）

周应龙 这有何难？来！

院　子 有。（拱手）

周应龙 去到后面对夫人言讲，将九龙玉杯取来！

院　子 是。

「**【冲头】**院子急出门从“上场门”下。杨香武抬右手挡住，左手挑拇指称赞周应龙。

杨香武 庄主真乃是慷慨的英雄！（拱手）

周应龙 夸奖了！

「**【冲头】**院子手捧九龙玉杯从“上场门”急上，进门站左侧，托玉杯。

院　子 玉杯到。

周应龙 （很大义地指杨香武）献过去。可是此物？

杨香武 （接过玉杯一看）**【撕边、大锣一击】**正是此物。我就告辞啦。

「杨香武双手捧玉杯转身向周应龙拜谢，快步欲出门，周应龙赶上前来抬右手急

拦。【撕边、大锣一击】

周应龙 且慢！备得有酒，与杨五爷同饮。

杨香武 （吞吞吐吐地）这，咱改日再喝吧。

周应龙 并不是残席。

杨香武 那么着，我就要叨扰啦。

周应龙 酒宴摆下。（抖右手水袖）

〔唢呐吹奏＜工尺上＞。院子和四庄丁分别摆正中双椅“大座”，左右两旁摆“八字”桌，“大座”分别两把椅，左侧“小边”跨椅，蔡天化坐。周应龙与杨香武坐正场“大座”。

周应龙 （拱手）杨五爷、众位英雄请坐！

〔院子给各位斟酒。

周应龙 杨五爷、众位英雄请！

〔唢呐吹奏＜急三枪＞。

〔众人饮酒。杨香武把九龙杯放在桌上，饮酒。

周应龙 杨五爷，但不知拿这九龙玉杯搭救哪一路的英雄？

杨香武 提起此人，大大的有名！（抬右手向周应龙挑拇指）

周应龙 姓甚名谁？

杨香武 就是那独霸江南绍兴府飞镖黄三太！

周应龙 啊！杯子撤回！

〔周应龙立即从桌上拿起玉杯，交给旁边的院子，【急急风】院子接玉杯急从“上场门”下。

〔杨香武双手想捂住玉杯，但扑了空，双手扶在桌上发呆。【撕边、大锣一击】杨香武向左侧一看，【撕边、大锣一击】又向右侧一看，【撕边、大锣一击】杨香武收回双手，抖抖水袖。

杨香武 我说周庄主，我提起“三太”二字，为何将杯子撤回？

周应龙 杨五爷，想当年我师弟窦尔墩，被那黄三太打得海走天涯。如今要拿这九龙玉杯搭救那三太吗？万万的不能！（双手向杨香武气怒地甩水袖）

〔【大锣一击】杨香武呆愣在座位上。

杨香武 我说周庄主，想当年李家店比武，乃是您的师弟窦尔墩眼空四海，目中无人，休怪三太。周庄主，将九龙玉杯送与小弟，搭救三太全家不死，日后我同三太登门叩谢。我说周庄主，你瞧好是不好？

周应龙 【叫头】杨香武！再若多言，周某就要鲁莽了！

〔【大锣一击】周应龙亮高相，威胁杨香武。

杨香武 咳！【大锣一击】我说姓周的，你别不懂得交情！你将九龙玉杯给我便罢，如若不然，我就要——

周应龙 要怎样？

杨香武 我就要——(气怒用右手拍桌)

〔【快冲头】杨香武与周应龙急忙同出座位至台正中，周应龙抓住杨香武手腕，威胁地追问。四英雄同时离位。

周应龙 你要怎样？

杨香武 （吞吞吐吐）我……我要偷你的。（不好意思地用右手水袖挡脸）

众英雄 （讥笑地）嘿！

周应龙 **【叫头】**杨香武！三天之内，盗得去九龙玉杯，俺这紫霞庄立你为尊。

〔**【撕边、大锣一击】**杨香武双手一背，瞟一眼周应龙。

杨香武 三天之内，盗不了你的九龙玉杯，我就拜你为师。（拱手）

周应龙 丈夫一言？

杨香武 岂能反悔？我就告辞啦。（转身向里双手作揖）

周应龙 （气怒地）不送！

〔**【大锣一击】**周应龙右手向杨香武气甩水袖，杨香武急转身双手下垂，十分尴尬。

杨香武 嗬！真干哪！

众英雄 （同指杨香武）走！

杨香武 我这不是走了吗？姓周的，今儿晚上你就得留点儿神！（抬右手指周应龙）

周应龙 量你难盗！

杨香武 咱们走着瞧！

〔**【大锣一击】**杨香武双手扬水袖，背手挺胸，**【冲头】**"上场门"下。

周应龙 杨香武诡计多端，大家要留心一二。

众英雄 （同白）我等在此料也无妨。

周应龙 将酒宴撤在后堂，与众位英雄同饮！

众英雄 （拱手）请！

〔**【一锤锣】**四英雄、四庄丁"扯斜胡同"，周应龙先从"下场门"下，众人随后一对对分下。

第五场

〔**【急急风】**李煜、李七侯、武万年、贺兆熊、濮大勇、杜清、杜宏、常六、刘珍、计全俱换薄底，每人身背单刀，手持马鞭，提开氅从"上场门"上，"扎犄角""大边""一条鞭"，**【大锣四击头】**黄三太仍穿厚底靴，背朴刀，左手提开氅，右手挥马鞭上。众亮相。

黄三太 （拱手）众位贤弟，往紫霞庄去者！

众英雄 请！

〔**【急急风】**黄三太挥鞭抖缰领众人圆场，黄三太在前排，众人分为两排，**【四击头】**众人跨腿、踢腿转身前弓后箭，打马鞭收回上膀子，亮相。

黄三太 嗬，马来呀！（涮马鞭，甩髎满，提左腿，左手勒缰绳）

〔**【撕边、大锣一击】【急急风】**李煜领众人"下场门"同下。

第六场

〔**【撤锣】**接**【撕边**（加镲锅）**四击头】**杨香武双手分提大带，从"上场门"敏捷地出场，至“九龙口”亮相。**【镲锅走边】**“走边”。此处杨香武已摘掉“鬃帽罩”，脱掉褶子，穿侉衣。①

杨香武 （边念边走动作）蹑足（跨右腿、踢左腿）潜踪似燕飞，（退右腿“云手”提左腿放在右腿上，双手后展像燕子展翅一般）爬山（“旋子”转身“飞天十响”）越岭任咱为。（至“大边”亮相）**【镲锅二击】**练就一双飞毛腿，（“双飞燕”挂“吊提”）江湖人称（三跨腿、抱肩向正场走）赛毛遂。（至台正中亮相）**【镲锅五击】**俺，**【镲锅一击】**（用右手拍腰间）杨香武。**【住头】**是我与周应龙打赌，三天之内盗他的九龙玉杯，就此走遭也！（“云手”“单蛮子”亮相）

海笛伴奏＜新水令＞牌曲

サ（**大台 仓.都 才台 仓 - 仓**）6 6 i 3 - 3 5 6 5 352 3 3 - -

英雄侠义 气 轩 昂，（**台.大台**）

（抬右手出拇指，指自己腰间，左右手向上两翻，左手提大带，右手指腰间）

5 6 i 7 6 5 4 3 - 2 2 1 2 3 1 2 7 6 - - -

为 玉 杯 定 计 前 往。（**台 令 台**）

（抬左手弧形表示玉杯，右手指左手，转身“云手”向前指矮相）

3 3 - 3 6 5 6 4 3 - 5 6 i - -

胸 中 有 志 量，（**台. 大 台**）

（右手拍腰间，左手挑拇指）

i 2 7 6 - 3 5 6 i 5 6 5 - - -

切 齿 恨 他 行。**台 令 台** 夹白:“俺杨香武呵！”

（转身向“下场门”前弓后箭抬右手指） （转身至正场，右手拍腰间）

6 2. 3 1 2 3 3 2 - i - - 3 2 1

急 走 慌 忙，（**台.令 台**）哪 怕

（“扫堂转灯”起身前指亮相） （向台左侧翻“蛮子”）

3（**大台 仓 才 仓 才 倾 - 仓**）5 5 3 2 5 - 3 2 3 2 i -

他 高 墙 万 丈。

（“小边”“云手”“卧鱼”双手指斜上方）

---

① 叶盛章表演“走边”掌握住剧中人物是夜间行走动作，脚底下轻、快，每个动作一点声音也没有。这个“走边”他加了三十多个“圈旋子”。叶派“旋子”扎实，其特点轻快、干净、利索，颇见功力。

〔【夺头】杨香武从“小边”向“下场门”翻“串小翻提”筋斗，【撕边一击】亮相。【冲头】杨香武从“下场门”下。

第 七 场

〔二幕外。

〔【一锤锣】四庄丁、四英雄、蔡天化从“上场门”上站门，周应龙手拿九龙玉杯上。

周应龙 众位英雄，杨香武三日之内，要盗俺的九龙玉杯。

众英雄 量他难盗。

周应龙 着哇！

〔院子在“上场门”内喊：“报——”【冲头】随后快步上站“小边”。

院　子 启禀庄主，王伯彦前来拜寿。

周应龙 好，出庄相迎！

〔【冲头】庄丁“倒领”众人“插门”从“上场门”下。

〔【撕边、镲锅二击】杨香武从“下场门”急上，望周应龙背影。【叫头】

杨香武 哎呀且住！（抬右手叫头）看周应龙杯不离手，（左手成弧形表示玉杯，右手指左手）手不离杯，可叫我怎么盗哇？（抬左手轻摸头部）哦喝有啦，【镲锅五击】我不免去到后面用五鼓鸡鸣断魂香，将他妻子迷倒，我就是这个主意。正是：【镲锅五击】设下调虎离山计，（抬右手指前方，抬右腿“金鸡独立”右手在腿上快速旋转）盗取玉杯他（右手指斜前方，“云手”“飞脚”）怎知！（八大仓）（亮相）

〔【冲头】杨香武从“下场门”快步而下。

第 八 场

〔仍在二幕外。

〔唢呐吹奏<工尺上>。四庄丁、四英雄、蔡天化从“下场门”引周应龙上，众人站“大边”“一条鞭”。

〔王伯彦从“上场门”得意洋洋上，与周应龙会面。

王伯彦 （拱手）庄主！

周应龙 贤弟！随我来呀，（抓王伯彦手腕）哈哈哈……

〔四庄丁、四英雄、蔡天化“倒领”从“下场门”下，周应龙与王伯彦随下。

第 九 场

〔正中屏风后摆三张桌上一把椅子高台。屏风前一张桌，左右“八字”椅，桌上酒壶一把，两只酒杯。

〔唢呐吹奏<工尺上>。四庄丁、四英雄、蔡天化引周应龙、王伯彦从“上场门”上“挖门”。周应龙进门至左侧，王伯彦至右侧。

王伯彦 庄主在上，待我王伯彦拜寿。

周应龙 （摆手）不必拜了。

王伯彦 我干什么来啦？（跪下给周应龙叩头）我这磕下啦。

周应龙 酒宴摆下！

〔周应龙入座至左侧座位，王伯彦至右侧座位，二人同举杯。

周应龙 贤弟请！

王伯彦 庄主请！

〔唢呐吹奏<急三枪>。二人饮酒毕。王伯彦发现周应龙手里的九龙玉杯。

王伯彦 庄主，这可是小弟送的那只杯子吗？

周应龙 嘿，休要提起这只杯子。提起这只杯子，令人可恨！【大锣一击】

王伯彦 恨着我王伯彦不成？（抬右手指自己鼻梁）

周应龙 非也！（拉“云手”）

〔唢呐吹奏<急三枪>。【撕边】杨香武由“下场门”直跑上，上高台，在椅子上。拿一把顶。【大锣一击】

〔【冲头】院子从“上场门”急跑上。

院　子 大奶奶不知何故昏迷不醒啦！

周应龙 啊！【大锣一击】【撕边】哇呀呀……待我看来。

〔【冲头】周应龙焦急地把九龙玉杯放在桌上，四庄丁、四英雄、蔡天化“倒领”从“上场门”下，周应龙随下。

〔此刻【撕边】杨香武双脚勾住高台上的椅子背，下腰，【大锣一击】向左侧旋转，【大锣一击】又向右侧旋转，寻找王伯彦。后拍掌。

王伯彦 谁呀？

杨香武 我呀。你拿过来吧，老头子！

王伯彦 给你吧，老头子。

〔王伯彦把桌上的九龙杯递给了杨香武，杨香武接杯立即起身站在高台上。王伯彦双手捂头伏桌装醉。

〔【冲头】周应龙领蔡天化、四英雄、四庄丁从“上场门”快步“挖门”而上。周应龙发现玉杯丢失。

周应龙 （唤醒王伯彦）贤弟，贤弟，某的玉杯呢？

王伯彦 （揉眼醒来故意地）我一杯就醉了。

周应龙 啊！

〔此时杨香武手拿玉杯站在高台上呼叫。

杨香武 姓周的！【大锣一击】杯子在你五大爷这哪。

周应龙 啊！【大锣一击】（抬头看高台上的杨香武，大吃一惊）

杨香武 我走啦。

〔【撕边、大锣一击】杨香武从“三张半”高台上翻“台蛮”筋斗而下，从“下场门”下。

周应龙 众位英雄，追！

〔**【急急风】**四庄丁、四英雄、蔡天化出门领起，从“下场门”追下，周应龙甩开氅随后追下。

王伯彦 （悄悄出门一望两望）都走啦，（从衣襟怀里拿出一把酒壶）得，我弄他一把酒壶吧！

〔**【快原场】**王伯彦从“上场门”下。

第　十　场

〔**【急急风】**李煜、计全领众英雄举单刀从“上场门”上，“扎犄角”“大边”“一条鞭”，黄三太举朴刀上至正场，杨香武手捧九龙玉杯与黄三太会面。

杨香武 三哥，杯子已然到手。（把玉杯交给黄三太）

黄三太 （叩谢）多谢五弟！

杨香武 （指“上场门”）那小子他追来啦！

黄三太 迎上前去！（将玉杯交与计全）

〔**【急急风】**杨香武赤手空拳站在一旁。黄三太举朴刀领李煜、计全众英雄举刀与从“上场门”追上的四庄丁、蔡天化等举长枪“二龙出水”会阵。黄三太与周应龙手持双锏会面。**【撕边、大锣一击】**一望，**【大锣一击】**一看。

周应龙 呔！**【大锣一击】**你是何人，挡住某家的去路？（怒指黄三太）

黄三太 听了！**【大锣一击】**江南绍兴府飞镖黄——！**【大锣一击】**

周应龙 黄三太！你与杨香武定下诡计，盗去俺的九龙玉杯，是何道理？

黄三太 周英雄，想俺二太为了玉杯，全家遭害。将杯子赏与俺三太，改日登门叩谢。

周应龙 黄三太！**【大锣一击】**好好献出杨香武，如若不然，可知周某双锏的厉害！**【大锣一击】**

黄三太 周英雄，好言相告，执意不听，可知你令师弟窦尔墩比武之故耳？

周应龙 这个！

杨香武 三哥，三哥，您别跟他生气，兄弟我问他两句。（向前问周应龙）姓周的，姓杨的（抬右手挑拇指指自己）说三天之内盗你的九龙玉杯，不含糊吧？

周应龙 匹夫之辈！

杨香武 你先别骂人。我还给你留着朋友面子哪。

周应龙 招打！（持双锏欲打杨香武，杨香武低头矮步）

黄三太 （立即用朴刀架住周应龙双锏）看刀！

〔杨香武趁机顶了周应龙一“羊头”，众人双方持枪刀架住亮相。

杨香武 打！（从“下场门”下）

〔**【急急风】**众开打。（因开打不同，锣鼓可灵活运用）

〔黄三太手持朴刀与周应龙双锏对打“一过合”，“二过合”，“一二三”搭兜转身，往里一盖，“前封头”“后封头”、再往里一盖，黄三太踢周应龙一脚，周应龙接一脚，败下，黄三太追下。

〔李煜与一英雄对打，单刀和长枪“锁喉”；又续上蔡天化“双枪对单刀”“三股档”；李煜踢英雄双“抢背”**【大锣四击】**亮相。

〔计全与另一英雄打“单刀枪”。卸长枪后，另两位英雄翻筋斗上，“四股档”，单刀对打。

「武万年翻上，持双刀与另一翻筋斗上的英雄打“三十二刀”。持长枪的英雄上，打“三股档”转“双刀枪”。一庄丁翻上，又一庄丁翻上，打“五股档”。

「杨香武与蔡天化对打“单刀枪”，后周应龙与杨香武对打“单刀双锏”。

「濮大勇持双刀与一英雄对打“大刀双刀”。又一英雄持长枪翻筋斗翻上，贺兆熊持长枪翻筋斗上，对打“三杆”。蔡天化翻上，杨香武翻筋斗上与蔡天化对刀，后劫刀，庄丁“上下场门”翻上，与杨香武打“五股档”亮相。周应龙上与杨香武对打，杨香武撞周应龙“羊头”，黄三太持朴刀上，被周应龙欲打倒，杨香武急搀扶，把周应龙打败，从“下场门”下。

杨香武 三哥，瞧兄弟的“羊头”怎么样？

黄三太 好五弟，愚兄老了。

杨香武 你我弟兄不老！

黄三太 （托髯满看）不老？

杨香武 不老！

黄三太 打！

「**【大锣四击】**杨香武、黄三太双跨腿踢腿抱刀亮相。

「**【急急风】**周应龙持双锏至“大边”台口，“倒脱靴”，杨香武“一盖两盖”，卸下周应龙双锏。杨香武让黄三太搀扶周应龙，黄三太搀扶周应龙，杨香武拿起双锏交还周应龙。

黄三太 俺三太一时失手，多有得罪！

周应龙 （感到极为惭愧）此地不是讲话之所，请至紫霞庄内一叙。

黄三太
杨香武 （同白）好，庄主，请！

「杨香武、黄三太搀扶周应龙表示和好。亮相。

「尾声。众人从“下场门”下。

—— 剧 终

赵纪鑫　整理　　王　威　记谱

酒丐

叶盛章演出本

京剧《酒丐》是一出早在20世纪20年代中期就红极剧坛的大型武丑戏，是武丑表演艺术家叶盛章先生的代表剧目之一。自编演以来，久演不衰，得到了广大观众的盛赞。

该剧以浓墨重彩展现了民间义侠酒丐范大杯的故事。剧中描写酒丐范大杯拾得银两，担心失主焦急，便原地等候，直到把银两交还失主石世茂。不料竟遭石世茂诬陷，告他偷窃银两，范大杯被扭送公堂。后经审判真相大白。范大杯在归途路上，又遇鸨儿毒打妓女苏兰娘致昏，并趁深夜将其抛入江中。范大杯将其搭救。兰娘苏醒后，说明情由，范大杯挺身而出替苏兰娘申冤告状；为使兰娘夫妻团圆，他又跋山涉水赴京寻找其夫文奎。其时文奎正随舅父王正成征讨太行山。太行山寨主马如龙十分骁勇，王正成实难抵挡，其女王翠娥也被擒上山寨。范大杯及时赶到，便乔装改扮夜入山寨救出翠娥，协助官兵扫平山寨。王正成甚为感激，经文奎夫妻说媒，范大杯与王翠娥成婚。

我幼年受家庭熏陶，酷爱京剧艺术，经常随父母看戏。正赶上叶盛章先生组建“金升社”，开创武丑挂头牌的先例。多年来，他演出的不论文丑还是武丑戏、新编历史剧或是现代戏，以及从兄弟剧种移植改编的优秀剧目，我几乎都观摩过，有的戏还不止看过一两次。就拿这出《酒丐》来说，在我的记忆里，就看过十几次。

叶盛章先生是“富连成”科班创始人叶春善先生的第三子，幼年曾入前辈名宿朱幼芬创办的“福清社”科班，先学文净，后改学丑行。后来“福清社”解散，才转回“富连成”科班。开始学武生，因身材较小，改学文丑。经萧长华先生亲授，在文丑表演上具备很深的修养。后又投当时著名武丑前辈王长林先生门下，因王长林先生辈份高，叶盛章给王长林之子王福山行拜师礼，向王长林先生学戏，因此在文武丑表演方面打下扎实基础，可称得上是位文武昆乱不挡的丑角表演艺术家。

叶先生能戏很多，如：《一匹布》、《一两漆》、《打渔杀家》、《挑帘裁衣》、《秋江》、《挑女婿》等；武丑戏《徐良出世》、《藏珍楼》、《欧阳德》、《铜网阵》、《巧连环》、《打瓜园》、新老《三岔口》、《东方朔偷桃》、《雁翎甲》、《盗银壶·佛手橘》、《十三太保闹苏州》、《白泰官》、《智化盗冠》、《九龙杯》以及“八大拿”戏里扮演的朱光祖等，可谓无戏不精。

叶盛章嗓音天赋极好，洪亮爽脆响堂，再加上娴熟掌握“四功”、“五法”，念白清脆干净明快，讲究抑扬顿挫，字字动听。他武功技巧精湛出众，矮子功行走如飞，刀枪把子功夫火爆猛烈，那可真是冲、脆、帅、狠。每逢看到他和多年合作的武净高盛虹先生在舞台上开打，虽非真刀真枪，却使人感觉真杀真砍，活灵活现，生动逼真，总引起台下观众满堂喝彩。

有一次，我特地向高盛虹先生问起与叶先生演出《酒丐》的事。高盛虹先生讲：“我从科班到剧团，跟盛章合作几十年，他台上从来是严肃认真的。他功底深，手脚灵活，他的动作轻、快、巧、俏，开打那真是勇猛神速，如差一点儿就得受伤。您看我这脑袋上的疤瘌，都是盛章在台上给砍的。”

就拿这出《酒丐》来说，叶盛章先生为塑造范大杯这个人物，真是煞费苦心，反复琢磨。首先从化妆扮相上，改变了过去传统武丑在脸上勾一道白鼻梁，左右眼角点两块白，在白上加点黑。他设计范大杯脸谱，紧扣人物侠肝义胆、刚直性格和平日爱饮酒的嗜好，既不像武生的俊扮，也不同武丑的丑扮，而是以戏曲舞台上红色象征忠义的特点，结合范大杯又是酒丐的突出性格，化妆时先以红色打底，然后抹浓重黑眉，画深眼窝，再勾嘴岔。别看范大杯是穿着破衣烂衫夜宿古庙的乞丐，但通过化妆和举止动作表演上，人物一出场就使观众感到，就这绝不是普通的流浪汉。

尤其是范大杯乔装改扮夜入太行山寨以及搭救王翠娥这两场戏，叶盛章没有照搬传统的“走边”、“趟马”等程式化的表演形式，而是参照古典武侠小说里的情节并融会杂技中的技巧，在舞台上设置古庙、山谷、楼阁、刁斗等布景，再配备灯光。为烘托人物飞檐走壁，巧妙地运用举狮、舞剑，在刁斗上扯起“顺风旗”技巧，并从刁斗上飞向楼阁屋檐下大盘“纣棍”；身背翠娥飞越山谷的“空中飞人”和一连串的翻打扑跌，使《酒丐》这出戏更加精彩夺目，以崭新的面貌展现在观众面前，轰动当时京剧舞台。

为使“叶派”武丑艺术广为流传，我根据著名戏曲教育家王连平先生的藏本和对叶盛章先生舞台演出《酒丐》的回忆，将此剧整理出来奉献给京剧工作者及广大读者。因时间久远，再加上我艺术功力的不足，肯定有粗疏浅陋不当之处，只能恳请专家和读者批评指正了。

赵纪鑫

人物行当

范大杯	武丑	家　院	老生
王翠娥	旦	丑丫环	彩旦
王正成	老生	王　忠	武生
马如龙	武净	吴　孝	武净
李　丹	净	李　太	武生
文　奎	小生	张　桃	武净
酒　保	丑	门　子	小生
石世茂	丑	报　子	丑
苏兰娘	旦	乞丐甲	净
鸨　儿	旦	乞丐乙	丑
马玉花	武旦	乞丐丙	净
王夫人	老旦	乞丐丁	丑
宋　保	净	八官兵	武行
太　监	丑	八喽兵	武行

服装扮相

范大杯　搓红脸、勾黑眉、黑眼窝白套、黑色嘴岔、眉端画两道皱纹。头戴黑缎子豆包、四周露出一寸左右的黑发，富贵衣（即有补丁的褶子），后改扮包黑缎子头布、茨菇叶，黑绒侉衣带下胯、黑缎子腰箍，黑缎子彩裤，黑白条纹裹腿，薄底（叶盛章先生穿白千层底薄底）。

王翠娥　俊扮。梳古装大头、双光水钻头面、顶花和草花，米黄色古装袄裙绣花边、腰箍、米黄色帔，浅色彩裤，彩鞋。

王正成　俊扮。忠纱帽带翅、黪三，紫色帔，后改扮荷叶盔、扎白靠，香色彩裤或红彩裤，厚底。

马如龙　勾油白三块瓦、黑花眉子、下垂黑眼窝、脑门勾红火焰、尖鼻窝。黑扎、耳毛、白扎巾额子、翎子、狐狸尾，扎白软靠、旋白蟒、玉带、苦肩，白彩裤，厚底。

李　丹　勾紫三块瓦脸谱。黑满、忠纱，蓝官衣，红彩裤、厚底。

文　奎　俊扮。淡湖色绣花桥梁巾，淡湖色绣花褶子、后改换淡粉色绣花桥梁巾、淡粉色绣花褶子，出征时改换武生巾，扎粉色软靠，红彩裤，厚底。

酒　保　丑扮。蓝毡帽，蓝布大袖白短腰包，黑彩裤，白布袜、方口皂鞋。

石世茂　丑扮。黑罗帽，蓝布箭衣，大带，黑彩裤，白布袜、方口皂鞋。

苏兰娘　俊扮。梳大头、单光水钻泡子、线尾子、草花，桃红色绣花裙子、裤袄，后脱去裙子、裤袄，内穿白布裤袄，手绢，绣花彩鞋。

鸨　儿　俊扮。梳大头、线尾子、银钉、草花，淡绿色绣花裤袄、外罩黑缎子绣花大坎肩、斜系白绸绣花腰巾，手绢，绣花黑彩鞋。

马玉花　俊扮。梳大头、线尾子、水钻泡子、七星额子、翎子、狐狸尾，扎红软靠、湖色彩球、苫肩，红绣花斗篷、白绣花裙子，彩裤，红绣花薄底。

王夫人　俊扮。黪网子、老旦冠、紫绸条，紫色绣团寿字帔、墨绿色绣花边裙子，黑彩裤，白布袜、福字履。

宋　保　搓白粉脸、勾黑眉斜眼窝、左右太阳穴画两贴膏药、断梁小黑胡、鼻窝两道纹，勾嘴岔。蓝毡帽头，蓝布箭衣缩袖口、系白绸子腰巾，黑彩裤，薄底。

太　监　丑扮。太监盔挂穗，绿绣花褶子、系丝绦子，红彩裤，朝方。

家　院　俊扮。黑缎子罗帽、黪三，黑褶子、大带，黑彩裤，厚底。

丑丫环　丑扮。梳大头、线尾子、水钻泡子、草花，绿色绣花裤袄、淡蓝色小坎肩、系红色绣花腰巾，彩鞋。

王　忠　俊扮。白色软罗帽、茨菇叶，白衣裤，大带、白绣花褶子，薄底。

吴　孝　勾黄碎脸谱、红一字胡子。黄色硬罗帽，茨菇叶，黄色绣花箭衣、大带、黄开氅，黄彩裤，厚底，后改扮黄软罗帽、黄抱衣裤，薄底。

李　太　搓绿脸、勾花黑套白眉子、蝙蝠眼窝、尖鼻窝、红嘴岔。绿色硬罗帽、茨菇叶，绿绣花箭衣、大带、绿开氅，绿彩裤，厚底，后改扮绿软罗帽，绿抱衣裤，大带，绿绣花褶子，薄底。

张　桃　勾黑碎脸谱。戴黑扎、耳毛、黑色硬罗帽，黑色绣花箭衣、大带、黑开氅，黑彩裤，厚底，后改扮黑软罗帽，黑抱衣裤，大带，薄底。

门　子　俊扮。黑软罗帽，黑褶子，黑彩裤，厚底。

报　子　丑扮。骚子帽，蓝布箭衣、大带、红色卒坎，黑彩裤，薄底。

乞丐甲　搓黑脸、浓黑眉、重眼窝、黑鼻窝、两腮搓红、画白嘴岔。黑软罗帽，黑褶子打小白腰包，黑彩裤，白布袜、草鞋。后改扮黑软罗帽、茨菇叶，黑侉衣，大带，黑彩裤，薄底。

乞丐乙　丑扮。白毡帽，蓝布大袖白腰包，黑彩裤，白布袜、草鞋，后改扮帽、水纱、茨菇叶，黑侉衣，黑彩裤，薄底。

乞丐丙　搓浅黄脸、勾黑眉重眼窝、连鬓胡子、小嘴岔。蓝毡帽，富贵衣打小蓝色腰包，黑彩裤，白布袜、草鞋，后改扮黑软罗帽、水纱、茨菇叶，黑侉衣、大带，黑彩裤，薄底。

乞丐丁　丑扮。黑软罗帽翻过来戴，白布小褂披胖袄、浅蓝色或白腰包，黑彩裤，白布袜、草鞋。

八官兵　俊扮。红绣花小板巾，官兵服，薄底。

八喽兵　搓红黑脸、浓黑眉、画眼窝、勾鼻窝。黑色白边小板巾，黑色侉衣（领口、袖口镶白边）、两片黑色下胯镶白边、黑色白边腰箍，黑彩裤，白黑条两色交叉裹腿、薄底。

注：四乞丐脚上如没草鞋，可穿薄底。

道具

叶盛章先生当年演出《酒丐》时，曾在剧中第二、六场设置古庙布景，天幕画布画着三尊盘腿坐佛，佛前摆放着红色供桌，供桌上摆着香炉、蜡扦。

第九场设置江水、礁石景。第十五场舞台正中设置“藏珍”楼阁，在楼的屋檐下，正中窗户前面悬挂着“纣棍”。在舞台大边台口还设置刁斗红灯。

第十五场天幕画布上起伏山峦，右侧是山谷一角，范大杯身背王翠娥，飞越山谷，“空中飞人”场面惊险。

第十六场，山寨城楼等。

桌子	两张	椅子	四把
印盒	一个	状纸	一张
银锭	五锭	圣旨	一道
酒壶	三把	酒杯	六只
报旗	一面	宝剑	一口
云帚	一把	铁链	两条
石头	一块	绳子	一条
弓箭	四副	干柴	一捆
马鞭	六根	堂板	两块
单刀	二十八把	长枪	三十杆
惊堂木	一块	银子包	一包
鸭嘴棍	两根	酒葫芦	一个
旦角宝剑	两口	红行囊包	一个
酒壶托盘	一个		

用绳子编的软梯	一个
红色、紫色桌围椅披	两份
笔、砚、笔架、墨、盘	一份

第一场

〔场上设一桌，“大座”。

〔**【冲头】【一锤锣】**吴孝、李太、张桃“上场门”上，行至“九龙口”停住，一同双手正冠，双抖袖、提袖，继续前行至前台口抖袖提袖。**【归位】**

吴　孝　（念）自幼生来秉性刚，（右手挑起拇指）

李　太　（念）惯使丈八蛇矛枪。**【小锣二击】**（双手做拧枪式）

张　桃　（念）箭射双雕谁能比？（做拉弓式）

吴　孝
李　太
张　桃　（同念）威风凛凛占太行。（同伸右手前指）**【大锣归位】**（左手抖袖后翻袖，右手抓开氅袖口）

吴　孝
李　太
张　桃　（同念）俺，**【大锣一击】**

吴　孝　林中虎吴孝。

李　太　出洞蛟李太。

张　桃　顺墙猫张桃。**【大锣住头】**

吴　孝　（拱手）众位头领请了！

李　太　（拱手）请了。

张　桃　（拱手）请了。

吴　孝　大王开操，我等两厢伺候！

李　太
张　桃　（同白）啊！

〔唢呐吹奏<发点大开门>八喽兵左手提腰间下胯，右手握长枪中间，两人一对从“上场门”出场到“九龙口”暂停，再缓步至台口“站门”，曲牌止。

〔**【四击头】**马如龙提白蟒从“上场门”上，**【回头】**转**【原场】**到“九龙口”亮相停住，抖袖、正冠，两眼左右瞟一下喽兵，缓慢地举步至台口。

马如龙　**【归位】**（稍向右侧身，左手扬水袖，右手抓住袖口一角，挡脸）

<点绛唇>

6 3 5 2 – （台 台）2 2 12 61 5 – （台 令 台）
占 领 太 行　　　　兵 强 马 壮

5 3 2 – （台 台）32 12 56 5 – （台 令 台）
逞 豪 强　　　　旗 帜 飘 扬，

（65 6i 5 – 八 大台 顷 仓 0）2 2 12 6 1 5 – ‖
白：要扰——　　　　　　大 明　　亡！

〔接＜水龙吟·合头＞马如龙甩左手水袖，怒向台前伸右手指前方。左手捋髯，瞪眼巡视两厢。右转身归“大座”，曲牌止。

马如龙 （念诗）稳坐高山胆气豪，（伸左手斜挑拇指）

腰横秋水雁翎刀。**【小锣二击】**

风吹战鼓山河动，

电闪旌旗日月高。（伸右手向右前方高指）**【大锣归位】**

我乃（左手扬水袖向里翻，右手抓左手袖口）太行山寨主马如龙是也。**【大锣住头】**山东郓城人氏。自幼爱习武艺（左右手摆出架式），精通拳棒。（拱手）我父务农为业，只因欠下官府粮米，无法交还，将我父重责四十大板，（右手伸出四指）气愤身亡。怒恼某家，反到这太行山落草为寇，每日招军买马，积草屯粮，（抬双手从胸前向左右分）准备夺取明室天下。（伸右手指向前方）**【住头】**今当三六九日，开操之期。众头领！（高扬右手）

吴　孝
李　太 （转身，面向马如龙弯腰拱手）参见大王！
张　桃

马如龙 罢了。（抬右手掌）阵法可曾操好？

吴　孝
李　太 （同白）俱已操好。
张　桃

马如龙 吩咐操演上来！（伸右手指众喽兵）

吴　孝
李　太 （三人同拱手）遵命。
张　桃

〔王忠、马玉花内白：“马来！”**【大锣水底鱼】**二人手持马鞭从“上场门”快步行至“小边”台口，二人勒马。

王　忠 奉命探军情，

马玉花 今日返山林。

〔**【大锣原场】**二人转身，下马，二喽兵接马鞭。王忠、马玉花“挖门”进正场向马如龙拱手参拜。

王　忠
马玉花 （同白）参见大王！

马如龙 罢了。命你夫妻二人前去打探，怎么样了？

王　忠
马玉花 （同白）大王容禀：**【归位】**（二人转身站台中，拉“云手”）

马玉花 （念）天子荒淫酒色，（站“大边”左手扶宝剑，右手怒指）

百姓叫苦连天。**【小锣二击】**

王　忠 （念）忠良屈死大半，（站“小边”，抬左右手，在胸前平画）

奸臣得意朝班。**【小锣三击】**

马玉花 （念）天意当起风云，**【撕边一击】**（“蹉步”转到“小边”）

王　忠 （边念边与马玉花调换位置，表现骑马姿态，亮矮相）

（念）兄王速整马鞍。**【大锣住头】**

马如龙　吾意欲进兵除奸，不知何处可做起兵之所？

王　忠　（起身凑近堂桌对马如龙）我夫妇一路行来，惟有江都物丰民富、城池坚固，可做起兵之所。

马如龙　（轻轻拍桌点头）好！俺有心前去江都打探，山寨之事交与贤妹夫妇执掌，加紧操练，意下如何？

王　忠
马玉花　兄王放心前去，我等定要加紧操练，谅也无妨。

马如龙　（连连点头）如此，吾才放心。（扭头）左右！

八喽兵　有。

马如龙　与咱更衣者！

八喽兵　（齐声应）啊！

〔唢呐 <吹打> 马如龙暗由"下场门"脱蟒和头上的额子、翎子、狐狸尾，上。曲牌止。

马如龙　山寨之事，依照旧规而行。咱去江都，不久就回。带马！

〔一喽兵牵马站台口中间，马如龙扶马鞍上马，**【大锣扫头】**转身握马鞭，站"大边"亮相。众人至"小边"。

众　人　（向马如龙拱手，齐念）送大王！

马如龙　免！

〔**【大锣一击】**马如龙挥鞭而下。**【大锣冲头】**王忠、马玉花及众人转回台正中。

王　忠
马玉花　（同念）众头领，操练去者！

〔**【大锣原场】**八喽兵"插门"领众人从"下场门"同下。①

第　二　场

〔场上古庙景。舞台正中挂画布，画古庙正殿三尊坐佛像，佛像前设一红色大供桌，桌上摆放香炉、蜡扦，桌下面有一黄色拜佛的跪垫。

〔**【急急风】【四击头】**范大杯身着"补丁"外衣，左手水袖扬起，右手揪左手水袖一角，挡着脸，脚下走"醉步"上。**【回头原场】**接**【归位】**跨右腿，踢左腿转身前弓后箭，随着锣经慢慢颤抖水袖往下一抖，站台中心亮相。

范大杯　（边舞边念）自幼生来好饮酒，（右手拍肚后，变酒杯形示意）终朝每日街头走。**【小锣二击】**（左、右手高扬从右上方往左前方成弧度指出，跨右腿，踢左腿，手眼身法步同时进行，融为一体）

---

① 当年初演《酒丐》时，喽兵站门都是"富连成"科班学生，几十个人一对一对扮喽兵站门，便引起台下观众热烈掌声。再加上几十名喽兵整齐有序的"大操"，颇受欢迎。后来单独组团，人员有限，又因演出时间过长而删掉。但张春华所在中国京剧院二团在20世纪50年代演出此剧时仍有操演场面。

古庙【撕边一击】（从右往左打“旋子”、“卧鱼”，左、右手指古庙佛像）安身是我家，【小锣三击】（随后起身，站台中间念）安贫何必羡封侯！（右手指向斜前方）【归位】

俺，【一锣】（用右手拍右腹部）酒丐范大杯。【大锣住头】自幼父母双亡，（拱双手）留下万贯家财，俱被我周济贫家，（左右手从中间往左右两边分式）虽然落在乞讨之中，（右手提衣一角，左手指衣服）日饮酒家，夜宿古庙，无牵无挂，（左手在前，右手在后平放胸前，做摆手式）倒也逍遥自在。【大锣住头】（头部和脸上，配合右手提外衣表示得意神态）适才饮了一顿美酒，身子有些困倦，不免打睡片时便了。（随【撕边一击】从台正前方往佛桌下“小翻提”筋斗，落在黄色跪垫上，形成“卧鱼”动作，入睡）

〔交【五更鼓】范大杯双手伸懒腰，揉眼【撕边一击】走到台正中，左右手高扬往里翻水袖，背手挺胸，头部向庙外斜视。

看天色已明，我的酒性又发作了，（双手转回胸前）不免街头走走。（右手指“小边”方向，随后迈腿出古庙）正是：【大锣住头】

（念）日食千家饭，

夜宿古庙堂。【小锣二击】

不做犯法事，（快步小圆场随【撕边一击】）

哪怕见君王！【大锣收头】

〔【四击头】范大杯走“扫堂”、“旋子”，转身双手高扬过头顶，快速向外翻耍手袖，左右手朝后背，挺胸亮相。随后冲向“下场门”。

第　三　场

〔场上先设置一桌、“小座”，后加“大小边”两把跨椅。

〔【撤锣】【小锣上场】文奎从“上场门”上。走至台中心。

文　奎（引子）

壮志凌云，（多多）（右手抚摸胸部）空抱负，（多罗）1 2 3 2 1 6 727 6 - ‖
何时成名。

【小锣单点】（向左转身，坐“小座椅”）【小锣归位】

（念诗）双双瓦雀行书案，

点点杨花入砚池。

闲坐小窗读周易，（双手做捧书式）

不知春去已多时。（双手抖水袖）（扎）

小生姓文名奎字仲元。西岳人氏。不幸父母早亡，虽曾入泮，尚未婚配。（抬右手做摆手式）前到江都，偶游平康巷内，有一孝女兰娘卖身葬父，不料被宋氏鸨儿拐卖到此，立逼为娼。（抬右手指右前方）是她宁死不从，（转抬左手怒指左前方）鸨儿百般拷打。我念她是个孝女，出银三百两（转抬右手手指比示三字）代她赎身。兰娘为报我恩，与我成为夫妇，三月有余。今当大比之年，（抬左手指前方）

意欲上京求取功名，不免请出兰娘商议。（站起身，面向“上场门”）有请兰娘！

〔苏兰娘随【小锣五击】从“上场门”上，走至“小边”。

兰　娘　（念）云暗秋窗夜，风来雨碎时。（右手拿手绢在头上摆动后，变用“兰花指指向右斜方。转身满面笑容地双手拱拜式）官人！【小锣一击】

文　奎　（伸右手）娘子少礼，请坐。

〔【小锣二击】文奎欲搬椅，兰娘上步忙拦，便把“小座”改为“八字椅”，文奎坐“大边”椅；兰娘坐“小边”椅。

兰　娘　坐着，坐着。将妾身唤出，有何事故？

文　奎　今当大比之年，有心上京求取功名，（伸左手指前方）二来与舅父问安（拱手），不知娘子意下如何？（转伸右手向兰娘要主意的姿态）

兰　娘　（面带笑容地）功名乃是正事，但不知你我夫妻可否一路同去？（伸右手指前方）

文　奎　目下路途不靖，（右手做摆手）但等功名成就之后，再接娘子也还不迟。（拱手向兰娘）

兰　娘　官人之言虽然有理，只是妾身住在烟花巷内，多有不便。

文　奎　（双手作摆手式）娘子不必多虑，卑人自有安排。

〔文奎站起身，向“上场门”招手呼唤。

文　奎　鸨儿母子快来！

〔鸨儿内白：“来啦！”【小锣五击】鸨儿、宋保从“上场门”走至“小边”台口。

鸨　儿　（念）自幼生长烟花巷，专爱银钱灌米汤。（双手拍胸部）

宋　保　（念）生来舌长会奉承，捞毛打水是营生。（伸右手做得意状）

〔【小锣二击】鸨儿、宋保转身进门，这时文奎、兰娘已归座。鸨儿、宋保向文奎跪拜。

鸨　儿
宋　保　(边叩头边白)鸨儿母子与大爷叩头。

文　奎　（左手轻轻抬起）起来，起来！

〔鸨儿、宋保起身分别站立，鸨儿站“大边”，宋保站“小边”。

鸨　儿　（满脸陪笑地）大爷唤我们前来，有何吩咐？

文　奎　我要上京求取功名，你母子（左手先指鸨儿，再指宋保）将兰娘好好看待！待我成名之后，接你母子同享荣华。

鸨　儿　（笑嘻嘻地双手上下放在腰间行拜礼）大爷此去，云程万里，只是鸨儿时光难度。

文　奎　（伸左手摇摆）这也无妨。（转身向桌后取红银包双手交付鸨儿）这有纹银一百两，以为你们衣食之用。（抬右手指兰娘）须要好好看待兰娘！

鸨　儿　（赶忙接过银子包，抱在怀里再次拜谢，眉开眼笑地）多谢大爷！我们万不敢慢待兰娘。

宋　保　（得意地向外台下“旁白”）有这一百两银子，我又有了几天赌本啦。

鸨　儿　（怒指宋保）大爷在此，你胡说些什么？

〔与此同时，兰娘从幕内取出酒具盘（内放酒壶、酒杯）。

兰　娘　（满面愁云地）官人，妾身备得有酒，与官人饯行。（斟一杯酒，递与文奎）

文　奎　（双手接过酒杯）生受娘子。（一饮而尽，放下杯，揖拜）

鸨　儿　宋保，快给大爷准备鞍马去。

〔宋保走过鸨儿身边便抢过银子包。〕

宋　保　（朝台外背白）我先把银子包拿过来再说。我去鞴马去。（高兴地出门，走至“大边”）（念）只盼此去无音信，（指文奎）家有好货不作难。

〔宋保得意地抱着银包从“下场门”下。

兰　娘　官人哪！（拱双手后，再擦眼泪）

〔西皮原板〕

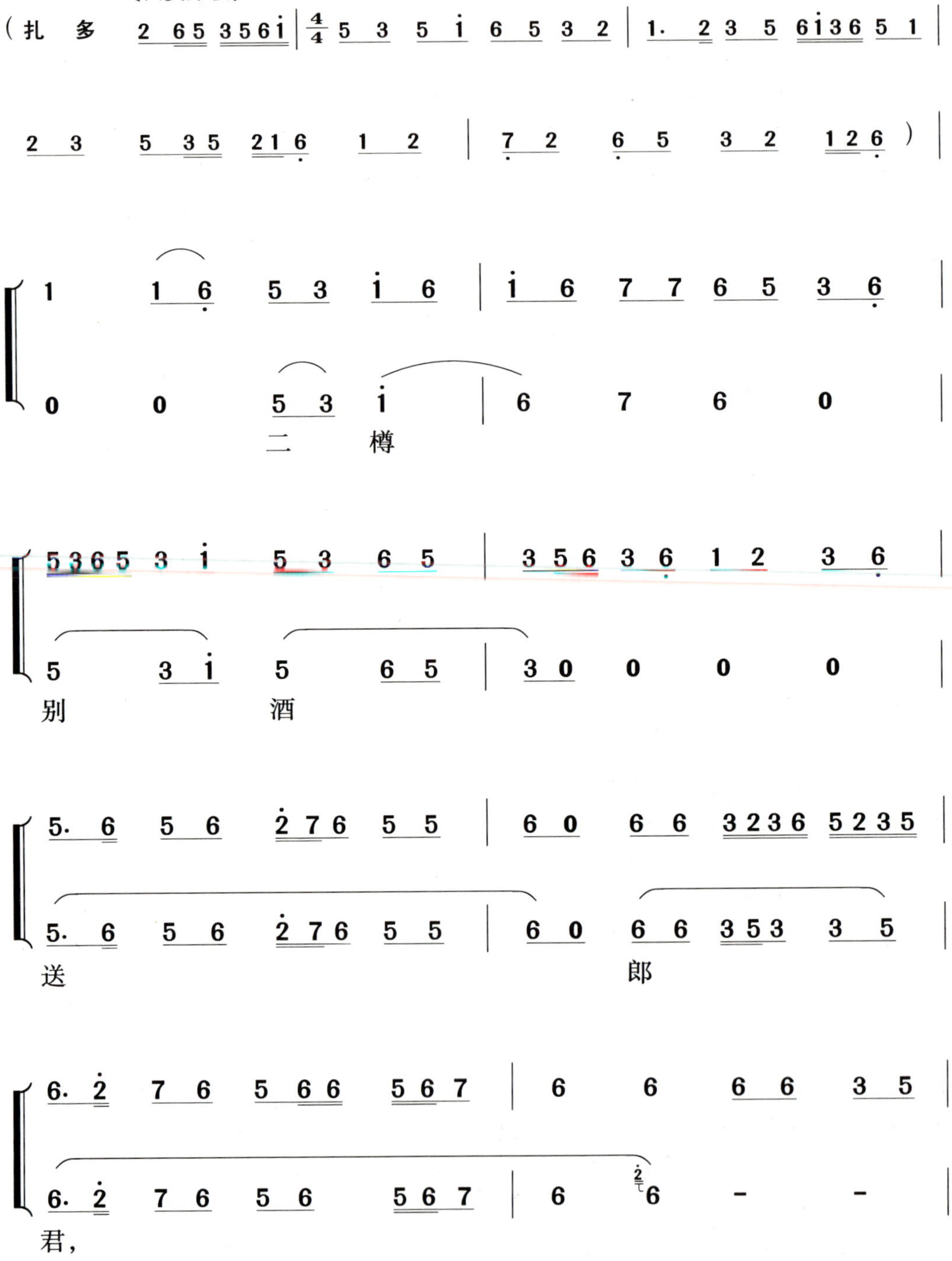

（兰娘双手敬酒后又擦泪）

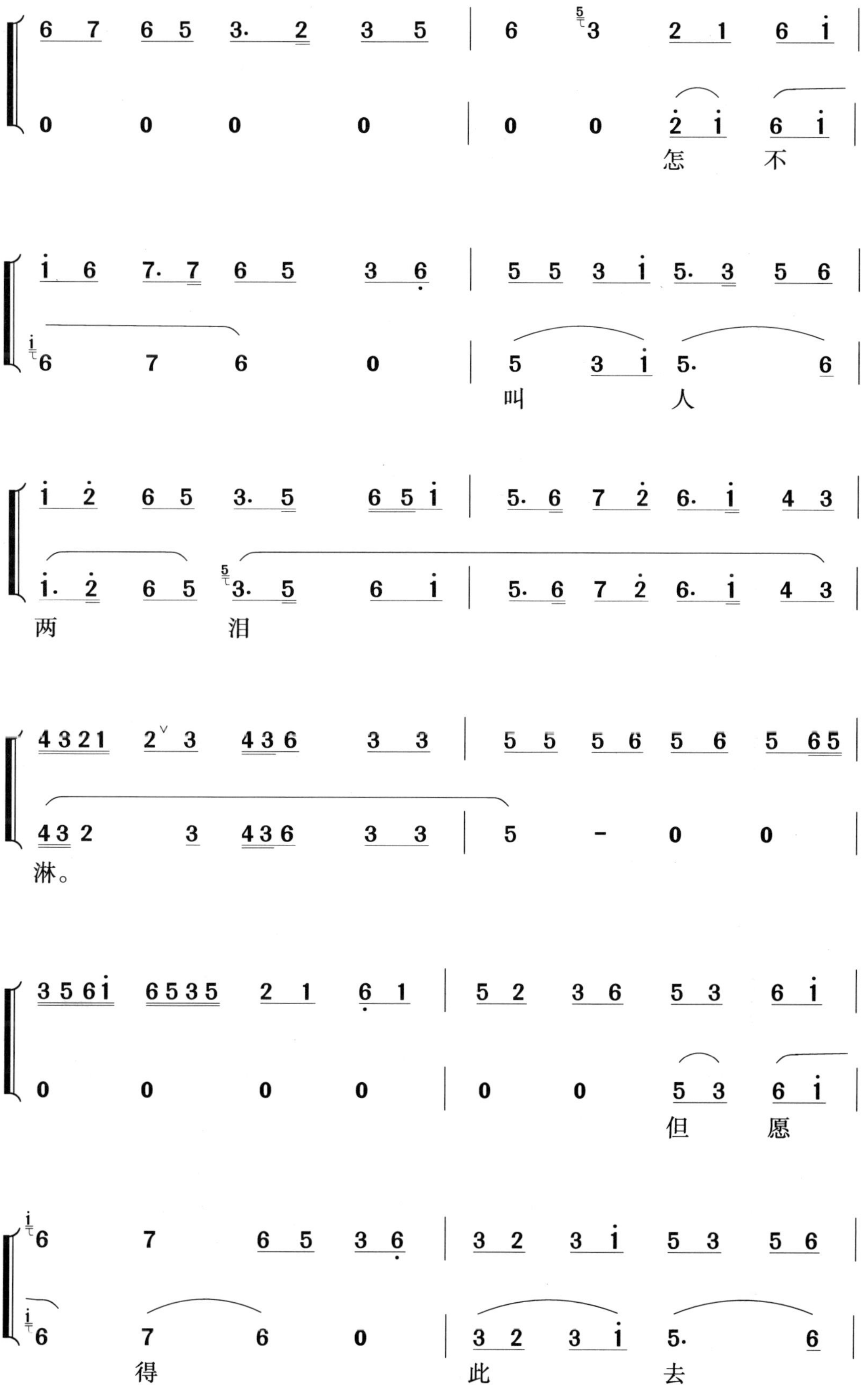
怎不
叫人
两泪
淋。
但愿
得
此去

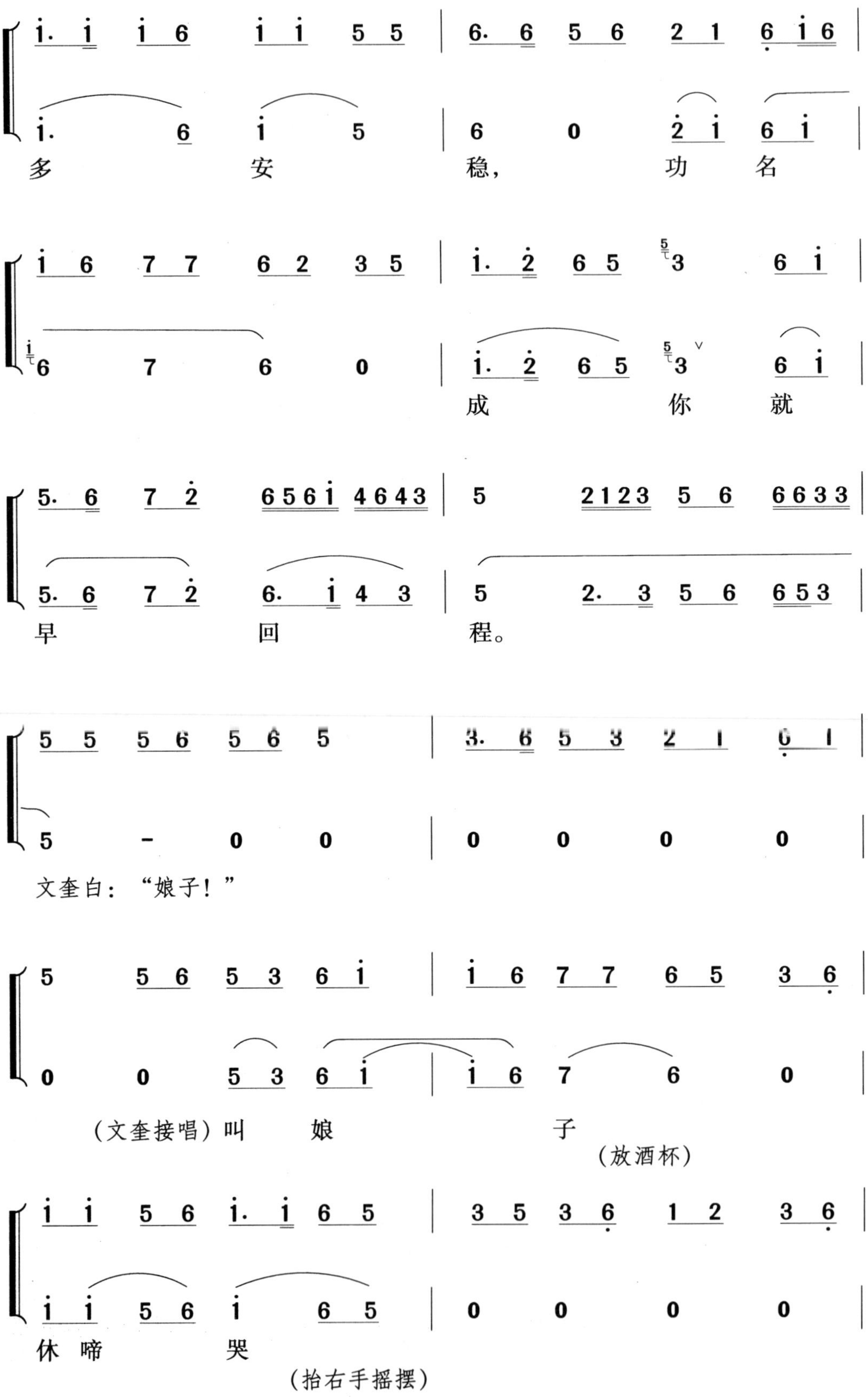
多 安 稳， 功 名
成 你 就
早 回 程。
文奎白：“娘子！”
（文奎接唱）叫 娘 子
（放酒杯）
休 啼 哭
（抬右手摇摆）

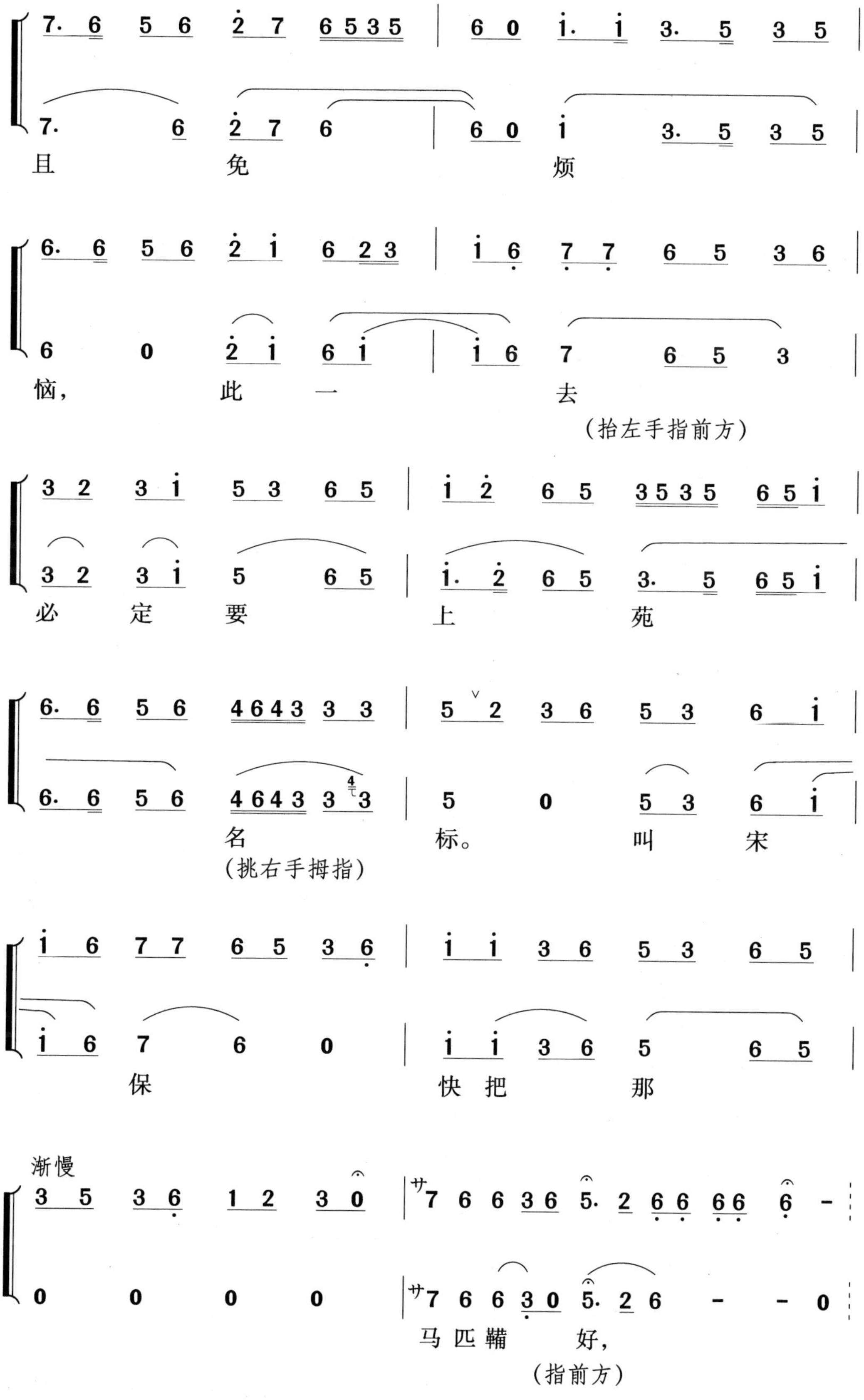

且免烦
恼，此一去
（抬左手指前方）
必定要上苑
名标。叫宋
（挑右手拇指）
保 快把那
渐慢
马匹鞴好，
（指前方）

〔【小锣抽头】兰娘把红布囊包双手捧送文奎，文奎接过行囊包背在肩上，转向舞台正中向里拜揖，兰娘也随着转身向台正中行妇女拜揖礼，然后双转身站台正中。

〔西皮摇板〕

文　奎

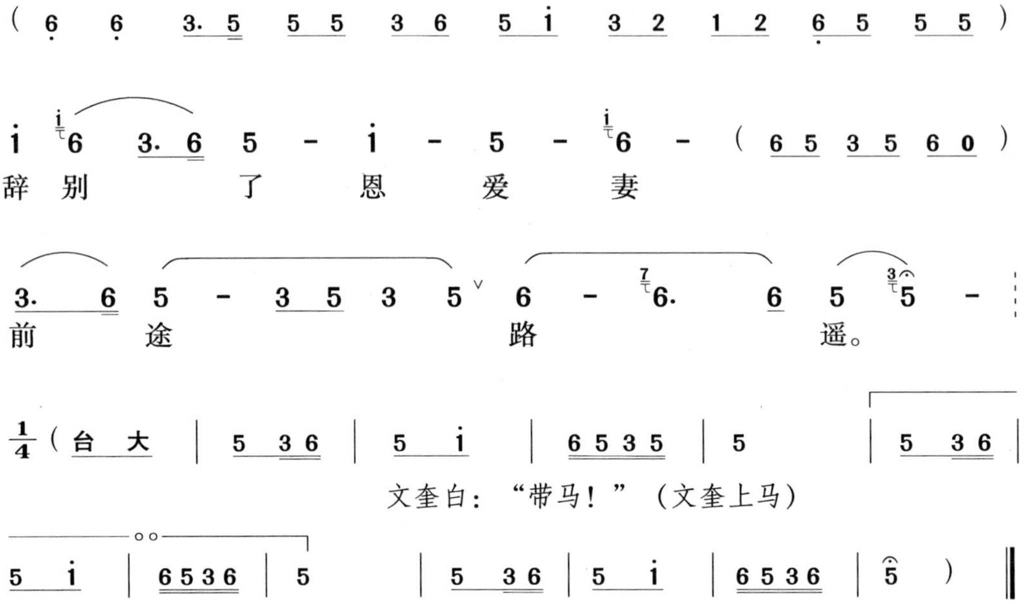

〔宋保手持马鞭从"下场门"上站台正中。文奎接过马鞭上马，转身至"大边"向兰娘拱手告别，退两步又向兰娘抬左手招呼，左转身挥鞭从"下场门"下。兰娘立即快步奔向"大边"，抬右手用手绢招呼眺望。鸨儿、宋保站在台中间，母子低声暗语。

鸨　儿　走远啦，看不见啦。

兰　娘　（慢慢擦泪转身）当真走远了么？（急忙转身，又张望）

鸨　儿　兰娘别瞧啦。（走至兰娘跟前，用手绢在她眼前摇晃，作进门表示）进去吧，别叫人瞧着肉麻啦。

兰　娘　（突然又转身向"下场门"眺望）文郎……

鸨　儿　什么文郎，这里还有武郎哪！

〔【大锣纽丝】范大杯从"上场门"上，走至"小边"台口抖袖。

〔西皮散板〕

范大杯

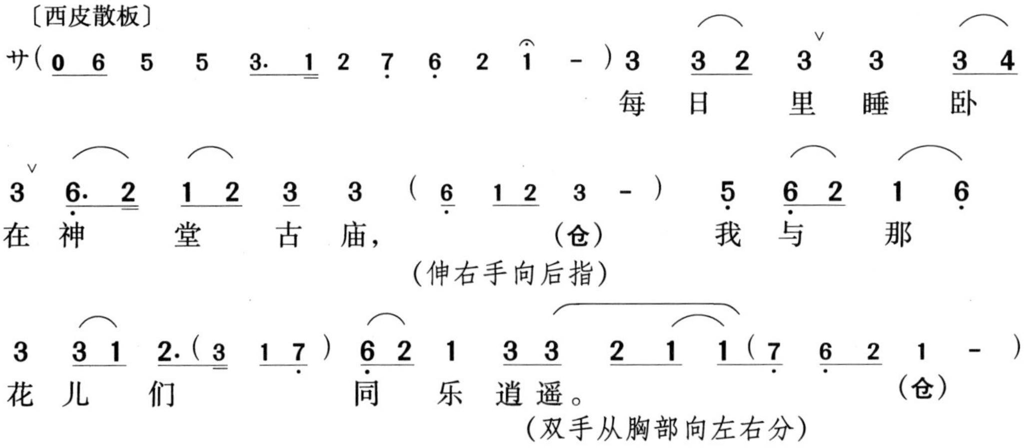

1 2 2· 5 3 2 2 1 3 2 1 6· 1 2 3
把 功 名 和 富 贵 一 齐 忘 了，只

2 5 3 1 2 2·（3 2 1） 6 3 2 1 6 1 6 1 【大锣住头】
觉 得 做 王 侯 不 如 我 高。

（抬右手挑拇指）

范大杯　（走至台中间。向鸨儿双手拜揖）大娘，周济周济我这花儿吧！

鸨　儿　（上下打量范大杯）你这样的后生，（用右手怒指）不去用功受苦，叫哪个周济你？可惜你这岁数，还不与我滚开！【小锣一击】

兰　娘　（赶忙拦阻鸨儿）瞧他怪可怜的，咱们周济周济他吧。

鸨　儿　（伸右手指范大杯）一个穷花子，理他干吗！（用右手拉兰娘进门）快进去！

〔兰娘用力一甩鸨儿，往台中一站。【小锣一击】

兰　娘　（气怒地）你不给他，我就不回去！

鸨　儿　（退到“大边”，看了看兰娘，背白）现时文奎刚走，还得哄着她，（用手指着兰娘）别找别扭。你说给他多少吧？

兰　娘　（瞟了鸨儿一眼，伸右手指范大杯）与他一百文铜钱。

鸨　儿　（吃惊地）啊！一百文铜钱？！【小锣一击】

兰　娘　一百文铜钱！（连连点头）

鸨　儿　真他妈的造化！好，我给他取去。

〔【小锣二击】鸨儿进门向“下场门”走去。

兰　娘　【小锣一击】喂呀……（双手拿手绢擦眼泪）

范大杯　（抬头看兰娘一惊）啊大娘子，为何啼哭？

兰　娘　我有满腹惆怅，叫我从何说起？

范大杯　我名酒丐。你看我虽然贫穷，远近的人都称我乞中君子。（伸右手指前方，又收回轻轻拍腹部）大娘子有什么为难之处，对我说明，我也许有个主意。（双手成弧形，手心朝上，面向兰娘）【小锣一击】

兰　娘　（用右手拿手绢挡，左手指右侧，打背语）哎呀且住！（眼睛瞟范大杯）我见此人形容端正，并非狂妄之人。实言相告，料也无妨。（转向范大杯）君子听了！【小锣归位】

奴家（双手自指胸前）苏氏，小字兰香。因葬父母，自卖本身。不料被宋保拐到此地，立逼奴家为娼。是我宁死不从，任他母子百般拷打。多亏文奎文相公（双手拱式）出银三百两，将奴救出苦海。奴家感恩报德，便将终身许配与他。（伸左手指，侧身歪头指“下场门”）成婚两月有余，他如今上京求取功名去了。（伸右手斜指前方）

范大杯　（连连点头，伸右手指斜前方）上京求名，乃是正事，（转向左方，伸右手斜身出掌式）为何啼哭？【小锣一击】

兰　娘　他因此地无有亲眷，将奴寄托（右手反腕指台里面）烟花院中。此乃非礼之地，（抬左手“兰花指”反腕指面部）倘遇羞辱，性命就难保了！（双手反腕向范大杯

要主意）

范大杯 （右手突然抓水袖，挺身怒视前方）哦！【撕边一击】原来如此。（眼珠一转，面向兰娘）大娘子暂住院中，听其自然。我每日（伸右手跨左腿出右腿弓步，塌身“前弓后箭”式）街市乞讨。（快速收身，归原地面向兰娘）倘有不测，我闻风就到，（伸出右胳膊向头顶高举，左胳膊护胸，原地拔起一个“飞脚”亮相）助你一臂之力。【撕边一击】

兰　娘 （惊喜地伸右手挑拇指称赞）真乃是君子也！只是莫要失信。

范大杯 我若失信，(伸右手指天长身，立即翻右手腕蹲身指地)【撕边一击】天地鉴察！(仓)

「【小锣长丝头】鸨儿从“下场门”快步拿出一串钱，出门。

鸨　儿 （向范大杯）这是一百文钱，拿着，快走！

范大杯 （双手接过钱，向兰娘暗示）多谢大娘子！

鸨　儿 （用左手指范大杯，“双推磨”，范大杯快步走到“大边”，鸨儿与兰娘同调到“小边”）你走你的吧！谢谢又当得了什么！

范大杯 （眼睛盯着鸨儿）自然是要走的呀！正是：【大锣住头】

谁说闺中无俊彦？（用右手指兰娘）

居然穷途识英雄！（抖外衣大襟急转身，【撕边一击】在“大边”亮相）

「【快冲头】范大杯甩水袖，挺胸从“下场门”下。

鸨　儿 女儿来呀！（拉兰娘进门）

「【大锣原场】鸨儿拉兰娘从“下场门”下。

第　四　场

「场上先设置一桌、“小座”，后加摆“八字”椅，“大小边”两把跨椅，共四把椅。

「【撤锣·小锣帽子头】接【小锣上场】王正成从“上场门”上，走至“九龙口”双抖水袖，整冠，捋髯，走到台正中，抖水袖。

王正成 （念诗）深感皇家雨露恩，（双手恭敬式）

赤心一片报圣明。

文韬武略俱通晓，（抬右手，在胸前手心向里拨动手指）

要把烽烟一扫平！（抬左右手在胸前向左右方向慢慢分式）

「【小锣二击】王正成向左转身，归桌前正中“小座”。

王正成 老夫（右手托髯）王正成。【干板】

「家院从“下场门”暗上，站“大边”。

王正成 大明天子驾前为臣，官拜宁远将军。是我久已无心做官，连辞数次，圣上不准，也是枉然。家院！

家　院 有。

王正成 请夫人、小姐出堂！

家　院 是。（走至台口，双手拱请式）请夫人、小姐出堂！

「【小锣上场】王夫人、王翠娥从“上场门”走至舞台“小边”台口，抖右手水袖。

王夫人　春风昨夜花如锦，

王翠娥　双双粉蝶绕园林。

〔【小锣二击】王夫人、王翠娥向左转身，“挖门”。家院把“小座”椅，改成“八字”椅，“小边”跨椅。王正成坐“大边”，王夫人坐“小边”。王翠娥站在台正中向父母拜揖。

王翠娥　爹娘万福。

王正成
王夫人　（伸出右手接式）我儿少礼，坐下。

王翠娥　女儿告坐。

〔【小锣一击】王翠娥走至“小边”跨椅坐下。

王正成　（抬右手扶桌上）哎！

王夫人　老爷为何愁烦？

王正成　我因年老无子，（抬右手托髯）辞官几次，圣上不准，何以料理？（抬双手轻轻一拍）

王夫人　老爷何须愁闷，你我乏子无后，乃是天定所然。况且女儿（抬右手指王翠娥）性情温良，颇知诗礼，日后必得佳婿，也能效那半子之劳。

王正成　（面带笑容地点头，右手击掌）夫人言之有理。我儿（右手指翠娥）文武全才，不比寻常之女，须配个将门之子，方称我心！（抬右手抚摸胸膛随后抖右手水袖）

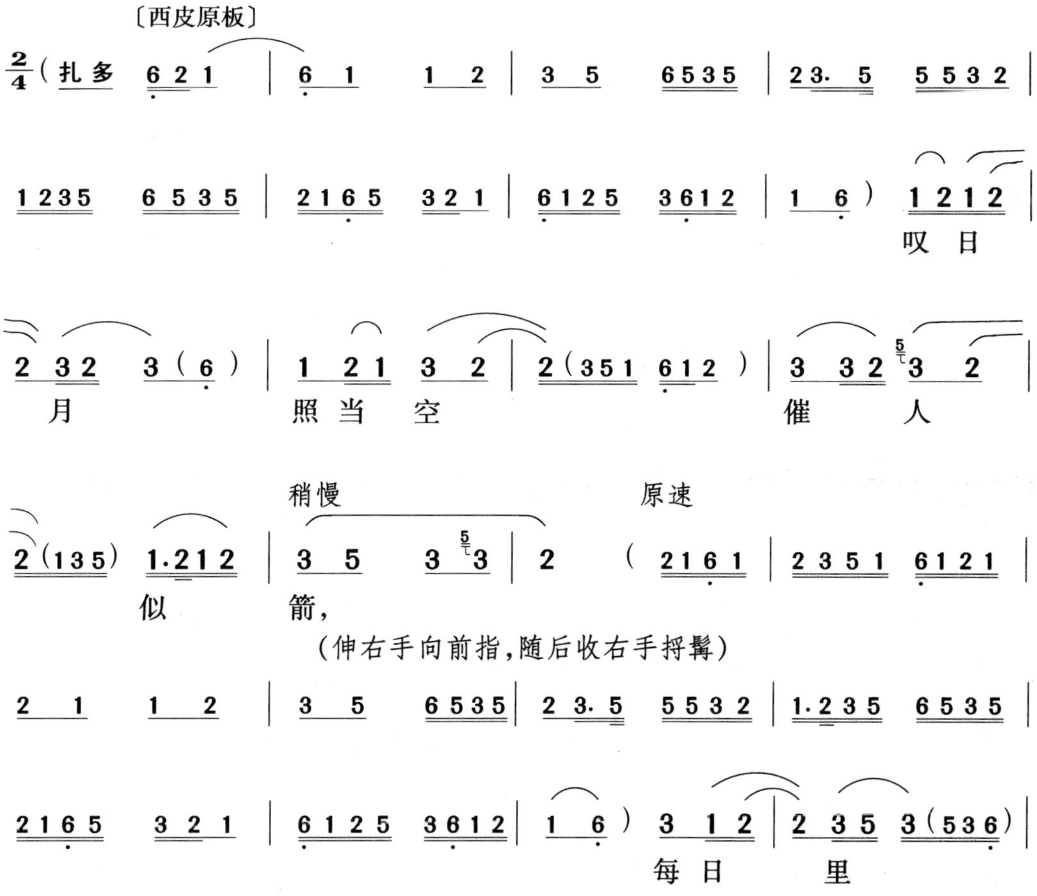

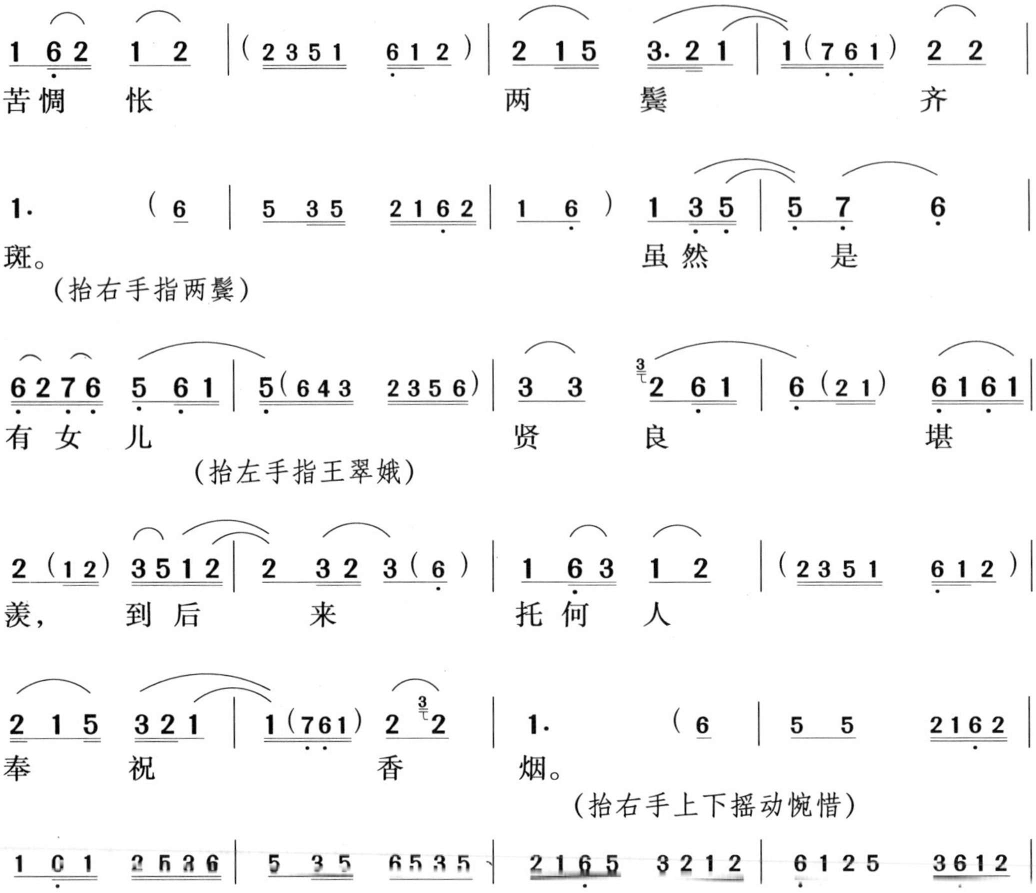
苦惆怅 两鬓齐
斑。 虽然是
(抬右手指两鬓)
有女儿 贤良堪
(抬左手指王翠娥)
羡，到后来 托何人
奉祝香 烟。
(抬右手上下摇动惋惜)

王夫人　老爷！

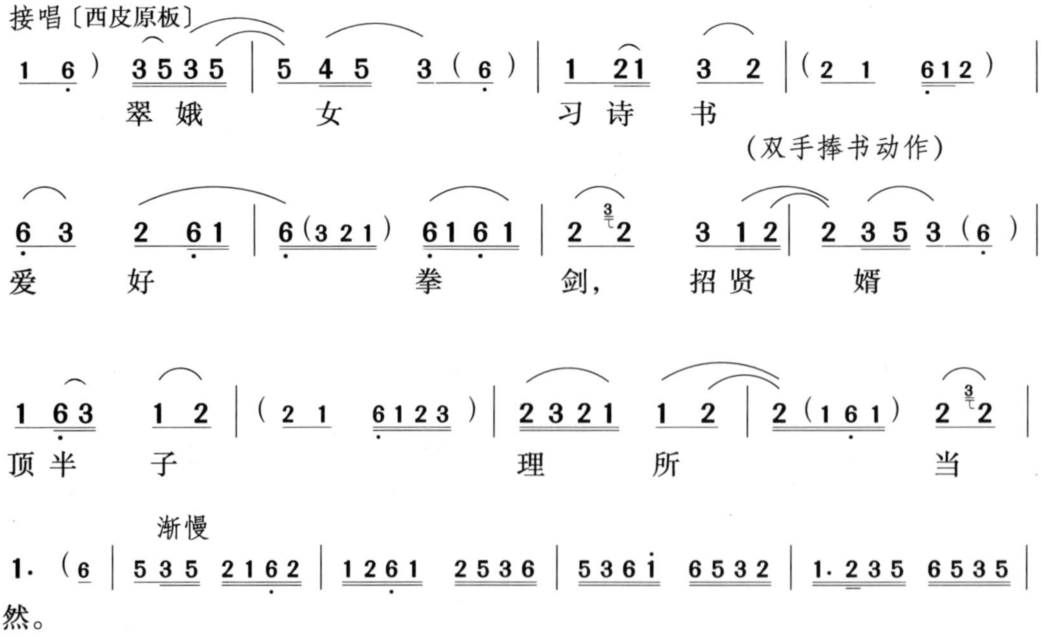
接唱〔西皮原板〕
翠娥女 习诗书
(双手捧书动作)
爱好拳 剑，招贤婿
顶半子 理所当
渐慢
然。

王翠娥　（双手恭敬）爹娘啊！

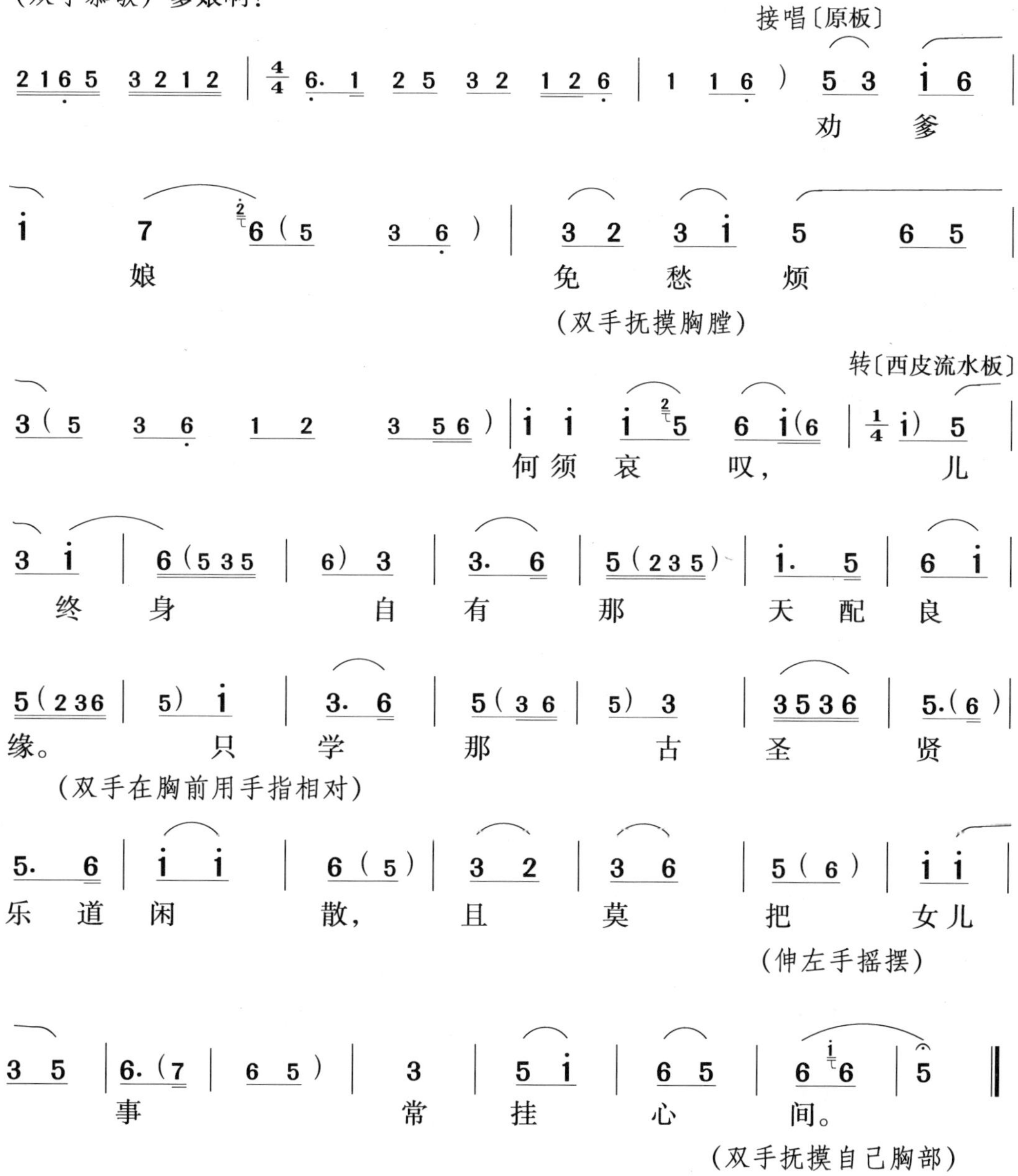

〔【小锣长丝头】家院从“上场门”报上。“挖门”站“大边”。

家　院　（双手拜揖）启禀老爷，文表少爷求见。

王正成　噢，【软撕边】（抬右手捋髯）甥儿到了。（转向王夫人）啊夫人，甥儿文奎到了。我儿快快回避。

王夫人　（抬右手对王翠娥示意）我儿回避。

王翠娥　女儿遵命。

〔【小锣一击】王翠娥由“下场门”下。

王正成　有请！

家　院　（走至台口正中）有请！

〔【大锣五击头】文奎从“上场门”上，走至“小边”台口。

文　奎　满腹经纶是奇才，（抬右手挑拇指，放在胸前）
功名原自苦中来。（伸右手从右前方收回）
〔**【大锣住头】**从“小边”挖门进去，站台正中，向王正成、王夫人。

文　奎　舅父、舅母在上，甥儿拜见。（跪拜叩头）

王正成
王夫人　（同伸右手平式）甥儿鞍马劳乏，只行常礼。坐吧。
〔家院搬“大边”跨椅后，站“小边”。

文　奎　甥儿告坐。**【五击】**（坐“大边”跨椅上）

王正成
王夫人　你父母可好？

文　奎　儿爹娘辞世了。

王正成
王夫人　哎呀姐丈、姐姐呀！（惊闻站起，二人分别抬左手，右手提水袖擦拭泪水，复坐下）山川路远，我二老未能吊唁。

文　奎　路途遥远，未得讣告，望乞恕罪。（向王正成和王夫人拱手）

王正成　此次上京何事？

文　奎　一来求取功名，二来与舅父、舅母问安。

王正成　好，好。（抬左右手拍掌）就在花园这内居住，到时投考便了。家院！

家　院　有。

王正成　打扫花园书房，安置文公子。

家　院　是。
〔幕内：大太监高喊：“圣旨下！”

家　院　启禀老爷，圣旨下。**【大锣一击】**

王正成　（大吃一惊）夫人回避。香案接旨！
〔王夫人从“下场门”暗下。
〔唢呐<吹打>四龙套从“上场门”引大太监出场，站台右侧“一条鞭”，大太监左手捧圣旨，右手持云帚，走至“小边”台口。王正成、文奎、家院走至台正中，王正成弯腰双手恭敬式，文奎、家院随在王正成身后同拱手。大太监捧圣旨领四龙套“挖门”，四龙套头、三挖到“大边”，二、四挖进门站“小边”，大太监“挖门”站台正中。（曲牌止）

大太监　圣旨下！
〔王正成跪于正中，文奎“大边”跪下，家院在王正成身后跪。

王正成　万岁！**【软撕边一击】**

大太监　跪听宣读！诏曰：“今有太行山贼寇马如龙造反，命宁远将军王正成挂帅，发大兵十万前往征讨。”旨意读罢，望诏谢恩！

王正成　万万岁！
〔<吹打>王正成站起来，双手从大太监手中接过圣旨，文奎、家院随后起来，站在王正成身后。（曲牌止）

王正成　（转身对家院）供奉中堂。（把圣旨双手捧交家院，家院双手捧圣旨，由“下场门”下）

王正成　（转向大太监）有请公公后堂留宴。

大太监　咱家王命在身，不敢久停，告辞了！

王正成　送公公！

〔唢呐<吹打>四龙套“插门”从“下场门”领下，大太监出门站“大边”，王正成、文奎出门，站台正中。

王正成　（双手拱请式）送公公！

大太监　免！

〔大太监退步向左转身，摇动云帚从“下场门”下。王正成向左转身进门，文奎随跟着进门。家院暗上，搬“小座”椅，王正成坐下。（曲牌收住）

文　奎　恭喜舅父，贺喜舅父！

王正成　大家同喜。

〔文奎站在“大边”。

王正成　贤甥文武双全，明日上朝保你以为前部先锋，同往讨贼便了。

文　奎　（立即转向王正成双手拜谢）多谢舅父栽培！

王正成　后面备得有酒与贤甥同饮。

文　奎　（再次向王正成拜揖）甥儿奉陪。

王正成　正是！**【大锣住头】**（抬右手抖水袖）

王正成　（念）风云今际会，

文　奎　（念）平贼报君恩。

〔**【大锣原场】**王正成在前，文奎随后“下场门”同下。

第　五　场

〔场上设一桌、“大座”。

〔**【撤锣】**住。石世茂内白：“走着！”

〔**【小锣五击头】**石世茂手抱红布银子包，从“上场门”上，左右观察探视，警觉地走至台中心。

石世茂　（念）手抱银子提心吊胆，

　　一步三瞧实难坦然。**【干板】**

我，石世茂。江右人氏。出门贸易，赚下利息银子，回家看望妻儿。看天色尚早，赶路回家，可是又抱着这个（伸双手向外展示银子包），放在哪里我都不放心，银子呀，银子！你可把我愁死啦！

〔西皮摇板〕

【大锣凤点头】（6 6 35 55 36 5i 32 11 65 55）1 3 2

没　钱

2. 1 1 - 6. 3 1 2（3 21 61 21 65 55）6 2 1

只　把　银　子　盼，　有　了

（抬右手抱着怀里的银子高兴）

3 2· 3 2 1 6 1 （3 2 1 6 2 1 1 ）
银 子 （我）心 不 安。

（抬右手抚摸胸膛）

5 3 3 2 2 - 2 1 3 3 2 -
急 急 忙 忙 回 家 转，

〔【小锣抽头】石世茂怀抱银子小圆场至“小边”。

（过门略） 6 2 1 3 2 - 1 2 1 6 1 - （1 1 7 2 1 ）‖
肚 内 饥 饿 为 哪 般？

哎呦，只顾赶路，肚子饿得难受。（抬头向前瞭望）看前面有个酒铺，待我喝上几杯，吃点东西再走。【小锣水底鱼】（走小原场，至“小边”）来此已是。酒保！酒保！

〔酒保内喊：“啊哈！……”

〔【小锣五击】酒保从“下场门”下，走至台中。

酒　保　（念）好酒三杯醉，
　　开坛十里香。

〔酒保到门口，石世茂手里抱着银包赶忙后退了几步。

酒　保　（见石世茂神情慌张，一愣）客官想是用酒吗？

石世茂　（紧紧抱着银包，不知所措，连连点头）不错，用酒，用酒！

酒　保　请到里边。

石世茂　好，快点带路。

酒　保　是啦，客官随我来。【小锣二击】（进门）客官请坐。（用毛巾掸掸桌、椅，请石世茂上座）

〔石世茂十分警惕地看着酒保，走至桌旁，先把银包放在桌上，看了一眼酒保，正巧酒保向前问话，酒保站桌旁“大边”。

酒　保　客官…… 【小锣一击】

石世茂　啊！（立即把银包从桌上抱起来，随后把银包放在椅子上，猛地往上一坐，银包硌了屁股）哎哟！

酒　保　（见石世茂的神态，背供）这位有什么毛病？

〔石世茂拿着银包，又放在桌上，也不放心，随后抱在怀里。

石世茂　（十分警惕地看着酒保）酒保，你们这里有什么好菜啊？

酒　保　客官，我们这有：蒸羊羔、蒸熊掌、蒸鹿尾、烧花鸭、烧雏鸡、烧仔鹅，卤水卢鸭、酱鸡腊肉、松花小肚、晾肉香肠、什锦苏盘、熏鸡白肚、清蒸八宝粥、江米酿鸭子、罐儿鹌鹑、卤什锦、卤仔鹅、山鸡兔脯、菜蟒银鱼、清蒸蛤什蟆，烩鸭丝、烩鸭腰、烩鸭条、卤牲口、清拌肚丝、黄芯管儿、焖白鳝、焖黄鳝、豆豉鲇鱼、糊烂甲鱼、抓炒鲤鱼、抓炒对虾，软炸里肌、软炸鸡、什锦豆腐、什锦丁。糟溜塘蟹、糟溜鱼片、溜蟹肉、炒蟹肉、清拌蟹肉。蒸南瓜、酿倭瓜、炒丝瓜、酿冬瓜，卤鸭掌、焖竹笋、炝茭白、茄干晒腊肉、芽根蟹肉羹。鸡血汤、三鲜木樨汤、鸡子甩袖汤，红丸子、白丸子、南煎丸子、四喜丸子、溜丸子、干炸丸子、咯炸丸子、豆腐丸子。樱桃肉、马牙肉、米粉肉、栗子肉、红焖肉、黄焖肉、酱豆腐肉、清炖牛肉、年肉、煳肉、扣肉、烧肉、烤肉、松肉、罐肉、炉肉、大肉、白肉、爆羊肉，外带还有爆炒冰核儿！（念时结尾要翻高音）**【小锣一击】**

石世茂　（双手捂着银子包，趴在上面，看着酒保）你给我来盘腌白菜帮，得啦。

酒　保　啊？！（眼睛瞪着石世茂）我给您报了半天菜名，什么也不要，就要盘拌白菜帮儿，这不要钱，我们赠送。

石世茂　好！还有什么不要钱赠送的，你就往桌上摆，别客气！

酒　保　不客气了，要照您这样，我们这酒铺可就吃趴下了。

石世茂　快，拿酒来，放心，酒钱一分不少。

酒　保　是喽。（转身向“下场门”内招呼）伙计们！

〔伙计内应：“啊！”

酒　保　好酒一壶哇，一壶！

〔（**台　扎……台**）（酒保向左转身，走至“下场门”入内，端红木盘上面放着一壶酒一酒杯，走至桌前）客官酒到！

石世茂　放下。不用在此伺候，唤你再来。

酒　保　是啦。**【小锣一击】**

〔酒保看了看石世茂自斟自饮，狼吞虎咽地吃喝。

酒　保　（走至门外“大边”）这位客官，真是饿疯了。

〔酒保从“下场门”下。石世茂仍然自斟自饮。

〔范大杯内白：“众家兄弟走着！”

〔**【大锣水底鱼】**接**【归位】**范大杯引四乞丐从“上场门”上，四乞丐走至“小边”台口，站一排，范大杯走至“小边”台口。

范大杯　（念）贫莫忧愁富莫夸，（伸右手拍胸脯，随后指前方）

哪有常贫久富家？（抬左手指斜前方）**【小锣二击】**

树到秋时黄叶老，（“云手”迈左腿向前，右腿踏步“卧鱼”）**【撕边一击】**

年老依旧又开花。**【大锣住头】**（收右腿，起身，“反云手”双手在头顶上分开亮相）

范大杯　（转身向四乞丐）众家兄弟！

四乞丐　大哥！

范大杯　那日乞讨平康巷内，偶遇兰娘与我一百铜钱，今个请众家兄弟来酒馆喝几杯。

四乞丐　我等情愿奉陪。来此已是酒馆。

范大杯　唤酒家来。

四乞丐　（向台口走过来，范大杯向右退到“小边”）酒保快来！酒保快来！

〔**【小锣长丝头】**酒保快步从“下场门”跑上。

酒　保　什么事这么乱七八糟的？（出门，看四乞丐）原来是一群花子！常言道：“乞儿不可并行。”今天要饭，为何来了这些人？（左右打量乞丐）**【小锣一击】**

四乞丐　我们今天不去街头讨要。是来你这儿吃酒的。

酒　保　今天来的不凑巧，堂中客人都坐满了，改日再来吧。**【小锣一击】**

范大杯　（一愣，便走至四乞丐前面插话）酒保哥！今日吃多少，都算我的。

酒　保　范相公，你乃乞中君子，我给您摆桌子，加椅子，您几位可就受点委屈啦。

范大杯　（抬左手摇动）酒保哥，不必客气。我经常到你酒馆喝酒，乃是自家弟兄，相互谅解。

酒　保　（拱手向范大杯）范相公我谢谢您啦！您几位就请到后边楼上坐吧。

〔**【大锣五击头】**范大杯带领四乞丐进门，走至“小边”站住，瞟了正在喝酒的石世茂。石世茂正端酒杯饮酒，突然发现进来一群乞丐，大吃一惊，把手里的酒杯掉在桌上，酒洒一桌。酒保热情地跑过去为他擦桌子上的酒。

酒　保　（热情地）哎呦！客官酒洒了满桌，我给您擦擦！

〔酒保正要上前擦桌子，石世茂小心谨慎立即把红布银子包抱住，趴在桌上，吓了酒保一跳，滑倒在地上。**【大锣一击】**

范大杯
四乞丐　哈哈哈……（大笑）

〔石世茂趴在桌上，抱着银包瞪着眼睛看众乞丐，酒保滑倒在地上看石世茂，亮相。

石世茂　见了乞丐心发颤。

酒　保　好心摔了我人仰脚朝天。

范大杯　（气怒地跺右脚）哎！**【一击锣】**人穷岂能志气短，（伸右手一拍腰部）衣衫虽破是奇男！（抬左腿踢衣襟亮相）**【大锣一击】**众家弟兄，喝酒去！

四乞丐　走！

〔**【快冲头】**范大杯领四乞丐，从“下场门”下。

〔（**大大**）石世茂仍在发呆，酒保轻轻从地上爬起来，看着石世茂。**【小锣一击】**

酒　保　客官，客官！（向台下白）这位喝傻了。（突然一声惊吓石世茂）客官，银子包掉了！

石世茂　（立即抱着银子包，从桌里出来喊）酒保，酒保！我的银子包丢啦！我的银子包丢啦……

酒　保　（伸双手抓住石世茂）客官，客官！您别嚷，别嚷，您的银子包不是在怀里抱着哪吗？

石世茂　（双手抱银包一看）哎呦，我都吓糊涂了。

酒　保　您这一糊涂不要紧，差点把我的酒座给吓跑了。

石世茂　（抬头看天色）**【小锣一击】**哎呀！天色不早，还得赶路。酒保，给你酒钱。（从怀里取出几个铜钱递给酒保）我得赶紧走。正是：**【干板】**

（念）一心忙似箭，

　　两腿快如风。

〔**【小锣五击头】**石世茂出门从“下场门”快步走下。

酒　保　（指着石世茂）真是吃瓜子嗑出虾米来，什么仁（人）都有。（突然用右手一摸脑袋）哎呦！我竟顾伺候他了，把范相公给忘了。（向“下场门”内高喊）范相公，我给您端酒去！

〔**【小锣下场】**酒保边向“下场门”里招呼，边抬左右手，左手抓右胳膊，右手抓左胳膊“蹉步”，从“下场门”下。

第六场

〔场上古庙景。舞台正中挂画布，画古庙正殿三尊坐佛。佛像前设一红色大供桌，桌上摆着香炉、蜡扦。供桌右侧放着宝剑一口。供桌下面放着黄色跪垫。

〔**【小锣抽头】**石世茂抱着银子包从“上场门”上，摇摇晃晃走“醉步”，两只眼睛朦胧，醉态十足，走至“九龙口”停住，看看怀里抱着的银包，突然感觉难受，吐酒。左右摇晃，脚底无根。

石世茂　呜呜呜——（摇晃脑袋吐酒。**【小锣抽头】**切住。）

〔亮弦〕

（7 6 2 2 1 －）**【大锣凤点头】**（过门略）〔西皮摇板〕3 3 4 3 －
适才花子

3 2 1 2 353（4 3 2 1 2 3 7 6 5 5 5）6· 2 1
进酒馆，（抬右手指斜左方）吓得我

3 0 3 2 2 5 3 2 1（3 2 1 6 2 1 2 6 5 5 5）
心惊怕偷钱。

1 2 5 3 2 2 － 2 1 1 3 2 －
算完酒账把路（哇）赶，

（**【小锣抽头】**醉醺醺地两眼朦胧向前摇晃身子走“醉步”）

〔摇板〕

（过门略）3 3 1 3 2 1 2 1 6 1（1 1 7 2 1）**【小锣一击】**
头晕腿软为哪般？
（用右手拍打右腿）

〔石世茂突然摔倒，把银子包丢在地上，摇摇晃晃起来又跌倒，走“滑步”。

（醉态十足地）酒是高粱水，醉人先醉腿。心里越想家，脚底下越拌蒜。这脚底下越不听使唤。眼看天快黑了，这可怎么办？我得赶快走……

〔**【小锣下场】**石世茂爬起来，又跌倒，实在没办法用双手慢慢搬右腿，刚要站起来，又滑倒了。随后又伸手搬左腿，又滑倒，随着【小锣下场】走三番“滑步”，摇摇晃晃地从“下场门”下。接**【大锣原场】**收住。

〔范大杯内白：“好酒！”

〔**【大锣抽头】**范大杯从“上场门”带有醉意轻轻摇晃，走“醉步”至“九龙口”。（锣鼓收住）

范大杯　（自言自语地）且喜今日吃得酒足饭饱，众弟兄已然先行走去。不免趁此酒兴，前村步月一回。（左手提起衣襟）

〔**【半个水底鱼】**范大杯走“醉步”，从“小边”走至台正中，突然发现银包，惊奇退后两步。**【撕边一击】**

这是何人遗留下的包裹？（弯腰将银包拾起，仔细观看又掂量掂量）其中定有银子。（抬头斜身观天）莫非是天赐我的？呀哱！**【大锣五击头】**（随之退后两步，抬右手抖水袖）想我拾了包裹如此欢喜，但不知那失银之人，怎样焦急！（右手拿银包，伸左手指斜左方）若是富贵之人所失，还则罢了；（抖左手水袖，斜身看右手银包）若是贫寒之家，（把银包交到左手，上步伸右手指斜前方）他的性命休矣！（抖水袖颤抖右手，脸上焦急表情，从台中退到舞台右侧**【撕边一击】**）且喜无人在此，我不免寻一僻静之所，再与他看上一晚，等到天明，那失银之人定来找我，再把还与他！（双手捧银包向前方奉送式）**【大锣一击】**）我就是这个主意。待我打开观看！（左手拖银包，右手欲打，突然停住。**【大锣一击】**）哎呀且住！**【大锣快五击】**此乃代他人看守的包裹，（右手指银包）如若打开，那失主找来，（右手从上斜方往胸前回指）必定多疑。（右手在胸前转腕画圈）还是不看的为是啊！（银包转交右手，左手坚定地摆动）**【撕边一击】**不免就在古庙打盹片时。

〔**【撕边一击】**范大杯抱银包拧身起“旋子”，入古庙，睡卧在供桌下跪垫上呈“卧鱼”姿态。

〔打**【三更】**，范大杯从跪垫上翻身灵敏地起来，侧身听更鼓式。**【大锣轻击三下】**

范大杯　听谯楼之上，鼓打三更。心中有事，不能安睡，待我院中步月一回。

〔**【大锣归位】**范大杯提起衣襟，抬腿走出殿门，抬头看月光，此时台上灯灭，只有一缕聚光灯射在范大杯身上。范大杯急向“九龙口”快速转身退步，双手舞水袖背手挺胸，站在台左侧望月亮相。

曲牌<新水令>

范大杯　サ3　3 5　6 －（台.大 台）1̇ 2̇　7　6 －（大 大）3　3　5
俺　酒　丐　一　生　好　一　似
（抬右手拍腰部）

6.　5　3 5　2　3　3　3（台 令 台）2　2　2 3　1 －（台. 大 台）
渴　骥　奔泉，　逍　遥　酒　店，
（双手在胸前向左右抖动分开）（抬右手指斜上方急转身

6̣　2　1　2　3 5　1 2　7̣　6̣ －（6̣ － 台 令 台）
每　日　里　游　戏　人　间。　夹白：“对此月光乎！”
串翻身向“小边”亮相）　（出手指，走“卧鱼”，斜指上方）

1 2　3　3【五击头】3　6　5 6　4　3 －‖
看　天　空　碧　霄　银　汉。
（“卧鱼”起身至台正中）

【叫头】哎呀且住！（抬左手指佛桌）看大殿之上，有宝剑一口，待我取来。【冲头】（快速向左转身进殿，走至佛桌前取过宝剑。走至殿外，拔出宝剑看）（哨 令令……）（剑声效果）
（惊奇地）呀！

【归位】3 21 3（仓）3 6 12 3 3 -（台.大 台）3 21 3（仓）
这龙 泉 松纹 古 篆， 分明 是

54 32 1 -（八大.）65 5 6 16 1 - ‖【大锣住头】
神 物 落 人 间。

（手持宝剑爱不择手）看！（右手握剑、左手指斜上方）月光如水，宝剑腾辉，不免舞剑一回，以遣良夜。

〔【五击头】范大杯转身脱掉外边的“富贵衣”，放在佛桌下，露出白布小褂，米黄色腰箍。以下是一套舞剑①。

〔开始时无伴奏，待急起快速套路时【马腿】，收式后接【四击头】亮相。【五更鼓】

范大杯　（左手提宝剑，右手拉“山膀”，脚下“丁字步”子午相观天时）且喜天色已明，待我拿了包裹，仍在酒馆等候失主便了。（右手伸出指向前方）

〔范大杯把宝剑入鞘，进殿放回供桌原处，穿上原来那件外衣，拿好银包。【大锣水底鱼】出走古庙，左转身急走“大圆场”。

〔拉二幕换景，台上设一桌、“大座”椅。范大杯走至“小边”。

范大杯　（抬头看酒馆）来此已是酒馆，（右手抱银包，左手向幕内招呼）酒保哥，开门来！

〔酒保内白：“来啦。”

〔【小锣五击头】酒保从“下场门”走至台正中。

酒　保　（念）日影照栏杆，（抬左、右手弧形斜指上前方）
　　莺声燕语喧。（收回左手，右手翻掌从头前向右前方展开）

〔酒保做虚拟“开门”式，出门站“大边”见范大杯。

酒　保　（突然一惊）范大相公，您可真早啊！请到里边坐吧。

范大杯　有劳酒保哥。

〔【大锣住头】酒保让范大杯进门，范大杯入“大座”椅，酒保用毛巾擦桌子。

酒　保　范大相公，您是喝酒啊，还是喝茶啊？

范大杯　还是以酒代茶。

酒　保　是。我给您备酒去。（转身向“下场门”喊）伙计们，好酒一壶哇，一壶！

〔伙计内应：“是啦！”（台匝……台）

〔酒保走进“下场门”，立即端红木盘，上放酒壶和酒杯上场，走至正场桌前。

酒　保　范大相公酒到。

范大杯　唤你再来。

---

① 叶盛章先生舞剑很快，其中穿插“抢背”、“飞脚”、“旋子”、耍剑花，未能尽录。

酒　保　好。您先慢慢喝着，用什么叫我。

〔【小锣二击】酒保从“下场门”下。

〔范大杯把银包放在桌下，自斟自饮。

〔【快纽丝】石世茂焦急地上场，一边擦汗，停步。夹白：“哎呀，急死人啦！”

〔西皮散板〕

石世茂　【凤点头】(过门略) サ 3　3　4　^{4}3　1. 2　3　3.(6　1 2　3 –)　3　3　1

好 酒 贪 杯 银　丢 掉，　(仓)　心 中 好

2 3　2 1　6　1 (7 6 2 1 –)　5 3　3. 2　2　2 1　1 3　2 –

似　滚　油 熬。　(仓)　急 急 忙　忙 往　前　跑，

〔【快纽丝】石世茂从慢到快丑态跑“圆场”，随着锣经的节奏，走至“小边”两腿不停地走“倒步”、“插步”，最后难以控制走“吊毛”或“抢背”跌倒。

石世茂　(愁苦地) 银子！

【凤点头】 3 3　1 3　2　1　2 ^{3}2　1 –　【住 头】

全 家　性　命　要　糟　糕。

〔石世茂气喘吁吁走进酒馆，直直瞪着眼，看范大杯坐的地方，站在“大边”瞧。

石世茂　(左看右看，自言自语)有一个门，有窗户，(指桌上) 还有酒杯。正是这儿，没错。

〔范大杯放下手里的酒杯，观察石世茂的行动。

石世茂　(向“下场门”高喊) 酒保，酒保！

范大杯　(出位走至“小边”) 这位客官，你到底有何急事呀？

石世茂　(瞟了范大杯一眼，看不起地)你管不了，躲开我这儿。(仍然继续喊) 酒保！酒保！

范大杯　(热情地) 客官，何妨说出来，我与你分忧解愁就是。

石世茂　(转身上下打量范大杯，藐视地) 什么？你一个花子，连吃喝都混不上，还给我分忧解愁？打算蒙事呀？别他妈的不害臊啦！(怒指范大杯，转身向“下场门”高喊) 酒保！酒保！

〔酒保内白：“哎，来啦！”【小锣长丝头】酒保上。范大杯仍回原位。

酒　保　谁这么直叫唤呀？

石世茂　酒保你他妈的养孩子呢，叫这么半天不出来？

酒　保　孩子还没怀上哪，养不下来。客官你别着急，酒馆里事多，人少，您就多包涵点吧。

〔酒保满脸赔笑地对石世茂说，而石世茂却蛮横无理瞪着眼睛，直奔酒保而去，把酒保挤到舞台“大边”角落里，一把抓住酒保的脖领。【大锣一击】

石世茂　(怒冲冲地) 酒保！昨天我在你这儿喝酒，丢下一个红布包裹，快快还我便罢，如若不然，我跟你一场官司！

〔范大杯走出站在“小边”，看着石世茂威胁酒保一愣。

酒　保　(伸右手抓住石世茂揪脖领的左手) 你等等！你昨儿来喝酒，是那么慌慌张张，直眉瞪眼的。走的时候，连人都不招呼一声，谁又见你什么包裹？就是打官司也不要

紧，你没见墙上写着“银钱交柜”吗？大清早上别这儿瞎蒙事啦？【大锣一击】

石世茂　（哭喊地）哎呀，天爷爷！可坑苦了我啦！

范大杯　（温和地走至石世茂身边）客官休要着急，我倒拾了一个包裹在此。（回身从桌下取出银包向前）你且将包中何物说出来，如若相同，便是你的。（右手拿着银包藏在身旁【撕边一击】）

石世茂　怎么着，我的包裹，你捡去啦！（哀求地向范大杯双手拜揖）花子大哥！你还我得啦！

范大杯　还你不难，须将包裹形状，内中包的何物，说将出来，方能还你？

石世茂　我说，我说！

范大杯　快快讲来！

石世茂　我那包裹乃是红颜色的，长有一尺，外系红带，被你捡去对不对？

〔【撕边一击】范大杯连连点头。便转向石世茂。

范大杯　外面倒一样，内藏何物？

石世茂　里头乃是银子。

范大杯　（逼问地）共有多少？

石世茂　每锭二十两，共有五锭。【大锣一击】

范大杯　哦！乃是五锭银子，好，大家看来。

〔【大锣五击头】范大杯把银包放在台中间，打开银包，清点包内银两。

范大杯　果然不差，应该还你。

〔范大杯又把银包包好，双手送与石世茂，石世茂像恶狼吞食似的，立即从范大杯手里抢过来，紧紧抱着。

石世茂　【冲头】（躲在“大边”角落里背供）【叫头】哎呀且住！包裹是我的，包裹内银子是我的。银子一分也不短，他又是个花子，我岂不要酬谢与他？这可怎么好哇！（左手抱着银子包，右手摸脑袋想主意）【小锣一击】

石世茂　（突然一笑）有啦，我说银子短了一锭，他必害怕逃走，我可就省下来这个酬谢他的银子，连路上吃喝带盘费都有啦。这可真是好主意。【撕边一击】

〔石世茂立刻变脸，露出一副恶狠狠的面孔，走到范大杯跟前。

石世茂　好哇！你这个人可不对呀！【撕边一击】

范大杯　（顿时一愣）怎么，还了你的银子，我倒不对啦？【大锣一击】

酒　保　（气怒地伸出右手指着石世茂后背）这小子，真他妈的没良心！我听他说些什么。

石世茂　（对着范大杯）你知道我这包裹里头是多少银子吗？

范大杯　适才你曾言道：包中银子五锭，共是一百两。

石世茂　我是明明告诉你说，包裹里头是一百零四两银子！

〔【大锣一击】范大杯、酒保听后，立刻一惊。

石世茂　我明白啦，我的包裹被你拾去，你是见财起意，把我的那四两零头给吞没啦。（左手抱银包，右手伸出四个指头）我的钱也是一把汗一把汗挣来的，不容易呀！（指范大杯）趁早还我便罢，要不给我，咱们就是一场官司！（伸出右手变拳头，向范大杯眼前摇晃）

范大杯　（退了一步，仍温和地）此包自落我手，并未打开看过，你莫非是记错了吧？

石世茂　（此时故作生气神态）什么？会记错了？我的银子还会记错了吗？告诉你，（伸右手指范大杯）钱就是我的命，（用右手拍打左手抱着的银包）今儿不还我钱，算是不

成！【大锣一击】

酒　保　（顿时气怒地）得啦！别赖好人啦！你别瞧他穿的穷，（从石世茂背后走至台正中）打算讹他呀？（伸右手指范大杯）告诉你说：这位范大官人外号人称酒丐，谁人不知，（左右手向前分开）哪个不晓？他要吞你的银子，不会又还你，趁早给我走！（转向石世茂，抬右手往外轰他）你这官司到哪儿也赢不了！【大锣一击】

石世茂　（抱着银包，跳起来高喊）好哇！你俩人合谋一气，吞没我四两银子，还要唬我呀？走！（伸右手往台前指）咱们找地方说理去，走，走！

〔【冷锤】范大杯怒容满脸，往后一退，左手提衣下襟，右手抓水袖。

范大杯　哪个惧你？

酒　保　你既打算打官司，你倒是真走呀！（伸右手指外面）穷嚷嚷干什么呀？

〔石世茂退到"大边"，眼睛瞟了一下范大杯。【小锣一击】

石世茂　（背供）本打算唬他一唬，找个台阶就下，谁知这俩小子都那么死心眼子。好在我是失主，官司打到哪儿，我也输不了，弄巧还许官断他赔我四两银子，岂不是更便宜吗？

酒　保　（伸左手指石世茂）你怎么不言语呀？

范大杯　（用左手拉酒保）此人理虚，由他去吧！

〔【大锣五击头】范大杯转身向里走来，入桌欲坐下饮酒。

石世茂　（高喊）什么？我倒变成理虚啦！走就走，（指范大杯）打官司去！（出门）正是：【干板】银子就是我的命，

范大杯　（从台里桌前无奈走至台正中）为人岂可昧良心？

酒　保　你说：这真是善门难开呀，（出门对范大杯）范大官人我跟你去，当个见证人，走！

范大杯　走！

〔【撕边一击】范大杯跺右脚，双手甩水袖一转，左脚踢衣襟，急转身，由"下场门"下。石世茂抱着银包怒指范大杯背影，得意而下。酒保左手指石世茂，右手拿肩头擦桌子的白毛巾，气冲冲向前方一甩，又搭在左肩上，斜身快步走进"下场门"。【原场】打下。

第　七　场

〔场上设堂桌，桌上摆着印盒、文房四宝纸、墨、笔、砚，均放在红色木四方盘里，惊堂木一块。"大座"椅。

〔【原场】接【归位】四衙役，前两人手拿鸭嘴棍、后两人手拿堂板，一对一对"站门"，随后门子上"站门"，站"大边"。李丹从"上场门"上，走至"九龙口"整冠抖袖捋髯，走至台正中。（双抖袖）

李　丹　（念引子）身受皇恩，（拱双手）【小锣二击】

秉忠心，（大大）

1 2　1 2　3 2 6 2 7 6　5 6 5 5 6 －‖

除　暴　安　　　　　良。

「【回头原场】接【归位】李丹向右转身走至堂桌后，入“大座”椅。

李　丹　（念诗）百里封侯虽小官，（抬右手自指）
居然赢得政声贤；【小锣二击】（抬左手竖大拇指）
上报君恩勤民事，
遍地桑麻乐悠闲。（左右手从正中分开）
（【归位】扬左手水袖，右手抓左手水袖一角）本县，（仓）李丹。【大锣住头】官居江都县。且喜上任以来，政简民安，夜不闭户。今日升堂理事，众衙役，伺候了！

「【大锣五击头】石世茂抱着银包，从“上场门”上，边走边回头招呼范大杯。

石世茂　（气冲冲地）走走走！叫花子咱们没有完，见官说去！

「范大杯与酒保从“上场门”随上，站台左侧“小边”。

范大杯　任凭于你！

石世茂　谁亏心谁是王八蛋！（左手抱银包，抬右手拍胸脯，站“小边”向内高喊）大老爷冤枉呀！

李　丹　（捋髯倾听）【软撕边一击】外面何人喧哗？

「衙役甲出门看，转身进门回禀。

衙　役　有人喊冤。

李　丹　带上来！（右手敲惊堂木）

衙　役　是。

「衙役甲出门向石世茂。

衙　役　告状人上堂！

「衙役甲转身进入，仍站“大边”堂桌旁。

「【大锣住头】石世茂、范大杯、酒保三人进门，向里跪下。

石世茂
范大杯　（同白）大老爷冤枉！
酒　保

李　丹　（捋髯向下看）你们哪个是原告？哪个是被告？

石世茂　老爷，小人是原告。

李　丹　你叫什么名字？有何冤枉？一一讲来。（拍惊堂木）

石世茂　小人名叫石世茂，江右人氏。出门贸易，赚下利息，回家探望妻小。中途腹内饥饿，去到酒馆吃酒。不料多贪几杯，竟将包裹遗失，被这花儿拾去。小人第二日来找，是他交还与我，内中短了四两银子。望求大老爷作主。（把银包放在地上，双手向李丹拱手）

「【软撕边一击】李丹捋髯，观察石世茂的神情。

李　丹　你包中共带多少银两？

石世茂　小人带一百零四两银子，共是五锭；还有小锭的让花子给吞没了。

李　丹　酒保，你叫什么名字。

酒　保　小人叫钱有财。

李　丹　石世茂可是在你馆中吃酒吗？

酒　保　是。

李　丹　他怎样失去银两，你可知晓？【大锣一击】

酒　保　知晓。

李　丹　如实讲来!

酒　保　只因昨日黄昏时分，这个石世茂慌慌张张跑来喝酒。吃完放下酒钱就走，走时连面儿也没照，并不知道丢失银两之事。今儿早起刚刚开门，（指中间跪着的范大杯）这位范大官人来到我的馆中。没有多时，这石世茂便跑来向小人索要包裹。范大官人从旁插言，包裹乃是他昨日在酒馆外边拾到的，他等失主已然守了一夜。当下问明包裹银两数目，当面交还。谁知这姓石的忘恩负义，先说银子一百两，等到交还，忽然变脸，说他的银子共是一百零四两。您想，范大官人如若打算吞没他的银子，不会全数拿去吗？何必替他守上一夜，再还他哪？**【大锣一击】**

李　丹　（连连点头）此话倒也有理。乞儿你叫什么名字？

范大杯　小人名唤范大杯。

李　丹　哦，范大杯！（捋髯睁目仔细观看范大杯。**【撕边一击】**有话起来讲。

「范大杯、酒保起来站“大边”，石世茂起来站“小边”。

李　丹　我看你相貌清奇，举止端祥，不像为非作歹之人。**【软撕边】**你一个穷人，（抬左手指范大杯)既然拾了这许多银子,定是天赐,你为何还要还他呢？

范大杯　（转向右方面向李丹拜揖）大老爷，小人拾银之时，心中想到：（转身向左，面向台外）失银之人，如是富贵人家，还则罢了，若是贫寒之人，一旦失去许多银子，他全家怎生得了？（抬左右手从胸前，向左右分开，脸上露出愁苦神态）倘若逼出人命，造孽非浅。因此，小人去到古庙之中，替他看了一夜。今日天刚一亮，（抬左手指上方）便往酒馆之中，等那失银之人，来交还于他。谁知交还之后，他却说内中银子少了四两，望乞老爷公断。**【撕边一击】**

李　丹　（捋髯点头，眼珠一转）本县自有道理。（转身问）石世茂！

石世茂　（转身向左，弯腰向李丹拜揖）老爷。

李　丹　包裹今在何处？

石世茂　（双手捧银包）现在小人手里。

李　丹　呈上来！

「**【大锣五击头】**石世茂将银包交给衙役乙，衙役乙接银包，放在堂桌上。**【大锣住头】**李丹打银包仔细看。

李　丹　果然一封银子。我来问你：你的银子共是多少？

石世茂　（理直气壮地，用右手手指比画一和四）一百零四两！

李　丹　（加重语气问）此银多少？

石世茂　（提高嗓门）一百零四两！

李　丹　哦！**【撕边一击】**我明白了。**【大锣五击头】**昨日有人报案，言说在郊外失了一个包裹,内中有一百两纹银。不想被范乞儿拾去,今日正好圆案。来人！

衙　役　有！**【大锣一击】**

李　丹　银包存库，候那失银之人来领。

衙　役　（接过银包）是。

「**【撕边一击】**衙役乙手捧银包，从“上场门”下。随后暗上站“小边”原位。

石世茂　（焦急地双手向李丹拱揖）老爷，老爷，为何将小人银子给没收了？

李　丹　适才你亲口说道：你失的银子是一百零四两，此银乃是一百两，数目不符，岂能为

你所有？你还是去酒馆之中，寻你那一百零四两银子去吧！【大锣一击】

石世茂　（惊呆地立刻跪在台正中）哎呀！老爷！这包银子实在是我的。小人一时胡涂怕他索要酬谢，存心吓唬他。谁知弄巧成拙，自投罗网，您饶了我得啦！

李　丹　（右手拍静堂木）嘟！【大锣五击头】大胆狗才！范大杯拾金不昧，称得起乞中君子。你这狗才忘恩负义，反要讹诈于他，真乃天良丧尽！【大锣住头】如此刁顽，情理难容，此银已然入库，下去！【大锣一击】

石世茂　（哭喊着）老爷，你这叫什么断法？

李　丹　本县就是这个断法，再要多言，来！

衙　役　有！【大锣一击】

李　丹　（抬左手提水袖，右手拍惊堂木）大刑伺候！【撕边一击】

石世茂　（跪着向堂桌前爬哭喊着）哎呦！哎呦！大老爷，那就是小人的银子，给我吧……

李　丹　众衙役！【大锣一击】（又一次抬左手撩水袖，怒目伸右手指桌前跪地求饶的石世茂，怒吼）将此刁民重责四十大板，叉了下去！

众衙役　是！【撕边一击】

石世茂　（立即从地上爬起来，双手摆动）别打了！别打了！银子我不要还不行吗？

〔【冲头】石世茂边说边往外跑，出门从"下场门"下。

李　丹　范大杯！

范大杯　（向李丹拱揖）大老爷！

李　丹　将此包裹银子与你，以为奖赏。【撕边一击】

范大杯　（双手拱揖）啊大老爷，小人不敢受此银两。

李　丹　却是为何？

范大杯　想此银乃他人所有，（抬左手指左方）非分之钱，（抬右手抚胸前）受之有愧。【大锣一击】

李　丹　听你之言，真不愧乞中君子也！（抬左手向范大杯竖大拇指）包裹暂时存库，留充善举。来！

衙　役　有！

李　丹　看十两银子过来。

〔门子走至"上场门"取十两银子，又上来。【小锣二击】

门　子　银子到。

李　丹　付与范大官人。

〔【小锣一击】门子将银子交付范大杯。范大杯转向李丹。

范大杯　老爷，为何重赏小人？

李　丹　你拾金不昧，（抬左手指范大杯，随之又抬右手挑拇指）真乃君子！本县所赐，休得推辞。好好设法上进。你二人下堂去吧！

范大杯　（向李丹双手拜揖）多谢大老爷！

李　丹　掩门！

〔【原场】四衙役、门子分别由"上下场门"下，李丹从"下场门"下。范大杯与酒保出门。

范大杯　正是：【住头】（左手托银子，右手抖水袖）为人莫仗千般巧，

酒　保　报应来时后悔迟。

〔【原场】范大杯退步看酒保，酒保伸左右手挑大拇指称赞，二人从"下场门"下。

第 八 场

「场上设一桌、“小座”椅、后加“小边”跨椅。

「**【撤锣】**打住。

「鸨儿内白：“啊哈！”

「**【小锣五击头】**鸨儿手拿红色绣花手绢从“上场门”上，走至台正中。

鸨　儿　（念）文生数月未回转，（抬右手指前方）
　　　娘儿少吃又少穿。（伸左右手自抚胸前）

「**【小锣归位】**向左转身，走至台里坐“小座”倚。

鸨　儿　我，平康巷老鸨儿便是。**【干板】**自从文生上京，（伸右手向前指）久无音信。（右手变摆动式）他这一百两银子也花光了，我几次三番挑逗兰娘做买卖，她都不允。适才想了一条妙计，待我将我儿子宋保唤出，商量行事便了。（右手拍着左手，转身向“上场门”呼叫）宋保快来！

「宋保内白：“来啦。”**【大锣五击头】**宋保从“上场门”上。走至“小边”台口。

宋　保　（念）生成好命当捞毛，
　　　吃喝抽赌外带嫖。

「宋保从“小边”挖门进来，站“大边”。

妈呀，叫我做嘛吗？

鸨　儿　我说宋保。

宋　保　妈妈！

鸨　儿　自从文生走后，钱也花光了。（伸出左右手拍打）你倒是想个主意呀。

宋　保　我有什么主意呀！（低头，双手叉腰）

鸨　儿　你没有主意，我倒有个主意。附耳过来！（伸左手向宋保招呼，宋保靠近鸨儿与他耳语）（**台匝……台**）

宋　保　（连连点头）主意倒好，人家信吗？（抬左手向外指）

鸨　儿　软的不行，（脸上显露出凶狠的神态）咱们不会揍她吗？

宋　保　（点头）对！就是这么办。（伸左手往外指）我先躲开，你把她叫出来。咱们是一计不成，还有二计，二计不成，还有三计……

鸨　儿　（用手拦宋保）得啦得啦！你别跟我这卖嘴皮了，到时候看我眼色行事。你先躲一躲。（用左手往外轰宋保）

「**【大锣住头】**宋保从“下场门”下。鸨儿站在台正中，向“上场门”呼唤。

鸨　儿　兰娘快来！

「**【小锣单点·归位】**兰娘从“上场门”上，走至“小边”台口。

兰　娘　（愁苦地念）郎君一去无音信，
　　　　寒衾独寝恨更长。

「**【小锣二击】**兰娘“进门”，向鸨儿拜揖。

兰　娘　妈妈万福！

鸨　儿　搬椅子，快坐下。

「兰娘搬椅子，放“小边”跨椅坐下。**【小锣一击】**

兰　娘　妈妈唤奴出来，有何话说？

鸨　儿　姑娘，你今日想文郎，明日也想文郎。（伸右手指门外）你瞧他一去这些日子，连信都没来过一封。一个人的青春能有几何？你这么一朵鲜花，（伸右手从上往下指画兰娘）给他守活寡吗？再说日子也要过的，照这么下去怎么成呀！（左右手互相拍打）【小锣一击】

兰　娘　（十分不悦地）妈妈这话就不对啦。想文郎临行之时，留下一百两银子，（伸右手竖食指）再三将奴托付与你。（抬左手先抚胸部，然后左手指鸨儿）他要是取得功名回来，岂不是大家都享荣华富贵吗？别说咱们有的过，就是眼前日子再苦一点又有什么呢？常言说得好："吃得苦中苦，方为人上人。"（右手三点式后翻竖大拇指）

鸨　儿　（从"小座"上站起来，走至兰娘身边耐心劝解）你真是实心眼呀！你不知道，这年头的人，都没好心眼。我眼睛见人多啦，凭他那样花花公子，（伸左手向外指）别说是阔不了，就算他真阔了，有的是名门贵族，能要你这一个烟花妓女去做正室夫人吗？你想，他一去大半年，（双手轻轻拍打）连信都没来一封，你还瞧不出他的意思吗？

兰　娘　（站起身来）文郎绝不是忘恩负义之人。目前路上不平稳，他不来信，必有缘故。哪能算他负心哪？（抬双手，手心朝上质问式）

鸨　儿　（指兰娘）年轻阅历浅，哪懂得如今人心险诈呀！你不信就骑驴看唱本——走着瞧！

兰　娘　（瞟了一眼鸨儿，满不在乎地又坐回原位）瞧就瞧吧，反正我是主意拿定的了。（右胳膊搭在椅子上，身朝外坐，不理睬鸨儿）

鸨　儿　（怒指兰娘）到时候可别怨我不提醒你。

兰　娘　（抬右手拍打自己胸脯）我有我的主意，怪您干嘛呀！

鸨　儿　得！你不听我的好话，算我白说。（在兰娘背后伸右手，恶狠狠地怒指）

〔宋保内白："走喳！"【冲头】宋保从"上场门"上，快步进门。

宋　保　（气喘吁吁地）妈，大事不好啦！

鸨　儿　（假意的）哟！什么事呀？

宋　保　法不传六耳。（拉鸨儿出门）您这来，我跟您说。

鸨　儿　（假惺惺地随宋保出门，站"大边"）什么要紧的事呀？

兰　娘　（机警地悄悄从跨椅上站起来，抬左手打"背供"低声地）看他母子鬼头鬼脑，装模作样的，我倒得留点神。听听他们是不是说我。

宋　保　（故作低声对鸨儿讲）刚才街上都嚷嚷动啦：文相公做了大官啦！

〔【小锣一击】兰娘一惊。

鸨　儿　（双手合十故意做拜佛式）阿弥陀佛！谢天谢地！可该咱们娘儿三个享荣华富贵啦。你还不当面跟兰娘说。

宋　保　（抬右手拦住鸨儿）您先别喜欢，文相公官是做啦，但是可又娶了亲啦。

〔【小锣一击】兰娘在门内又一惊，随即转为沉着。

鸨　儿　（故作惊讶地）怎么着！你知道是谁家的姑娘吗？

宋　保　听说是个宰相的小姐，这话可不能告诉兰娘姑娘，别招她生气。

鸨　儿　（故意做着急神态，左右手在胸前上下拍打）老是不告诉她，也不是事呀。她尽顾一死儿守活寡，咱们日子可怎么过呀？再说也误了兰娘的青春呀！我为她好，总得说。

〔【小锣一击】兰娘赶快归"小边"跨椅坐下，故意装作不知，双手摆弄手绢。鸨儿、宋保走进门来。

鸨　儿　（故作生气地看兰娘）兰娘你当真还想守文相公吗？

兰　娘　（沉着地低头仍在玩弄手绢）哼！“好马不配双鞍，烈女不嫁二夫郎”。

「**【小锣一击】**鸨儿、宋保往后一退，大吃一惊。

鸨　儿　（假惺惺地走至兰娘身旁）好孩子，你别傻啦，你知道文相公做了官了吗？

兰　娘　（胸有成竹地）怎么会不知道呢？

鸨　儿　（指手画脚挑拨地）这个小子没良心，他停妻再娶……

兰　娘　（从椅子上站起来，面对鸨儿威逼地）文相公已娶宰相之女！

鸨　儿　哟！怎么你知道啦？

兰　娘　不是都打你母子嘴里说出来的吗？告诉你我不信！

鸨　儿　（生气地坐在“小座”椅子上）你爱信不信！**【小锣一击】**

兰　娘　告诉你，我也不是三岁两岁的孩子。真人面前，别说假话。你不要花言巧语蒙骗我。你惦记也不是一天了，（气愤地从“小边”走到“大边”怒斥鸨儿）左不是挂牌子当妓女，替你们挣钱吧。告诉你，（指鸨儿）我虽是女流之辈，也知三从四德。我已从良，决不会再去接客为娼。别说文郎他对我那般情意，我决不会负心背义；（向台前伸左手指）满打他真负了心，我还有个死哪。（从“大边”又回“小边”）你母子放心，别做那个清秋大梦啦！

「**【小锣一击】**兰娘气怒地坐在跨椅上。鸨儿、宋保目瞪口呆，看着兰娘。

鸨　儿　（突然气怒地一声高喊）哈哈！**【大锣一击】**好你个臭丫头片子！（离开“小座”，走至兰娘身边，抬右手怒指）你嘴真厉害呀！别瞧你不是我亲生女儿，常言道：一日为娘，终身是母。叫你干嘛，就得给我干嘛！

兰　娘　（转身狠狠瞪了鸨儿一眼）哼哼！文郎已然代我赎身，（双手抬起轻拍胸间）为保全我清白身子，我立刻离开你这平康巷！

「兰娘立刻要闯出门，这时宋保赶上前去用右手抓住兰娘左胳膊用力往后一甩，**【大锣一击】**兰娘往后一退，正巧坐在原来的跨椅上。宋保立即把门插上。**【大锣一击】**鸨儿瞪着两只大眼，**【撕边一击】**威逼兰娘，宋保走到“小边”椅后面，握着拳头站在兰娘身后。

鸨　儿　（气怒地）好你个臭丫头片子！跑？保儿，先把她衣服扒下来！

宋　保　是！

「**【乱锤】**宋保上前扒掉兰娘身上裙子和袄，兰娘只穿一件白布小袄和一条白裤。

（拿着皮鞭狠狠地）给我打！

鸨　儿　（念 < 扑灯蛾 > 数板）

【大锣抽头】贱人做事太欺情！

出言顶撞为何因？为何因？**【抽头】**（锣鼓进行中插话白和动作）

宋　保　打呀！打呀！

「宋保和鸨儿手持皮鞭恶狠狠地左右抽打兰娘，兰娘跪在地上疼痛难忍，双手抱着双肩哭喊。

兰　娘　哎呦！哎呦！你打死我也不接客为娼！**【大锣二击】**

（念 < 扑灯蛾 >）

鸨　儿　你今若是不应允，

定要你的命残生！命残生！

〔【大锣收头】宋保又挥动皮鞭狠打兰娘，兰娘倒在地上。

宋　保　（突然吃惊）哟！怎么躺在这儿不动啦？妈！你瞧瞧，别打出人命来呀。

鸨　儿　（拿着皮鞭走过来）打死她无非臭块地！（弯腰用左手摸兰娘嘴，一惊）【冷锤】哟！这个臭丫头真让咱俩给打死啦！

宋　保　（走过去看兰娘，颤抖地）是你打死的，没我什么事！

鸨　儿　没你什么事？告诉你，咱俩是一条绳子上拴的蚂蚱，跑不了你，也飞不了我。

宋　保　咱们母子两人干脆把她（左手指兰娘）背往江岸，脖子上给她坠一块石头，往江心一推，（双手表示推江式）她一辈子也上不来，岂不是人不知鬼不觉吗？

鸨　儿　好！好主意！你在前头把风，（伸左手往前指）瞧照有人没有?咱们这会儿把她背出去。

〔【阴锣】鸨儿背起兰娘，宋保先迈左腿伸身门外，左右观看门外动静，摇摇头，向门内鸨儿摆手示意，悄悄地在前面窥探，鸨儿背着兰娘艰难前行。

〔二幕闭，换天幕江岸水景。

〔二人背兰娘走圆场来到江岸。场上远处江岸，江水滔滔，岸边右侧有一块石头。

鸨　儿　（故意地指着兰娘）我叫你少喝两盅，你偏偏多喝，瞧你一个妇道人家，醉成这个样儿，黑更半夜的，还得让我背着你，也没地方雇车去。

〔【阴锣】宋保从“上场门”内搬出一块石头，拿着一条绳子走至鸨儿身边站“小边”。鸨儿把兰娘拖至台正中。

宋　保　妈呀，石头、绳子都找来了，快点行动吧！

鸨　儿　对，兰娘这就是你的葬身之地！（指天幕大江）

〔突然“上场门”幕内传来范大杯的喊声：“兄弟们，走喳！”

宋　保　（惊慌地对鸨儿）妈呀！不好啦，下夜的来啦，快跑！

〔【快长锤】宋保走至台正中拉鸨儿，随着锣鼓点二人回头瞭望“上场门”，转过头来相互点头，又看“上场门”，又转过头来相互点头；二人抬脚轻落从“下场门”下。

〔连打【快长锤】四乞丐从“上场门”上，“扎犄角”斜侧“一条鞭”切住。【撕边一击】接【快长锤】范大杯从“上场门”上，走至“九龙口”亮相，抖水袖唱。

〔西皮摇板〕

范大杯　（过门略）　3 32 3 3 3 12 3 （4 32 12 3）
每日里寻醉乡

4 3 12 3 3 - （65 55 36 5i 32 12 65 55）5 62
逍遥闲散，好一

1 - 21 61 2 - 1 12 16 6 1 -（3 21 61 1..）
似李太白斗酒百篇。

1 2 2 3 2 2 - 62 1 - 3 2 -
众贤弟忙带路古庙回转，
（范大杯抬左手向上摇动）

乞　丐　啊！

〔【闪锤】乞丐甲从“大边”倒领反圆场，走至“小边”台口向台中正要“挖门”，然突被兰娘卧尸绊倒，（锣切住）乞丐甲从兰娘身上翻“小毛”筋斗。【撕边一击】

乞丐甲　（惊叫）哎呦！

范大杯　啊？！（向后退步，看兰娘卧尸）

范大杯　【凤点头】(过门略) 3 2 5 3 2 1 1 2 (3 2 1

见 一 个 醉 汉 子

6̣ 1 2) 6̣ 2 1 2 ³2 1 － 【大锣住头】‖

倒 卧 江 边。

〔此时乞丐甲从地上爬起来，掸身上的土。

范大杯　（走至台中怀疑地自白）不想夜暮江边，竟有醉乡同道……【小锣一击】（转向乞丐甲）贤弟，打火看看是什么人？

乞丐甲　是。（用石头和火镰打火【软撕边三击】用火照亮，见兰娘倒在江边，立即跑到范大杯身边回报）

乞丐甲　（颤抖地）哎呀！大哥不好！此乃一赤身露体女子，身有伤痕血迹，大概是被人给打死的！

范大杯　（大吃一惊）啊！有这等事？待我看来。

〔【大锣五击头】范大杯从“小边”台口，走至台正中旁天幕江边看兰娘，立即把自己的外衣脱下，盖在兰娘身上。仔细看看兰娘面容，便转至舞台口向四乞丐招手。

范大杯　众位贤弟，（抬左手指台里侧倒在江边的兰娘）可知此女是谁吗？

四乞丐　我们不认得。

范大杯　（抬右手指四乞丐）你不认得，你不认得，你也不认得？

四乞丐　（摇摇头）我们不认得！

范大杯　（用右手拍打拍打右侧腰部）我却认得！【大锣一击】

四乞丐　（出乎意外地）你认得！？她到底是谁呀？

范大杯　贤弟听了！【大锣归位】此女名唤兰娘，就在前面烟花巷中居住。那日愚兄前去乞讨，多蒙她赠我一吊铜钱，故而相认。常言道：受人点水之恩，须当涌泉答报。她今被人打死，岂忍坐视？且喜我这十两银子（从白布上衣取出纹银）尚未用完。有劳哪位贤弟，到大街之上敲开店门，买一口棺木来，先行成殓。明日愚兄再去寻找害她之人，好与她报仇雪恨，此事不弄个水落石出决不罢休！我酒丐定要为民除害，从此再也不喝酒啦！（抬右手一拍右侧腰部，抬右腿一骗，右脚踩在石头上亮相）【大锣一击】

乞丐甲
乞丐乙　大哥，（拱双手）我二人愿往。

范大杯　好，把这银子带着，快去快来！（把银子交给乞丐甲、乙）

「【冲头】乞丐甲、乙拿着银子从“下场门”下。

范大杯　（抬头看天色）今晚天气甚寒，大家可去拾些枯柴，生火取暖。

「范大杯正要向“上场门”走去，乞丐丙、丁急忙向前拦住范大杯。

乞丐丙　大哥，这点差事我们哥俩去吧。

「乞丐丙、丁寻枯柴从“上场门”下。

范大杯　咳！【冲头·叫头】（范大杯从“大边”石头抬腿“云手”快步走至台中兰娘身边呼叫）兰娘呀兰娘！你身受屈死，你若有灵，何不托上一兆，也好寻找害你之人，与你报仇雪恨！

兰　娘　（慢慢苏醒，哭泣）哎呀……

范大杯　（顿时一惊向“小边”过了几步）你这就是托兆吗？

「【撕边一击】兰娘慢慢坐起来，两手紧抱双肩疼痛难忍。

兰　娘　好打呀好打！可疼死我啦！我怎么这么冷……

「范大杯看着兰娘披着衣服坐在江边，迟疑片刻。

范大杯　哎呀且住！【大锣五击头】我看此女不是诈尸，定是还魂。啊兰娘，（转身走近兰娘）你可认得我？

兰　娘　（用双手擦擦左右眼睛，上下打量，【撕边一击】迟疑地）你是谁呀？

范大杯　（转身退至“小边”台口，扬起左手水袖背白）看她已被打晕，待我提醒与她。（转向兰娘）啊兰娘，我便是那日乞儿酒丐，可还记得？

兰　娘　（【撕边一击】仔细打量范大杯）你就是酒丐？我怎会到此地来了？

范大杯　适才我弟兄饮酒而归，同回古庙，见你被人打死！赤身倒卧。我已经命人去买棺木成殓与你。不想你又还阳！（抬右手指舞台左侧方亮相）

「【撕边一击】兰娘立即抚摸全身。范大杯有意躲避“小边”。

兰　娘　（吃惊地）哟！可不是我没穿衣服吗？（突然摸脖子）怎么我脖子上还系着一块石头哪？我明白啦！【大锣五击头】定是鸨儿母子将我打死，恐怕事犯当官，把我系石投江。不想遇见恩公，才得活命。请上受奴家一拜吧。

「【撕边一击】兰娘披着给的外衣，跪在地上向范大杯叩头。范大杯赶忙抢前几步，双手接拜礼。

范大杯　不敢当！不敢当！听娘子之言，打你的便是那日门首站定的宋保儿吗？（抬右手向斜前方指式）

兰　娘　（满面怒气地伸右手也指斜前方）就是那两个狠心的东西！（随后用左手擦脸上泪水）

「【大锣五击头】这时乞丐丙、丁抱着两捆柴火从“上场门”走来。

乞丐丙
乞丐丁　大哥大哥，柴火来啦。

「乞丐丙、丁突然发现兰娘坐在江边，大吃一惊，把手里的柴火全扔在地上，向“小边”跑去。【冲头】

乞丐丙
乞丐丁　哎呀我的妈呀！怎么诈尸啦？

范大杯　（立即挡住乞丐丙、丁）贤弟别怕，这位兰娘她活了！

乞丐丙
乞丐丁　（呆愣地看兰娘）活啦？！我以为诈尸了。吓得我直出冷汗。

兰　娘　（哭泣地）哎呀……

〔范大杯从“小边”走至“大边”到兰娘身旁。**【撕边一击】**

范大杯　娘子不必悲伤，且待天明，（伸左手指天空）我范大杯替你出头伸冤便了。（右手拍腰间转身至“大边”亮相）

兰　娘　多谢恩公！　**【大锣一击】**

〔**【冲头】**乞丐甲、乙从“下场门”跑上。

乞丐甲
乞丐乙　大哥，大哥，棺木买来啦！

范大杯　（转身抬左手忙挡乞丐甲，拉至“大边”台口）不用了，原物退回！

乞丐甲
乞丐乙　（莫名其妙地）怎么又不用啦？

范大杯　不想你们走后，她又还阳了！（伸右手指坐在江边的兰娘）

乞丐甲
乞丐乙　那怎么办呢？买的棺木？

范大杯　你们对棺材铺掌柜的去说，我那五百铜钱不要啦，棺材抬回去！

乞丐甲
乞丐乙　是。

范大杯　贤弟回来。

〔**【撕边一击】**乞丐甲、乙转身面对范大杯。

范大杯　（从怀里又掏银子，递给乞丐甲）这有一百铜钱，赶快给兰娘买身衣服，快去快回！

乞丐甲　（接铜钱）是。

〔**【冲头】**乞丐甲、乙急从“下场门”下。范大杯转身至兰娘身边。

范大杯　兰娘！待等买回衣服穿好之后，同往古庙，诉说情由，我与你写状子，报官伸明冤枉便了！

兰　娘　（披衣跪拜）多谢恩公！（起身站一旁）

〔**【原场】**范大杯与乞丐丙、丁三人至“大边”，乞丐丙、丁亮“矮相”，范大杯站中间“三丁”亮“高相”。幕闭。

第　九　场

〔场上设置公堂、一桌、“大座”。堂桌上摆放印盒、惊堂木、文房四宝笔、墨、纸、砚均放在红木盘内。

〔**【急急风】【回头冲头】**四衙役、门子引李丹双手提着官衣，从“上场门”快速到台口站门，李丹抖官衣向右转身入堂桌后“大座”。衙役甲立即双手拱拜。

衙役甲　启太爷，范大杯带一民女喊冤。

李　丹　唤他进来。（敲惊堂木）

衙役甲　（站台口正中）范大杯带民女上堂！

〔**【冲头归位】**范大杯与兰娘从“上场门”上，走至“小边”台口。

范大杯　（念）高堂悬明镜，（抬左手指台中）
兰　娘　　　王法不容情。（抬右手做摆手式）
「**【大锣五击头】**范大杯领兰娘“挖门”，至台正中二人跪拜。
范大杯
兰　娘　（同白）与太爷叩头！
李　丹　范乞儿，你身后何人？
范大杯　乃是平康女子兰娘。
李　丹　到此何事？
范大杯　（从怀中取出状纸）现有状子呈上。
李　丹　呈上来！
范大杯　是。
「**【住头】**衙役甲从范大杯手里拿过状子，呈李丹。
李　丹　（拿过状子念）“具告状人苏兰娘。因葬父母自卖己身，不料被平康巷宋鸨儿买去，立逼为娼。民女立志不从，多蒙文相公出银三百两，救离苦海，配为夫妇，三月有余。文相公进京求名，留下纹银一百两，交鸨儿母子照看民女，以为度用。自文相公走后，鸨儿母子二次逼我为娼，民女不允，被她毒打而死，意欲抛往江心。多蒙恩人范大杯搭救还阳。闻得大人爱民如子，法不妄断。跪求伸冤，哀哀上告！”**【撕边一击】**有这等事！衙役！
衙役甲　有。
李　丹　拿本县火签，速到平康巷将宋鸨儿母子锁来，不得有误！
衙役甲
衙役乙　是。
「**【冲头】**衙役甲、乙手拿火签出门从“下场门”下。
李　丹　范大杯、兰娘起过一旁。（向兰娘挥手暗下）
范大杯
兰　娘　谢太爷！
「范大杯、兰娘起来，范大杯站“大边”，兰娘从“下场门”暗下。
李　丹　（竖起右手拇指，向范大杯夸赞）范大杯，你真乃乞中侠义也！
范大杯　（转向李丹拜揖）太爷夸奖。
李　丹　（大笑）哈哈哈……
「**【冲头】**衙役甲在前，衙役乙在后，中间押着鸨儿、宋保，从“上场门”上，“挖门”进公堂。
衙役甲　启禀太爷，鸨儿母子拿到。（把火签交与李丹，衙役甲、乙分别站原位，甲站“大边”，乙站“小边”）
鸨　儿　鸨儿母子与太爷叩头。
「鸨儿、宋保跪在台正中。
李　丹　（捋髯观看）**【软撕边一锣】**宋鸨儿，你母子逼良为娼，其罪非小。又将烈妇苏兰娘打死，该当何罪？
鸨　儿　小妇人院中并没有什么苏兰娘。
李　丹　（拍惊堂木）还要强辩？传苏兰娘与她对质。

衙役甲 苏兰娘上堂！

〔苏兰娘从“下场门”上。**【小锣五击】**

兰 娘 叩见太爷。（跪在鸨儿右侧“大边”）

李 丹 苏兰娘起来，与宋鸨儿对质。

〔苏兰娘起身站“大边”。

兰 娘 （怒指鸨儿）宋鸨儿，你差点没把你姑奶奶打死。想不到报应昭彰，我又活了。

李 丹 真赃实犯，有招无招？（拍惊堂木）**【大锣一击】**

鸨 儿 小妇人无招。

李 丹 来！

众衙役 有。**【一击锣】**

李 丹 将她与我夹起来！（拍惊堂木）

众衙役 啊！

〔**【撕边一击】**众衙役各上一步威胁宋鸨儿母子。

鸨 儿 小妇人有招有招！

李 丹 好。兰娘所控，可是事实？（拍惊堂木）

鸨 儿 俱是实言。

李 丹 命他母子画供。

〔门子从堂桌上拿过状纸和笔，走至鸨儿、宋保跟前。

门 子 画供！

鸨 儿 供招事实。（二人拿笔在状纸上画“十”）

〔门子把状纸放在堂桌上。

李 丹 押下去，按律治罪！（拍惊堂木）**【一击锣】**

衙役甲
衙役乙 是。

〔衙役甲、乙押鸨儿、宋保出门，从“下场门”下。

李 丹 范大杯，文生未回，兰娘无家可归。你乃乞中君子，本县在宋鸨儿手内取还文生所留一百两银子，命你代兰娘寻房居住，随时照看，你意如何？

范大杯 孤男寡女，瓜李之嫌，多有不便。兰娘有太爷做主，料无恶人敢去侵犯。等她安居之后，小民不才，愿替她天涯海角寻找文生，使她夫妻团圆便了。

李 丹 你既如此仗义，本县任凭于你。掩门！（拍惊堂木）

〔**【原场】**李丹从“下场门”暗下，“大边”门子、衙役甲、丙随李丹下。“小边”衙役乙、丁从“上场门”各分下。

范大杯 兰娘随我来。

兰 娘 （抬右手让范大杯）恩公请！

〔**【原场】**范大杯左手提衣服左下襟出衙门，兰娘随后出门，范大杯转身向兰娘得意一笑，兰娘便向范大杯跪拜，范大杯立即抢前一步，扶起兰娘。二人同由“下场门”下。

第十场

〔场上设置一桌、两椅，摆“小座”、“跨椅”。

〔**【大锣快长锤】**八官兵拿单刀，抱刀从“上场门”一对一对出场“站门”，文奎随后站门，王正成上。

〔西皮摇板〕

王正成 (过门略) 3 3 2 3 3 2 4 3 4 3 2 1 2 3 3
奉 王 命 征 贼 寇 雄 兵 十 万，

(过门略) 2 1 2 3 1 2 - 1 3 2 1 6̣ 1 -
但 不 知 何 日 里 扫 尽 狼 烟。

(过门略) 1 2 2 1 3 2 2 - 3 2 1 1. 2 3 5 2 - ‖
闷 忧 忧 坐 宝 帐 心 烦 意 乱。

〔**【扫头】**八官兵归里两边站列，王正成坐“小座”，文奎坐“大边”跨椅。

〔报子内喊：“报——”

〔**【冲头】**报子从“上场门”快步上，右手拿报旗进宝帐，跪在王正成右侧。

报　子 马如龙讨战！

王正成 （一惊）啊？**【大锣一击】**再探！

报　子 啊。

〔**【冲头】**报子退出帐去，甩报旗从“上场门”下。

王正成 文奎，吩咐出兵迎敌者！（离座抬右手向前方指）

文　奎 （站起来向王正成双手拜揖）是。（走至台正中）出兵迎敌者！（拉山膀，抬右手指前方）

八官兵 （同应）啊！

〔**【冲头】**官兵甲、乙分别从左右两侧幕内拿长枪，做牵马式站立台正中。后面官兵撤下一桌和“小座”、“跨椅”，出帐众兵分站两侧。

〔**【急急风】**王正成、文奎出宝帐、持枪上马。八官兵“插门”领起“圆场”，八喽兵引马如龙持大刀从“上场门”上。官兵与喽兵“二龙出水”对刀后分列两侧，王正成与马如龙持长枪和大刀对峙。

王正成 贼寇通名受死？

马如龙 住了！**【大锣五击】**我乃太行山寨马如龙，你是何人？

王正成 宁远将军王正成。贼寇休得张狂，看枪！

〔**【撕边一击锣】**王正成抽枪一刺，马如龙挥刀一盖，劈刀“过合”架住。八官兵与八喽兵“钻烟筒”分别两侧而下。文奎也随官兵“下场门”下。
〔【急急风】王正成与马如龙打“大刀枪”，王正成败下。
〔【急急风】接【四击头】亮相。【急急风】马如龙挥左手，八喽兵持单刀从“上场门”上，追过场，捋刀“下场门”下。
〔马如龙要“大刀下场”，【四击头】亮相。随后“大刀串腕”一亮，再起【急急风】从“下场门”追下。

第十一场

〔舞台上空场。
〔王翠娥内唱。

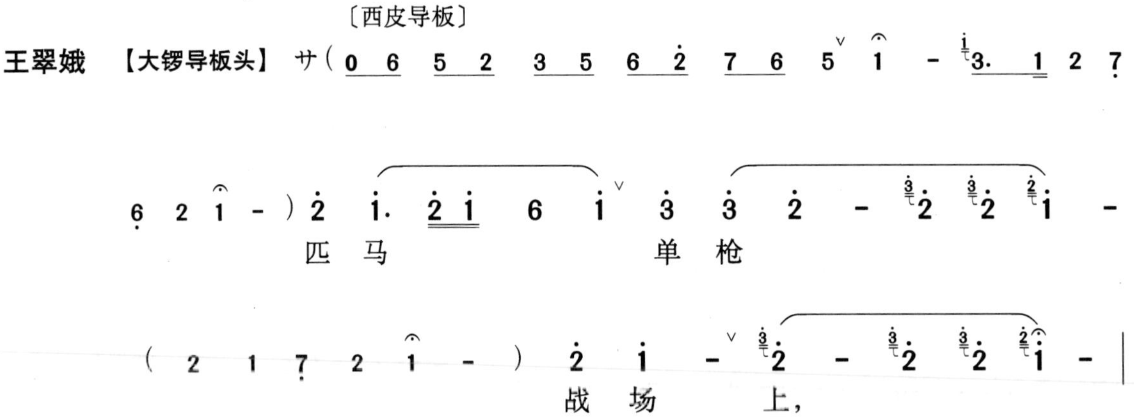

〔【撕边一击】王翠娥扎软靠胸前戴粉绸子彩球，腰挂宝剑，右手持长枪、马鞭从“上场门”独自一人上，亮相。
〔【望家乡】王翠娥走圆场。

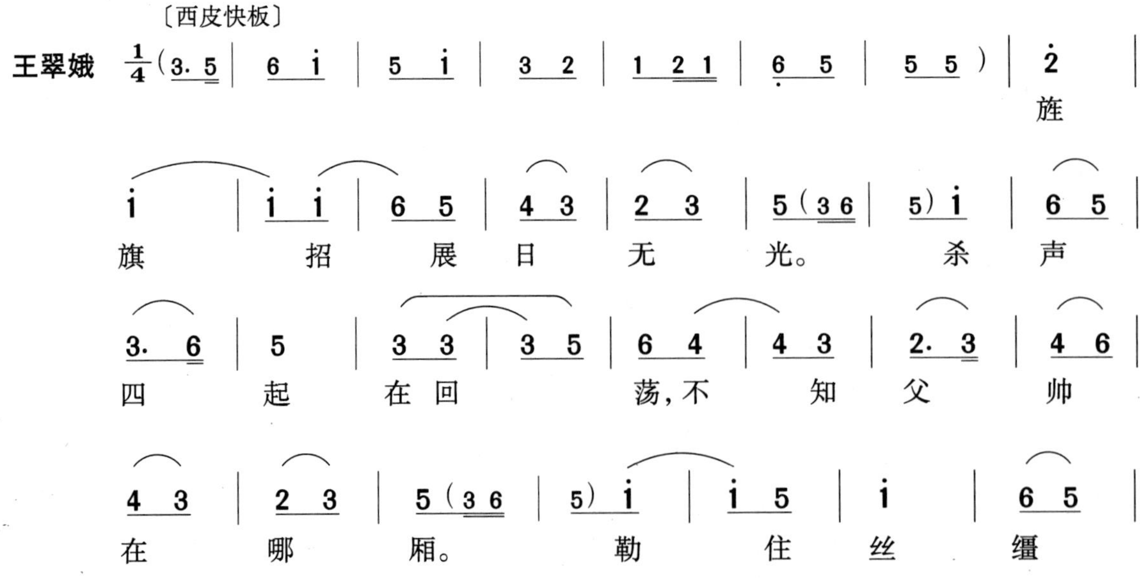

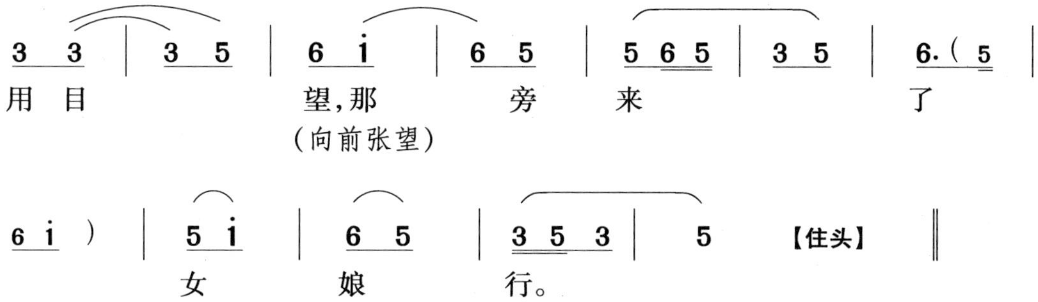

王翠娥 （勒马）奴家，王翠娥。【一击锣】未奉父命，私自出征，助我父一臂之力，也是女孩儿家报效大明天子一片忠心。（拱手）倘若天助成功，岂不是一场佳话。

〔马玉花内喊：“丫头慢走！”

王翠娥 （转身推枪耍马鞭斜身向“下场门”瞭望）看那旁来了一员女将，待我迎上前去。

〔【急急风】王翠娥向侧幕内扔掉马鞭，持长枪迎战从“下场门”追上的马玉花，马玉花手持宝剑与王翠娥长枪对阵。

马玉花 胆大丫头，挡住你家姑娘去路，通名受死！

王翠娥 你家姑娘乃王元帅之女，王翠娥是也。女寇留下名姓！

〔【住头】王翠娥用长枪一推马玉花宝剑。二人站立台正中。

马玉花 你姑娘马玉花。趁早回去便罢，免得剑下做鬼！

王翠娥 女寇休得张狂，听我道来！

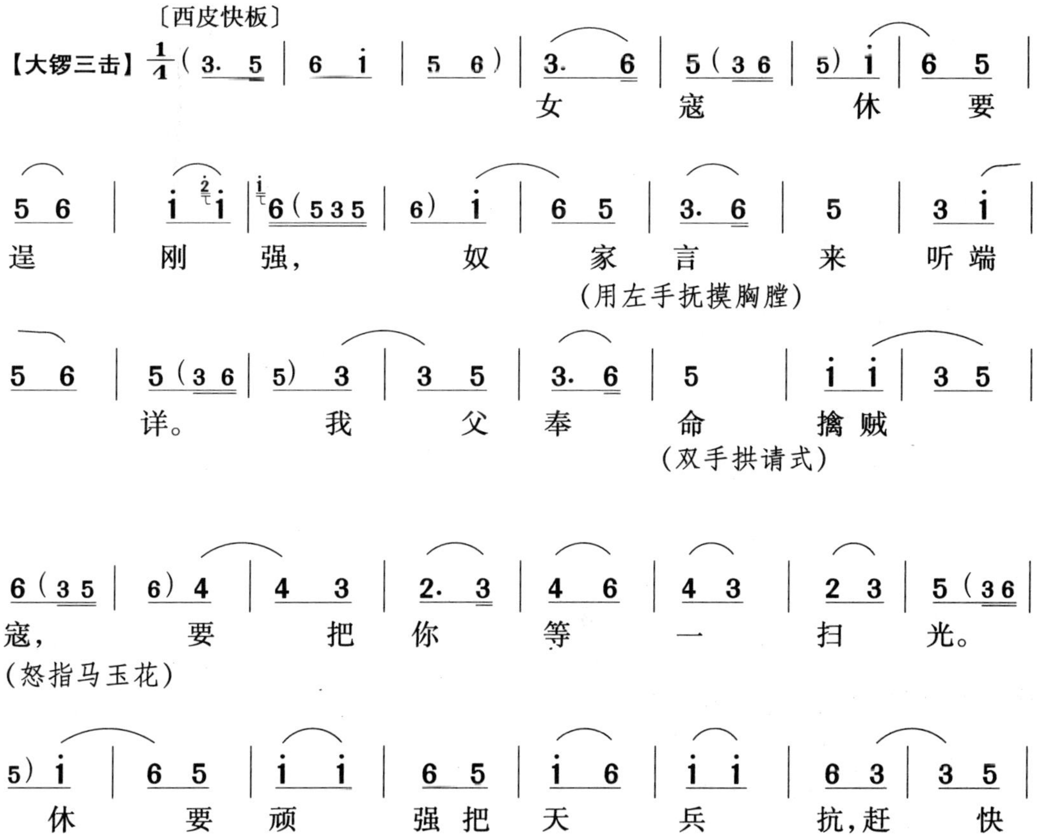

5 6 5	3 5	6.（5	6 i）	5 i	6 5	3 5 3	5（仓）‖
下		马		来	归	降。	

（抬左手指地）

马玉花 （气怒地）一派胡言，看剑！

〔【夺头接急急风】马玉花右手持宝剑向王翠娥劈头，王翠娥立即双手举长枪接“封头”，压马玉花宝剑一绕两绕三绕，二人往里一盖两盖，马玉花用剑把王翠娥长枪劈掉。王翠娥立即从腰里拔出宝剑，上右步下划马玉花宝剑，马玉花急上右腿快速转身走至左侧“小边”，王翠娥上步转身走至右侧“大边”。

〔马玉花转身要剑向王翠娥三刺，【大锣三击】王翠娥持剑三挡，立即压下马玉花的宝剑，王翠娥“三绕”马玉花宝剑，突然从下抽宝剑，刺马玉花右上侧，马玉花退步持剑将王翠娥宝剑划下，王翠娥要“剑花”刺向马玉花。【撕边】马玉花从“下场门”舞台右里方“串翻身”向“小边”台口连续翻身，王翠娥也追“串翻身”，从右侧里方向“小边”台口。【四击头】二人“翻身”“跨腿”、“剑花”，马玉花“卧鱼”亮“矮相”；王翠娥长身掏“翎子”站右侧亮“高相”。

〔【急急风】马玉花持剑劈王翠娥“过合”，至“大边”，王翠娥急追与马玉花往里一盖两盖，往外一盖两盖，刺马玉花上下，马玉花急接上下“封头”，转身挡王翠娥宝剑，从“下场门”败下。

〔【急急风】王翠娥要“剑下场”，“翻身”要剑花。

〔【四击头】王翠娥“亮相”。随【原场】王翠娥右手举剑，左手“剑指”追马玉花从“下场门”下。

〔【回头】马玉花从“上场门”退步向后张望踉跄而上，突然“踮步”跌倒，挣扎而起。

马玉花 【叫头】哎呀且住！女将杀法厉害，不免用绊马索擒她！

〔【急急风】马玉花从腰间取出绳子，扔向“下场门”舞台右侧。此刻王翠娥从“上场门”快步持剑追上。马玉花抬左手向王翠娥三招手【大锣三击】转身急跑引诱王翠娥急跑。【急急风】二人“圆场”，当马玉花行至“大边”“下场门”台里侧，猛然转身向后面的王翠娥刺“封头”，王翠娥接“封头”把宝剑滑下来，向马玉花劈剑，马玉花故意“卧鱼”、“翻身”向左侧躲闪，王翠娥宝剑刺空，被绊马索绊倒，扔掉宝剑，“抢背”跪倒。马玉花从地上拾起宝剑，押王翠娥从“下场门”下。

第十二场

〔场上设置山片布景。此山片高一米五左右。

〔小镲锅【急急风】三乞丐分别从“上场门”翻筋斗上“亮相”，引出范大杯从“上场门”【四击头】冲至台正中与三乞丐“高矮一组亮相”，范大杯站立中间。

〔西皮散板〕

范大杯 【纽丝】（过门略）1 2 3 2 2 - 2 1 3 3 2 - 【大锣凤点头】

涉 水 登 山 往 前 进，（走“飞腿子”，三乞丐翻筋斗至“大边”台口）

（过门略）3 1 3 2 - 3. 5 2. 1 1 - 【住头】‖

寻 找 文 生 走 一 程。

我，范大杯。受了兰娘之托，寻找文生。（向三乞丐拱手）三位贤弟，前面什么所在？（抬左手高指）

三乞丐 乃是太行山。

〔此时“上场门”内传来：“杀！杀！杀！”声四起。【冲头】范大杯倒领三乞丐从舞台正中“圆场”，快速走至“上场门”，“斜一字”，四人拉“山膀”向后眺望。【一击锣】范大杯“反云手”领三乞丐又归正中。

范大杯 （拱手）众贤弟，四外喊杀之声，登高一望。（抬右手指山坡）

三乞丐 是。

〔【冲头】范大杯向台右侧后方领三乞丐，登靠天幕的山坡。范大杯站中间，三乞丐分站山坡两侧眺望。

〔【乱锤】八官兵从“上场门”败退过场。文奎、王正成随后从“上场门”上，王正成吹着胡须，抖着长枪退至台中。【大锣三击】用枪加马从“下场门”下。随后，【急急风】八喽兵从“上场门”上，至“小边”台口，涮刀追从“下场门”下。

〔再起加强音【急急风】马如龙手持黑缨长枪威风凛凛从“上场门”上，走至“九龙口”“涮枪”，半圆场至“小边”台口。【四击头】抖枪“翻身”甩髯亮相。【急急风】从“下场门”追王正成下。

〔范大杯及三乞丐站在山坡上，【撕边一击锣】四人向台右侧拉“山膀”眺望；随后【撕边一击锣】又向左侧“上场门”眺望。【撕边一击锣】四人从山坡上翻“台蛮”而下。

范大杯 三位贤弟，【住头】你们看，前面败的官兵，后面贼寇追赶，待我等冲向前去杀贼解围便了！

三乞丐 （同向范大杯拱手式）就依大哥。

〔【四击头】范大杯与三乞丐脱去外衣，从“小边”向“下场门”斜方向四人走“扫堂旋子”亮相。【快原场】从“下场门”追下。

第十三场

〔【乱锤】文奎引王正成持长枪从“上场门”抖枪踉跄而上，至“九龙口”涮枪“蹉步”至“大边”台口，三加鞭转身迎战。马如龙从“上场门”拿长枪冲上，“过合”刺文奎上下，左右转身，文奎败下。王正成刺马如龙“过合”，打“小快枪”，王正成被打败，马失前蹄跪在“下场门”口。范大杯领三乞丐从“下场门”手持单刀冲上，护住王正成。王正成趁机逃下。

〔范大杯与三乞丐持刀和马如龙“一挤两挤”，“过合”，四人挥刀把马如龙的长枪压住，马如龙挑起四人压在长枪上的单刀，打“五股档”。马如龙把三乞丐打下，**【急急风】**与范大杯打“单刀枪”亮相后，马如龙败从“下场门”急逃下。

范大杯 众贤弟追！

〔**【急急风】**三乞丐手拿单刀，从“上场门”上快速跑半圆场至“小边”台口，耍刀花压刀直奔“下场门”过场下。

〔**【急急风】**接**【四击头】**范大杯耍“单刀下场”，“单蛮子”亮相，紧锣鼓从“下场门”追下。

第十四场

〔场上设置一桌、“八字”“大边”跨椅，“小边”跨三把椅。

〔**【长尖】**四官兵、三乞丐、文奎、范大杯、王正成从“上场门”上“挖门”。王正成拱双手恭请范大杯入宝帐。

王正成 四位壮士请进帐中叙话。

范大杯 元帅请。

〔范大杯与三乞丐进帐，王正成、文奎进帐，请范大杯坐“大边”“八字”椅，王正成坐“八字”“小边”椅。文奎坐“小边”跨椅，三乞丐坐“大边”三个跨椅。

王正成 （感激地）多蒙四位壮士相救，本帅感激非浅。

范大杯 岂敢。

〔丑丫环内喊：“报——”

〔**【冲头】**丑丫环从“上场门”急跑上，进帐。

丑丫环 启禀元帅，大事不好啦！**【大锣一击】**

王正成 （吃惊地）何事惊慌？

丑丫环 小姐私自出兵，被一女寇擒往太行山去啦！

王正成 （焦急地）你待怎么讲？

丑丫环 擒往太行山去啦！

王正成 哎呀！（双手不停地搓着）

〔**【乱锤】**丑丫环暗出帐门，从“下场门”下。

〔**【快纽丝】**王正成双抖袖。

〔西皮散板〕

王正成 （过门略） 3 2 1 6̣ 2 1 - 3 1 2 - (7̣ 6̣
听 说 女 儿 遭 罗 网，（抖水袖）

1 2 -) 6̣ 2 1 1 3 2 - 3 5 2 1 1 - ‖
（仓） 怎 不 叫 人 痛 断 肠。

〔**【住头】**王正成起身拉住坐在身旁的文奎。

王正成 （异常惊慌地）哎呀贤甥啊！**【住头】**你表妹不听我言，私自出马，如今被贼寇擒去，只怕性命难保！

文　奎　舅父不要悲伤，吉人自有天相。

范大杯　（立即站起身来，拱手）元帅不必忧虑，俺范大杯不才，（右手拍腰间）情愿夜探太行山，（抬左手指前方）如将小姐救回，也未可知！**【大锣一击】**

王正成　（突然双手抓住范大杯的双手，眼睛直瞪瞪地）但得如此，感恩非浅！（弯腰向前迈左腿虚跪）

范大杯　（搀扶王正成）元帅不必如此。此去太行山，还有一条妙计。

王正成　愿闻其详。

范大杯　此去如能救回小姐，（快步走至“小边”台口，抬右手指斜上方）但看红灯为号。请元帅急速派兵在山口埋伏，（从“大边”急转王正成至台正中）内应外合，不但小姐得救，还可扫平山寨。（从台正中又走至“大边”台口，伸左手平式摆动）

王正成　（挑起双手拇指，夸赞地）真乃妙计！你我照计而行。

范大杯　事不宜迟，三位贤弟（向三乞丐拱手）暂在营中听候佳音，俺就此去也！

〔**【夺头、四击头】**范大杯快步出帐，向“下场门”翻“串小翻提”筋斗落地，转身向台前拱双手，从“下场门”下。

王正成　（急出帐门）壮士多加保重！哎——儿呀……（哭泣）

〔**【原场】**王正成、文奎、三乞丐、四官兵分别“上下场门”两边下。

第十五场

〔场上设置一桌“小座”、“小边”跨椅。

〔**【急急风】**四喽兵急站门，马玉花与马如龙从“上场门”急上，快步至台正中转身归“小座”，马玉花坐“小边”跨椅。

马如龙　（气冲冲地）将那女子绑在标杆之上！

〔四喽兵内喊：“啊！”

〔**【急急风】**二喽兵手持弓箭从“上场门”快步冲至“九龙口”左右站立，后二喽兵手持单刀绑王翠娥从“上场门”冲上至“九龙口”亮住，随**【急急风】**走至“大边”台口，四喽兵站王翠娥身后一排。

马如龙　（怒指王翠娥）呔！**【一击锣】**王翠娥，你早早劝你爹爹归顺便罢，如若不然，叫你死无葬身之地。

王翠娥　（大义凛然地）一死而已，贼子你何必多言！

马如龙　好个倔犟的丫头！喽罗们！将她与我乱箭穿身！

四喽兵　啊！

〔**【大锣一击】**前二喽兵推王翠娥至“大边”台口站立，四喽兵手持弓箭站“小边”“斜一字”，对准王翠娥后背，侧身“弓箭步”，欲射箭。马玉花立即向前拦阻。

马玉花　（抬右手站前阻拦）且慢！**【住头】**大哥不可莽撞，想大哥尚无压寨夫人，何不将她收下。

马如龙　（抬右手指王翠娥）只恐这个丫头不允。

马玉花　小妹自有道理。（双手抚拍胸部）喽罗的！

四喽兵 有！

马玉花 将她（抬右手指王翠娥）押到你姑奶奶房中，待我解劝于她便了。

四喽兵 啊！

〔**【大锣五击】**四喽兵收起手里的弓箭，合为前两人、后两人并排至“小边”押王翠娥转身，“下场门”下。马玉花随在喽兵后面跟下。

马如龙 （捋髯得意地）但愿美事早成。喽罗们！

四喽兵 有！**【大锣一击】**

马如龙 小心防守。

四喽兵 啊！

〔**【原场】**四喽兵上步转身站“斜门”，马如龙至“小边”威风地走在四喽兵中间，“下场门”下。四喽兵两人一排、两人一排拉“山膀”合身对下。

第十六场

〔场上设置靠天幕处通台楼阁景，正中间上下两层楼均有两扇门。在二层楼门正中间楼檐处，吊着“纣棍”。舞台右侧“大边”台口，摆着一个刁斗，刁斗上面挂着一盏小红灯笼。

〔幕启，**【急急风】**范大杯已站在刁斗上观察动静。范大杯双手紧抓刁斗铁杆，扯起“顺风旗”。

〔**【撕边】**四喽兵押王翠娥急上，马玉花、马如龙随后从“上场门”上，两喽兵推开正中楼门，将王翠娥推进楼内，马玉花对马如龙一笑，将马如龙推进楼内，一笑，马玉花立即捂着脸羞臊地从“下场门”跑下。

马如龙 （楼内高喊）喽罗的！劝她不允，将她吊在藏珍楼上，与我痛打！

范大杯 （站在刁斗上）呀！**【大锣五击】**看翠娥小姐命在危急，我不免用起调虎离山之计，将王翠娥小姐救出便了！（故意地高喊）哎呀不好！后山着火啦！后山着火啦！

〔**【乱锤】**马如龙与喽兵从楼内跑出来。

马如龙 后山着火，定有奸细。待俺迎上前去。

〔**【冲头】**马如龙率喽兵速从“下场门”下。

范大杯 妙啊！贼子已中我之计，不免登楼搭救王小姐要紧。

〔**【撕边大锣一击】**范大杯从舞台“大边”台口竖着的刁斗上腾空跳跃到台正中二层楼檐下吊着的“纣棍”。**【马腿】**转**【撕边四击头】**范大杯双手盘“纣棍”不停旋转，随后一连串“鹞子翻身”又“倒卷珠帘”，最后突然从“纣棍”上向下猛然翻下，头部下垂，两脚勾住“纣棍”。**【一击锣】**范大杯“金钩钓鱼”动作，随之人又从下翻上，双手抓住“纣棍”，在空中横身，用双脚踹开二层楼的楼门。范大杯跳进楼内，关上楼门。

〔**【冲头】**此刻马如龙率四喽兵从“下场门”上，“过场”，从“上场门”下；马玉花率四喽兵从“上场门”上，抄过，从“下场门”下。

〔**【软撕边一击锣】**范大杯悄悄开开一层楼门，探身仔细观察外面动静，随后向楼内招手。

范大杯　小姐，没人，快走！

〔范大杯搀扶王翠娥从一楼内走出来，刚出楼门王翠娥便卧倒在地。

王翠娥　（疼痛难忍地）哎呀，我被贼子打得遍体鳞伤，难以行走。

范大杯　（焦急地搓手）这、这、这怎么办呢？

〔幕内高喊："抓奸细！抓奸细！"**【乱锤】**

范大杯　哎呀，小姐！事到万急，顾不得男女授受不亲。待我背负于你，爬上山去。

王翠娥　事已至此，就依壮士。

范大杯　小姐有所不知，是我来时曾与王元帅订妥，放火为号，将贼诱出山寨，埋伏众官兵乘虚捣其巢穴，然后两下夹攻，哪怕山贼不灭？

王翠娥　此计甚好。

范大杯　待我放起火来，诱贼离山便了！

〔**【乱锤】**范大杯速至"上场门"取火把，放火烧楼阁山寨。满台火起。

〔**【急急风】**范大杯扔火把，背起王翠娥连续"串翻身"躲大火，从"下场门"下。

〔**【冲头】**马如龙、马玉花分别率喽兵从"上下场门"上，"二龙出水"八喽兵各站两侧，马如龙、马玉花手拿长枪会面。

马如龙　四面火起，定有奸细，与我杀！

八喽兵　啊！

〔**【急急风】**八喽兵"插门"领起从"下场门"下，马玉花、马如龙随下。

第十七场

〔场上设置高台、山寨城墙。

〔**【阴锣】**幕起。

〔舞台天幕起伏高山，台右侧山寨城墙、寨门。

〔**【软撕边一击锣】**范大杯站在两张半桌子高的城墙上，手拿软梯，从城墙右侧放下来，随后将王翠娥搀扶上城墙，王翠娥慢慢从软梯上攀登越过寨门城墙。

〔范大杯站在城墙高处，"云手"**【软撕边，二击锣】**向左右眺望，随后从城墙上翻"台提"筋斗下来。拔出宝剑，继续背起王翠娥"圆场"后，从"下场门"下。

〔随后，众喽兵出现在城墙寨门上，翻"台蛮"下。马如龙也出现在城墙上，从城墙上翻"台蛮"下，四喽兵领起来，马如龙随后从"下场门"追下。

第十八场

〔场上群山起伏。

〔**【冲头】**幕起，舞台上天幕群山起伏。**【撕边一击锣】**范大杯身背王翠娥从"上场门"手抓山藤，飞越山谷，"空中飞人"至"下场门"。

〔**【急急风】**八官兵手持单刀，二官将与文奎手持长枪从"上场门"急上"站门"。

文　奎　看山寨起火，必是范义士得手，引贼寇出山。众将官！

众官兵 有！

文　奎 上前接应，捣毁贼寇巢穴去者！

众官兵 啊！

「**【急急风】**八官兵、二官将、文奎高举枪、刀领起来圆场，此时范大杯背着王翠娥从“下场门”上，与文奎等会面。

文　奎 范壮士！

范大杯 文将军，接应已到，快保护王小姐，待我抵挡一阵。

文　奎 快将小姐送回，一同杀向前去。

「**【冲头】**二官兵护送王翠娥从“上场门”下。

「幕后传来：“杀！杀！”范大杯转向“下场门”观看。**【撕边，三击锣】**

范大杯 马如龙杀来啦，快抵挡一阵！

「**【急急风】**六官兵举刀、二官将、文奎、范大杯与“下场门”冲上的手持单刀八喽兵交手；马玉花持宝剑、马如龙手拿大刀，“二龙出水”后，官兵、官将、文奎、范大杯站“小边”，喽兵、马玉花、马如龙站“大边”，对峙。

范大杯 呔！**【一击锣】**山寇听者，降即免死，再要顽抗，定做刀下之鬼！

马如龙 一派胡言，休走看刀！

「**【四击头】**马如龙挥舞“大刀花”劈范大杯，范大杯手握双刀压住。

范大杯 好言相劝，竟敢无礼，杀！

「**【急急风】**官兵与喽兵众人“一过合”、“两过合”互相架住，大开打，起“群挡子”**【四击头】**亮相后分下。

「**【急急风】**文奎“上场门”持长枪上，马玉花“下场门”拿宝剑上，二人打“剑枪”。**【四击头】**亮相。喽兵从“下场门”翻“出场”或“虎跳前扑”等筋斗上，官将甲手拿长枪从“上场门”翻“折腰”筋斗上，二人对打一套“锁喉”。紧跟着又一喽兵从“下场门”翻“出场”上，官将乙从“上场门”翻“踩子蛮子”上，二人对打。随后在紧张气氛**【急急风】**中，马如龙从“下场门”持大刀上，二官兵分别从“上场门”翻“踩子蹑子”和“串小翻”筋斗上，各拿单刀与马如龙打“大刀三见面”，马如龙凶猛地将二官兵打败**【四击头】**亮相。随后马如龙刀劈二官兵，正得意洋洋时，范大杯手拿双刀削马如龙头，在**【急急风】**锣鼓中，对打“大刀双刀”，**【四击头】**亮相。范大杯把马如龙打下。

「**【夺头】**接**【四击头】**范大杯要“双刀花”、“扫堂”、“旋子”亮相后，从“下场门”追下。

「接**【急急风】**八官兵分别从“上场门”翻“出场”、“小翻提”、“小翻蛮子”、“踩子蛮子”、“折腰”等筋斗；八喽兵从“下场门”与官兵互相插着翻筋斗，最后“群挡子”，范大杯把马如龙大刀砍掉，踢马如龙“肘棒子”杀死。二官将擒住马玉花。

范大杯 喽罗听者！山寨已破，降即免死。

「**【冲头】**众喽兵放下单刀，分别从“大、小边”舞台两侧走至台中，站一排跪下。

众喽兵 我等愿降。

范大杯 好。一齐绑赴辕门请功去！

众　人 是。

「【原场】官兵持单刀押喽兵，二官将押马玉花插门，从“下场门”下。文奎向范大杯拜揖，范大杯赶忙弯腰扶文奎，抓住文奎右手腕，二人高兴地向“下场门”同下。

第十八场

「二幕内，场上设置一桌、“八字”椅、“大小边”跨椅。

「幕启前，王正成、范大杯、文奎三人按座次入位，面朝外就坐。

「乐队奏曲牌<香柳娘>或<得胜歌>，乐声中拉开二幕。乐止。

王正成 啊范大义士，此番扫平太行山贼寇马如龙，搭救小女得脱虎口，我兵转败为胜，皆范义士之功也！待本帅修本进京，奏明圣上，定有恩旨。

范大杯 （双手拱请式）多谢元帅提拔！

王正成 义士智勇双全，为何落在风尘之中?此番又因何到此?

范大杯 小人乃江都一个酒丐，受了平康巷中一位烈妇之托，来此寻找一人，不料遇见贼寇抵挡官军。

文　奎 那位烈妇她叫什么名字?

范大杯 苏氏兰娘。

文　奎 （顿时一惊）哦！苏氏兰娘——【软撕边一击锣】

范大范 那兰娘因受鸨儿虐待，几乎打死。被俺（抬右手拍腰间）救转回生，受她重托，替寻她的丈夫。【一击锣】

文　奎 （抬右手打背供点头）如此说来，义士又是贱内的恩人。请上受我一拜。

「【三击锣】文奎走至台中，向范大杯跪拜。范大杯立即向前双手将文奎搀起。

范大杯 岂敢当此大礼！昨晚到此，只顾与贼兵交战，还未领教将军姓名。你敢莫是姓文?

文　奎 小弟正是文奎

范大杯 真乃巧遇也！

王正成 家院。

家　院 有。

王正成 快快请你家小姐出堂。

家　院 是。

「家院走至台正中，侧向“上场门”拱手。

家　院 有请小姐出堂。

「【小锣慢击单上场】王翠娥半低头惭愧地“上场门”上，进门躬身拜向父亲。

王翠娥 （走近王正成痛哭）啊，爹爹……【小锣轻一击】

王正成 （不解其情地）女儿为何落泪?

王翠娥 （站立“小边”）女儿不听爹爹吩咐，（拱双手）私自出马，误陷贼手，虽承范恩公搭救，（向范大杯拜揖）此乃终身奇耻大辱，待女儿自刎了吧！

「【一击锣】王翠娥立即将自己腰中宝剑拔出，欲自刎。王正成赶忙抓住王翠娥右手，夺过宝剑。

王正成 事已过去，我儿并未失身贼手，何必行此拙志?

王翠娥 （失声痛哭）喂呀……

「文奎将王翠娥扶至“小边”跨椅坐下。

文　奎　贤妹聪明过人，千万不可行此短见，以免二老伤心。

王翠娥　表兄……（用右手挡脸擦泪）

文　奎　贤妹不必啼哭，有话尽管讲来。

王翠娥　岂不知列国钟建之故事？（抬右手指前方）

文　奎　【软撕边一击】（点头）我明白了。（转向王正成）启禀舅父：看表妹之意，（抬右手指王翠娥）只为身是女子，被范义士黑夜之间背在身上，逃将出来。有钟建附体之嫌，故而欲行短见，望乞舅父做主。

王正成　（恍然大悟）【软撕边一击】原来如此。（抬右手捋髯用眼瞟一下王翠娥，点头随之转向范大杯）请问范义士可曾娶有妻室？

范大杯　四海飘零，哪有妻室。

王正成　（捋髯上下打量范大杯）我看范义士，乃当代奇侠，我女亦非寻常脂粉。意欲结为秦晋之好，不知意下如何？

范大杯　（两眼盯住王翠娥）这个——

文　奎　（急忙走近范大杯）表妹素性贞烈，如若不允婚事，她的性命休矣！

范大杯　（满脸陪笑，连连摆手）不是那个意思。（抬右手指自己的胸部）只恐不配高门。

王正成　（抖左手水袖）哎，【小锣一击】岂有不配之理？

范大杯　（立即站起身来，整冠，向王正成叩拜）如此，岳父请上，受小婿大礼参拜！【冲头】

「范大杯给王正成叩头时，王翠娥用左手遮羞，从“上场门”跑下。

「【小锣打下】王正成双手接礼，满面笑容。

王正成　哈哈哈……今乃黄道吉日，不如就在这贺功筵前举行婚礼。明日再与贤甥同往江都县，迎接甥媳便了。

范大杯
文　奎　（同向王正成拜揖）遵命。

王正成　后堂摆宴，一来祝贺范义士花烛之喜，（双手比示成双）二来与诸位将军贺功！

「唢呐吹奏<尾声>接【原场】幕落。

——剧　终